U0789148

藏書

珍藏版

史記

赵文博 主编

柒

辽海出版社

魏其武安侯列传第四十七

　　魏其侯窦婴者①，孝文后从兄子也②。父世观津人③。喜宾客。孝文时④，婴为吴相⑤，病免。孝景初即位⑥，为詹事⑦。

【注释】

　　①魏其（jī）：县名。在今山东省临沂市南。②孝文后（? —前135年）：窦猗（yī）房。清河郡观津县（今河北省衡水市东）人。汉文帝皇后，生长公主刘嫖（piāo）、汉景帝刘启和梁孝王刘武。从（zòng）：堂房亲属。③父世：父祖辈世世代代。④孝文（前203—前157年）：汉文帝刘恒。汉高帝四子。公元前180—前157年在位。⑤吴：汉初封国名。地在今安徽省、江苏省、浙江省一带，建都广陵（今江苏省扬州市）；国王是汉高帝侄儿刘濞。⑥孝景（前188—前141年）：汉景帝，刘启。公元前157—前141年在位。他继续执行"与民休息"的政策，改田赋十五分之一为三十分之一。即位：帝王登位。⑦詹事：官名。秦代始设，汉代沿设，掌管皇后、太子家事。

　　梁孝王者①，孝景弟也，其母窦太后爱之②。梁孝王朝③，因昆弟燕饮④。是时上未立太子⑤，酒酣，从容言曰⑥："千秋之后传梁王⑦。"太后欢。窦婴引卮酒进上⑧，曰："天下者高祖天下⑨。父子相传，此汉之约也。上何以得擅传梁王！"太后由此憎窦婴。窦婴亦薄其官⑩，因病免。太后除窦婴门籍⑪，不得入朝请⑫。

【注释】

　　①梁孝王（? —前144年）：刘武。汉文帝少子。②窦太后：即孝文后。皇帝的母亲称皇太后或太后，祖母称太皇太后。③梁孝王朝：事在汉景帝前元三年（前154年）。④昆弟：兄弟。燕饮：私宴，家宴。燕，安闲，休息。⑤是：此；这。指示代词。上：皇上。这里指汉景帝。⑥从（cóng）容：闲暇无事；随便。⑦千秋之后：指死。⑧引卮（zhī）酒进上：

意思是说汉景帝说错了话，所以进酒表示惩罚。引，拉，拿过来。卮，古代盛酒的器皿。⑨高祖（前256—前195年）：汉高帝。刘邦。泗水郡沛县（今江苏省沛县）人。西汉王朝的创建者，前202—前195年在位。⑩薄：轻视；嫌弃。意动用法。⑪除：取消。⑫朝请（qǐng）：汉朝规定，诸侯王朝见皇帝，在春季叫朝，在秋季叫请。外戚按时进宫朝见，也称朝请。

孝景三年①，吴、楚反②，上察宗室诸窦毋如窦婴贤③，乃召婴。婴入见，固辞谢病不足任④。太后亦惭。于是上曰："天下方有急，王孙宁可以让邪⑤？"乃拜婴为大将军⑥，赐金千斤。婴乃言袁盎、栾布诸名将贤士在家者进之⑦。所赐金，陈之廊庑下⑧。军吏过⑨，辄令财取为用⑩，金无入家者。窦婴守荥阳⑪，监齐、赵兵⑫。七国兵已尽破⑬，封婴为魏其侯。诸游士宾客争归魏其侯⑭。孝景时，每朝议大事⑮，条侯、魏其侯⑯诸列侯莫敢与亢礼⑰。

【注释】

①孝景三年：相当公元前154年。②吴、楚反：吴王刘濞联合楚王刘戊、赵王刘遂、胶西王刘卬、胶东王刘雄渠、济南王刘辟光、菑（zī）川王刘贤，为了反对朝廷的"削藩"政策，发动大规模叛乱，随即被太尉周亚夫等所平定。③宗室：同一祖宗的贵族，指帝王的宗族。诸窦：指汉景帝外祖家窦氏族人。毋：没有人。无指代词。④固：坚决。谢病：托病推辞任职或请求退职。⑤王孙：窦婴的表字（别号）。宁（nìng）：岂；难道。反诘副词。⑥拜：用一定的礼节授予官职、爵位。大将军：武官名。战国时始设，汉代沿设，是将军的最高称号，职掌统兵征战。⑦袁盎（？—前148年）：右扶风安陵县（今陕西省咸阳市东北）人。曾任齐国丞相、吴国丞相。栾布（？—前145年）：梁地（今河南省东部）人。曾任都尉，这时出任将军，后封鄃（shū）侯。在家：退职闲居。进：推荐。⑧陈：陈设；陈列。庑：屋檐下的过道或独立有顶的通道。⑨军吏：将军部下的助理人员。⑩辄（zhé）：就；总是。财：通"裁"。斟酌；酌量。⑪荥阳：县名。在今河南省荥阳市东北。⑫监：监督；控制。齐：汉初封国名。赵：汉初封国名。地在今河北省南部，建都邯郸（今邯郸市）。——当吴、楚七国叛乱时，汉景帝除任命周亚夫为太尉统率大军进

击吴楚联军外，另派郦寄进攻赵国，派栾布进攻胶西、胶东等国，而派窦婴驻军荥阳，策应郦寄、栾布两军。⑬破：失败；灭亡。被动用法。⑭游士：游说贵族豪门以求官谋职的士人。⑮朝议：在朝廷上讨论军政事务。⑯条侯（？—前143年）：周亚夫。泗水郡沛县人。条，县名，在今河北省景县境。条侯、魏其侯：从结构分析，这是下面介词"与"所管的宾语，为了突出他们是意念上的主体而提前了。⑰列侯：爵位名。莫：有两解：一指没有人。无指代词。二指不。否定副词。亢礼：用平等礼节相待。亢，通"抗"，抗衡。

　　孝景四年，立栗太子①，使魏其侯为太子傅②。孝景七年，栗太子废③，魏其数争不能得④。魏其谢病，屏居蓝田南山之下数月⑤，诸宾客辩士说之⑥，莫能来⑦。梁人高遂乃说魏其曰⑧："能富贵将军者⑨，上也；能亲将军者⑩，太后也。今将军傅太子⑪，太子废而不能争；争不能得，又弗能死⑫。自引谢病⑬，拥赵女⑭，屏闲处而不朝⑮。相提而论⑯，是自明扬主上之过⑰。有如两宫螫将军⑱，则妻子毋类矣⑲！"魏其侯然之⑳，乃遂起，朝请如故。

【注释】

　　①栗太子：刘荣。汉景帝长子，栗姬所生，后来被迫自杀，从母姓称为栗太子。②太子傅：官名。有太傅、少傅之分，负责教导辅佐太子。③废：放黜。被动用法。④数（shuò）：屡次；频繁。副词。争（zhèng）：通"诤"劝谏。⑤屏（bǐng）：退隐。蓝田：县名，在今陕西省蓝田县西。⑥辩士：能说会道的士人。说（shuì）：用话劝说别人使他听从自己的意见。⑦来：回来。使动用法。⑧高遂：窦婴的门客。⑨富贵：使动用法。将军：对列侯的尊称。⑩亲：成为亲信。使动用法。⑪傅：作师傅。动词。⑫弗：不；很不。死：效死。为动用法。⑬自引谢病："谢病自引"的倒装句式。自引，自动引退。⑭拥：拥抱。赵女：指美女。⑮闲处（shǔ）：闲居。⑯相提：互相对照。⑰自明：自己表明。扬：张扬。⑱有如：假如。有，倘或。两宫：东宫（长乐宫）和西宫（未央宫）。借指窦太后（住在东宫）和汉景帝（住在西宫）。螫（shì）：恼怒；施加祸害。⑲毋类：无遗类。毋，通"无"。⑳然：认为对。

桃侯免相①，窦太后数言魏其侯。孝景帝曰："太后岂以为臣有爱②，不相魏其③！魏其者，沾沾自喜耳④。多易⑤。难以为相，持重⑥。"遂不用，用建陵侯卫绾为丞相⑦。

【注释】

①桃侯：刘舍。泗水郡下相县（今江苏省宿迁市西南）人。②有爱：有所吝惜。③相：任为相。④沾沾自喜：自觉好而得意。沾沾，轻薄得意的样子。耳：而已；罢了。表示限止的语气助词。⑤易：轻率。⑥持重：担当重任。⑦卫绾（wǎn）：太原郡大陵县（今山西省文水县东北）人。因平定吴、楚七国之乱有功，封建陵侯。丞相：官名。战国时始设，也称相国、相邦，是百官的首长。秦代以后是最高官职，辅佐皇帝，总理全国政务。

武安侯田蚡者①，孝景后同母弟也②，生长陵③。魏其已为大将军后，方盛④，蚡为诸郎⑤，未贵，往来侍酒魏其⑥，跪起如子侄⑦。及孝景晚节⑧，蚡益贵幸⑨，为太中大夫⑩。蚡辩有口⑪，学《槃盂》诸书⑫，王太后贤之⑬。孝景崩⑭，即日太子立⑮，称制⑯，所镇抚多有田蚡宾客计策⑰。蚡、弟田胜，皆以太后弟，孝景后三年封蚡为武安侯⑱，胜为周阳侯⑲。

【注释】

①武安：县名。即今河北省武安县。②孝景后（？—前125年）：王娡（zhì）。右扶风槐里县（今陕西省兴平市东南）人。③长陵：县名。在今陕西省咸阳市东北。④方盛：正当权势显赫时。⑤诸郎：指议郎、中郎、侍郎、郎中等郎官，属于郎中令。其职责是护卫陪从，随时建议，备顾问，供差使。⑥侍酒：陪从宴饮。⑦子侄：儿子；孙子；子孙们。⑧晚节：晚年。⑨益：逐渐。贵幸：尊贵，宠幸。⑩太中大夫：官名。⑪辩：善于言辞。口：口才。⑫《槃盂》：书名。相传是黄帝史官孔甲所作的铭文，刻在盘盂等器物中。已失传。槃，通"盘"。⑬王太后：这时汉景帝还活着，不应当称太后，《汉书》同传作"王皇后"，是对的。贤：认为贤能。⑭崩：古代称帝王死为崩，借"山陵崩"做比喻。⑮太子：指汉武帝。⑯称制：指太后代替皇帝执掌政权。⑰所镇抚：用来镇抚全国臣民的办法。镇，镇压；抚，安抚。⑱孝景后三年：相当公元前141年。汉景帝

在位共十六年，分为前、中、后三元，前元七年，中元六年，后元三年。
⑲周阳：县名。在今山西省闻喜县东。

　　武安侯新欲用事为相①，卑下宾客②，进名士家居者贵之，欲以倾魏
其诸将相③。建元元年④，丞相绾病免，上议置丞相、太尉⑤。籍福说武安
侯曰⑥："魏其贵久矣，天下士素归之⑦。今将军初兴⑧，未如魏其，即上
以将军为丞相⑨，必让魏其。魏其为丞相，将军必为太尉。太尉、丞相尊
等耳⑩，又有让贤名。"武安侯乃微言太后风上⑪，于是乃以魏其侯为丞相，
武安侯为太尉。籍福贺魏其侯，因吊曰⑫："君侯资性喜善疾恶⑬，方今
善人誉君侯⑭，故至丞相，然君侯且疾恶⑮，恶人众，亦且毁君侯⑯。君侯
能兼容⑰，则幸久⑱；不能，今以毁去矣⑲。"魏其不听⑳。

【注释】

　　①新欲用事为相：可能是"新用事欲为相"的倒文。②卑下宾客：
对宾客谦恭自下。卑下，为动用法。③倾：超过；压倒。④建元元年：
相当公元前140年。建元，汉武帝的第一个年号，这是我国历史上帝王
用年号纪元的开始。⑤议置：讨论设立。太尉：武官名。⑥籍福：田蚡
的门客。⑦素：平素；向来。⑧初兴：刚刚发迹。⑨即：倘若；如果。
假设连词。⑩尊等：尊贵的程度齐等。⑪微言：暗暗地说出某种意图。
风（fěng）：通"讽"。用委婉的语言暗示、劝告或指责。⑫吊：这里
是规劝的意思。⑬君侯：汉代对担任丞相的列侯的尊称，后代也用作对
显贵官僚的通称。资性：天性；性格。疾：厌恶；憎恨。⑭誉：称扬；
赞美。动词。⑮且：并且。⑯且：将要。时间副词。毁：诽谤；说别人
的坏话。⑰兼容：包容各种事物或各个方面。⑱幸：表示希望、庆幸的
意思。谦敬副词。⑲今：即；立刻。去：指离职。⑳听：信从。

　　魏其、武安俱好儒术①，推毂赵绾为御史大夫②，王臧为郎中令③。
迎鲁申公④，欲设明堂⑤，令列侯就国⑥，除关⑦，以礼为服制⑧，以兴
太平⑨。举適诸窦宗室毋节行者⑩，除其属籍⑪。时诸外家为列侯⑫，
列侯多尚公主⑬，皆不欲就国，以故毁日至窦太后⑭。太后好黄老之
言⑮，而魏其、武安、赵绾、王臧等务隆推儒术⑯，贬道家言⑰，是以窦
太后滋不说魏其等⑱。及建元二年，御史大夫赵绾请无奏事东宫⑲。窦

太后大怒，乃罢逐赵绾、王臧等⑳，而免丞相、太尉，以柏至侯许昌为丞相㉑，武强侯庄青翟为御史大夫㉒。魏其、武安由此以侯家居。

【注释】

①儒术：指以孔丘、孟轲为代表的儒家的学术。②推毂（gǔ）：本义为推车前进，比喻推荐人才。赵绾：代郡代县（今河北省蔚县东北）人。御史大夫：官名。秦代始设，汉代沿设，职位仅次于丞相，主要职责是监察、执法，兼管重要文书图籍。西汉时丞相缺位，往往由御史大夫递补，因有副丞相之称，和丞相、太尉合称三公。③王臧：东海郡兰陵县（今山东苍山县西南）人。申培的学生，当时有名的儒者。郎中令：官名。秦代始设，汉代沿设，为皇上身边亲近的高级官职，是侍从、警卫、顾问官员的首长，所属有大夫、郎官、谒者等。后来改称光禄勋。④申公：申培。薛郡鲁县（今山东省曲阜市）人。当时著名的大儒，以研究《诗经》著称。这时已有八十多岁，出任太中大夫。⑤明堂：古代帝王宣明政教的大会堂，凡朝会、祭祀、庆赏、教学、选士、敬老等盛大典礼都在那里举行，它的建筑规模有十三室、九室、五室等说。⑥就国：当时的列侯大都住在京城长安，并不住在自己的封国里，现在要让他们各回封国去。⑦除关：废除关禁。⑧以礼为服制：按照古代礼制来规定吉凶服装制度。⑨兴太平：振兴太平政治；发展大好形势。⑩举适（zhé）：揭毋节行（xíng）者：品质不好、行为不正的人。毋，通"无"。⑪除其属籍：从宗谱中开除他的名籍。属籍，指宗谱。⑫时：这时。外家：外戚；帝王的姻亲。⑬尚：高攀门第而结婚姻。⑭日至：每天传到。⑮黄老：黄帝、老聃。言：言论；学说。⑯务：务必；坚决。隆推：盛赞；高抬。⑰贬：给予不好的评价。⑱是以："以是"的倒装式，"因此"的意思。滋：愈益，更加。副词。⑲无：莫；不要。否定副词。奏：臣子向君主用口头或书面的方式报告工作。⑳罢逐：罢免，放逐。㉑许昌：其祖父许温封柏至侯，他继承了爵位。㉒庄青翟：其祖父庄不识封武强侯，他继承了爵位。

武安侯虽不任职，以王太后故，亲幸①，数言事多效②，天下吏士趋势利者皆去魏其归武安。武安日益横③。建元六年，窦太后崩，丞相昌、御史大夫青翟坐丧事不办④，免。以武安侯蚡为丞相，以大司农韩安国为御史大夫⑤。天下士郡国诸侯愈益附武安⑥。

【注释】

①亲幸：信任，宠爱。被动用法。②多效：大都被采纳而发生效验。③横（hèng）：放肆。④坐：由于；为着。不办：不周到；没有办好。⑤大司农：官名。韩安国（？—前127年）：梁国成安县（今河南省民权县东北）人。曾任梁国中大夫、将军，平定吴、楚七国之乱有功。⑥郡：秦、汉时的最高地方行政区域，郡下辖县。诸侯：汉代的封国国王，地位相当于古代的诸侯，因此被称为诸侯或诸侯王，这里兼指郡守和国王。

武安者，貌侵①，生贵甚②。又以为诸侯王多长③，上初即位④，富于春秋⑤，蚡以肺腑为京师相⑥，非痛折节以礼诎之⑦，天下不肃⑧。当是时，丞相入奏事，坐语移日⑨，所言皆听。荐人或起家至二千石⑩，权移主上⑪。上乃曰："君除吏已尽未⑫？吾亦欲除吏。"尝请考工地益宅⑬，上怒曰："君何不遂取武库⑭！"是后乃退⑮。尝召客饮，坐其兄盖侯南乡⑯，自坐东乡⑰，以为汉相尊，不可以兄故私桡⑱。武安由此滋骄，治宅甲诸第⑲。田园极膏腴⑳，而市买郡县器物相属于道㉑。前堂罗钟鼓㉒，立曲旃㉓；后房妇女以百数㉔。诸侯奉金玉狗马玩好㉕，不可胜数。

【注释】

①侵（qǐn）：通"寝"。矮小丑陋。②生贵甚：出生以来就很显贵。③诸侯王：这里统指皇族中的王侯和外戚、功臣中的列侯。长（zhǎng）：年长。④即位：帝王登位。⑤富于春秋：年纪还轻的意思。⑥肺腑：心腹亲信。京师相：为了区别于各王国的相，所以这样说。京师，首都，这里指朝廷。⑦痛：狠狠地。折节：屈节；降低身份。使动用法。诎（qū）：通"屈"。弯曲；屈服。使动用法。⑧肃：敬畏；服服帖帖。⑨移日：日影移动了位置，表示时间很久。⑩起家：起用于家，也就是从平民起用。二千石（shí）：秦、汉时官阶的高低，常按照俸禄的多少计算，从二千石递减至百石为止。⑪权移主上：权力从皇帝那里移到自己手中。⑫除吏：任命官吏。除，除去旧职，就任新职。未：作用跟"否"相同。可以看作否定副词，也可以看作表示疑问的语气助词。⑬考工地：考工官署的地盘。考工，官名，掌管制造器械，属于少府。⑭遂：径直。⑮退：退缩；收敛。⑯坐：安排座位。使动用法。盖侯：王信。盖，县名，在今山东省

沂水县西北。南乡（xiàng）：向着南方。乡，通"向"。⑰自坐东乡：
当时室内的座次面向东方是尊位。⑱桡（náo）：通"挠"。⑲甲：居第
一位。动词。第：上等房屋；大宅子。⑳膏腴（yú）：肥沃。㉑市买：
购买。市，买。㉒罗：排列；摆设。㉓曲旃（zhān）：旗杆上端弯曲的
长幡（旃，用整幅的丝绸制成的直着挂的长条形旗子）。这是古代国君
招聘隐士用的仪具，而田蚡用来装饰厅堂，显然是违反当时制度的。㉔
后房：指姬妾居住的地方。㉕奉：进献。玩好（wán hào）：指玩好器物；
如古董玩具和艺术品之类。

　　魏其失窦太后①，益疏不用，无势，诸客稍稍自引而怠傲②，唯灌将
军独不失故③。魏其日默默不得志④，而独厚遇灌将军⑤。

【注释】

　　①失：指失去靠山。②稍稍：渐渐。自引：自动离开；自动退避。
③将军：武官名。④默默：心里有所想念而口头说不出来。⑤厚遇：厚待；
优待。

　　灌将军夫者，颍阴人也①。夫父张孟，尝为颍阴侯婴舍人②，得幸，
因进之至二千石，故蒙灌氏姓为灌孟③。吴、楚反时，颍阴侯灌何为将
军④，属太尉⑤，请灌孟为校尉⑥。夫以千人与父俱⑦。灌孟年老，颍阴侯
强请之⑧，郁郁不得意⑨，故战常陷坚⑩，遂死吴军中。军法：父子俱从军，
有死事⑪，得与丧归⑫。灌夫不肯随丧归，奋曰⑬："愿取吴王若将军
头⑭，以报父之仇。"于是灌夫被甲持戟⑮，募军中壮士所善愿从者数十
人⑯。及出壁门⑰，莫敢前⑱。独二人及从奴十数骑驰入吴军⑲，至吴将麾
下⑳，所杀伤数十人。不得前，复驰还，走入汉壁，皆亡其奴㉑，独与一
骑归。夫身中大创十余㉒，适有万金良药㉓，故得无死㉔。夫创少瘳㉕，又
复请将军曰："吾益知吴壁中曲折㉖，请复往。"将军壮义之㉗，恐亡夫，
乃言太尉㉘，太尉乃固止之㉙。吴已破，灌夫以此名闻天下。

【注释】

　　①颍阴：县名。在今河南省许昌市。②颍阴侯婴（？—前176年）：灌婴。
砀郡睢阳县人。舍人：家臣。战国和汉初王公贵官都有舍人。③蒙灌氏
姓：冒灌家的姓。④灌何：灌婴子，继承了父亲的爵位。⑤太尉：指

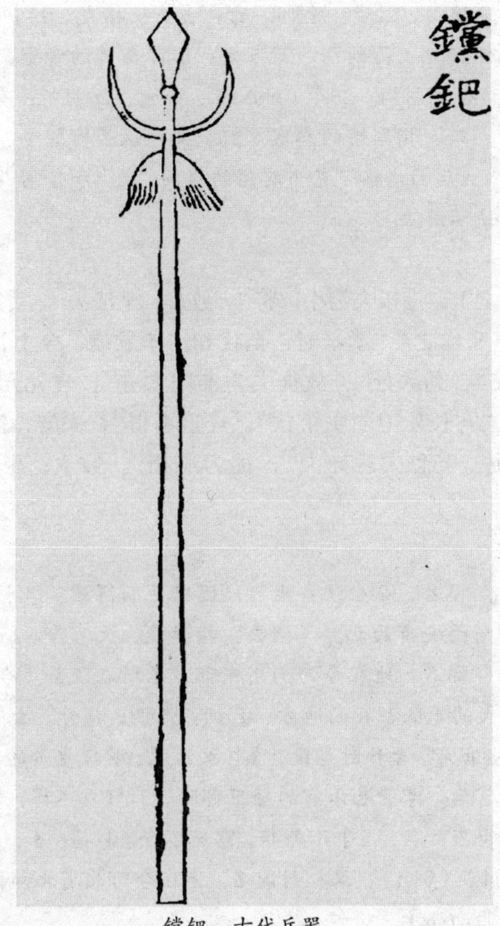

铓钯，古代兵器。

周亚夫。⑥请：请求太尉任用灌孟，实际上等于说推荐。校尉：武官名。职位略次于将军，可以根据他的职务加上各种名号。⑦俱：同行。动词。⑧强（qiǎng）：勉强。⑨郁郁：愁闷的样子。⑩陷坚：深入或攻破敌军的坚强阵地。⑪死事：死于国事，指战斗牺牲或因公殉职。⑫与（yù）：陪同；随同。丧（sāng）：指灵柩。⑬奋：兴奋；慷慨自勉。⑭若：或。选择连词。⑮被（pī）：通"披"。穿着。⑯慕：招集。这个词组是"壮士"的后置定语。⑰壁：营垒。⑱前：前进。动词。⑲从奴：有两解：一、随从他的家奴；二、发配在他部下的军徒（罚充兵役的罪犯）。⑳麾（huī）

下：指吴军阵地核心。㉑皆：全部。亡：丧失；损失。㉒中（zhòng）：
受；着。创（chuāng）：创伤。㉓万金：形容良药的贵重，不是具体价
格。㉔无：不。否定副词。㉕瘳（chōu）：痊愈。㉖曲折：有两解：一、
指路径的曲折；二、指军情的虚实。㉗壮义：认为有胆量、有义气。意
动用法。㉘乃言：后面省略了充当宾语的代词"之"和介词"于"。㉙止：
劝止；阻止。使动用法。

　　颍阴侯言之上，上以夫为中郎将①。数月，坐法去②。后家居长安③，
长安中诸公莫弗称之④。孝景时，至代相。孝景崩，今上初即位⑤，以
为淮阳天下交⑥，劲兵处⑦，故徙夫为淮阳太守⑧。建元元年，入为太
仆⑨。二年，夫与长乐卫尉窦甫饮⑩，轻重不得⑪，夫醉，搏甫⑫。甫，
窦太后昆弟也。上恐太后诛夫⑬，徙为燕相⑭。数岁，坐法去官，家
居长安。

【注释】

　　①中郎将：官名。②坐法：坐罪；因犯法而得罪。③长安：西汉都
城，在今陕西省西安市西北。④诸公：指贵族、大官僚。⑤今上：当今
皇上。⑥淮阳：郡名。地在今河南省东部，治所在陈县（今淮阳县）。
⑦劲兵处：强大的军队驻扎的地方。⑧徙：迁调；提升。太守（shǒu）：
官名。⑨太仆：官名。春秋时始设，秦、汉沿设，管理皇帝的车马和马政。
⑩长乐卫尉：官名。掌管长乐宫的警卫部队。⑪轻重不得：有两解：一、
指礼节尊卑不得当；二、指争论是非，意见不合。⑫搏：击；殴打。⑬诛：
杀戮；惩罚。⑭燕（yān）：汉初封国名。地在今河北省北部，建都蓟（jì）
县（今北京市西南隅）。

　　灌夫为人刚直使酒①，不好面谀②。贵戚诸有势在己之右③，不欲加
礼④，必陵之⑤；诸士在己之左，愈贫贱，尤益敬，与钧⑥。稠人广众⑦，
荐宠下辈⑧。士亦以此多之⑨。

【注释】

　　①使酒：酗酒使气；发酒疯。②面：当面。谀（yú）：谄媚；奉承。
③右：古代习惯，认为右边尊高，左边卑下。④加礼：表示尊敬有礼貌。
⑤陵：越超；欺侮。⑥钧：通"均"。平等。⑦稠：多而密。⑧荐：推重；

推许。⑨多：推重；赞美。

　　夫不喜文学①，好任侠②，已然诺③。诸所与交通④，无非豪桀大
猾⑤。家累数千万⑥，食客日数十百人⑦。陂池田园⑧，宗族宾客为权
利⑨，横于颍川⑩。颍川儿乃歌之曰⑪："颍水清⑫，灌氏宁；颍水浊，灌
氏族⑬。"

【注释】

　　①文学：指文章经学。②任侠：凭借气力打抱不平。③已：实践；
兑现。动词。然诺：已经答应别人的约言。④交通：交游来往。⑤桀（jié）：
通"杰"。大猾：大刁徒；大奸贼。⑥累：积累。⑦食客：古代在豪门
贵家伴食并为他们服务的门客。⑧陂（bēi）池：池塘；水库。圩岸，堤岸。
⑨宗族：指同宗族的人。为权利：争权夺利。⑩横（hèng）：横行；胡
作非为。动词。颍川：郡名。地在今河南省中部和东南部，治所在阳翟（zhái
今禹县）。颍阴县属于颍川郡。⑪歌：编歌咏唱。动词。⑫颍水：水名。
⑬族：灭族。动词。这首歌的言外之意是：灌氏如果不作恶，颍水就会
澄清；颍水之所以浑浊，正是由于灌氏在作恶。

　　灌夫家居虽富，然失势，卿相侍中宾客益衰①。及魏其侯失势，亦
欲倚灌夫引绳批根生平慕之后弃之者②。灌夫亦倚魏其而通列侯宗室为
名高③。两人相为引重④，其游如父子然⑤。相得欢甚⑥，无厌⑦，恨相知
晚也。

【注释】

　　①卿相：指三公九卿之类的高级官吏。侍中：加官名。衰：减少；
疏远。②引绳批根：用墨线弹正木材，用斧子砍削木材的根部。这些都
是木工处理木材的工作，合起来含有"纠举""排除"的意思。③通：
交往。④相为引重：互相援引，互相倚重。⑤游：交游。然：表示比拟
的语气助词。⑥相得：说彼此情投意合。⑦无厌：有两解：一指不知满足；
二指没有嫌忌。

　　灌夫有服①，过丞相②，丞相从容曰："吾欲与仲孺过魏其侯③，会
仲孺有服④。"灌夫曰："将军乃肯幸临况魏其侯⑤，夫安敢以服为解⑥！

请语魏其侯帐具⑦，将军旦日蚤临⑧。"武安许诺。灌夫具语魏其侯如所谓武安侯⑨。魏其与其夫人益市牛酒⑩，夜洒扫，早帐具至旦⑪。平明，令门下候伺⑫。至日中，丞相不来⑬。魏其谓灌夫曰⑭："丞相岂忘之哉？"灌夫不怿⑮，曰："夫以服请，宜往⑯。"乃驾，自往迎丞相。丞相特前戏许灌夫⑰，殊无意往⑱。及夫至门，丞相尚卧。于是夫入见，曰："将军昨日幸许过魏其，魏其夫妻治具⑲，自旦至今，未敢尝食。"武安鄂谢曰⑳："吾昨日醉，忽忘与仲孺言㉑。"乃驾往，又徐行㉒，灌夫愈益怒。及饮酒酣，夫起舞属丞相㉓，丞相不起，夫从坐上语侵之㉔。魏其乃扶灌夫去，谢丞相。丞相卒饮至夜㉕，极欢而去㉖。

【注释】

①有服：正在服丧。服，丧服，就是在一定时期里为死者尽礼，表示哀悼。②过（guō）：登门拜访。③仲孺：灌夫的表字。④会：适逢；恰值。⑤幸：宠幸；荣幸。临况：光顾；惠临。况，通"贶（kuàng）"，赏赐。⑥安：如何；怎么。解：解说；推托。⑦语（yù）：告诉。帐具：帷帐等供宴会用的器具。⑧旦日：明天。蚤：通"早"。⑨具：完全；备细。如所谓武安侯：如同他跟武安侯说的一样。⑩益市：多买。⑪早：趁早；提早。旦：平旦；清晨。⑫门下：指贵族官僚的家，也指他们家中的门客和管事人员。候伺：探听，等待。⑬不：未；还没有。⑭谓：告语。⑮怿（yì）：喜悦；高兴。⑯宜往：应当前来。⑰特：只；不过。戏：开玩笑。⑱殊：很；极；实在。⑲治：备办。具：盛酒食的器具，用以指代酒食。⑳鄂：通"愕"。惊讶；发愣。㉑忽忘：忘记。忽，忘。㉒徐：缓慢。㉓起舞：这是当时宴会上的礼节。属（zhǔ）：属意；相劝；邀请。㉔坐：通"座"。座位。侵：侵犯；冒犯。㉕卒：终；终于。㉖极：尽。

丞相尝使籍福请魏其城南田①。魏其大望，曰②："老仆虽弃③，将军虽贵，宁可以势夺乎！"不许。灌夫闻，怒，骂籍福。籍福恶两人有郤④，乃谩自好谢丞相曰⑤："魏其老且死，易忍⑥，且待之⑦。"已而武安闻魏其、灌夫实怒不予田⑧，亦怒曰："魏其子尝杀人，蚡活之⑨。蚡事魏其无所不可⑩，何爱数顷田？且灌夫何与也⑪？吾不敢复求田⑫！"武安由此大怨灌夫、魏其。

【注释】

①请：要求；索取。②望：怨恨。③仆：奴隶；差役。弃：废弃。被动用法。④恶（wù）：不愿意。郄（xì）：通"郤""隙"。空隙；嫌隙。⑤谩（mán）：欺骗；蒙蔽。好谢：好言谢绝。⑥易忍：容易忍耐。⑦且：姑且；暂且。情态副词。⑧已而：随即；过了不久。⑨活：救活。⑩事：侍奉；服事。⑪且：况且。与（yù）：干涉；干预。⑫这句话表示含愤怒的反问语气。

元光四年春①，丞相言：灌夫家在颍川，横甚，民苦之②。请案③。上曰："此丞相事，何请？"灌夫亦持丞相阴事④，为奸利⑤，受淮南王金与语言⑥。宾客居间⑦，遂止⑧，俱解⑨。

【注释】

①元光四年：相当公元前131年。②苦：害苦。被动用法。③案：通"按"。考问；查究。④阴事：隐秘的事情。⑤为奸利：作犯法的事来求利。⑥受淮南王金与语言：详见后文。⑦居间：在双方之间进行调解。⑧止：互相攻讦中止。⑨解：消释；和解。

夏，丞相取燕王女为夫人①，有太后诏②，召列侯、宗室皆往贺。魏其侯过灌夫，欲与俱。夫谢曰："夫数以酒失得过丞相③，丞相今者又与夫有郄。"魏其曰："事已解。"强与俱。饮酒酣，武安起为寿④，坐皆避席伏⑤。已⑥，魏其侯为寿，独故人避席耳⑦，余半膝席⑧。灌夫不悦。起行酒⑨，至武安，武安膝席曰："不能满觞⑩。"夫怒，因嘻笑曰⑪："将军贵人也！属之⑫！"时武安不肯。行酒次至临汝侯⑬，临汝侯方与程不识耳语⑭，又不避席。夫无所发怒，乃骂临汝侯曰："生平毁程不识不直一钱⑮，今日长者为寿，乃效女儿呫嗫耳语⑯！"武安谓灌夫曰："程、李俱东西宫卫尉⑰，今众辱程将军⑱，仲孺独不为李将军地乎⑲？"灌夫曰："今日斩头陷匈⑳，何知程、李乎？"坐乃起更衣㉑，稍稍去。魏其侯去，麾灌夫出㉒。武安遂怒曰："此吾骄灌夫罪㉓。"乃令骑留灌夫㉔。灌夫欲出不得。籍福起为谢，案灌夫项令谢㉕。夫愈怒，不肯谢。武安乃麾骑缚夫置传舍㉖，召长史曰㉗："今日召宗室，有诏。"劾灌夫骂坐不敬㉘，系居室㉙。遂按其前事，遣吏分曹逐捕诸灌氏支属㉚，皆得弃市罪[31]。魏其侯大愧，为资使宾客请[32]，莫能解[33]。武安吏皆为耳目[34]，诸灌氏皆亡匿[35]，夫系，遂不得告言武安阴事。

【注释】

①燕王：指已故的燕康王刘嘉。②诏：皇帝颁发的命令文告。③酒失：因酒醉失礼。得过：得罪。④为寿：敬酒祝福。⑤坐：通"座"。代指座上的宾客。避席伏：离开自己的席位，伏在地上，表示不敢当。⑥已：旋即；随后。⑦故人：旧友。⑧余半：其余半数的人。膝席：双膝跪在席上。⑨行酒：依次敬酒。⑩觞（shāng）：古代盛酒器。⑪嘻笑：强笑；苦笑。⑫属（zhǔ）之：勉强喝下它。属，足，满足。⑬次：按顺序。临汝侯：灌贤。灌婴孙。临汝，县名，在今河南省临汝县西北。⑭程不识：曾任太中大夫、郡太守，这时任长乐宫卫尉。⑮直：通"值"。⑯呫嗫（chè niè）：耳语的声音。⑰程、李：程不识和李广。李广（？—前119年），陇西郡成纪县（今甘肃省秦安县北）人，曾任边郡太守，这时任卫尉，（即未央宫卫尉）。卫尉：官名。⑱众辱：当众侮辱。⑲独：岂；难道。反诘副词。不为李将军地：不给李将军留余地。地，地步，余地。⑳陷匈：穿胸。匈：通"胸"。㉑更衣：上厕所的代称。这里是众宾客借此离开是非场。㉒麾：通"挥"。挥手；招手。㉓骄：骄横；放纵。使动用法。㉔骑（jì）：指警卫人员中的骑士。留：扣留；拘留。㉕案：通"按"。按捺；用手抚着。㉖置：安放；看管。传（zhuàn）舍：供宾客休息，住宿的处所。㉗长（zhǎng）史：官名。㉘劾（hé）：弹劾；揭发罪状。不敬：也称"大不敬"。封建时代把所谓不敬皇帝、皇后作为一项重大罪名。㉙系：拴缚；拘囚。㉚分曹：分班；分批。逐捕：追捕。支属：旁支亲属。㉛弃市：死刑。㉜为资：有两解：一、出费用；二、出主意。请：请罪；求情。㉝解：放松；谅解。㉞耳目：指通风报信传递消息的人。㉟亡匿：逃跑，躲藏。

魏其锐身为救灌夫①。夫人谏魏其曰②："灌将军得罪丞相，与太后家忤③，宁可救邪？"魏其侯曰："侯自我得之④，自我捐之⑤，无所恨。且终不令灌仲孺独死，婴独生。"乃匿其家⑥，窃出上书。立召入，具言灌夫醉饱事，不足诛⑦。上然之，赐魏其食，曰："东朝廷辩之⑧。"

【注释】

①锐身：挺身冒险而出。②谏：规劝。③忤：违逆；抵触。④侯：指

1720

列侯爵位。⑤捐：舍弃；抛弃。⑥匿：躲避；隐瞒。⑦足：值得。⑧东朝：指东宫，就是王太后居住的长乐宫。廷辩：在朝廷上公开辩论是非。

　　魏其之东朝①，盛推灌夫之善②，言其醉饱得过，乃丞相以他事诬罪之③。武安又盛毁灌夫所为横恣④，罪逆不道⑤。魏其度不可奈何⑥，因言丞相短⑦。武安曰："天下幸而安乐无事，蚡得为肺腑，所好音乐狗马田宅。蚡所爱倡优巧匠之属⑧，不如魏其、灌夫日夜招聚天下豪桀壮士，与论议，腹诽而心谤⑨，不仰视天而俯画地⑩，辟倪两宫间⑪，幸天下有变，而欲有大功。臣乃不知魏其等所为。"于是上问朝臣："两人孰是⑫？"御史大夫韩安国曰："魏其言灌夫父死事，身荷戟驰入不测之吴军⑬，身被数十创⑭，名冠三军⑮，此天下壮士，非有大恶，争杯酒，不足引他过以诛也。魏其言是也。丞相亦言灌夫通奸猾，侵细民⑯，家累巨万，横恣颍川；凌轹宗室⑰，侵犯骨肉⑱。此所谓'枝大于本⑲，胫大于股⑳，不折必披㉑'，丞相言亦是。唯明主裁之㉒。"主爵都尉汲黯是魏其㉓；内史郑当时是魏其㉔，后不敢坚对㉕。余皆莫敢对。上怒内史曰㉖："公平生数言魏其、武安长短，今日廷论㉗，局趣效辕下驹㉘，吾并斩若属矣㉙。"即罢起，入㉚。上食太后㉛。太后亦已使人候伺，具以告太后。太后怒，不食，曰："今我在也，而人皆藉吾弟㉜，令我百岁后㉝，皆鱼肉之矣㉞。且帝宁能为石人邪㉟？此特帝在，即录录㊱，设百岁后㊲，是属宁有可信者乎㊳？"上谢曰："俱宗室外家，故廷辩之。不然，此一狱吏所决耳㊴。"是时郎中令石建为上分别言两人事㊵。

【注释】

　　①之：前往；去到。动词。②盛推：极力推崇。③乃：却；竟。诬：冤枉。罪：加罪。动词。④横恣：凶暴放纵。⑤罪逆不道：罪行是大逆不道。⑥度（duó）：估计；料想。奈何：怎么；怎么办。⑦短：缺点；过失。⑧倡（chāng）优：歌舞演员、戏曲演员属：类；等辈。⑨腹诽而心谤：内心诽谤朝廷。⑩不仰视天而俯画地：不是抬头用眼看天，就是低头用手画地。意思是说，他们有时目空一切，有时暗中策划。⑪辟倪（bì nì）：通"睥睨"。邪视窥探。两宫：指王太后和汉武帝。⑫孰：谁；哪个。是：对；正确。⑬身：亲自。荷（hè）：扛；担。不测：其实力无法推测。⑭被：受。动词。⑮三军：春秋时代，周王设六军，诸侯大国多设

三军，后代用作军队的统称。⑯细民：小民；平民。⑰凌轹（lì）：欺压；践踏。⑱骨肉：指皇亲国戚。⑲本：树木的根部或主干。⑳胫：小腿。股：大腿。㉑披：分离；分裂。㉒唯：表示希望的意思。㉓主爵都尉：官名。汲黯（？—前112年）：东郡濮阳县（今河南省濮阳县西南）人。曾任郡太守，能直言切谏。是：认为他对。㉔内史：官名。郑当时：淮阳国陈县（今河南省淮阳县）人。曾任郡太守，这时任右内史。㉕坚对：坚持自己的回答。㉖怒：向他发怒，含有谴责的意思。他动词。㉗廷论：就是廷辩。㉘局趣（cù）：通"局促"。拘束。辕下驹：比喻人有所畏忌而显得局促不安。辕，驾车用的木柄，压在车轴上，支架车箱，伸出前端。驹，幼马。㉙若：你（们）。㉚罢：罢朝；中止廷辩。㉛上食：进献饭食。㉜藉（jiè）：践踏；蹂躏。㉝令：假令；假使。假设连词。㉞鱼肉：像对待鱼肉一样，任意宰割吞吃。作动词用。㉟石人：有两解：一、比喻没有主见的人；二、比喻长存不死的人。㊱录录：通"碌碌"。无所作为，随声附和。㊲设：设使；假使。㊳是：此；这。指示代词。㊴狱吏：这里指审判狱讼的官吏。㊵石建（？——前125年）：河内郡温县（今河南省温县西南）人。分别言：避开众人单独进言。

　　武安已罢朝，出止车门①，召韩御史大夫载②，怒曰："与长孺共一老秃翁③，何为首鼠两端④？"韩御史良久谓丞相曰⑤："君何不自喜⑥？夫魏其毁君⑦，君当免冠解印绶归⑧，曰：'臣以肺腑幸得待罪⑨，固非其任⑩，魏其言皆是。'如此，上必多君有让⑪，不废君。魏其必内愧，杜门齰舌自杀⑫。今人毁君，君亦毁人，譬如贾竖女子争言⑬，何其无大体也⑭！"武安谢罪曰："争时急，不知出此。"

【注释】

　　①止车门：宫禁的外门。官吏们上朝时，到这里必须下车，步行进入宫殿。②载：指同载，就是同乘一辆车。③长孺：韩安国的表字。共：共同对付。老秃翁：指窦婴。④首鼠两端：瞻前顾后、迟疑不决的意思。首鼠，也作"首施"，迟疑的意思。⑤良久：好久；很久。⑥自喜：自好；自爱自重。⑦夫（fú）：彼；他（们）。代词。⑧免冠：摘下帽子。这是古人表示谢罪的方式。印绶：悬系印组的丝带，也用以指代印信。归：有两解：一、归还印信；二、辞官回家。⑨待罪：等着办罪。旧时官吏常怕因

失职得罪，因此用待罪作为任职的谦辞。⑩固：通"故"。原来；本来。⑪有让：能够谦让。⑫杜门：闭门。杜，堵塞，断绝。齰（zé）：通"齚"。咬嚼。⑬贾（gǔ）竖：对商人的贱称。竖，小子。女子：指普通妇女。⑭何其：多么。表示程度很高。无大体：不识大体。大体，有关大局的道理。

　　于是上使御史簿责魏其所言灌夫①，颇不雠②，欺谩③。劾系都司空④。孝景时，魏其常受遗诏⑤，曰："事有不便⑥，以便宜论上⑦。"及系，灌夫罪至族，事日急，诸公莫敢复明言于上。魏其乃使昆弟子上书言之⑧，幸得复召见。书奏上，而案尚书，大行无遗诏⑨。诏书独藏魏其家，家丞封⑩。乃劾魏其矫先帝诏，罪当弃市。五年十月，悉论灌夫及家属⑪。魏其良久乃闻，闻即恚⑫，病痱⑬，不食，欲死。或闻上无意杀魏其⑭，魏其复食，治病，议定不死矣⑮。乃有蜚语为恶言闻上⑯，故以十二月晦⑰，论弃市渭城⑱。

【注释】

　　①御史：官名。②雠（chóu）：对；符合。③欺谩：诳骗。意思是说犯了欺君谩上的罪名。④都司空：官署名。负责审理皇族和外戚犯罪案件或皇帝交办案件的司法机关，属于宗正。⑤常：通"尝"。曾经。遗诏：皇帝临死时所发的诏书。⑥不便：不利于受诏者。⑦以便宜论上：用方便灵活的办法来论事上奏。⑧昆弟子：兄弟的儿子。⑨案：通"按"。查。尚书：官名。大行：古代称刚死的皇帝为大行皇帝，或简称大行，意思是说他一去不复返了。这里指汉景帝，是就他刚死时的身份说的。⑩家丞：官名。汉代规定食邑在千户以上的列侯设家丞，管理家政。⑪悉：全部。副词。论：判罪。这里指处决。⑫恚（huì）：愤怒；怨恨。⑬病痱（fèi）：患中风病。病，动词。⑭或：有人。虚指代词。⑮不死：不处死刑。⑯蜚语：流言；没有根据的话。蜚，通"飞"。闻：传播；流传。被动用法。⑰以：于；在。晦：夏历每月末日。⑱渭城：县名。即原咸阳，汉改名渭城。故城在今陕西省咸阳市东北。

　　其春①，武安侯病，专呼服谢罪②。使巫视鬼者视之③，见魏其、灌夫共守，欲杀之。竟死④。子恬嗣⑤。元朔三年⑥，武安侯坐衣襜褕入宫⑦，不敬⑧。

【注释】

　　①其春：这年春季。②呼服：有两解：一、通"呼謈（bó）"。意思是因痛苦而大哭大叫。二、大声叫喊着服罪。依照前解，"呼服谢罪"是连动结构；依照后解，"呼服谢罪"是联合结构。③巫：装神弄鬼替人祈祷的妇女（后来也包括男子）。④竟：终于。⑤嗣：继承。⑥元朔三年：相当公元前126年。元朔，汉武帝的第三个年号。⑦武安侯：这里指田恬。衣（yì）：穿着。动词。襜褕（chān yū）：短衣。⑧不敬：这里语意不完全，据《惠景间侯者年表》所记，"不敬"下有"国除"二字，那是对的。

　　淮南王安谋反觉①，治②。王前朝③，武安侯为太尉时，迎王至霸上④，谓王曰："上未有太子，大王最贤，高祖孙，即宫车晏驾⑤，非大王立当谁哉⑥！"淮南王大喜，厚遗金财物⑦。上自魏其时不直武安⑧，特为太后故耳⑨。及闻淮南王金事，上曰："使武安侯在者⑩，族矣。"

【注释】

　　①淮南王安（前179—前122年）：刘安。沛郡丰县（今江苏省丰县）人。觉：发觉；破露。被动用法。②治：严查穷究。③前朝：前次朝见。事在建元二年（前139年）。④霸上：也作"灞上"。地名。在今陕西省西安市长安区东。⑤宫车晏驾：指皇帝死了。委婉的说法。⑥按：这时汉武帝年仅十七岁，而刘安是他的堂叔，年已四十岁。⑦遗（wèi）：赠予；致送。⑧直：是；正确。意动用法。⑨故：缘故；原因。⑩使：倘使；假使。假设连词。

　　太史公曰：魏其、武安皆以外戚重①，灌夫用一时决策而名显②。魏其之举以吴楚③，武安之贵在日月之际④。然魏其诚不知时变⑤，灌夫无术而不逊⑥，两人相翼⑦，乃成祸乱。武安负贵而好权⑧，杯酒责望⑨，陷彼两贤⑩。呜呼哀哉⑪！迁怒及人⑫，命亦不延。众庶不载⑬，竟被恶言⑭。呜呼哀哉！祸所从来矣⑮！

【注释】

　　①重：尊贵，显要。②用：因为；由于。一时；偶然一次。决策：决定策略。③举：推举；选拔。被动用法。④日月之际：太阳月亮同时照耀

的时候。⑤诚：真是；的确。情态副词。时变：时势的变化。⑥无术：没有学识。不逊：不谦让。⑦翼：遮护；辅助。动词。⑧负：倚靠；仗恃。权：权术；机诈的手段。⑨责：责备；苛求。⑩彼：他（们）；那（些）。⑪呜呼哀哉：古代表示伤痛悲悼的习惯语。呜呼，叹词。哀，悲伤。哉，表示感叹的语气助词。⑫迁怒：把对某人的愤怒移到别人身上。指灌夫骂灌贤的事。⑬众庶：百姓；群众。指颍川人民。载：通"戴"。爱戴；拥护。⑭恶言：指田蚡公报私仇所加给灌夫的罪名。⑮祸所从来：灾祸产生的根源。

韩长孺列传第四十八

御史大夫韩安国者①，梁成安人也②，后徙睢阳。尝受《韩子》、杂家说于驺田生所③。事梁孝王为中大夫④。吴楚反时⑤，孝王使安国及张羽为将，扞吴兵于东界⑥。张羽力战，安国持重⑦，以故吴不能过梁。吴楚已破，安国、张羽名由此显。

【注释】

①御史大夫：②梁：封国名。地在今河南省东部和安徽省交界地区，治所在睢（suī）阳（今河南省商丘市南）。成安：县名。在今河南省民权县东北。③受：承受；接受《韩子》即《韩非子》。驺（zōu）：县名。即今山东省邹县。④梁孝王：刘武。汉文帝子。中大夫：官名。掌议论。属光禄勋。⑤吴楚反：汉景帝前元三年（前154年），吴王刘濞联合楚王刘戊、济南王刘辟光、胶东王刘雄渠、胶西王刘卬（áng）、菑（zī）川王刘贤、赵王刘遂，为了反对朝廷的"削藩"政策，以"请诛晁错，清君侧"为名，发动武装叛乱，为周亚夫等所平定。⑥扞：通"捍"。抵御。⑦持重：稳重固守。

梁孝王，景帝母弟，窦太后爱之①，令得自请置相、二千石，出入游戏，僭于天子②。天子闻之，心弗善也。太后知帝不善，乃怒梁使者，弗见，案责王所为③。韩安国为梁使，见大长公主而泣曰④："何梁王为人子之孝，为人臣之忠，而太后曾弗省也⑤？夫前日吴、楚、齐、赵七国反时，自关以东皆合从西乡⑥，惟梁最亲为艰难。梁王念太后、帝在中⑦，而诸侯扰乱，一言泣数行下，跪送臣等六人，将兵击却吴楚，吴楚以故兵不敢西，而卒破亡⑧，梁王之力也。今太后以小节苛礼责望梁王⑨。梁王父兄皆帝王，所见者大，故出称跸⑩，入言警⑪，车旗皆帝所赐也，即欲以侘鄙县⑫，驱驰国中⑬，以夸诸侯，令天下尽知太后、帝爱之也。今梁使来，辄案责之⑭。梁王恐，日夜涕泣思慕⑮，不知所为。何

梁王之为子孝，为臣忠，而太后弗恤也⑯？”大长公主具以告太后⑰，太后喜曰：“为言之帝。”言之，帝心乃解⑱，而免冠谢太后曰：“兄弟不能相教，乃为太后遗忧⑲。”悉见梁使⑳，厚赐之。其后梁王益亲欢。太后、长公主更赐安国可直千余金㉑。名由此显，结于汉。

【注释】

①窦太后：窦猗房。②僭（jiàn）：超越本分；比拟上级。③案：通“按”。审查；考问。④大长公主：指馆陶公主刘嫖。⑤曾（zēng）：乃；还。省（xǐng）：察知；了解。⑥合从（zòng）：联合。⑦中：关中。⑧卒：终于。⑨责望：责怪抱怨。⑩跸（bì）：禁止行人通行。⑪警：警戒；戒备。⑫侘：同“诧”。夸耀。鄙县：边远的小县。⑬驱驰：车马飞奔。⑭辄：即；就。⑮思慕：思念爱慕。⑯恤：顾惜。⑰具：通“俱”。都；完全。⑱解：释散，疙瘩解开。⑲遗忧：留下忧愁。⑳悉见：全部接见㉑可：大约。

其后安国坐法抵罪①，蒙狱吏田甲辱安国②。安国曰：“死灰独不复然乎③？”田甲曰：“然即溺之④。”居无何⑤，梁内史缺⑥，汉使使者拜安国为梁内史，起徒中为二千石⑦。田甲亡走⑧。安国曰：“甲不就官，我灭而宗⑨。”甲因肉袒谢⑩。安国笑曰：“可溺矣！公等足与治乎⑪？”卒善遇之。

【注释】

①坐法：犯法被判罪。②蒙：县名。治所在今河南省商丘市北门。③独：岂；难道。然：“燃”的本字。④溺（niào）：通“尿”。动词。⑤无何：即无几何时；不久。⑥内史：官名。⑦徒：服劳役的犯人。《汉书》校订为“徙”。⑧亡走：逃跑。⑨而（ér）：你（们）。⑩肉袒：脱去上衣，裸露肢体。⑪足：可，得。治：有两解：一、较量。二、惩办。

梁内史之缺也，孝王新得齐人公孙诡，说之①，欲请以为内史。窦太后闻，乃诏王以安国为内史。

【注释】

①说（yuè）：通“悦”。

　　公孙诡、羊胜说孝王求为帝太子及益地事，恐汉大臣不听，乃阴使人刺汉用事谋臣[1]。及杀故吴相袁盎，景帝遂闻诡、胜等计画，乃遣使捕诡、胜，必得。汉使十辈至梁[2]，相以下举国大索[3]，月余不得。内史安国闻诡、胜匿孝王所，安国入见王而泣曰："主辱臣死。大王无良臣，故事纷纷至此[4]。今诡、胜不得，请辞赐死。"王曰："何至此？"安国泣数行下，曰："大王自度于皇帝，孰与太上皇之与高皇帝及皇帝之与临江王亲[5]？"孝王曰："弗如也。"安国曰："夫太上、临江亲父子之间，然而高帝曰'提三尺剑取天下者朕也'[6]，故太上皇终不得制事[7]，居于栎阳[8]。临江王，适长太子也[9]，以一言过，废王临江；用宫垣事[10]，卒自杀中尉府[11]。何者？治天下终不以私乱公。语曰：'虽有亲父，安知其不为虎？虽有亲兄，安知其不为狼？'今大王列在诸侯，悦一邪臣浮说[12]，犯上禁，桡明法[13]。天子以太后故，不忍致法于王。太后日夜涕泣，幸大王自改[14]，而大王终不觉寤[15]。有如太后宫车即晏驾[16]，大王尚谁攀乎？"语未卒，孝王泣数行下，谢安国曰："吾今出诡、胜。"诡、胜自杀。汉使还报，梁事皆得释[17]，安国之力也。于是景帝、太后益重安国。孝王卒，共王即位[18]，安国坐法失官，居家。

【注释】

　　①用事：当权。②辈：批。③索：搜查。④纷纷：杂乱；紊乱。⑤孰与：何如。意谓还不如，用于反诘语气，并含有比较意味。太上皇：简称上皇。指皇帝的父亲。此指汉帝的父亲刘太公。⑥三尺剑：剑长约三尺，故名。⑦制：裁断。⑧栎（yuè）阳：县名。在今陕西省西安市临潼区东北。⑨适（dí）：通"嫡"。⑩用：因；由。⑪中尉：武官名。掌管京城治安。⑫浮说：虚浮不实的言论。⑬桡（náo）：通"挠"。扰乱，阻挠。⑭幸：希望。⑮寤（wù）：通"悟"。⑯晏驾：古人讳言帝王死亡叫晏驾。⑰释：消除。⑱共（gōng）王：梁孝王的长子刘买。

　　建元中[1]，武安侯田蚡为汉太尉[2]，亲贵用事，安国以五百金物遗蚡[3]。蚡言安国太后[4]，天子亦素闻其贤[5]，即召以为北地都尉[6]，迁为大司农[7]。闽越、东越相攻[8]，安国及大行王恢将[9]。兵未至越，越杀其王降，汉兵亦罢。建元六年，武安侯为丞相，安国为御史大夫。

【注释】

①建元：汉武帝第一个年号（前 140—前 135 年）。②田蚡（fén）：汉景帝王皇后的同母异父的弟弟，封武安侯。③金：汉代计算货币的单位。黄金一斤为一金。遗（wèi）：赠予；致送。④太后：从此以下都是指汉景帝皇后、武帝母王娡。⑤天子：指汉武帝。⑥北地：郡名。都尉：官名。辅佐太守，掌管全郡军事。⑦大司农：官名。九卿之一。掌管租税、钱谷、盐铁和国家的财政收支等。⑧闽越：部族名。越人的一支。当时分布在今福建省北部、浙江省南部，建都东冶（今福建省福州市）。东越：部族名。闽越的分支。建都东瓯（今浙江省永嘉县西南）。⑨大行：官名。也作大行令。

匈奴来请和亲①，天子下议②。大行王恢，燕人也，数为边吏，习知胡事③。议曰："汉与匈奴和亲，率不过数岁即复倍约④。不如勿许，兴兵击之。"安国曰："千里而战，兵不获利。今匈奴负戎马之足，怀禽兽之心，迁徙鸟举⑤难得而制也。得其地不足以为广，有其众不足以为强，自上古不属为人⑥。汉数千里争利，则人马罢⑦，虏以全制其敝。且强弩之极，矢不能穿鲁缟⑧；冲风之末⑨，力不能漂鸿毛⑩。非初不劲，末力衰也。击之不便，不如和亲。"群臣议者多附安国，于是上许和亲。

【注释】

①匈奴：北方部族名。亦称胡。和亲：指汉族封建王朝和少数民族首领，以及少数民族首领之间具有一定政治目的的通婚。②下议：下交群臣讨论。③习：熟悉。④率：通常。⑤鸟举：鸟飞。举，飞。⑥不属为人：不内属于中国作百姓。⑦罢（pí）：通"疲"。⑧鲁缟（gǎo）：鲁国出产的一种白色生绢，以轻薄著称。⑨冲风：猛烈的风。⑩漂：通"飘"。疾风。

其明年，则元光元年①，雁门马邑豪聂翁壹因大行王恢言上曰②："匈奴初和亲，亲信边，可诱以利，"阴使聂翁壹为间③，亡入匈奴，谓单于曰④："吾能斩马邑令丞吏⑤，以城降，财物可尽得。"单于爱信之，以为然，许聂翁壹。聂翁壹乃还，诈斩死罪囚，县其头马邑城⑥，示单于使者为信。曰："马邑长吏已死，可急来。"于是单于穿塞将十余万骑⑦，入武州塞⑧。

【注释】

①元光：汉武帝年号（前 134—前 129 年）。雁门：郡名。在今山西省北部和内蒙古自治区南部，治所在善无（今山西省右玉县南）。豪：首领。②因：通过。③阴：隐秘；暗中。间（jiàn）：间谍。④单（chán）于：匈奴君主的称号。⑤令：县令。一县的行政长官。⑥悬：通"悬"。⑦穿：通过。⑧武州：县名。在今山西省左云县。

当是时，汉伏兵车骑材官三十余万①，匿马邑旁谷中。卫尉李广为骁骑将军②，太仆公孙贺为轻车将军③。大行王恢为将屯将军，太中大夫李息为材官将军④。御史大夫韩安国为护军将军，诸将皆属护军，约单于入马邑而汉兵纵发。王恢、李息、李广别从代主击其辎重⑤。于是单于入汉长城武州塞。未至马邑百余里，行掠卤⑥，徒见畜牧于野，不见一人。单于怪之，攻烽燧⑦，得武州尉史⑧。欲刺问尉史⑨。尉史曰："汉兵数十万伏马邑下。"单于顾谓左右曰："几为汉所卖⑩！"乃引兵还。出塞，曰："吾得尉史，乃天也。"命尉史为"天王"。塞下传言单于已引去。汉兵追至塞，度弗及，即罢。王恢等兵三万，闻单于不与汉合⑪，度往击辎重，必与单于精兵战，汉兵势必败，则以便宜罢兵⑫，皆无功。

【注释】

①车骑：指战车和骑兵。材官：步兵。②卫尉：官名。九卿之一。掌管宫门警卫，统率宫廷警卫部队。李广：当时名将。③太仆：官名。九卿之一，掌管皇帝的车马和马政。④太中大夫：官名。掌议论。⑤代：郡名。地在今河北省西北部和山西省东北部，治所在代县（今河北省蔚县东北）。⑥卤：通"掳"。⑦烽燧：这里指烽火台。⑧尉史：县尉的助理官员。⑨刺：探问。⑩几（jī）：几乎。卖：欺骗。⑪合：交锋。⑫便宜：看怎样方便适宜，斟酌处理。

天子怒王恢不出击单于辎重，擅引兵罢也。恢曰："始约虏入马邑城，兵与单于接，而臣击其辎重，可得利。今单于闻，不至而还，臣以三万人众不敌，祗取辱耳①。臣固知还而斩，然得完陛下士三万人②。"于是下恢廷尉③。廷尉当恢逗桡④，当斩。恢私行千金丞相蚡⑤。蚡不敢言上，而言于太后曰："王恢首造马邑事⑥，今不成而诛恢，是为匈奴报

仇也。”上朝太后，太后以丞相言告上。上曰：“首为马邑事者，恢也，故发天下兵数十万，从其言，为此。且纵单于不可得，恢所部击其辎重，犹颇可得，以慰士大夫心。今不诛恢，无以谢天下。”于是恢闻之，乃自杀。

《昭君传》版画之李广像

【注释】

①褆（zhī）：通“只”。②完：保全。③下：交给。廷尉：官名。④当：判罪。逗桡：逗，曲行避敌。⑤行：给予。⑥造：致，招致。做，作。

安国为人多大略①，智足以当世取合②。而出于忠厚焉③。贪嗜于财。所推举皆廉士，贤于己者也。于梁举壶遂、臧固、郅他，皆天下名士，士亦以此称慕之，唯天子以为国器④。安国为御史大夫四岁余，丞相田蚡死，安国行丞相事⑤，奉引堕车蹇⑥。天子议置相，欲用安国，使使视之，蹇甚，乃更以平棘侯薛泽为丞相。安国病免数月，蹇愈，上复以安国为中尉。岁余，徙为卫尉⑦。

【注释】

①大略：远大的谋略。②当世：随顺世俗。取合：善于投合、迎合。③出：产生。④国器：指可以主持国政的人才。⑤行：代理。⑥奉引：导引车驾。⑦徙：调动；提升。

车骑将军卫青击匈奴①，出上谷②，破胡茏城③。将军李广为匈奴所得④，复失之，公孙敖大亡卒：皆当斩，赎为庶人⑤。明年，匈奴大入边，杀辽西太守⑥，及入雁门，所杀略数千人⑦。车骑将军卫青击之，出雁门。卫尉安国为材官将军，屯于渔阳⑧。安国捕生虏，言匈奴远去。即上书言方田作时⑨，请且罢军屯。罢军屯月余，匈奴大入上谷、渔阳。安国壁乃有七百余人⑩，出与战，不胜，复入壁。匈奴虏略千余人及畜产而去。天子闻之，怒，使使责让安国⑪。徙安国益东，屯右北平⑫。是时匈奴虏言当入东方。

【注释】

①卫青：当时名将。卫皇后弟。②上谷：郡名。地在北京市以西一带，治所在沮阳（今河北省怀来县东南）。③茏城：地名。即龙城。又称龙庭。④得：俘虏。⑤赎：用财物求免罪。庶人：平民。⑥辽西：郡名，地在今辽宁省大凌河下游以西一带，治所在阳乐（今辽宁省义县西）。⑦略：劫掠。⑧屯：驻防。渔阳：郡名。地在今北京市以东一带，治所在渔阳（今密云县西南）。⑨田作：耕种。⑩壁：营垒。⑪让：责备。⑫右北平：郡名。

安国始为御史大夫及护军，后稍斥疏①，下迁②；而新幸壮将军卫青等有功，益贵。安国既疏远，默默也；将屯又为匈奴所欺，失亡多，甚自愧。幸得罢归，乃益东徙屯，意忽忽不乐③。数月，病欧血死④。安国以元朔二年中卒⑤。

【注释】

①斥疏：排斥疏远。被动用法。②下迁：贬官；降职。③忽忽：失意

貌。④欧（ǒu）：通"呕"吐。⑤元朔：汉武帝年号（前128—前123年）。

太史公曰：余与壶遂定律历①，观韩长孺之义②，壶遂之深中隐厚③。世之言梁多长者④，不虚哉！壶遂官至詹事⑤，天子方倚以为汉相，会遂卒。不然，壶遂之内廉行修⑥，斯鞠躬君子也⑦。

【注释】

①律历：乐律和历法。②韩长孺：韩安国表字。③深中隐厚：内心廉正忠厚。④长者：有德行的人；性情谨厚的人。⑤詹事：官名。⑥修：善良。⑦鞠躬：谨慎恭敬的样子。

李将军列传第四十九

  李将军广者，陇西成纪人也①。其先曰李信②，秦时为将，逐得燕太子丹者也③。故槐里④，徙成纪。广家世世受射⑤。孝文帝十四年⑥，匈奴大入萧关⑦，而广以良家子从军击胡⑧，用善骑射⑨，杀首房多⑩，为汉中郎⑪。广从弟李蔡亦为郎⑫，皆为武骑常侍⑬，秩八百石⑭。尝从行⑮，有所冲陷折关及格猛兽⑯，而文帝曰："惜乎，子不遇时⑰！如令子当高帝时⑱，万户侯岂足道哉⑲！"

【注释】

  ①陇西：郡名。地在今甘肃省东部地区。治所在狄道（今甘肃省临洮县南）。成纪：县名。在今甘肃省秦安县北。②李信：战国末秦将，曾与王翦一同灭燕。③燕：古国名。战国七雄之一。④故：故居；旧居。槐里：县名。在今陕西省兴平市东南。⑤受：接受。这里有学习的意思。⑥孝文帝十四年：即公元前166年。孝文帝即汉文帝刘恒，汉高帝刘邦的儿子。公元前179—前157年在位。⑦匈奴：古代北方部族。亦称胡，以游牧为生。详见《匈奴列传》。萧关：当时长安通往塞外的关口。在今宁夏回族自治区固原市原州区东南。⑧良家子：指出身正当，家世清白人家的子弟。胡：古代对北方和西方各族的泛称。这里指匈奴。⑨用：因为；由于。⑩杀首房：斩杀敌人首级和俘房敌人。⑪中郎：官名。⑫从（zòng）弟：堂弟。⑬武骑（jì）常侍：郎官的加衔。⑭秩：俸禄的等级。汉代禄秩分为十五等，从万石到一百石。八百石，约当十五等中的第六、七等。汉代的中郎为六百石，任武骑常侍加秩二百石。⑮尝：通"常"。时常。《汉书》作"数"。⑯冲陷：冲锋陷阵。折关：突破险阻。格：格杀；搏斗。⑰时：时机。⑱高帝：刘邦。⑲万户侯：封邑有万户的侯爵。

  及孝景初立①，广为陇西都尉②，徙为骑郎将③。吴楚军时④，广为骁骑都尉⑤，从太尉亚夫击吴楚军⑥，取旗⑦，显功名昌邑下⑧。以梁王

授广将军印⑨，还，赏不行⑩。徙为上谷太守⑪，匈奴日以合战⑫。典属国公孙昆邪为上泣曰⑬："李广才气，天下无双，自负其能⑭，数与虏敌战⑮，恐亡之⑯。"于是乃徙为上郡太守⑰。后广转为边郡太守⑱，徙上郡。尝为陇西、北地、雁门、代郡、云中太守⑲，皆以力战为名。

【注释】

①孝景：即汉景帝刘启。文帝刘恒的儿子。②都尉：官名。原名郡尉，辅佐郡守并掌管全郡军事，位次于太守。景帝时改名都尉。③徙：调任。骑郎将：官名。统率骑郎（骑马护从皇帝车驾的郎官）的将领。汉代的郎官分户、车、骑几种。④吴楚军：指西汉景帝时吴楚等七国的叛乱。⑤骁骑：轻捷矫健的骑兵，似今之"轻骑兵"。⑥太尉：官名。亚夫：周亚夫（？—前143年）沛县人（今属江苏省）。汉初大臣周勃（？—前169年）的儿子。西汉时期名将。⑦旗：指敌军的帅旗。⑧昌邑：县名。当时梁国的要邑，地在今山东省金乡县西北。⑨梁王：梁孝王刘武，文帝次子，景帝的同母弟。⑩赏不行：不颁发奖赏。因李广私受梁王授给他的将军印，这是违犯汉朝廷法令的事。⑪上谷：郡名。辖境约当河北省西北部及中部一部分地区。治所在沮阳（今河北省怀来县东南）。⑫合战：交战。⑬典属国：官名。掌管附属国及外族事务的官。公孙昆邪：姓公孙，名昆邪（hún yé）。为：对。上：皇上。这里指汉景帝。⑭负：倚仗；仗恃。⑮数（shuò）：屡次；多次。虏：敌人。指匈奴。敌战：迎面作战。⑯亡：战死。⑰上郡：郡名。⑱这里疑有错简，众说不一。据今人王伯祥注释（其说本于归有光）说："此为插叙语，言他以上谷太守历转沿边诸郡太守，然后乃徙上郡太守。其下'尝为陇西……云中太守'一语即此一系列迁转的实例，故以'尝'字提示它。并不是说做了上郡太守以后乃历转各边郡太守的。"今从此说。⑲北地：郡名。地在今甘肃省东北部及宁夏回族自治区部分地区。治所在马岭（今甘肃省庆阳市西北）。雁门：郡名。地在今山西省北部和内蒙古自治区南部地区。治所在善无（今山西省右玉县南）。代郡：郡名。地在今山西省东北部和河北省西北地区，治所在代县（今河北省蔚县东北）。汉文帝为代王时，徙都中都（今山西平遥县西南）。云中：郡名。地在今内蒙古自治区东南部，治所在云中（今内蒙古自治区托克托县东北）。

　　匈奴大入上郡，天子使中贵人从广勒习兵击匈奴[1]。中贵人将骑数十纵[2]，见匈奴三人，与战。三人还射，伤中贵人，杀其骑且尽。中贵人走广[3]。广曰："是必射雕者也[4]。"广乃遂从百骑往驰三人。三人亡马步行[5]，行数十里。广令其骑张左右翼，而广身自射彼三人者[6]，杀其二人，生得一人，果匈奴射雕者也。已缚之上马，望匈奴有数千骑，见广，以为诱骑[7]，皆惊，上山陈[8]。广之百骑皆大恐，欲驰还走，广曰："吾去大军数十里，今如此以百骑走，匈奴追射我立尽。今我留，匈奴必以我为大军之诱，必不敢击我。"广令诸骑曰："前！"前未到匈奴陈二里所[9]，止，令曰："皆下马解鞍！"其骑曰："虏多且近，即有急[10]，奈何？"广曰："彼虏以我为走，今皆解鞍以示不走，用坚其意[11]。"于是胡骑遂不敢击。有白马将出护其兵，李广上马与十余骑奔射杀胡白马将，而复还至其骑中，解鞍，令士皆纵马卧[12]。是时会暮[13]，胡兵终怪之，不敢击。夜半时，胡兵亦以为汉有伏军于旁欲夜取之，胡皆引兵而去。平旦[14]，李广乃归其大军。大军不知广所之[15]，故弗从。

【注释】

　　①中贵人：宫中受宠幸的宦官。勒：部勒；统率。②将（jiàng）：率领；统率。纵（zòng）：放马驰骋。③走：奔跑；逃跑。④射雕者：射雕的能手。⑤亡（wú）：通"无"。⑥身自：亲自。⑦诱骑：诱敌的骑兵。⑧陈（zhèn）：同"阵"。摆列阵势。动词。⑨所：通"许"。约计之辞。⑩即：倘若；如果。⑪坚：坚定。⑫纵：放开。⑬会：适逢。⑭平旦：天明。⑮所之：所去的方向。

　　居久之，孝景崩[1]，武帝立[2]，左右以为广名将也[3]，于是广以上郡太守为未央卫尉[4]，而程不识亦为长乐卫尉[5]。程不识故与李广俱以边太守将军屯[6]。及出击胡，而广行无部伍行陈[7]，就善水草屯，舍止，人人自便，不击刀斗以自卫[8]，莫府省约文书籍事[9]，然亦远斥候[10]，未尝遇害。程不识正部曲行伍营陈[11]，击刀斗，士吏治军簿至明，军不得休息，然亦未尝遇害。不识曰："李广军极简易，然虏卒犯之[12]，无以禁也；而其士卒亦佚乐[13]，咸乐为之死[14]。我军虽烦扰，然虏亦不得犯我。"是时汉边郡李广、程不识皆为名将，然匈奴畏李广之略[15]，士卒亦多乐从李广而苦程不识。程不识孝景时以数直谏为太中大夫[16]。为人廉，谨于文法⑰。

【注释】

①崩：古代称皇帝死为崩。犹如"山陵崩"之义。②武帝：刘彻，汉景帝子，公元前140—前87年在位。③左右：周围的人。④未央：汉宫名，皇帝所居。当时称西宫（因在长乐宫之西）。故址在今陕西省西安市西北郊。卫尉：武官名。⑤长乐：汉宫名，太后所居。当时称东宫（因在未央宫之东）。故址在今陕西省西安市西北郊东南隅。⑥故：从前，过去。边：指边郡。屯：驻防。⑦部伍：即部曲，部队的编制单位。行（háng）陈：行列阵势。⑧刁（diāo）斗：刁，通"刀"。铜锅。能盛粮一斗。白天用来煮饭，夜间敲着巡逻。⑨莫府：将帅出征时驻扎的大帐幕，以后就代称将帅的官署。莫，通"幕"。省约：减省；节约。⑩斥候：指侦察兵。斥，侦察。候，伺望。⑪部曲：部队的编制单位。⑫卒（cù）：

西汉名将李广像，出自清·顾沅辑《古圣贤像传略》。

通"猝"，急遽；突然。⑬佚（yì）乐：安逸快乐。佚，通"逸"。⑭咸：皆；都。⑮略：谋略；计策。⑯太中大夫：官名。⑰文法：法制；法令条文。

后汉以马邑城诱单于①，使大军伏马邑旁谷，而广为骁骑将军②，领属护军将军③。是时单于觉之④，去，汉军皆无功。其后四岁⑤，广以卫尉为将军，出雁门击匈奴⑥。匈奴兵多，破败广军，生得广。单于素闻广贤，令曰："得李广必生致之⑦。"胡骑得广，广时伤病，置广两马间，络而盛卧广⑧。行十余里，广详死⑨，睨其旁有一胡儿骑善马⑩，广暂腾而上胡儿马⑪，因推堕儿，取其弓，鞭马南驰数十里，复得其余军⑫，因引而入塞⑬。匈奴捕者骑数百追之，广行取胡儿弓⑭，射杀追骑，以故得脱。于是至汉⑮，汉下广吏⑯。吏当广所失亡多⑰，为虏所生得，当斩，赎为庶人⑱。

【注释】

①马邑：县名。在今山西省朔县。②骁骑：都是当时将军的冠号。后世称杂牌将军，不常设置，战时才授予，战毕就罢免。③领属：受节制、从属。④之：代词。⑤其后四岁：指武帝天光六年，即公元前129年。⑥雁门：郡名，治所在善无（今山西右玉县南）。⑦生：指活捉。⑧络：网络。盛（chéng）：放。⑨详（yáng）：通"佯"，假装。⑩睨（nì）：斜视。⑪暂：霎时，突然。⑫复得：又遇到。⑬塞（sài）：边关要塞。⑭行取：且行且拿起。⑮至汉：指回到汉朝京城长安。⑯下广吏。⑰当（dàng）：判决，判罪。⑱赎：汉时法律，被判死刑者可以纳金赎免罪刑（或减或免）。庶人：平民。

顷之①，家居数岁。广家与故颍阴侯孙屏野居蓝田南山中射猎②。尝夜从一骑出③，从人田间饮，还至霸陵亭④，霸陵尉醉，呵止广⑤。广骑曰："故李将军⑥。"尉曰："今将军尚不得夜行，何乃故也！"止广宿亭下⑦。居无何⑧，匈奴入杀辽西太守⑨，败韩将军⑩，后韩将军徙右北平⑪。于是天子乃召拜广为右北平太守⑫。广即请霸陵尉与俱，至军而斩之。

【注释】

①顷之，不久，顷刻之间。②颍阴侯孙：颍阴侯灌婴的孙子灌强。颍阴，今河南许昌市。屏（bǐng）野：退居田野，退隐回乡。蓝田：县名。在今陕西省蓝田县西。南山：即蓝田县东南的蓝田山，是当时朝贵退休游乐之地。③从：带领。出：出外。④霸陵：汉文帝陵墓，在今陕西省西安市东北。亭：驿亭。⑤呵（hē）止：呵斥阻止。⑥故：即指前任。⑦止：扣留。⑧居无何：过了不久。⑨辽西：郡名。地当今河北省东北部和辽宁省西部一带。治所阳乐，在今辽宁省义县西。⑩韩将军：韩安国。当时驻守渔阳，地在今北京市密云县西南。⑪右北平：郡名。郡治平刚（今辽宁凌源市西南）。一本此句下有"死"字。⑫拜：用一定的礼节授给官职。

广居右北平，匈奴闻之，号曰："汉之飞将军"，避之数岁，不敢入右北平。

广出猎，见草中石，以为虎而射之，中石没镞①，视之石也。因复更射之，终不能复入石矣。广所居郡闻有虎，尝自射之②。及居右北平射虎，虎腾伤广，广亦竟射杀之。

【注释】

①镞（zú）：箭头。②尝：通"常"。

广廉，得赏赐辄分其麾下①，饮食与士共之。终广之身②，为二千石四十余年③，家无余财，终不言家产事。广为人长④，猨臂⑤，其善射亦天性也，虽其子孙他人学者，莫能及广。广讷口少言⑥，与人居则画地为军陈，射阔狭以饮⑦。专以射为戏，竟死⑧。广之将兵，乏绝之处⑨，见水，士卒不尽饮，广不近水，士卒不尽食，广不尝食。宽缓不苛⑩，士以此爱乐为用⑪。其射，见敌急，非在数十步之内，度不中不发⑫，发即应弦而倒。用此⑬，其将兵数困辱⑭，其射猛兽亦为所伤云。

【注释】

①辄（zhé）：常常，总是。麾（huī）下：部下。②终广之身：尽李广的一生。③二千石（shí）：汉代官员俸禄的等级从二千石递减到百石，汉代郡守俸禄每月二千石，实际上为一百二十斛（hú）谷（一斛为十斗，即一石），汉代的九卿和京兆尹、中尉等的俸禄也是二千石。④长：指身材

李广冥山射虎图，选自清·马骀《百将传图》。

高大。⑤猿臂：比喻两臂像猿臂长而灵活。⑥讷（nè）口：口才笨拙，语言迟钝。⑦阔狭：指在地上所画的宽窄不同的线，表军队的行列。⑧竟死：到死。⑨乏绝：指缺乏饮水，断绝粮食。⑩宽缓：指待人宽容和缓。⑪爱乐为用：指爱戴李广，乐于为他效力。⑫度（duó）：度量，估计。⑬用此：因此。⑭困辱：被围困受辱。

　　居顷之，石建卒①，于是上召广代建为郎中令②。元朔六年③，广复为后将军④，从大将军军出定襄⑤，击匈奴。诸将多中首虏率⑥，以功为侯者，而广军无功。后二岁⑦，广以郎中令将四千骑出右北平，博望侯张骞将万骑与广俱⑧，异道⑨。行可数百里⑩，匈奴左贤王将四万骑围广⑪，广军士皆恐，广乃使其子敢往驰之⑫。敢独与数十骑驰，直贯胡骑⑬，出其左右而还，告广曰："胡虏易与耳⑭。"军士乃安。广为圜陈外向⑮，胡急击之，矢下如雨。汉兵死者过半，汉矢且尽。广乃令士持

满毋发^⑯，而广身自以大黄射其裨将^⑰，杀数人，胡虏益解^⑱。会日暮，吏士皆无人色^⑲，而广意气自如^⑳，益治军。军中自是服其勇也。明日，复力战，而博望侯军亦至，匈奴军乃解去。汉军罢^㉑，弗能追。是时广军几没^㉒，罢归^㉓。汉法，博望侯留迟后期^㉔，当死，赎为庶人。广军功自如^㉕，无赏。

【注释】

①石建：石奋的长子、以孝谨著称。汉武帝时任郎中令。②郎中令：官名，为皇帝左右亲近的官职，掌管守卫宫殿门户。汉武帝时改称光禄勋（九卿之一）。③元朔六年：公元前 123 年。④后将军：官名。位次于上卿。⑤从：从属，随从。大将军：指卫青（？—前 106 年）。他是武帝皇后卫子夫的同母弟，曾多次征伐匈奴，封爵长平侯。大将军是当时最高的军衔，位比三公。事见《卫将军骠骑列传》。定襄：郡名。郡治成乐（今内蒙古和林格尔县西北）。⑥中（zhòng）：符合。率（lù）：同律。律令：法律，规定。汉代根据杀敌数量的多少而规定封赏标准，分别授以不同等级的爵位。⑦后二岁：即元狩二年（公元前 121 年）。⑧张骞（qiān）：（？—前 114 年）。⑨异道：不同的路，即分路进兵。⑩可：大约。⑪左贤王：匈奴官名。单于手下的统帅。⑫敢：李广之子李敢。⑬贯：穿过。⑭易与（yù）：容易对付。⑮圜阵：圆形的阵势。圜，通"圆"。外向：即队伍面朝外对敌。⑯毋（wú）：勿。⑰大黄：弩弓名，又名黄肩弩。因体大色黄，故名。是当时最能射远的弓弩。⑱益：渐渐。解：通"懈"。⑲无人色：指脸色不像活人。⑳意气自如：神气同平时一样自然。㉑罢（pí）：通"疲"。㉒几没：几乎覆没。㉓罢归：休兵回来。㉔留迟后期：指行军迟缓，在预定的会合日期没有到达。㉕军功自如：立的军功和失误应得的惩罚相当。

初，广之从弟李蔡与广俱事孝文帝。景帝时，蔡积功劳至二千石。孝武帝时，至代相^①。以元朔五年为轻车将军^②，从大将军击右贤王，有功中率，封为乐安侯^③。元狩二年中，代公孙弘为丞相^④。蔡为人在下中^⑤，名声出广下甚远，然广不得爵邑，官不过九卿^⑥，而蔡为列侯^⑦，位至三公^⑧。诸广之军吏及士卒或取封侯。广尝与望气王朔燕语^⑨，曰："自汉击匈奴而广未尝不在其中，而诸部校尉以下，才能不及中人，然以击胡军功取侯者数十人，而广不为后人，然无尺寸之功以得封邑者，何也？岂吾相不当侯邪？且固命也？"朔曰："将军自念，岂尝有所恨乎？"广曰："吾尝为陇西守，羌尝反⑩，吾诱而降，降者八百余人，吾诈而同日杀之。至今大恨独此耳。"朔曰："祸莫大于杀已降，此乃将军所以不得侯者也。"

【注释】

①代相：代国的相，侯国的最高长官。代：郡名、曾一度改为侯国，治所代在今河北省蔚县。汉文帝为代王时，移治中都（今山西平遥县西南）。②元朔五年：即公元前124年。轻车将军：杂号将军之一。③乐安：县名，治所在今山东博兴县东北。④公孙弘：姓公孙，名弘，字季，薛（在今山东省滕州市南）人。卫青的朋友。武帝元狩、武帝第二个年号，共六年。公元前134—前129年。⑤下中：谓下等里的中等，即属第八等。⑥九卿：汉以太常、光禄勋、太仆、廷尉、大鸿胪、宗正、大司农、少府为九卿。⑦列侯：爵位名。⑧三公：汉时以丞相、太尉、御史大夫为三公。⑨望气：望云气附会人事，占卜吉凶。这里望气指望气者。王朔：人名。当时有名的望气家，善于占卜。燕语：私下交谈。⑩羌：中国古代民族名。西汉时散居陇西一带的少数民族。

后二岁，大将军、骠骑将军大出击匈奴①，广数自请行。天子以为老，弗许，良久乃许之，以为前将军。是岁，元狩四年也。

广既从大将军青击匈奴，既出塞，青捕虏知单于所居，乃自以精兵走之②，而令广并于右将军军③，出东道。东道少回远④，而大军行水草少，其势不屯行⑤。广自请曰："臣部为前将军，今大将军乃徙令臣出东道，且臣结发而与匈奴战⑥，今乃一得当单于⑦，臣愿居前，先死单于。"大将军青亦阴受上诫⑧，以为李广老，数奇⑨，毋令当单于，恐不得所欲。而是时公孙敖新失侯⑩，为中将军从大将军⑪，大将军亦欲使敖与俱当单于，故徙前将军广。广时知之，固自辞于大将军⑫。大将军不听，令长史封书与广之莫府⑬，曰："急诣部⑭，如书。"广不谢大将军而起行⑮，意甚愠怒而就部⑯，引兵与右将军食其合军出东道。军亡导⑰，或失道⑱，后大将军。大将军与单于接战，单于遁走，弗能得而还。南绝幕⑲，遇前将军、右将军。广已见大将军，还入军。大将军使长史持糒

醪遗广[20]，因问广食其失道状，青欲上书报天子军曲折[21]。广未对。大将军使长史急责广之幕府对簿[22]。广曰："诸校尉无罪，乃我自失道。吾今自上簿。"

【注释】

①骠骑将军：官号。位仅次于大将军。这里指霍去病。②走(zòu)：趋，追逐。③右将军：指赵食其(yì jī)。④少：通"稍"。回远：迂迴、绕远。回：通"迴"。⑤屯行：驻扎下来，停止前进。人所聚曰"屯"。⑥结发：古代男子二十岁束发，始可戴冠，以表成年。⑦当：遇。⑧阴受上诫：暗中得到武帝的告诫。上：指武帝。⑨数奇(jī)：命运不好。⑩公孙敖：姓公孙，名敖，义渠人，与卫青友好，曾搭救过卫青的性命、随卫青出击匈奴，封合骑侯。⑪中将军：位与前后左右将军相当。据公孙敖传说，这时他以校尉从大将军。⑫固：坚决。辞：辞免，指拒绝徙并右将军军。⑬长史：官名。即大将军秘书，协助大将军处理所属部门的事务。⑭诣(yì)：往。⑮谢：辞别。愠(yùn)⑯怒：怒愤。⑰亡导：没有向导。亡，通"无"。⑱或：通"惑"。迷惑。⑲绝：横渡。⑳糒(bèi)：干粮。醪(láo)：酒浆，浊酒。遗(wèi)：赠，给。㉑曲折：详细的经过。㉒使：一说，"使"为衍文，长史仍指持糒醪的长史。对簿：对质，受审。簿：文书，记载。即受审问时凭着文书对质。

至莫府，广谓其麾下曰："广结发与匈奴大小七十余战，今幸从大将军出接单于兵，而大将军又徙广部行回远，而又迷失道，岂非天哉！且广年六十余矣，终不能复对刀笔之吏①"。遂引刀自刭②。广军士大夫一军皆哭③。百姓闻之，知与不知④，无老壮皆为垂涕⑤。而右将军独下吏，当死，赎为庶人。⑥

【注释】

①刀笔吏：管理文书的官员。②自刭：自刎。刭，以刀割颈。③士大夫：一般文武官吏的统称。这里指将士。一军：指军中的一切人。④知：犹"识"，认识。⑤无：无论；不论。⑥赎：以钱物抵罪。庶人：平民。

广子三人，曰当户、椒、敢，为郎①。天子与韩嫣戏②，嫣少不逊③，当户击嫣，嫣走。于是天子以为勇。当户早死，拜椒为代郡太守，皆先广死。当户有遗腹子名陵④。广死军时，敢从骠骑将军。广死明年，李蔡以丞相坐侵孝景园壖地⑤，当下吏治，蔡亦自杀，不对狱，国除⑥。李敢以校尉从骠骑将军击胡左贤王，力战，夺左贤王鼓旗，斩首多，赐爵关内侯⑦，食邑二百户，代广为郎中令。顷之，怨大将军青之恨其父⑧，乃击伤大将军，大将军匿讳之⑨。居无何，敢从上雍⑩，至甘泉宫猎⑪。骠骑将军去病与青有亲，射杀敢。去病时方贵幸⑫，上讳云鹿触杀之。居岁余，去病死。而敢有女为太子中人⑬，爱幸，敢男禹有宠于太子，然好利，李氏陵迟衰微矣⑭。

【注释】

①郎：帝王侍从官的通称。②韩嫣（yān）：韩王信的后裔，弓高侯韩颓唐庶出的孙子，汉武帝的弄臣。③少：稍，略微。④遗腹子：妻有孕，丈夫死后所生之子。即遗留在妻子腹内的孩子。⑤坐：因，由于。介词。园：陵园。壖（ruán）地：壖，通"堧"。空地，余地。⑥国：指李蔡乐安侯的封地。⑦关内侯：爵名。西汉建都长安，在函谷关内，故称。汉百官公卿表例在二十级之第十九级，位汉次于彻侯。⑧恨其父：使他的父亲抱恨而死。⑨匿讳：隐瞒。⑩雍：县名，在今陕西凤翔县南。⑪甘泉宫：宫名。⑫贵幸：显贵得宠。⑬太子：此指武帝长子刘据，卫皇后所生。中人：没有位号的宫中姬妾。⑭陵迟：通"陵夷"。渐渐衰颓。

李陵既壮①，选为建章监②，监诸骑。善射，爱士卒。天子以为李氏世将，而使将八百骑。尝深入匈奴二千余里，过居延视地形③，无所见虏而还。拜为骑都尉，将丹阳楚人五千人④，教射酒泉、张掖以屯卫胡⑤。

【注释】

①壮：壮年，古人以三十岁为壮。②建章：宫名。③居延：在今内蒙古自治区西端额济纳旗所管辖境内的居延海，已淤塞成嘎顺诺尔与苏古诺尔两个湖。骑都尉：官名。④丹阳：郡名。治所在宛陵（今安徽省宣城市）。旧属楚地，今安徽省皖南地区的大部分，江苏长江以南偏西一小部分，均是其所辖故境。⑤酒泉张掖：均为郡名。酒泉居西，张掖居东，在今甘肃省西北中部的狭长地带。

　　数岁，天汉二年秋[①]，贰师将军李广利将三万骑击匈奴右贤王于祁连天山[②]，而使陵将其射士步兵五千人出居延北可千余里，欲以分匈奴兵，毋令专走贰师也。陵既至期还，而单于以兵八万围击陵军。陵军五千人，兵矢既尽，士死者过半，而所杀伤匈奴亦万余人。且引且战[③]，连斗八日，还未到居延百余里，匈奴遮狭绝道[④]，陵食乏而救兵不到，虏急击招降陵。陵曰："无面目报陛下[⑤]。"遂降匈奴，其兵尽没，余亡散得归汉者四百余人。

【注释】

　　①天汉：武帝第八个年号，共四年（前100—前97年）。二年，当公元前99年。是武帝即位的第四十二年。②贰师将军：杂号将军之一。祁连天山：即祁连山。③且引且战：一边退却一边作战。且，连词，又。引，退却。④遮：遮住，拦住。绝：截断。⑤报：回复。陛下：指武帝。

　　单于既得陵，素闻其家声，及战又壮，乃以其女妻陵而贵之[①]。汉闻，族陵母妻子[②]。自是之后，李氏名败，而陇西之士居门下者皆用为耻焉[③]。

【注释】

　　①妻（qì）：嫁给。②族：灭族。动词。③《史记志疑》认为从"李陵既壮"起至此，都是后人妄续的。他说："无论天汉间事《史》所不载，而史公因陵被祸，必不书之，其详别见于《报任安书》，盖有深意焉。观赞中但言李广而无一语及陵，可见。且所续与《汉传》不合。如族陵家在陵降岁余之后，匈奴妻陵又在族家之后，而此言单于得陵即以女妻之；汉闻其妻单于女，族陵母、妻、子：并误也。且汉之族陵家，因公孙敖误以李绪教单于兵为李陵之故，不关妻单于女。又杭太史（即杭世骏）云：子长盛推李少卿，以为有国士风，虽败不足诛，彼不死，欲得当以报。何云李氏名败，陇西之士为耻乎！断非子长笔。"

　　太史公曰：《传》曰"其身正，不令而行；其身不正，虽令不从[①]。"其李将军之谓也？余睹李将军悛悛如鄙人[②]，口不能道辞。及死之日，天下知与不知，皆为尽哀。彼其忠实心诚信于士大夫也[③]？谚曰"桃李不言，下自成蹊④”。此言虽小，可以喻大也。

【注释】

　　①传：指《论语》。引语出于《论语·子路》篇。②恂恂（xún xún）：通"恂恂"。谦恭谨慎忠厚。鄙人：居住在郊野未见世面的人。③彼：他。其：那。④蹊（xī）：小路。

匈奴列传第五十

匈奴其先祖夏后氏之苗裔也[1]，曰淳维。唐虞以上有山戎、猃狁、荤粥[2]，居于北蛮[3]，随畜牧而转移。其畜之所多则马、牛、羊，其奇畜则橐驼、驴、蠃、駃騠、騊駼、驒騱[4]。逐水草迁徙，毋城郭、常处、耕田之业[5]，然亦各有分地[6]。毋文书，以言语为约束。儿能骑羊，引弓射鸟鼠；少长则射狐兔[7]：用为食。士力能毌弓[8]，尽为甲骑[9]。其俗，宽则随畜[10]，因射猎禽兽为生业[11]，急则人习战攻以侵伐，其天性也。其长兵则弓矢[12]，短兵则刀铤[13]。利则进，不利则退，不羞遁走[14]。苟利所在[15]，不知礼义。自君王以下，咸食畜肉[16]，衣其皮革[17]，被旃裘[18]。壮者食肥美，老者食其余。贵壮健，贱老弱。父死，妻其后母[19]；兄弟死，皆取其妻妻之[20]。其俗有名不讳[21]，而无姓字[22]。

【注释】

①其：通"之"。结构助词。夏后氏：古部落名。②唐虞：指陶唐氏和有虞氏，分别为尧、舜的国号。山戎、猃狁（xiǎn yǔn）、荤粥（xūn yù）：都是秦汉以前匈奴的名称。③北蛮：指北方蛮荒之地。即中国北部边境内外。④橐（tuó）驼：骆驼。蠃：通"骡"。此处指马骡，即母马与公驴交配所生的杂种。駃騠（jué tí）：即驴骡，母驴与公马交配所生的杂种，身体较马骡小。騊駼（táo tú）：马的一种，据说是良马。驒騱（diān xī）：野马名，似马而小。⑤毋：通"无"。没有。城郭：古代在都邑四周用作防御的墙垣，有二重，内称城，外称郭。⑥分（fèn）地：指分占的牧地。⑦少长（shǎo zhǎng）：年龄稍大。⑧士：指男子。毌（guàn）：通"贯""弯"。⑨甲骑：披甲骑马的士兵；泛指战士。⑩宽：和缓。指平时。⑪因：以。⑫长兵：指能够远距离杀伤敌人的兵器。⑬铤（chán，又音 yán）：铁柄小矛。⑭羞：害羞。以动用法。⑮苟：假如；只要。⑯咸：都。⑰衣（yì）：穿。动词。⑱被（pī）：通"披"。穿或披在身上。旃（zhān）裘：用兽毛兽皮做成的衣服。⑲妻（qì）：把她做妻子。以动用法。

后母：指继母或其他非生身之母。⑳取：通"娶"。㉑讳：旧时对帝王或尊长不敢直称其名，称为"避讳"。㉒姓字：姓氏和表字。

夏道衰，而公刘失其稷官①，变于西戎②，邑于豳③。其后三百有余岁④，戎狄攻大王亶父⑤，亶父亡走岐下⑥，而豳人悉从亶父而邑焉⑦，作周。其后百有余岁，周西伯昌伐畎夷氏⑧。后十有余年，武王伐纣而营雒邑⑨，复居于酆、镐⑩，放逐戎夷泾、洛之北⑪，以时入贡⑫，命曰"荒服"⑬。其后二百有余年，周道衰，而穆王伐犬戎⑭，得四白狼、四白鹿以归。自是之后⑮，荒服不至。于是周遂作《甫刑》之辟⑯。穆王之后二百有余年，周幽王用宠姬褒姒之故⑰，与申侯有郤⑱。申侯怒而与犬戎共攻杀周幽王于骊山之下⑲，遂取周之焦获⑳，而居于泾、渭之间㉑，侵暴中国㉒。秦襄公救周㉓，于是周平王去酆、镐而东徙雒邑㉔。当是之时，秦襄公伐戎至岐，始列为诸侯。是后六十有五年㉕，而山戎越燕而伐齐㉖，齐釐公与战于齐郊㉗。其后四十四年，而山戎伐燕，燕告急于齐，齐桓公北伐山戎㉘，山戎走。其后二十有余年，而戎狄至洛邑㉙，伐周襄王㉚，襄王奔于郑之汜邑㉛。初㉜，周襄王欲伐郑，故娶戎狄女为后，与戎狄兵共伐郑。已而黜狄后㉝，狄后怨；而襄王后母曰惠后，有子子带，欲立之。于是惠后与狄后、子带为内应，开戎狄㉞，戎狄以故得入㉟，破逐周襄王㊱，而立子带为天子。于是戎狄或居于陆浑㊲，东至于卫㊳，侵盗暴虐中国㊴。中国疾之㊵，故诗人歌之曰"戎狄是应"㊶，"薄伐猃狁，至于大原㊷"，"出舆彭彭，城彼朔方㊸"。周襄王既居外四年㊹，乃使使告急于晋㊺。晋文公初立㊻，欲修霸业㊼，乃兴师伐逐戎翟㊽，诛子带，迎内周襄王㊾，居于雒邑。

【注释】

①公刘：周族领袖。稷官：掌管农业的官长。相传周族始祖后稷（姬弃）在唐尧时开始担任此职，教民耕种。②变：实行变革。③邑：聚居；建立都邑。动词。④有（yòu）：通"又"。用在整数和零数之间。⑤戎狄：泛指西、北两方的部族。狄，古时北方部族名。大（tài）王亶父（chán fǔ）：即古公亶父。周族领袖，周文王的祖父，周武王时尊之为太王。领族迁到岐下，建城郭家室，设官吏，改革戎狄习俗，发展生产，使周族逐渐兴盛。大，通"太"。⑥亡走：逃跑；逃奔。岐下：岐山之下，即岐山

戏举烽火图。选自明·张居正《帝鉴图说》，讲
述周幽王为博美女褒姒一笑，举烽火谎报军情，
戏弄诸侯，后来犬戎进犯，周幽王再举烽火，而
诸侯援兵不至，周幽王被杀于骊山之下。

下的周原（今陕西省岐山县东北）。⑦悉从：全都跟着。邑：立邑聚居。
动词。⑧西伯（bó）昌：即周文王姬昌。商纣王时为西伯（西方诸侯之长）。
在位期间攻灭一些邦国，使周国力更强，为武王灭商奠定了基础。畎（quǎn）
夷氏：即犬戎。戎族的一支。⑨武王：周武王姬发。营：营建。雒（luò）
邑：即洛邑。在今河南省洛阳市。⑩复：回来；回去；又。酆、镐（hào）：
周文王在沣水西岸建立酆邑作为国都（在今陕西省西安市长安区西北沣
河西岸马王村、西王村一带）；周武王灭商后建都于镐（在今陕西省西
安市西）。酆、镐因是周都，故有酆京、镐京之称。⑪泾、洛：陕西省
境内渭河北岸的两大支流，泾河在西，洛河（今北洛河）在东。⑫以

时：按时。⑬命：命名；叫作。荒服：荒远而能服事帝王的地区。指离王畿（帝王直辖领地）二千五百里以外（一说四千五百里至五千里）的地带。⑭穆王：周穆王姬满。⑮是：此；这。⑯《甫刑》：周穆王命其相甫侯制定的刑法。有"五刑"三千款。辟（bì）：法度；法律。⑰周幽王：姬宫湦（shēng）。西周末代国君，前781—前771年在位。历史上有名的昏君。用：因为；由于。姬：古代对妇女的美称；古代对妾的称呼。褒姒（sì）：褒国美女，姓姒。⑱申侯：西周末年西申的国君，幽王后申氏之父。郤（xì）：通"隙"。嫌隙；仇隙。⑲骊山：山名。在陕西省西安市临潼区东南。⑳焦获：泽名。在今陕西省泾阳县西北。㉑渭：水名。发源于甘肃省渭源县，流经陕西省中部，会合泾河注入黄河。㉒侵暴：侵扰蹂躏；侵犯。㉓秦襄公：秦国开国君主，前777—前766年在位。因护送周平王东迁有功，始受封为诸侯。㉔周平王：姬宜臼。前770—前720年在位。前770年，他东迁洛邑，周朝从此被称为东周。去：离开。㉕时为周桓王十四年（前706年）。㉖燕（yān）：周朝封国。地在现在的河北省北部和辽宁省西端，建都蓟（今北京城西南隅）。详见《燕召公世家》。齐：周朝封国。地在今山东省北部和东部，建都营丘（后称临淄，今山东省淄博市东北）。详见《齐太公世家》。㉗齐釐（xǐ）公：姜禄甫。前730—前698年在位。曾大败山戎。㉘齐桓公：姜小白。前685—前643年在位。他任用管仲为相，大兴改革，成为春秋时代第一位霸主。㉙事在周襄王十六年（前636年）。㉚周襄王：姬郑。前651—前619年在位。㉛奔：逃奔；逃往。郑：周朝封国。始封于郑（今陕西华县东），后来发展到今河南省中部，建都新郑（今河南省新郑市）。氾（fàn）邑：邑名。在今河南省襄城县。㉜初：当初。古文中用以追述往事。㉝已而：随即；不久。黜（chù）：废；贬退。㉞开：打开（城门）。为动用法。㉟以故：因为这个原因；因此。㊱破逐：击败并驱逐。㊲或：有的；有的人。虚指代词。陆浑：地名。在今河南省嵩县西南。㊳卫：周朝封国。地在今河南省北部。先后立都于朝歌（今淇县）、楚丘（今滑县东）、帝丘（今濮阳市西南）、野王（今沁阳市）。㊴侵盗暴虐：侵扰抢掠，凶残虐害。㊵疾：厌恶；憎恨。㊶戎狄是应（yīng）：引自《诗·鲁颂·閟（bì）宫》。是，表示宾语前置的结构助词。应，原诗作"膺"，打击。㊷薄伐猃狁，至于大原：引自《诗·小雅·六月》。薄，句首助词，无义。大原，地区名，在今甘肃省平凉市和宁夏回族自治区固原市原州区一带。大，通"太"。㊸出舆彭彭（bāng bāng），城彼朔方：引自《诗·小雅·出车》。两句之间尚有"旂旐（zhāo）中央"、"天子命我"二句。舆，车厢，车。原诗作"车"。彭彭，形容车马盛多。城，筑城，动词。朔方，北方。㊹既：已经。㊺乃：才，这才。使使：派遣使者。前"使"字，动词；后"使"字，名词。晋：周朝封国。㊻晋文公：姬重耳。前636—前628年在位。春秋五霸之一。㊼修：建立，创立。㊽翟（dí）：通"狄"。㊾内（nà）：通"纳"，纳入。

当是之时，秦晋为强国。晋文公攘戎翟①，居于河西圁、洛之间②，号曰赤翟、白翟。秦穆公得由余③，西戎八国服于秦，故自陇以西有绵诸、绲戎、翟、貆之戎④，岐、梁山、泾、漆之北有义渠、大荔、乌氏、朐衍之戎⑤。而晋北有林胡、楼烦之戎⑥。燕北有东胡、山戎⑦。各分散居谿谷⑧，自有君长。往往而聚者百有余戎⑨，然莫能相一⑩。

【注释】

①攘（rǎng）：排斥；排除；征讨。②河西：地区名。指今陕西省东部黄河南段西岸地区。圁（yín）：水名。洛：水名。即今北洛河。在陕西省北部至中部。③秦穆公：嬴任好。前659—前621年在位。春秋五霸之一。由余：春秋时秦国大夫。④陇：山名。即今六盘山南段，在陕西省、甘肃省边境。绵诸、绲（gǔn）戎、翟、貆（huán，又yuán）：都是西戎族部落名称。绵诸，分布在今甘肃省天水市东部地区。绲戎，《春秋》以为犬戎。貆，分布在今甘肃省陇西县东南部。⑤梁山：山名。在今陕西省乾县西北。漆：水名。在今陕西省铜川市一带。义渠、大荔、乌氏、朐（qú）衍：都是西戎族的部落名称。义渠，分布在今甘肃省庆阳市一带。大荔，分布在今陕西省大荔县一带。乌氏，分布在今甘肃省平凉市一带。⑥林胡：部族名。分布在今山西省和内蒙古自治区交界地带的西段。楼烦：部族名。分布在今山西省和内蒙古自治区交界地带的东段。⑦东胡：部族名。分布在今内蒙古自治区西辽河上游一带。⑧谿谷：山谷。⑨往往：处处；常常。⑩相一：相互统一。

自是之后百有余年，晋悼公使魏绛和戎翟①，戎翟朝晋。后百有余年，赵襄子逾句注②，而破并代以临胡貉③。其后既与韩、魏共灭智伯④，分晋地而有之⑤，则赵有代、句注之北，魏有河西、上郡⑥，以与戎界边⑦。其后义渠之戎筑城郭以自守，而秦稍蚕食⑧，至于惠王⑨，遂拔义渠二十五城。惠王击魏，魏尽入西河及上郡于秦⑩。秦昭王时⑪，义渠戎王与宣太后乱⑫，有二子。宣太后诈而杀义渠戎王于甘泉⑬，遂起兵伐残义渠⑭。于是秦有陇西、北地、上郡⑮，筑长城以拒胡⑯。而赵武灵王亦变俗胡服⑰，习骑射，北破林胡、楼烦。筑长城，自代并阴山下⑱，至高阙为塞⑲。而置云中、雁门、代郡⑳。其后燕有贤将秦开㉑，为质于胡，胡甚信之。归而袭破走东胡，东胡却千余里㉒。与荆轲刺秦王秦舞阳者㉓，开之孙也。燕亦筑长城，自造阳至襄平㉔。置上谷、渔阳、右北平、辽西、辽东郡以拒胡㉕。当是之时，冠带战国七㉖，而三国边于匈奴㉗。其后赵将李牧时㉘，匈奴不敢入赵边。后秦灭六国，而始皇帝使蒙恬将十万之众北击胡㉙，悉收河南地㉚。因河为塞㉛，筑四十四县城临河，徙適戍以充之㉜。而通直道㉝，自九原至云阳㉞。因边山险堑谿谷可缮者治之㉟，起临洮至辽东万余里㊱。又度河据阳山、北假中㊲。

【注释】

①晋悼公：姬周。前 572—前 558 年在位。魏绛（jiàng）：即魏庄子。②赵襄子：赵毋恤。晋国执政大臣。与韩、魏两家共灭智伯，不断扩大封邑。逾（yú）：越过。句（gōu）注：山名。在今山西代县西北。③破并：攻破，并吞。代：国名。地在今河北省蔚县东北。以：通"而"。连词。胡：古时泛称北方和西方各部族，有时特指匈奴。貉（mò）：一作"貊"。古代称东北方的部族。④韩、魏：韩、魏与赵都是春秋时代和战国初期晋国的显贵家族，后来共同瓜分晋国，各自独立建国。周威烈王二十三年（前 403 年）周天子正式承认三家为诸侯。⑤有：占有；据有。⑥上郡：郡名。地在今陕西省北部。郡治肤施（今陕西榆林县东南）。⑦界：毗连；连接。动词。⑧稍：逐渐；慢慢地。⑨惠王：秦惠文王嬴驷。前 337—前 311 年在位。⑩入：纳；交付。西河：郡名。一称河西。地在今陕西省东部黄河西岸一带。⑪秦昭王：即秦昭襄王嬴稷。前 306—前 251 年在位。不断攻伐六国，夺取土地，为秦统一中国奠定了基础。⑫宣太后：姓芈（mǐ），楚国人，昭王母亲。⑬甘泉：山名。在今陕西省淳化县西北。秦在此建有离宫。⑭伐残：进攻毁

灭。攻灭。⑮陇西：郡名。地在今甘肃省东南部。治所在狄道（今临洮南）。
北地：郡名。⑯拒：抵御。⑰赵武灵王：赵雍。前325—前299年在位。
改革赵国军事，灭掉一些戎国。退位后自称主父，后在内讧中困饿而死。
⑱并（bàng）：通"傍"。依傍；沿着。阴山：山名。在内蒙古自治区
中部。即今大青山。⑲高阙：在今内蒙古自治区杭锦后旗东北。阴山山
脉至此中断，成一缺口，望若若门阙，故名。塞（sài）：要塞。⑳云中：
郡名。地在今内蒙古自治区中部。治所在云中（今内蒙古托克托县东北）。
雁门：郡名。代郡：郡名。㉑秦开：大约是燕昭王（前311—前279年在位）
时人。㉒却：退却；退避。㉓荆轲：卫国人。秦灭卫后，逃至燕。公元
前227年，他奉燕太子丹之命入秦刺秦王嬴政，没成功，被杀。秦舞阳
是他的助手。"秦王"与"秦舞阳"之间省略了结构助词"之"。㉔造阳：
邑名。在今河北省沽源县南独石口附近。襄平：邑名。现在的辽宁省辽
阳市。㉕上谷：郡名。地在今河北省西北部。治所在沮阳（今河北怀来
县东南）。渔阳：郡名。地在今北京市怀柔区、通州区以东、天津市海
河以北和河北省滦河上游以南、蓟运河以西地区。治所在渔阳（今北京
市密云县西南）。右北平：郡名。地在今河北省东北部和辽宁省西端。
治所在无终（今天津市蓟县）。辽西：郡名。地在今辽宁省与河北省相
邻地带。治所在阳乐（今辽宁省义县西）。辽东：郡名。㉖冠带：戴帽
束带为古代士大夫以上的装束，引申为文明的意思。战国七：指秦、楚、
齐、燕、韩、赵、魏七个国家，它们是战国时代七大强国，经常互相攻战。
㉗三国：指秦、赵、燕。边：接壤；靠近。动词。㉘李牧：赵将。长期
防守赵国的北边，打败东胡、林胡、匈奴，并曾大败秦军，以功封武安
君。公元前228年被冤杀。㉙始皇帝：即秦始皇（前259—前210年）。
嬴政。秦王朝的建立者，前246—前210年在位。蒙恬：秦朝名将。后
被秦二世逼迫自杀。将（jiàng）：率兵；任将。动词。十：当作"三十"。
㉚悉：尽，全部。河南：地区名。指今内蒙古自治区河套黄河以南地
区。㉛因：凭借；依靠。河：古代黄河的专名。㉜適（zhé）戍：被罚守
边。此处指被罚守边的人。適，通"谪"。充：充实。㉝直道：道路名。
为当时从关中前往河套地区的主要通道。㉞九原：县名。在今内蒙古自
治区包头市西。云阳：县名。在今陕西省淳化县西北。㉟此句上文脱漏
了"筑长城"一类字句。堑（qiàn），防御用壕沟。缮，修补；整治。

㊱临洮（táo）：县名。在今甘肃省岷县。㊲度：通"渡"。阳山：山名。即今内蒙古自治区狼山。北假：地区名。指今内蒙古自治区河套以北、阴山以南夹山带河地区。

当是之时，东胡强而月氏盛①。匈奴单于曰头曼②，头曼不胜秦，北徙。十余年而蒙恬死，诸侯畔秦③，中国扰乱，诸秦所徙適戍边者皆复去，于是匈奴得宽，复稍度河南与中国界于故塞④。

【注释】

①月氏（zhī）：氏，一作"支"。部族名。分布在今甘肃省西部与青海省交界地区。②单于（chányú）：匈奴君主称号。头曼（màn）：人名。③诸侯：指秦末各路农民起义军领袖和楚、齐、燕、魏、赵、韩六国旧贵族起事者。④故塞：原先的边塞。

单于有太子名冒顿①。后有所爱阏氏②，生少子③，而单于欲废冒顿而立少子，乃使冒顿质于月氏④。冒顿既质于月氏，而头曼急击月氏。月氏欲杀冒顿，冒顿盗其善马，骑之亡归⑤。头曼以为壮，令将万骑⑥。冒顿乃作为鸣镝⑦，习勒其骑射⑧，令曰："鸣镝所射而不悉射者⑨，斩之。"行猎鸟兽，有不射鸣镝所射者，辄斩之⑩。已而冒顿以鸣镝自射其善马，左右或不敢射者⑪，冒顿立斩不射善马者。居顷之⑫，复以鸣镝自射其爱妻，左右或颇恐，不敢射，冒顿又复斩之。居顷之，冒顿出猎，以鸣镝射单于善马，左右皆射之。于是冒顿知其左右皆可用。从其父单于头曼猎，以鸣镝射头曼，其左右亦皆随鸣镝而射杀单于头曼，遂尽诛其后母与弟及大臣不听从者。冒顿自立为单于。

【注释】

①冒顿（mò dú）：前209年杀父自立为单于。②阏氏（yān zhī）：匈奴君主正妻的称号。③少（shào）子：小儿子。④质：做人质。⑤亡归：逃归。⑥骑（jì）：骑兵；一人一马合称一骑。⑦鸣镝（dí）：一种射出时带响声的箭。⑧习勒：训练约束。勒，统率，约束。⑨悉：尽；尽力。⑩辄（zhé）：总是；就。⑪左右：指手下亲信。⑫居顷之：过了不久。

　　冒顿既立，是时东胡强盛，闻冒顿杀父自立，乃使使谓冒顿，欲得头曼时有千里马。冒顿问群臣，群臣皆曰："千里马，匈奴宝马也，勿与①"。冒顿曰："奈何与人邻国而爱一马乎②？"遂与之千里马。居顷之，东胡以为冒顿畏之，乃使使谓冒顿，欲得单于一阏氏。冒顿复问左右，左右皆怒曰："东胡无道，乃求阏氏③！请击之。"冒顿曰："奈何与人邻国，爱一女子乎？"遂取所爱阏氏予东胡。东胡王愈益骄，西侵。与匈奴间④，中有弃地⑤，莫居⑥，千余里，各居其边为瓯脱⑦。东胡使使谓冒顿曰："匈奴所与我界瓯脱外弃地，匈奴非能至也，吾欲有之⑧。"冒顿问群臣，群臣或曰："此弃地，予之亦可，勿予亦可。"于是冒顿大怒曰："地者，国之本也，奈何予之！"诸言予之者，皆斩之。冒顿上马，令国中有后者斩，遂东袭击东胡。东胡初轻冒顿，不为备。乃冒顿以兵至，击，大破灭东胡王，而虏其民人及畜产。既归，西击走月氏，南并楼烦、白羊河南王⑨。悉复收秦所使蒙恬所夺匈奴地者，与汉关故河南塞⑩，至朝那、肤施⑪，遂侵燕、代⑫。是时汉兵与项羽相距⑬，中国罢于兵革⑭，以故冒顿得自强⑮，控弦之士三十余万⑯。

【注释】

　　①与：给予。②奈何：怎么；怎么办。邻国：相邻立国。邻，动词。③乃：竟然。④间（jiàn）：间隙、间隔。⑤弃地：荒弃的土地。空地。⑥莫居：没有人居住。⑦瓯脱：有两解。一指边境上瞭望用的土堡；二指双方中间的缓冲地带。⑧有：占有，获得。⑨白羊河南王：白羊是匈奴的一部，居住在河南（河套以南）地区。故有此称。⑩关：边关。⑪朝（zhū）那（nuó）：县名。在今宁夏回族自治区固原市原州区东南。肤施：县名。在今陕西省榆林县东南。⑫燕、代：指原战国燕国地和赵国代郡。⑬汉：前206年，项羽封刘邦为汉王，不久开始了长达五年的楚汉战争。前202年，刘邦灭项羽，建立汉朝，建都长安（今陕西省西安市），史称西汉或前汉。公元8年，王莽代汉称帝，建立新朝，至公元23年被农民起义军推翻。有时将新及其后据有长安的更始政权也计入西汉。项羽：项籍，字羽。秦末农民军领袖。楚国旧贵族出身。曾率军摧毁秦军主力，秦亡后自立为西楚霸王。楚汉战争中兵败自杀。相距：互相抗拒，互相斗争。这里指楚汉战争。距，通"拒"。⑭罢（pí）：通"疲"。疲敝。兵革：指军队或战争。兵，兵器；革，用兽皮制成的甲盾。⑮以故：因此。⑯控弦之

史 记

士：指射手，能够弯弓射箭的战士。控弦，拉开弓弦，亦即射箭。

　　自淳维以至头曼千有余岁，时大时小，别散分离，尚矣①，其世传不可得而次云②。然至冒顿而匈奴最强大，尽服从北夷③，而南与中国为敌国，其世传国官号乃可得而记云④。

【注释】

　　①尚：久远。由来已久。②世传：世代传递，即流传的世系。次：按次序排列。云：句末语气助词。③服从：使动用法。北夷：泛指北方各部族。④官号：官职名称。

　　置左右贤王、左右谷蠡王、左右大将、左右大都尉、左右大当户、左右骨都侯①。匈奴谓贤曰"屠耆"，故常以太子为左屠耆王。自如左右贤王以下至当户②，大者万骑，小者数千，凡二十四长③，立号曰"万骑"。诸大臣皆世官④。呼衍氏，兰氏，其后有须卜氏⑤，此三姓其贵种也⑥。诸左方王将居东方，直上谷以往者⑦，东接秽貉、朝鲜⑧；右方王将居西方，直上郡以西，接月氏、氐、羌⑨；而单于之庭直代、云中⑩。各有分地，逐水草移徙。而左右贤王、左右谷蠡王最为大国，左右骨都侯辅政。诸二十四长亦各自置千长、百长、什长、裨小王、相封、都尉、当户、且渠之属⑪。

【注释】

　　①谷蠡（lùlí）王：匈奴官名。骨都侯：匈奴官名。由异姓大臣担任。②自如：自，从，自从。③长（zhǎng）：头领。④世官：世袭官职。⑤须卜氏：这个家族主管司法。⑥贵种：富贵家族。⑦直：通"值"。当；面对。⑧秽貉（huì mò）：部族名。朝鲜：国名。地在现在的朝鲜半岛北部。⑨氐（dī）：部族名。居住在今陕西省、甘肃省一带。羌：部族名。居住在今青海省、甘肃省一带。⑩庭：王庭。单于驻留之所。⑪裨（pí）：指副职。

　　岁正月①，诸长小会单于庭，祠②。五月，大会茏城③，祭其先、天地、鬼神④。秋，马肥。大会蹛林⑤，课校人畜计⑥。其法，拔刃尺者死⑦，坐盗者没入其家⑧；有罪小者轧⑨，大者死。狱久者不过十日⑩，一国之囚不过数人。而单于朝出营，拜日之始生[11]，夕拜月。其坐[12]，长左而北乡[13]。日上戊己[14]。其送死，有棺椁金银衣裘[15]，而无封树丧服[16]；近幸臣妾从死者，多至数千百人[17]。举事而候星月[18]，月盛壮则攻战[19]，月亏则退兵[20]。其攻战，斩首虏赐一卮酒[21]，而所得卤获因以予之[22]，得人以为奴婢。故其战，人人自为趣利[23]，善为诱兵以冒敌[24]。故其见敌则逐利，如鸟之集；其困败，则瓦解云散矣。战而扶舆死者[25]，尽得死者家财。

【注释】

①岁：每年。②祠：春祭；祭祀；祈祷。③茏城：即龙城。在现在的蒙古人民共和国和硕柴达木湖附近。④先：祖先。⑤蹛（dài）林：环绕林木进行祭祀。⑥课校（jiào）：考核计算；核算征税。计：数目。⑦拔刃尺者死：用兵器伤人并造成伤口满尺者处以死刑。一说指凡有意杀人，虽然拔刀出鞘一尺的也要给以死刑。刃，刀，凶器。⑧坐盗者没（mò）入其家：犯盗窃罪者没收其家属、财产。⑨轧（yà）：碾压。指一种压碎人骨节的酷刑。⑩狱：入狱；坐牢。⑪始生：初升；刚出来。⑫其坐：指匈奴人坐的风俗、规矩。⑬长（zhǎng）：尊长。乡（xiàng）：通"向"。面向。⑭上：通"尚"。尊崇；崇尚；重视。戊己：戊日和己日。古人用干支纪日，但有时只记天干，不记地支，此处即是。戊己分别是十干的第五、第六位。⑮椁（guǒ）：套在棺材外面的大棺材，有一重或多重，起保护棺材的作用。⑯封树：泛指坟墓。封，堆土筑坟。树，在坟旁植树以为标志。丧服：居丧的衣服制度。⑰数千：根据《汉书·匈奴传》和考古资料当改作"数十"。⑱举事：此处特指打仗，发动战争。候星月：观测星月。从下文看，实仅"候月"而已。《汉书》本传作"常随月"。⑲月盛壮：月亮满圆。指夏历每月十五前后。⑳月亏：月亮亏缺。指夏历每月月初和月末。㉑斩首虏：杀敌和俘敌。首，首级，指砍下的人头。虏，俘虏。卮（zhī）：古时盛酒器。㉒卤获：战利品。卤，通"掳"。掠夺。㉓趣（qū）：通"趋"。趋向；奔赴。㉔冒：冲击。此处意为包围。㉕扶舆：扶丧。指载运死者遗体归葬。舆，车箱，代指车。

后北服浑庾、屈射、丁零、鬲昆、薪犁之国[1]。于是，匈奴贵人大臣皆服，以冒顿单于为贤[2]。

【注释】

①服：征服。浑庾（yǔ）、屈射（yì）、丁零、鬲（gé）昆、薪犁：都是部族名。②以：认为；以为。

　　是时汉初定中国，徙韩王信于代①，都马邑②。匈奴大攻围马邑，韩王信降匈奴。匈奴得信，因引兵南逾句注③，攻太原④，至晋阳下⑤。高帝自将兵往击之⑥。会冬大寒雨雪⑦，卒之堕指者十二三⑧，于是冒顿详败走⑨，诱汉兵。汉兵逐击冒顿，冒顿匿其精兵，见其羸弱⑩，于是汉悉兵—多步兵—三十二万⑪，北逐之。高帝先至平城⑫，步兵未尽到，冒顿纵精兵四十万骑围高帝于白登⑬，七日，汉兵中外不得相救饷⑭。匈奴骑，其西方尽白马，东方尽青駹马⑮，北方尽乌骊马，⑯南方尽骍马⑰。高帝乃使使间厚遗阏氏⑱，阏氏乃谓冒顿曰："两主不相困⑲。今得汉地，而单于终非能居之也；且汉王亦有神⑳。单于察之㉑。"冒顿与韩王信之将王黄、赵利期㉒，而黄、利兵又不来，疑其与汉有谋，亦取阏氏之言㉓，乃解围之一角。于是高帝令士皆持满傅矢外乡㉔，从解角直出，竟与大军合㉕，而冒顿遂引兵而去㉖。汉亦引兵而罢，使刘敬结和亲之约㉗。

【注释】

①韩王信：韩信。战国时期韩襄王的后代。②马邑：县名。在现在的山西省朔县。③因：于是；就。④太原：郡名。地在今山西省中部，治所在晋阳（今太原市西南）。⑤下：城下。⑥高帝（前256或前247—前195年）：汉高帝刘邦。字季，沛县（今江苏省沛县）人。西汉王朝的建立者，前202—195年在位。⑦会：正好；恰巧。⑧卒：步兵；士兵。十二三：十分之二、三。⑨详（yáng）：通"佯"。假装。⑩见（xiàn）：通"现"。显现；出示。羸（léi）弱：泛指老弱残兵。羸，瘦弱。⑪悉，倾其所有。这里指全部出动。⑫平城：县名。在今山西省大同市东北。⑬白登：山名。在平城东。⑭中外：内外。⑮青駹（máng）马：青色马。⑯乌骊马：黑色马。⑰骍（xīn）马：赤色马。⑱使使（shǐshì）：派遣使者。前一"使"为动词，后一"使"为名词。间（jiàn）：秘密地；悄悄地。遗（wèi）：给予；赠送。⑲困：围困；窘迫。⑳有神：有神灵护佑。㉑察：考虑。㉒期：约会；约定时间会师。㉓取：采纳。㉔持满傅

矢：拉满弓，搭上箭。傅，通"附"。㉕竟：终于。㉖去：离开；撤离。
㉗刘敬：即娄敬。齐地人。

　　是后韩王信为匈奴将，及赵利、王黄等数倍约[1]，侵盗代、云中[2]。
居无几何[3]，陈豨反[4]，又与韩信合谋击代。汉使樊哙往击之[5]，复拔代、
雁门、云中郡县，不出塞。是时匈奴以汉将众往降，故冒顿常往来侵盗
代地。于是汉患之[6]，高帝乃使刘敬奉宗室女公主为单于阏氏[7]，岁奉匈
奴絮缯酒米食物各有数[8]，约为昆弟以和亲[9]，冒顿乃少止[10]。后燕王卢
绾反[11]，率其党数千人降匈奴，往来苦上谷以东[12]。

【注释】

　　①数（shuò）：屡次。倍：通"背"。背弃；违背。②侵盗：侵袭掳

《双凤奇缘》版画之匈奴单于像

掠。③居无几何：过了不久。无几何，没有多久。④陈豨（xī）：梁（今河南省商丘市一带）人。⑤樊哙（kuài）：沛县（今江苏省沛县）人。初随刘邦起义，以功封贤成君。后官至左丞相，封舞阳侯。其妻为高帝吕皇后之妹。⑥患：忧虑。⑦奉：进献；给予。宗室女：皇族女儿。⑧絮：粗丝绵。缯（zēng）：丝织品的统称。数：一定的数量。⑨约：约定；订约。昆弟：兄弟。昆，兄。⑩少：暂时；稍微。⑪卢绾（wǎn）：沛县人。⑫苦：困苦；困扰；祸害。使动用法。

高祖崩①，孝惠、吕太后时②，汉初定，故匈奴以骄。冒顿乃为书遗高后③，妄言④。高后欲击之，诸将曰："以高帝贤武，然尚困于平城。"于是高后乃止，复与匈奴和亲。

【注释】

①崩：古称帝王或皇后死为崩。②孝惠（前 210—前 188 年）：汉惠帝刘盈。公元前 195—前 188 年在位。汉朝统治者提倡以孝治国化民，故自惠帝以后诸帝谥皆冠以"孝"字。吕太后（前 241—前 180 年）：吕雉。汉高帝皇后，惠帝母。③为书：写信。④妄言：指戏侮之言。

至孝文帝初立①，复修和亲之事。其三年五月②，匈奴右贤王入居河南地，侵盗上郡葆塞蛮夷③，杀略人民④。于是孝文帝诏丞相灌婴发车骑八万五千⑤，诣高奴⑥，击右贤王。右贤王走出塞。文帝幸太原⑦。是时济北王反⑧，文帝归，罢丞相击胡之兵。

【注释】

①孝文帝（前 202—前 157 年）：汉文帝刘恒。前 180—前 157 年在位。②其三年：即公元前 177 年。③葆塞蛮夷：保护边塞的蛮夷。葆，通"保"。蛮夷，这里指归附了汉朝的各部族。④略：掠夺。⑤诏：诏书，皇帝的命令或文告。这里作动词用。丞相：官名。百官之长，亦称相邦。灌婴：睢阳（今河南省商丘市南）人。见《樊郦滕灌列传》。车骑（jì）：战车和骑兵。⑥诣（yì）：前往；去到。高奴：县名。在今陕西省延安市东北。⑦幸：指帝王到某地去。⑧济北王：刘兴居。汉高帝长子刘肥之子，封济北王。

其明年，单于遗汉书曰："天所立匈奴大单于敬问皇帝无恙①。前时皇帝言和亲事，称书意②，合欢③。汉边吏侵侮右贤王，右贤王不请④，听后义卢侯难氏等计⑤，与汉吏相距，绝二主之约，离兄弟之亲。皇帝让书再至⑥，发使以书报⑦，不来⑧，汉使不至，汉以其故不和，邻国不附⑨。今以小吏之败约故⑩，罚右贤王，使之西求月氏击之⑪。以天之福⑫，吏卒良，马强力，以夷灭月氏⑬，尽斩杀降下之⑭。定楼兰、乌孙、呼揭及其旁二十六国⑮，皆以为匈奴。诸引弓之民⑯，并为一家。北州已定⑰，愿寝兵休士卒养马⑱，除前事⑲，复故约，以安边民，以应始古⑳，使少者得成其长，老者安其处㉑，世世平乐。未得皇帝之志也㉒，故使郎中系雩浅奉书请㉓，献橐他一匹、骑马二匹、驾二驷㉔。皇帝即不欲匈奴近塞㉕，则且诏吏民远舍㉖。使者至，即遣之。"以六月中来至薪望之地㉗。书至，汉议击与和亲孰便㉘。公卿皆曰㉙："单于新破月氏，乘胜，不可击。且得匈奴地，泽卤㉚，非可居也。和亲甚便。"汉许之。

【注释】

①无恙（yàng）：平安无事。恙，忧，病。②称（chèn）书意：与所给书信之意相符合。③合欢：双方都高兴。④不请：不（向单于）请示报告。⑤听：听信；听从。后义卢侯：单于所封侯号。难氏（zhī）：匈奴将名。⑥让书：责备人的书信。让，责让，责备。再至：两次送达。⑦报：回答。⑧不来：（使者被扣留）不能回来。⑨邻国：匈奴自指。附：归附。⑩败约：破坏盟约。⑪之：前往；去往。求：寻求；寻找。⑫福：福佑；庇佑。⑬以：得以。⑭降（xiáng）下：降服。使动用法。⑮楼兰：西域国名。王都赤谷城。呼揭：部族名。居住在今新疆维吾尔自治区阿勒泰市一带。⑯引弓之民：弯弓射箭之民，指游牧民族。⑰北州：泛指北方，即匈奴及其征服的各族居地。⑱寝兵：休兵；停止战事。休：休息。使动用法。⑲除前事：指消除从前那种相互攻战之事。⑳以应（yìng）始古：意思是以继承汉匈双方自古以来的友好传统。㉑处（chǔ）：居；居住。㉒志：心意；意见。㉓郎中：官名。管理宫廷的车、骑、门、户，并内充守卫，外从作战。系雩（yú）浅：匈奴人名。请：谒见；拜见。㉔橐他（tuō）：即骆驼。骑马：可骑之马。驾：可驾车之马。驷：同驾一辆车的四匹马；套着四匹马的车。此处指前者。㉕即：如果；假使连词。㉖且：暂且；姑且。副词。舍：住宿；居住。㉗以：于。薪望：塞下地名。

㉘孰：谁；哪个，哪种。便：有利。㉙公卿：指三公九卿，也泛指朝中大臣。㉚泽（zé）卤：盐碱地。

孝文皇帝前六年[①]，汉遗匈奴书曰："皇帝敬问匈奴大单于无恙。使郎中系雩浅遗朕书曰[②]：'右贤王不请，听后义卢侯难氏等计，绝二主之约，离兄弟之亲，汉以故不和，邻国不附。今以小吏败约故，罚右贤王使西击月氏，尽定之。愿寝兵休士卒养马，除前事，复故约，以安边民，使少者得成其长，老者安其处，世世平乐。'朕甚嘉之[③]，此古圣主之意也。汉与匈奴约为兄弟，所以遗单于甚厚[④]。倍约离兄弟之亲者，常在匈奴。然右贤王事已在赦前，单于勿深诛[⑤]。单于若称书意，明告诸吏，使无负约[⑥]，有信，敬如单于书。使者言单于自将伐国有功[⑦]，甚苦兵事。服绣夹绮衣、绣夹长襦、锦夹袍各一[⑧]，比余一[⑨]，黄金饰具带一[⑩]，黄金胥纰一[⑪]，绣十匹，锦三十匹，赤绨、绿缯各四十匹[⑫]，使中大夫意、谒者令肩遗单于[⑬]。"

【注释】

①前六年：公元前 174 年。②朕（zhèn）：古人自称。秦始皇以后专用为皇帝的自称。③嘉：赞赏；表扬。④厚：丰厚。⑤诛：惩罚；谴责。⑥无：不；不要。副词。⑦自将（jiàng）：亲自带兵。⑧服：指皇帝穿用的礼服。锦夹袍：用彩色大花纹的丝织品作衣面的丝锦袍。⑨比余：金制发饰，像梳、篦。⑩具带：宽腰带。⑪胥纰（bǐ）：带钩。⑫绨（tí，今读 tì）：一种厚而光滑的丝织品。⑬中大夫：官名。掌议论，属于郎中令。意：人名。谒者令：官名。即中书谒者令。掌传达奏章，属于少府。肩：人名。

后顷之[①]，冒顿死，子稽粥立[②]，号曰老上单于。

【注释】

①顷之：短时间；不久。②稽粥：音 jī yù。

老上稽粥单于初立，孝文皇帝复遣宗室女公主为单于阏氏，使宦者燕人中行说傅公主[①]。说不欲行，汉强使之[②]。说曰："必我行也[③]，为汉患者[④]。"中行说既至[⑤]，因降单于[⑥]，单于甚亲幸之[⑦]。

【注释】

①宦者：宦官。中行（háng）：复姓。说（yuè）：名。傅（fù）：教导；辅佐。②强（qiǎng）：强迫。③必：一定；一定要。④患者：制造祸害的人。⑤既：已经。⑥因：于是；就。⑦幸：宠幸；宠爱。

初①，匈奴好汉缯絮食物②，中行说曰："匈奴人众不能当汉之一郡③，然所以强者，以衣食异，无仰于汉也。今单于变俗好汉物，汉物不过什二④，则匈奴尽归于汉矣。其得汉缯絮⑤，以驰草棘中，衣袴皆裂敝⑥，以示不如旃裘之完善也；得汉食物，皆去之⑦，以示不如湩酪之便美也⑧。"于是说教单于左右疏记⑨，以计课其人众畜物⑩。

【注释】

①初：当初。②好（hào）：喜爱。③当（dāng）：相当；抵。④什二：十分之二。⑤其：应该。祈使副词。以下是中行说给单于提的建议。⑥袴：通"裤"。敝：破旧；败坏。⑦去：抛弃。⑧湩（dòng）：乳汁。酪（lào）：乳汁制品。⑨左右：指侍从人员或近臣。疏（shù）记：分条记录；逐项记载。⑩计课：计算核实；结算征税。

汉遗单于书，牍以尺一寸①，辞曰："皇帝敬问匈奴大单于无恙"②，所遗物及言语云云③。中行说令单于遗汉书以尺二寸牍，及印封皆令广大长④，倨傲其辞曰"天地所生日月所置匈奴大单于敬问汉皇帝无恙"⑤，所以遗物言语亦云云⑥。

【注释】

①牍（dú）：写字用的木块。以：用。尺一寸：一尺一寸长。汉尺比今市尺稍小。②辞：指书信开头语。③言语：指代信中的主要内容。云云：如此如此。用于句末表示省略。④印封：印章和封泥。⑤倨（jù）傲：傲慢。作动词用。⑥云云：如此。

汉使或言曰："匈奴俗贱老①。"中行说穷汉使曰②："而汉俗屯戍从军当发者③，其老亲岂有不自脱温厚肥美以赍送饮食行戍乎④？"汉使曰："然⑤。"中行说曰："匈奴明以战攻为事，其老弱不能斗，故以其肥美饮食壮健者，盖以自为守卫⑥，如此父子各得久相保，何以言匈奴轻老也？"汉使曰："匈奴父子乃同穹庐而卧[7]。父死，妻其后母；兄弟死，尽取其妻妻之。无冠带之饰、阙庭之礼[8]。"中行说曰："匈奴之俗，人食畜肉，饮其汁，衣其皮[9]。畜食草饮水，随时转移。故其急则人习骑射，宽则人乐无事，其约束轻，易行也。君臣简易，一国之政犹一身也[10]。父子兄弟死，取其妻妻之，恶种姓之失也[11]，故匈奴虽乱，必立宗种[12]。今中国虽详不取其父兄之妻，亲属益疏则相杀，至乃易姓[13]，皆从此类。且礼义之敝[14]，上下交怨望[15]，而室屋之极，生力必屈[16]。夫力耕桑以求衣食[17]，筑城郭以自备，故其民急则不习战功，缓则罢于作业[18]。嗟[19]！土室之人[20]，顾无多辞[21]，令喋喋而占占[22]，冠固何当[23]？"

【注释】

①俗：风俗。贱：轻视；鄙视。②穷：穷究；诘难。③而：你；你（们）的。屯戍：屯驻戍守。④脱：去掉；让出。温厚肥美：指温暖厚实的衣服和丰美的食物。饮食（yìnsì）：供养。饮，给人喝。食，给人吃。行戍：出行戍守（的人）。⑤然：是的；对的。⑥盖：承接上下文表示原因。连词。⑦乃：却；竟然。副词。穹（qióng）庐：北方游牧民族用的毡帐。⑧阙（què）庭：朝廷。⑨衣：穿（衣服）。动词。⑩犹：如同；好像。⑪恶（wù）：厌恶；讨厌；不乐意。种（zhǒng）姓：宗族；种族。⑫宗种：嫡长子孙；宗嗣。⑬易姓：改变姓氏；改朝换代。⑭敝：通"弊"。流弊。⑮交：互相。怨望：怨恨。⑯此二句意为追求宫室的高大华美以至穷奢极侈，人的气力势必衰竭。生力，气力；精力。屈（jué），竭，尽。⑰夫（fú）：发语词。力耕桑：致力于耕田植桑；努力耕织。⑱罢（pí）：通"疲"。疲乏；劳累。⑲嗟（jiē）：叹词。⑳土室之人：住在土石房子里的人（指汉人）。㉑顾：但；只；一定。副词。无：不要。㉒喋喋（dié dié）：形容会说话，说话多。占占：有多解。一、低声小语；二、衣冠整齐的样子；三、轻薄的样子。㉓冠（guàn）固何当（dàng）：戴帽束带又有什么好处。固，本来。当，适合，恰当。

自是之后，汉使欲辩论者，中行说辄曰[1]："汉使无多言，顾汉所输匈奴缯絮米蘖，令其量中[3]，必善美而已矣，何以为言乎？且所给备善则已[4]；不备，苦恶[5]，则候秋孰[6]，以骑驰蹂而稼穑耳[7]。"日夜教单于候利害处[8]。

【注释】

①辄：总是；就。②顾：只是；考虑；想到。蘖（niè），酒母；发酵剂。③中（zhòng）：满；充足。④给（jǐ）：供给；供应。备善：齐全精美。⑤苦恶：粗劣。⑥候：等候；等到。孰：通"熟"。庄稼成熟。⑦驰蹂：驰驱蹂躏；往来践踏。稼穑（sè）：播种和收获。耳：表示肯定。语气助词。⑧候：窥伺；侦察。

汉孝文皇帝十四年，匈奴单于十四万骑入朝那萧关①，杀北地都尉卬②，虏人民畜产甚多，遂至彭阳③。使奇兵入烧回中宫④，候骑至雍甘泉⑤。于是文帝以中尉周舍、郎中令张武为将军⑥，发车千乘⑦，骑十万，军长安旁以备胡寇⑧；而拜昌侯卢卿为上郡将军⑨，宁侯魏遫为北地将军，隆虑侯周灶为陇西将军，东阳侯张相如为大将军⑩，成侯董赤为前将军⑪，大发车骑往击胡。单于留塞内月余乃去⑫，汉逐出塞即还，不能有所杀。匈奴日已骄⑬，岁入边，杀略人民畜产甚多，云中、辽东最甚，至代郡万余人⑭。汉患之，乃使使遗匈奴书。单于亦使当户报谢⑮，复言和亲事。

【注释】

①朝那（zhū nuó）：县名。旧址在现在的甘肃省平凉市西北。萧关：关名。旧址在今宁夏固原市原州区东南。②都尉：武官名。卬（áng）：孙卬。③彭阳：县名。在今甘肃省镇原县东南。④回中：地名。旧址在今陕西省陇县西北。⑤候骑（jì）：即探马，担任侦察的骑兵。雍：州名。指今陕西甘肃等地区。甘泉：此指云阳，云阳西北有甘泉山，上有甘泉宫，即秦之林光宫。甘泉宫在今陕西淳化县西北。雍甘泉，当理解为"雍州之甘泉"。雍在此不当为县名。⑥中尉：武官名。郎中令：官名。⑦乘（shèng）：一车四马叫一乘。量词。⑧军：驻扎。长安：西汉国都。在今陕西省西安市西北。备：防备；防御。寇：寇掠；进犯；盗匪；外敌。⑨拜：授予官职或爵位。⑩大将军：武官名。⑪前将军：武官名。⑫乃：才；这才。⑬已：甚；太。⑭代：衍文。⑮报谢：回信答谢。

孝文帝后二年，使使遗匈奴书曰："皇帝敬问匈奴大单于无恙。使当户且居雕渠难、郎中韩辽遗朕马二匹①，已至，敬受。先帝制②：长城以北，引弓之国，受命单于③；长城以内，冠带之室，朕亦制之④。使万民耕织射猎衣食，父子无离，臣主相安，俱无暴逆。今闻渫恶民贪降其进取之利⑤，倍义绝约，忘万民之命，离两主之欢，然其事已在前矣。书曰⑥：‘二国已和亲，两主欢说⑦，寝兵休卒养马，世世昌乐⑧，翕然更始⑨。’朕甚嘉之。圣人者日新⑩，改作更始，使老者得息，幼者得长，各保其首领而终其天年⑪。朕与单于俱由此道⑫，顺天恤民⑬，世世相传，施之无穷⑭，天下莫不咸便⑮。汉与匈奴邻国之敌⑯，匈奴处北地，寒，杀气早降⑰，故诏吏遗单于秫蘖金帛丝絮佗物岁有数⑱。今天下大安，万民熙熙⑲，朕与单于为之父母。朕追念前事，薄物细故，谋臣计失，皆不足以离兄弟之欢。朕闻天不颇覆⑳，地不偏载㉑。朕与单于皆捐往细故㉒，俱蹈大道㉓，堕坏前恶㉔，以图长久，使两国之民若一家子㉕。元元万民㉖，下及鱼鳖，上及飞鸟，跂行喙息蠕动之类㉗，莫不就安利而辟危殆㉘。故来者不止㉙，天之道也。俱去前事：朕释逃虏民㉚，单于无言章尼等㉛。朕闻古之帝王，约分明而无食言㉜。单于留志㉝，天下大安，和亲之后，汉过不先㉞。单于其察之。”

【注释】

①且居：即且渠。雕渠难：匈奴人名。②先帝：指汉高帝。③受命：接受命令；服从统治。④制：控制；掌握。⑤渫（xiè）恶：邪恶。渫，污浊。贪降：贪图。降，陷于利欲。进取：指攻战掠夺。⑥书：指单于以往的来信。⑦说（yuè）：通“悦”。⑧昌乐：昌盛安乐。⑨翕（xì）然：安定的样子。⑩圣人者日新：圣人天天在使自己的品德言行进步。日新，天天更新。《易·大畜》：“日新其德。”《礼记·大学》：“汤之盘铭曰：‘苟日新，日日新，又日新。’”⑪首领：头颈。此处指性命。天年：指人的自然寿命。⑫由：经由；遵循；本着。⑬恤：体恤；怜悯；安抚。⑭施（yì）：蔓延；延续。⑮咸便：都有利。⑯邻国之敌：《汉书·匈奴传》作“邻敌之国”。敌，匹敌。⑰杀气：肃杀之气；寒冷的天气。⑱秫（shú）：粘高粱，可以酿酒。佗（tuō）：同“他”。⑲熙熙：和乐。⑳颇覆：偏盖。颇，偏。㉑载：装载；负载。㉒捐：遗弃；放弃。㉓蹈：遵循；实行。㉔堕（huī）坏：毁坏；破除。堕，通“隳”。㉕若一家子：像一家人。子，儿子，子女，子孙。㉖元元：善良的；民众。㉗跂（qí）行：虫类爬行。引申为有足能行的动物之称。喙（huì）息：动物用口呼吸。蠕（rú）动：虫

类爬行。㉘就：趋；从；靠近。辟，通"避"。㉙来者不止：投奔而来的，不予阻止。㉚逃虏民：逃亡的人。㉛章尼：人名。逃到汉朝的匈奴人。㉜食言：言而无信；不履行诺言。食，吞没。㉝留志：留意；记住。㉞汉过不先：汉朝不先负约。

单于既约和亲，于是制诏御史曰①："匈奴大单于遗朕书，言和亲已定，亡人不足以益众广地②，匈奴无入塞，汉无出塞，犯今约者杀之，可以久亲，后无咎③，俱便。朕已许之。其布告天下④，使明知之。"

【注释】

①制诏：二者都是皇帝的命令。御史：官名。②亡人：逃亡的人。益：增加。③咎：灾害。④布告：宣告；公告。动词。

后四岁①，老上稽粥单于死，子军臣立为单于。既立，孝文皇帝复与匈奴和亲。而中行说复事之。

【注释】

①后四岁：指汉文帝后元四年，即公元前 160 年。

军臣单于立四岁①，匈奴复绝和亲，大入上郡、云中各三万骑，所杀略甚众而去。于是汉使三将军军屯北地②，代屯句注③，赵屯飞狐口④，缘边亦各坚守以备胡寇⑤。又置三将军，军长安西细柳、渭北棘门、霸上以备胡⑥。胡骑入代句注边，烽火通于甘泉、长安⑦。数月，汉兵至边，匈奴亦去远塞⑧，汉兵亦罢。后岁余，孝文帝崩，孝景帝立⑨，而赵王遂乃阴使人于匈奴⑩。吴、楚反⑪，欲与赵合谋入边。汉围破赵，匈奴亦止。自是之后，孝景帝复与匈奴和亲，通关市⑫，给遗匈奴，遣公主，如故约。终孝景时，时小入盗边，无大寇⑬。

【注释】

①四岁：根据《孝文本纪》和《汉书·文帝纪》《汉书·匈奴传》当改作"岁余"。②屯：军队驻防。当时驻防北地的是张武的部队。③代：汉初封国名。地在今山西省北部和河北省西北部。④赵：汉初封国名。（今河北省邯郸市）。⑤缘边：沿着（与匈奴交界的）边境。⑥细柳：地名。在今陕西省咸阳市西南渭河北岸。当时驻守细柳的是周亚夫。渭北：

渭河（在今陕西省中部）北岸。棘门：秦宫门名。在今咸阳市东北。当时驻守棘门的是徐厉。霸上：地名。一名霸头。在今西安市东。当时驻守霸上的是刘礼。⑦烽火：边防报警的烟火。⑧去远塞：离开边塞而去。⑨孝景帝（前188—前141年）：汉景帝刘启。前157—前141年在位。⑩赵王遂：刘遂。汉高帝孙。参与吴、楚叛乱，兵败自杀。阴使：暗中派遣。⑪吴、楚反：汉景帝三年（前154年），吴王刘濞为反对朝廷削藩，联合楚王刘戊及胶西王刘卬、胶东王刘雄渠、菑川王刘贤、济南王刘辟光、赵王刘遂，并南结闽、东越，北连匈奴，起兵暴乱，随即为太尉周亚夫等平定，诸王皆自杀或被杀。史称"吴楚七国之乱"。吴，汉初封国名。地在今江苏省中南部及安徽省、浙江省部分地区。建都广陵（今江苏省扬州市西北）。是当时势力最强的封国。⑫通关市：开放边境互市市场。关市，原指设在交通要道的市集，此处指边境互市市场。⑬寇：掠夺；侵犯。

　　今帝即位①，明和亲约束②，厚遇③，通关市，饶给之④。匈奴自单于以下皆亲汉，往来长城下。

【注释】

　　①今帝：当今皇帝。指汉武帝刘彻（前156—前87年）。前141—前87年在位。②明：明确；申明。约束：指有关和亲的规定。③厚遇：优待。④饶给（jǐ）：多给；供给丰足。

　　汉使马邑下人聂翁壹奸兰出物与匈奴交①，详为卖马邑城以诱单于②。单于信之，而贪马邑财物，乃以十万骑入武州塞③。汉伏兵三十余万马邑旁，御史大夫韩安国为护军④，护四将军以伏单于⑤。单于既入汉塞，未至马邑百余里，见畜布野而无人牧者，怪之，乃攻亭⑥。是时雁门尉史行徼⑦，见寇，葆此亭⑧，知汉兵谋。单于得⑨，欲杀之，尉史乃告单于汉兵所居。单于大惊曰："吾固疑之⑩。"乃引兵还。出曰⑪："吾得尉史，天也⑫，天使若言⑬。"以尉史为"天王"。汉兵约单于入马邑而纵⑭，单于不至，以故汉兵无所得。汉将军王恢部出代击胡辎重，闻单于还，兵多，不敢出。汉以恢本造兵谋而不进⑮，斩恢。自是之后，匈奴绝和亲，攻当路塞⑯，往往入盗于汉边，不可胜数。然匈奴贪，尚乐关市，嗜汉财物[17]，汉亦尚关市不绝以中之[18]。

【注释】

①马邑：县名。治今山西省朔县。下：指马邑县属下。聂翁壹：本名聂壹，因其年老而称为翁。马邑地方豪绅。奸（gān）兰出物与匈奴交：犯禁私运货物与匈奴交易。奸，干犯；干扰。兰，通"阑"，擅自出入；又通"栏"，栅栏，这里专指与匈奴交易的有关禁限。②据《韩长孺列传》载，汉武帝元光元年（前134年），聂壹献诱敌之计，被朝廷采纳。③武州：县名。在今山西省左云县。④韩安国：字长孺，梁国成安（今河南民权县东北）人。⑤护：督统。四将军：指骁骑将军李广、轻车将军公孙贺、将屯将军王恢、材官将军李息。伏：伏击。⑥亭：又称"亭障"。边境上侦察敌情的建筑物。⑦尉史：边郡负责巡逻的下级武官。行徼（jiào）：巡察。⑧葆：通"保"。⑨得：俘获。⑩固：本来。⑪出：出塞。⑫天也：这是天意啊。⑬若：你（们）。⑭纵：纵兵出击。⑮造兵谋：制造军事计划。⑯当路塞：直通要道的边塞。⑰嗜（shì）：喜爱；爱好。⑱中（zhòng）：投合。意思是投其所好。

自马邑军后五年之秋[1]，汉使四将军各万骑击胡关市下。将军卫青出上谷[2]，至茏城，得胡首虏七百人[3]。公孙贺出云中，无所得。公孙敖出代郡，为胡所败七千余人。李广出雁门[4]，为胡所败，而匈奴生得广[5]，广后得亡归[6]。汉囚敖、广；敖、广赎为庶人[7]。其冬[8]，匈奴数入盗边，渔阳尤甚。汉使将军韩安国屯渔阳备胡。其明年秋，匈奴二万骑入汉，杀辽西太守[9]，略二千余人[10]。胡又入败渔阳太守军千余人，围汉将军安国，安国时千余骑亦且尽[11]，会燕救至[12]，匈奴乃去。匈奴又入雁门，杀略千余人。于是汉使将军卫青将三万骑出雁门，李息出代郡，击胡。得首虏数千人。其明年，卫青复出云中以西至陇西，击胡之楼烦、白羊王于河南，得胡首虏数千，牛羊百余万。于是汉遂取河南地，筑朔方[13]，复缮故秦时蒙恬所为塞[14]，因河为固[15]。汉亦弃上谷之斗辟县造阳地以予胡[16]。是岁，汉之元朔二年也[17]。

【注释】

①时为汉武帝元光六年（前129年）。《汉书·武帝纪》记为是年春。②卫青（？—前106年）：河东平阳（今山西省临汾市西南）人。③首

虏：首级和俘虏。④李广（？—前119年）：陇西成纪（今甘肃省秦安县北）人。曾经任陇西、北地、右北平等边郡太守，官至卫尉（九卿之一）。与匈奴大小战七十余次，号为"飞将军"。后自杀。详见《李将军列传》。⑤生得：生浮。⑥亡归：逃回。⑦庶人：平民。⑧冬：《汉书·武帝纪》作"秋"。⑨太守：官名。⑩略：掳掠；掠获。⑪且：将；快要。⑫燕：汉初封国名。领地时有变化，这时只有广阳郡地，在现在的北京市大兴区和河北省固安县。建都蓟（今北京市西南）。⑬筑朔方：筑朔方城。朔方，郡名，地在今内蒙古自治区河套西北部和后套地区。治所在朔方（今杭锦旗北）。⑭缮：修补；整治。⑮因河：凭借（利用）黄河天险。⑯斗辟（dǒu pì）县：与匈奴地区犬牙交错的偏僻县份。造阳：在现在的河北沽源县南独石口附近；一说在今河北怀来县。⑰元朔：汉武帝的第三个年号，前128—前123年。

其后，冬①，匈奴军臣单于死。军臣单于弟左谷蠡王伊稚斜自立为单于，攻破军臣单于太子於单②。於单亡降汉，汉封於单为涉安侯③，数月而死。

【注释】

①冬：指汉武帝元朔三年（前126年）冬。秦和汉初以夏历十月为岁首，冬季（十、十一、十二月）为一年之初。②於单（wū dān）：人名。③涉安：此乃封号，非地名。意为"登涉长安"。

伊稚斜单于既立，其夏①，匈奴数万骑入杀代郡太守恭友，略千余人。其秋，匈奴又入雁门，杀略千余人。其明年，匈奴又复入代郡、定襄、上郡②，各三万骑，杀略数千人。匈奴右贤王怨汉夺之河南地而筑朔方③，数为寇盗边，及入河南，侵扰朔方，杀略吏民甚众。

【注释】

①其夏：指元朔三年夏。②定襄：郡名。地在现在的内蒙古自治区卓资县、和林格尔县、清水河县一带。治所在成（chéng）乐（西汉帝置成乐县，东汉废。今和林格尔县西北土城子）。成乐，又 shèng 乐。③之：其；他（们）的。

其明年春①，汉以卫青为大将军，将六将军十余万人②，出朔方、高阙击胡③。右贤王以为汉兵不能至，饮酒醉，汉兵出塞六七百里，夜围右贤王。右贤王大惊，脱身逃走，诸精骑往往随后去④。汉得右贤王众男女万五千人，裨小王十余人。其秋，匈奴万骑入杀代郡都尉朱英⑤，略千余人。

【注释】

①其明年：指汉武帝元朔五年（前124年）。②六将军：指游击将军苏建、强弩将军李沮、骑将军公孙贺、轻车将军李蔡（以上四将军归卫青直接统率，都出朔方郡）以及李息、张次公（二将出右北平郡）。③卫青当时自率三万骑兵出高阙。汉军三路出击。④精骑：精锐骑兵。⑤都尉：武官名。

其明年春①，汉复遣大将军卫青将六将军，兵十余万骑②，乃再出定襄数百里击匈奴，得首虏前后凡万九千余级③，而汉亦亡两将军，军三千余骑④。右将军建得以身脱⑤，而前将军翕侯赵信兵不利⑥，降匈奴。赵信者，故胡小王，降汉，汉封为翕侯，以前将军与右将军并军分行⑦，独遇单于兵，故尽没⑧。单于既得翕侯，以为自次王⑨，用其姊妻之⑩，与谋汉。信教单于益北绝幕⑪，以诱罢汉兵⑫，徼极而取之⑬，无近塞。单于从其计。其明年⑭，胡骑万人入上谷，杀数百人。

【注释】

①其明年：指元朔六年（前123年）。②六将军：指中将军公孙敖、左将军公孙贺、前将军赵信、右将军苏建、后将军李广、强弩将军李沮。③级：首级。这里作计算首级和俘虏的召用单位。④亡：损失。两将军：指苏建（只身逃归）和赵信（投降匈奴）。⑤建：苏建。杜陵（今陕西省西安市东南）人。苏武之父。以击匈奴功封平陵侯。曾筑朔方城。在这次战争中，失军当斩，赎为庶人。后任代郡太守。脱：逃离。⑥翕（xī）：邑名，在今河南省内黄县北。⑦分行：同其余诸军分开自行。⑧没（mò）：覆灭。⑨自次王：地位仅次于单于自己的王。⑩妻（qì）：以女人嫁人。⑪益北：更往北方。绝幕（mò）：渡过大沙漠。幕，通"漠"，沙漠。⑫诱罢（pí）：诱而不战，使之疲于奔命。罢，通"疲"。⑬徼（yāo）极而取之：意思是务使汉军疲劳至极，从而攻取之。徼，通"邀"，求，求得。⑭其明年：指汉武帝元狩元年（前122年）。

　　其明年春[1]，汉使骠骑将军去病将万骑出陇西[2]。过焉支山千余里[3]，击匈奴，得胡首虏万八千余级，破得休屠王祭天金人[4]。其夏，骠骑将军复与合骑侯数万骑出陇西、北地二千里[5]，击匈奴。过居延[6]，攻祁连山[7]，得胡首虏三万余人、裨小王以下七十余人。是时匈奴亦来入代郡、雁门，杀略数百人。汉使博望侯及李将军广出右北平[8]，击匈奴左贤王。左贤王围李将军，卒可四千人[9]，且尽，杀虏亦过当[10]。会博望侯军救至，李将军得脱。汉失亡数千人，合骑侯后骠骑将军期[11]，及与博望侯皆当死[12]，赎为庶人。

西汉抗击匈奴名将卫青像，出自清·顾沅辑《古圣贤像传略》。

【注释】

　　①其明年：指元狩二年。②骠（piào）骑将军：武官名号。为汉代高级军事长官之一。去病：霍去病（前140—前117年）。河东平阳人。

封冠军侯。③焉支山：山名。即燕（yān）支山，又作胭脂山。在今甘肃省永昌县西、山丹县东南。水草丰美，宜畜牧。④休屠（chú）王：匈奴休屠部的王。居地在今甘肃省武威市一带。⑤合骑侯：公孙敖。义渠人。⑥居延：县名。在今内蒙古自治区额济纳旗东南，为当时河西地区与漠北的交通要道。⑦祁连山：山名。在今甘肃省酒泉市以南。⑧博望侯：张骞（？—前114年）。汉中成固（今陕西省城固县）人。⑨可：大约。⑩过当（dàng）：杀俘敌人的数目超过了己方伤亡的数目。⑪后：后于；迟于。动词。期：约定的时间。⑫当死：判为死刑。当，判罪。

其秋，单于怒浑邪王、休屠王居西方为汉所杀虏数万人，欲召诛之。浑邪王与休屠王恐，谋降汉，汉使骠骑将军往迎之。浑邪王杀休屠王，并将其众降汉①，凡四万余人，号十万②。于是汉已得浑邪王，则陇西、北地、河西益少胡寇③，徙关东贫民处所夺匈奴河南新秦中以实之④，而减北地以西戍卒半。其明年⑤，匈奴入右北平、定襄各数万骑，杀略千余人而去。

【注释】

①并将（jiàng）：一并率领。②号：号称。③河西：地区名。④关东：地区名。处（chǔ）：居住。新秦中：地区名。即指河南地。在内蒙古自治区河套一带。实：充实。⑤其明年：指元狩三年（前120年）。

其明年春①，汉谋曰“翕侯信为单于计②，居幕北，以为汉兵不能至”。乃粟马③，发十万骑。私负从马凡十四万匹④，粮重不与焉⑤。令大将军青、骠骑将军去病中分军⑥，大将军出定襄，骠骑将军出代，咸约绝幕击匈奴。单于闻之，远其辎重⑦，以精兵待于幕北。与汉大将军接战一日，会暮，大风起，汉兵纵左右翼围单于。单于自度战不能如汉兵⑧，单于遂独身与壮骑数百溃汉围西北遁走。汉兵夜追不得。行斩捕匈奴首虏万九千级⑨，北至阗颜山赵信城而还⑩。

【注释】

①其明年：指元狩四年（前119年）。②计：计谋出谋划策。动词。③粟马：用粟喂马。④私负从马：指志愿携带军需用品参军的骑兵。⑤粮重：运输粮食的车马。与（yù）：计算在其中。⑥中分：对半分。⑦远

（yuǎn）：运到远方。使动用法。⑧度（duó）：揣度；推测。⑨行斩捕：一边前进，一边斩获。⑩阗（tián）颜山：一作寘颜山。山名。在今蒙古人民共和国境内杭爱山脉东南。赵信城：匈奴为赵信所筑之城，在阗颜山西。

单于之遁走，其兵往往与汉兵相乱而随单于。单于久不与其大众相得[1]，其右谷蠡王以为单于死，乃自立为单于。真单于复得其众，而右谷蠡王乃去其单于号，复为右谷蠡王。

【注释】

①相得：相遇。

汉骠骑将军之出代二千余里，与左贤王接战，汉兵得胡首虏凡七万余级，左贤王将皆遁走。骠骑封于狼居胥山[1]，禅姑衍[2]，临翰海而还[3]。

【注释】

①封：在山上筑坛祭天。狼居胥山：山名。②禅：在山上辟场祭地。姑衍：山名。在狼居胥山西北。③翰海：一作瀚海。

是后，匈奴远遁，而幕南无王庭。汉度河自朔方以西至令居[1]，往往通渠置田，官吏卒五六万人，稍蚕食[2]，地接匈奴以北[3]。

【注释】

①度：通"渡"。令（lián）居：县名。②稍：逐渐；慢慢地。③匈奴以北：指匈奴旧地以北。

初，汉两将军大出围单于，所杀虏八九万，而汉士卒物故亦数万[1]，汉马死者十余万。匈奴虽病[2]，远去，而汉亦马少，无以复往。匈奴用赵信之计，遣使于汉，好辞请和亲[3]。天子下其议[4]，或言和亲，或言遂臣之[5]。丞相长史任敞曰[6]："匈奴新破，困[7]，宜可使为外臣，朝请于边[8]。"汉使任敞于单于。单于闻敞计，大怒，留之不遣。先是汉亦有所降匈奴使者，单于亦辄留汉使相当[9]。汉方复收士马，会骠骑将军去病死，于是汉久不北击胡。

【注释】

①物故：死亡。②病：困乏；疲惫。③好辞：说好话。④下其议：将其事下交群臣商讨。⑤臣：使之臣服。使动用法。⑥长（zhǎng）史：官名。汉代三公都有长史以为辅佐。相当如今秘书长。⑦困：困窘。⑧朝请（qìng）：汉制，诸侯王朝见皇帝，在春季叫朝，在秋季叫请。这里泛指朝见。⑨相当：相抵。

数岁，伊稚斜单于立十三年死，子乌维立为单于。是岁，汉元鼎三年也①。

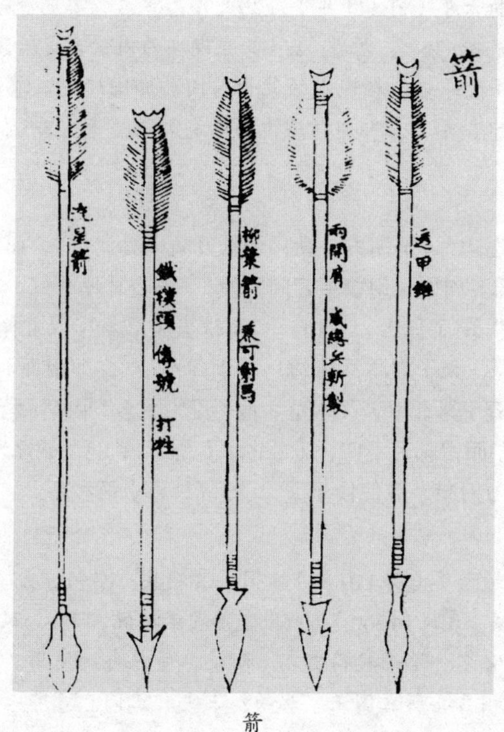

箭

【注释】

①元鼎：汉武帝的第五个年号，前116—前111年。

乌维单于立，而汉天子始出巡郡县。其后，汉方南诛两越①，不击匈奴，匈奴亦不侵入边。

【注释】

①两越：指南越和东越。

乌维单于立三年①，汉已灭南越，遣故太仆贺将万五千骑出九原二千余里②，至浮苴井而还③，不见匈奴一人。汉又遣故从骠侯赵破奴万余骑出令居数千里④，至匈河水而还⑤，亦不见匈奴一人。

【注释】

①时为元鼎六年（前111年）。②太仆：官名。掌皇帝舆马和马政。为九卿之一。贺：公孙贺。九原：县名。在现在的内蒙古自治区包头市西。③浮苴（jū）井：地名。在现在的蒙古人民共和国境内。④赵破奴：九原人。⑤匈河水：水名。即赵信城以西的匈奴河。也可能是今甘肃省境内疏勒河。

是时天子巡边①，至朔方，勒兵十八万骑以见武节②，而使郭吉风告单于③。郭吉既至匈奴，匈奴主客问所使④，郭吉礼卑言好，曰："吾见单于而口言。"单于见吉，吉曰："南越王头已悬于汉北阙⑤。今单于即能前与汉战⑥，天子自将兵待边；单于即不能⑦，即南面而臣于汉⑧。何徒远走，亡匿于幕北寒苦无水草之地，毋为也。"语卒而单于大怒⑨，立斩主客见者，而留郭吉不归，迁之北海上⑩。而单于终不肯为寇于汉边，休养息士马，习射猎，数使使于汉⑪，好辞甘言求请和亲。

【注释】

①事在元封元年（前110年）十月。②勒兵：率领士兵。见（xiàn）武节：显示军威。③风（fěng）告：用含蓄的话劝说、暗示。风，通"讽"。④主客：匈奴官名。主管接待宾客。所使：所肩负的使用。⑤南越王：赵建德。南越相吕嘉所立国王。北阙：未央宫正门。⑥即：如果。假设连词。⑦即：同上。⑧即：则；那就。承接连词。臣：臣服；称臣。动词。⑨卒：完毕；结束。⑩北海：指今西伯利亚贝加尔湖。⑪数（shuò）：屡次。使使：派遣使者。前"使"字，动词。后"使"字，名词。

汉使王乌等窥匈奴①。匈奴法：汉使非去节而以墨黥其面者不得入穹庐②。王乌，北地人，习胡俗③，去其节，黥面，得入穹庐。单于爱之，详许甘言④，为遣其太子入汉为质⑤，以求和亲。

【注释】

①窥：窥探；侦察。②节：符节。使者用作凭证的信物。③习：熟悉。④甘言：好话。⑤质：人质。两国交往，为了保证盟约的履行，派君主亲属或大臣到对方作为抵押品。

汉使杨信于匈奴。是时汉东拔秽貉、朝鲜以为郡①，而西置酒泉郡以鬲绝胡与羌通之路②。汉又西通月氏、大夏③，又以公主妻乌孙王④，以分匈奴西方之援国。又北益广田至眩雷为塞⑤，而匈奴终不敢以为言。是岁，翕侯信死，汉用事者以匈奴为已弱⑥，可臣从也。杨信为人刚直屈强⑦，素非贵臣，单于不亲。单于欲召入，不肯去节，单于乃坐穹庐外见杨信。杨信既见单于，说曰⑧："即欲和亲，以单于太子为质于汉。"单于曰："非故约。故约，汉常遣翁主⑨，给缯絮食物有品⑩，以和亲，而匈奴亦不扰边。今乃欲反古，令吾太子为质，无几矣⑪！"匈奴俗，见汉使非中贵人⑫，其儒先⑬，以为欲说，折其辩⑭；其少年，以为欲刺⑮，折其气。每汉使入匈奴，匈奴辄报偿⑯。汉留匈奴使，匈奴亦留汉使，必得当乃肯止⑰。

【注释】

①当时汉朝灭亡朝鲜后以其地设置了乐浪、玄菟、真番、临屯四郡。②酒泉郡：郡名。地在今甘肃省疏勒河以东、高台县以西。③月氏（zhī）：前177年以后数年间，月氏遭到匈奴攻击，大部分西迁至今新疆维吾尔自治区伊犁河流域及其以西地区，称大月氏；少数没有西迁者转入今祁连山（南山）与羌人杂居，称小月氏。这里指大月氏。大夏：国名。地在今阿富汗北部。④公主：指汉景帝孙江都王刘建之女刘细君。妻（qì）：以女嫁人。动词。乌孙：部族名。初居敦煌、祁连间，公元前161年前后西迁至今伊犁河和伊塞克湖一带。建都赤谷城。（今中亚之伊塞克湖东南）。⑤眩（xián）雷：地名。在今新疆维吾尔自治区塔城市附近。⑥用事者：执政者；当权者。⑦屈强（juè jiàng）：倔强。屈，通"倔"。⑧说（shuì）：劝说；说服。⑨翁主：汉代诸王的女儿称翁主。⑩品：等级。⑪几（jì）：通"冀"。希望。⑫中贵人：亦称"中贵"。⑬儒先：即儒生。这

里指文人学士。⑭折：摧折；压抑。辩：辩说；辩词。⑮刺：刺杀；斥责。⑯报偿：回报；答谢。⑰得当（dāng）：求得对等。

杨信既归，汉使王乌，而单于复謟以甘言①，欲多得汉财物，绐谓王乌曰②："吾欲入汉见天子，面相约为兄弟。"王乌归报汉，汉为单于筑邸于长安③。匈奴曰："非得汉贵人使，吾不与诚语。"匈奴使其贵人至汉，病，汉予药，欲愈之，不幸而死。而汉使路充国佩二千石印绶往使④，因送其丧，厚葬直数千金⑤，曰"此汉贵人也"⑥。单于以为汉杀吾贵使者，乃留路充国不归。诸所言者⑦，单于特空绐王乌⑧，殊无意入汉及遣太子来质⑨。于是匈奴数使奇兵侵犯边。汉乃拜郭昌为拔胡将军⑩，及浞野侯屯朔方以东⑪，备胡。路充国留匈奴三岁，单于死。

【注释】

①謟（chǎn）以甘言：用甜言蜜语来谄媚。謟同"谄"。②绐（dài）：欺哄。③邸：诸侯王或地方高级官吏朝见皇帝时在京城的住所。④二千石（shí）：汉制，除三公以外的高级官吏（内自九卿郎将，外至郡守尉）的俸禄等级。其中又有中二千石、真二千石、二千石（月俸一百二十斛谷）、比二千石之别，月俸自一百八十斛谷至一百斛谷不等。⑤直：通"值"价值。⑥此：指路充国。⑦诸所言者：指单于所说的那些话。⑧特：不过是。⑨殊：非常。副词。⑩郭昌：云中（今内蒙古自治区托克托东北）人。⑪浞野侯：赵破奴后来的封爵。

乌维单于立十岁而死，子乌师庐立为单于，年少，号为儿单于。是岁，元封六年也①。自此之后，单于益西北，左方兵直云中，右方直酒泉、燉煌郡。②。

【注释】

①元封：汉武帝的第六个年号，公元前110—前105年。元封六年相当于前105年。②燉煌郡：郡名。即敦煌郡。

儿单于立，汉使两使者，一吊单于①，一吊右贤王，欲以乖其国②。使者入匈奴，匈奴悉将致单于③。单于怒而尽留汉使。汉使留匈奴者前后十余辈④，而匈奴使来，汉亦辄留相当。

【注释】

①吊：慰问丧家。②乖：不和谐；离间。③致：送达；送交。④辈：批。

是岁①，汉使贰师将军广利西伐大宛②，而令因杅将军敖筑受降城③。其冬，匈奴大雨雪，畜多饥寒死。儿单于年少，好杀伐，国人多不安。左大都尉欲杀单于，使人间告汉曰④："我欲杀单于降汉，汉远，即兵来迎我，我即发。"初，汉闻此言，故筑受降城，犹以为远。

【注释】

①是岁：指武帝太初元年（前104年）。②贰师：大宛城名，这里指用作将军名号。广利：李广利。中山（今河北省定县）人。大宛（yuān）：国名。地在今中亚费尔干纳盆地。建都贵山城（今卡散赛）。以产汗血马著名。公元前102年降汉。③因杅（xū）：匈奴地名。此处用作将军名号。敖：公孙敖。受降城：为迎接匈奴贵族投降而筑。④间（jiàn）告：暗中告知。

其明年春①，汉使浞野侯破奴将二万余骑出朔方西北二千余里，期至浚稽山而还②。浞野侯既至期而还，左大都尉欲发而觉③，单于诛之，发左方兵击浞野。浞野侯行捕首虏得数千人。还，未至受降城四百里，匈奴兵八万骑围之。浞野侯夜自出求水，匈奴间捕④，生得浞野侯，因急击其军⑤。军中郭纵为护⑥，维王为渠⑦，相与谋曰⑧，及诸校尉畏亡将军而诛之⑨，莫相劝归，军遂没于匈奴。匈奴儿单于大喜，遂遣奇兵攻受降城。不能下，乃寇入边而去。其明年⑩，单于欲自攻受降城，未至，病死。

【注释】

①其明年：指太初二年（前103年）。②浚稽山：山名。③觉：发觉。被动用法。④间（jiàn）捕：间谍；侦察。⑤因：于是；就。⑥护：护军。秦、汉时代临时设置的调节诸将关系的官员。⑦维王：匈奴浑邪王的外甥，随浑邪王降汉。渠：匈奴降兵的渠帅（首领）。⑧曰：衍文。因下文绝不是引语。⑨校尉：武官名。地位次于将军，可随其职务冠以各种名号。⑩其明年：指太初三年（前102年）。

儿单于立三岁而死。子年少，匈奴乃立其季父——乌维单于弟右贤王呴犁湖为单于①。是岁，太初三年也。

【注释】

①季父：叔父。呴（gōu）犁湖：人名。

呴犁湖单于立，汉使光禄徐自为出五原塞数百里①，远者千余里，筑城鄣列亭至庐朐②，而使游击将军韩说、长平侯卫伉屯其旁③，使强弩都尉路博德筑居延泽上④。

【注释】

①光禄：官名。光禄勋或光禄大夫的简称。五原塞：指五原郡榆林塞。在今陕西省东北角，一说在今内蒙古自治区河套东北岸。②鄣（zhàng）：通"障"小城堡。亭：哨所。庐朐（qú）：山名。指今内蒙古自治区狼山北麓。③韩说：弓高壮侯韩颓当庶孙。击匈奴有功，封龙额侯，后失爵。又以击东越功，封按道侯。官至光禄勋。卫伉（kàng）：卫青子。后坐巫蛊被杀。④路博德：西河平州（今山西省临汾市一带）人。历任右北平太守、卫尉等职，以击匈奴功封符离侯。曾领兵伐破南越。居延泽：古泽名。

其秋，匈奴大入定襄、云中，杀略数千人，败数二千石而去，行破坏光禄所筑城列亭鄣①。又使右贤王入酒泉、张掖②，略数千人。会任文击救③，尽复失所得而去。是岁，贰师将军破大宛，斩其王而还。匈奴欲遮之④，不能至。其冬，欲攻受降城，会单于病死。

【注释】

①城列亭障：应作"城鄣列亭"。②张掖：郡名。汉武帝元鼎六年（公元前111年）分武威郡置。治所在觻（lù）得（今甘肃张掖西北）。③任文：汉朝将军。击救：截击匈奴，救脱汉人。④遮：截击；阻击。

呴犁湖单于立一岁死。匈奴乃立其弟左大都尉且鞮侯为单于①。

【注释】

①且鞮：音 jū dī。

　　汉既诛大宛①，威震外国。天子意欲遂困胡②，乃下诏曰："高皇帝遗朕平城之忧③，高后时单于书绝悖逆④。昔齐襄公复百世之雠⑤，《春秋》大之⑥。"是岁，太初四年也。

【注释】

　　①诛大宛：太初三年（前102年），汉再攻大宛，大宛贵族杀其王毋寡，降汉。②困：围困。③遗：遗留。④绝：极其。悖逆：背礼忤逆。⑤据《公羊传·庄公四年》载，齐襄公九世祖被纪侯诬陷，被杀于周。公元前690年，襄公灭纪。⑥《春秋》大之：意为《春秋》对此事大加表彰赞美。《春秋》，儒家经典之一，编年体春秋时代史，相传为孔子据鲁国史官所编之《春秋》整理修订而成。

　　且鞮侯单于既立①，尽归汉使之不降者，路充国等得归。单于初立，恐汉袭之，乃自谓："我儿子②，安敢望汉天子③！汉天子，我丈人行也④。"汉遣中郎将苏武厚币赂遗单于⑤。单于益骄，礼甚倨⑥，非汉所望也。其明年⑦，浞野侯破奴得亡归汉。

【注释】

　　①自此以下三节，史实错误较多，学者多认为是后人所续。②我儿子：我是小孩子；我是儿辈。③安：怎；怎么。④丈人：对年长者的尊称。⑤中郎将：官名。统领皇帝的侍卫人员而随从左右，有的则统率禁军。苏武（？—前60年）：字子卿，杜陵（今陕西省西安市东南）人。⑥倨（jù）：傲慢。⑦其明年：指武帝天汉元年（前100年）。

　　其明年①，汉使贰师将军广利以三万骑出酒泉，击右贤王于天山②，得胡首虏万余级而还。匈奴大围贰师将军，几不脱③。汉兵物故什六七④。汉复使因杅将军敖出西河⑤，与强弩都尉会涿涂山⑥，毋所得⑦。又使骑都尉李陵将步骑五千人⑧，出居延北千余里，与单于会，合战，陵所杀伤万余人，兵及食尽⑨，欲解归，匈奴围陵，陵降匈奴，其兵遂没，得还者四百人。单于乃贵陵⑩，以其女妻之。

【注释】

　　①其明年：指天汉二年（前99年）。②天山：即现在的新疆维吾尔自治区境内的天山。③几（jī）：几乎。④什六七：十分之六七。⑤西河：

郡名。地在今内蒙古自治区、山西省、陕西省交界地区。⑥强弩将军：路博德。涿涂（yé）山：一作"涿邪山"在今蒙古人民共和国境满达勒戈壁附近。⑦毋：通"无"。⑧骑都尉：武官名。⑨兵：指兵矢《李将军列传》记为"陵军五千人，兵矢既尽，士死者过半"李陵残余兵士除随降匈奴者外，另有四百人返回汉朝。⑩单于乃贵陵：单于便重用李陵，使之显贵。

后二岁①，复使贰师将军将六万骑、步兵十万，出朔方；强弩都尉路博德将万余人，与贰师会；游击将军说将步骑三万人②，出五原③；因杆将军敖将万骑、步兵三万人④，出雁门。匈奴闻，悉远其累重于余吾水北⑤，而单于以十万骑待水南，与贰师将军接战。贰师乃解而引归，与单于连战十余日。贰师闻其家以巫蛊族灭⑥，因并众降匈奴⑦，得来还千人一两人耳⑧。游击说无所得。因杆敖与左贤王战，不利，引归。是岁⑨，汉兵之出击匈奴者不得言功多少，功不得御⑩。有诏捕太医令随但⑪，言贰师将军家室族灭⑫，使广利得降匈奴。

【注释】

①后二岁：指天汉四年。②说：指韩说。③五原：郡名。地在现在的内蒙古自治区后套至包头市一带。治所在九原（今包头市西北）。④敖：公孙敖。⑤累（lèi）重：拖累笨重之物。余（xú）吾水：水名。⑥巫蛊（gǔ）：古时迷信说法，以为用巫术诅咒及用木偶人埋地下，可以害人，称为"巫蛊"。⑦武帝太始元年（前96年）且鞮侯单于死，子狐鹿姑立为单于。征和三年（前90年）李广利等攻匈奴，听说妻子坐巫蛊被捕，于是深入求功，至燕然山，大败，降匈奴。⑧耳：而已；罢了。语气助词。⑨是岁：应指征和三年。⑩御：抵偿。⑪太医令：官名。西汉太常、少府皆有之。⑫此句前省略了"以其"二字。

太史公曰：孔氏著《春秋》①，隐桓之间则章②，至定哀之际则微③，为其切当世之文而罔褒④，忌讳之辞也⑤。世俗之言匈奴者，患其徼一时之权⑥，而务諂纳其说⑦，以便偏指⑧，不参彼己⑨；将率席中国广大⑩，气奋⑪。人主因以决策⑫，是以建功不深⑬。尧虽贤⑭，兴事业不成，得禹而九州宁⑮。且欲兴圣统⑯，唯在择任将相哉⑰！唯在择任将相哉⑱！

苏武像，出自清·顾沅辑《古圣贤像传略》。苏武出使匈奴，结果被扣留十九年。

【注释】

①孔氏：孔子（前551—前479年）。名丘，字仲尼。春秋时期鲁国陬（zōu）邑（今山东省曲阜市东南）人。儒家学派的创始人，中国古代伟大的思想家、政治家、教育家。曾任鲁国中都宰、司寇，后周游列国，聚徒讲学，相传曾整理《诗》、《书》等古代文献，删订《春秋》。②隐桓之间：指鲁隐公、鲁桓公时期，是《春秋》记事初期。《春秋》记事起于隐公元年（前722年），桓公则是继隐公之后的鲁君（前711—前694年在位）。章：通"彰"明显；显著。③定哀之际：指鲁定公、鲁哀公时期，是《春秋》记事之末期。鲁定公，公元前509—前495年在位；鲁哀公，公元前494—前468年在位。④切（qiè）：切近；涉

及。罔（wǎng）褒：虚美。罔，欺骗；无。⑤忌讳：避忌；顾忌。⑥徼（yāo）：通"邀"，求取。权：权势；功利。⑦务：勉力从事。謵：通"谄"。谄媚：奉承。纳：致送；进献。说：说词（意见、主张等）。⑧偏指：片面的意见；不正的意图。⑨参：考察检验；审察。彼己：指敌我双方的情况。⑩率：通"帅"。席：凭借；依仗。⑪气奋：气壮；气粗。微含贬义。⑫人主：国君（暗指汉武帝）。⑬是以：以是；因此。深：牢固；深远。⑭尧：相传父系氏族社会末期部落联盟领袖。陶唐氏，名放勋。⑮禹：传说中古代部落联盟领袖。姓姒，名文命。原为夏后氏部落领袖。唐尧时，禹父鲧治理洪水失败；虞舜时，禹继续治水，取得了伟大成功。⑯且：发语词。圣统：圣王一脉相承的统系。⑰唯：只；只是。⑱本句重复言之，表示反复强调作者的见解，感慨再三。

卫将军骠骑列传第五十一

大将军卫青者[1]，平阳人也[2]。其父郑季，为吏[3]，给事平阳侯家[4]，与侯妾卫媪通[5]，生青。青同母兄卫长子，而姊卫子夫自平阳公主家得幸天子[6]，故冒姓为卫氏。字仲卿[7]。长子更字长君[8]。长君母号为卫媪。媪长女卫孺，次女少儿，次女即子夫[9]。后子夫男弟步、广，皆冒卫氏。

【注释】

①大将军：官名。始于战国，汉代沿置，为将军的最高称号，职掌统兵征战。②平阳：河东郡属县。在现在的山西省临汾市西南。③据《汉书·卫青传》载，郑季当时为平阳县吏。④给（jǐ）事：当差。⑤妾：此处指"小老婆"。媪（ǎo）：也可作妇女的通称。通：私通，通奸。⑥卫子夫（？—前91年）：初为平阳公主家的歌女，后入宫，得到武帝宠爱，生戾太子刘据，因被立为皇后。平阳公主：汉景帝女，武帝同胞姊。幸：宠爱。⑦字：表字；别名。⑧更（gèng）字：另字，又字。⑨次女：此处指第三个女儿。次，其次，下一个。

青为侯家人，少时归其父。其父使牧羊，先母之子皆奴畜之[1]，不以为兄弟数[2]。青尝从入至甘泉居室[3]，有一钳徒相青曰[4]："贵人也，官至封侯。"青笑曰："人奴之生[5]，得毋笞骂即足矣[6]，安得封侯事乎[7]！"

【注释】

①先母：嫡母。这里指郑季正妻。奴畜（xù）之：把他当作奴仆。②不以为兄弟数：不把他算入兄弟之数。数，数目。③尝：曾经。从：跟随（他人）。甘泉：宫名。旧址在今陕西省淳化县西北甘泉山。居室：《正义》按谓官署名，武帝改名为"保宫"。④钳徒：受钳刑的犯人。古代刑罚，用铁圈束颈叫钳，剃去头发叫髡（kūn），一般髡、钳并施。相：相面。

⑤人奴：人家的奴婢。⑥毋：通"无"。不。笞：用竹板、荆条之类抽打。这里泛指责打。⑦安：怎，怎么；哪里。疑问副词。

青壮①，为侯家骑②，从平阳主③。建元二年春④，青姊子夫得入宫幸上⑤。皇后，堂邑大长公主女也⑥，无子，妒。大长公主闻卫子夫幸⑦，有身⑧，妒之，乃使人捕青⑨。青时给事建章⑩，未知名。大长公主执囚青⑪，欲杀之。其友骑郎公孙敖与壮士往篡取之⑫，以故得不死⑬。上闻，乃召青为建章监⑭，侍中⑮，及同母昆弟贵⑯，赏赐数日间累千金⑰。孺为太仆公孙贺妻⑱。少儿故与陈掌通⑲，上召贵掌⑳。公孙敖由此益贵。子夫为夫人㉑。青为大中大夫㉒。

【注释】

①壮：长大。②骑：骑士。③平阳主：即平阳公主。④建元：汉武帝的第一个年号（前140—前135年）。⑤幸上：得到皇上宠爱；服侍皇上。上，指武帝。⑥堂邑大长公主：刘嫖。⑦幸：得宠。⑧有身：怀孕。身，通"娠"。⑨使：派。⑩建章：宫名。⑪执：捕捉；抓获。⑫骑郎：主管御马的郎官，为皇帝侍从官之一种。篡：劫夺。⑬以故：由于这个原因。因此。⑭乃：于是；就。建章监：掌管建章宫事务的长官。⑮侍中：加官名。为列侯以至郎中的加官。侍从皇帝，出入宫廷。⑯昆弟：兄弟。⑰累：累计。⑱孺：即卫孺。太仆：官名。九卿之一。掌管皇帝车马。⑲故：旧，原先。陈掌：汉初名臣陈平曾孙。⑳贵：显贵。使动用法。㉑夫人：国君的小妻。㉒大（tài）中大夫：官名。郎中令属官，掌议论。大，通"太"。

元光五年①，青为车骑将军②，击匈奴，出上谷③；太仆公孙贺为轻车将军④，出云中⑤；大中大夫公孙敖为骑将军，出代郡⑥；卫尉李广为骁骑将军⑦，出雁门⑧：军各万骑⑨。青至茏城⑩，斩首虏数百⑪。骑将军敖亡七千骑⑫；卫尉李广为虏所得⑬，得脱归⑭：皆当斩⑮，赎为庶人⑯。贺亦无功。

【注释】

①元光五年：当为元光六年（前129年）。元光，汉武帝的第二个年号，时为前134年—前129年。②车骑将军：高级将领名号。③上

卫青钳徒论相图，选自清·马骀《百将传图》。
卫青是汉武帝时的名将，其未发达时，遇见一善
于相面的钳徒（古代有残疾者称"钳徒"），其
对卫青说，"贵人也，官至封侯。"后卫青果然
成为一代名将。

谷：郡名。地在现在的河北省北部，包括今北京市延庆区以西及内长城和
昌平区以北。治所在沮阳（今河北怀来县东南）。④轻车将军：与下文的
骑将军、骁骑将军都是将军名号。⑤云中：郡名。地在今内蒙古自治区中
部土默特右旗至卓资县一带。治所在云中（今托克托县东北）。⑥代郡：
郡名。地在今河北省西北部及山西省东北部。治所在代县（今河北省蔚县
东北）。⑦卫尉：官名。九卿之一。掌管宫门警卫，统率宫廷警卫部队。
李广（？—前119年）：名将。⑧雁门：郡名。地在今山西省西北部及内
蒙古自治区中部黄旗海、岱海以南。治所在善无（今山西省右玉县南）。
⑨骑（jì）：古代称一人一马为一骑。⑩茏城：一作"龙城"。⑪斩首虏：

杀死和生俘。⑫亡：损失。⑬为：被。介词。虏：这里指匈奴。得：捉获。⑭脱归：逃跑归来。⑮当：判罪。⑯庶人：平民。

　　元朔元年春①，卫夫人有男②，立为皇后。其秋，青为车骑将军，出雁门，三万骑击匈奴，斩首虏数千人。明年，匈奴入杀辽西太守③，虏略渔阳二千余人④，败韩将军军⑤。汉令将军李息击之，出代；令车骑将军青出云中以西至高阙⑥。遂略河南地⑦，至于陇西⑧，捕首虏数千⑨，畜数十万，走白羊、楼烦王⑩。遂以河南地为朔方郡⑪。以三千八百户封青为长平侯⑫。青校尉苏建有功⑬，以千一百户封建为平陵侯⑭。使建筑朔方城。青校尉张次公有功，封为岸头侯⑮。天子曰："匈奴逆天理，乱人伦，暴长虐老⑯，以盗窃为务，行诈诸蛮夷⑰，造谋藉兵⑱，数为边害⑲，故兴师遣将，以征厥罪⑳。《诗》不云乎㉑：'薄伐猃狁㉒，至于太原㉓'，'出车彭彭㉔……城彼朔方㉕'。今车骑将军青度西河至高阙㉖，获首虏二千三百级㉗，车辎畜产毕收为卤㉘，已封为列侯㉙；遂西定河南地，按榆谿旧塞㉚，绝梓领㉛，梁北河㉜，讨蒲泥㉝，破符离㉞，斩轻锐之卒、捕伏听者三千七十一级㉟，执讯获丑㊱，驱马牛羊百有余万㊲，全甲兵而还㊳。益封青三千户㊴。"其明年㊵，匈奴入杀代郡太守友㊶，入略雁门千余人。其明年㊷，匈奴大入代、定襄、上郡㊸，杀略汉数千人。

【注释】

　　①元朔：汉武帝的第三个年号，前128—前123年。②有男：生了个男孩（即刘据）。③辽西：郡名。太守：郡的最高行政长官。④虏略：掠夺。渔阳：郡名。地在现在的河北省东北部，并及天津市海河以北、北京市怀柔、通州区以东。治所在渔阳（今北京市密云市西南）。⑤韩将军：韩安国（？—前127年）。字长孺，梁国成安（今河南省民权县东北）人。⑥高阙：地名。在今内蒙古自治区杭锦后旗东北。阴山山脉至此中断为一个缺口，望若门阙，故名。⑦河南：地区名。指今内蒙古自治区河套黄河以南地区。⑧陇西：郡名。地在今甘肃省东部。治所在狄道（今临洮县南）。⑨捕首虏：斩杀和俘虏。⑩走：跑；逃离。使动用法。白羊：匈奴别部名。楼烦：部族名。当时分布在今内蒙古鄂尔多斯草原一带。⑪朔方：郡名。地在今内蒙古河套西北部及后套地区。治所在朔方（今杭锦旗北）。⑫长平：县名，在今河南西华县东北。⑬校尉：武官

名。⑭平陵：邑名，在今河北大城县东北。⑮岸头：亭名，一说乡名。在现在的山西河津市南。⑯暴长（zhǎng）：欺凌尊长。⑰蛮夷：此处泛指除匈奴外的北方各部族。⑱藉兵：凭借武力。⑲数（shuò）：屡次。⑳厥：其；他的，他们的。代词。㉑《诗》：即《诗经》。中国古代第一部诗歌总集，收录从西周到春秋的诗歌，现存三百零五篇，包括风、雅、颂三部分。㉒薄：句首助词。猃狁（xiǎn yǔn）：一作猃狁。部族名。商周时代分布在今甘肃省、陕西省北部和内蒙古自治区西部。周宣王曾多次出兵征伐之。有人认为猃狁即后来的匈奴。㉓太原：地区名。㉔彭彭（bāng bāng）：象声词，类似今"滂滂"。形容车马众多，军威雄壮。㉕城：筑城。动词。朔方：北方。㉖度：通"渡"。西河：指今宁夏、内蒙古间从南向北的那一段黄河。㉗级：古代指砍下的人头数。㉘辎：辎重，指军用物资。毕：都，全部。卤：通"掳"。掠夺。此处指战利品。㉙列侯：爵位名。秦、汉二十等爵位的最高一级称彻侯，后改称通侯，又称列侯。㉚按：巡行，巡阅。榆谿旧塞（sài）：亦称榆林塞。在今内蒙古自治区河套东北岸。一说在今陕西省东北角。㉛绝：横穿，横越。梓领：山名。今地不详。一说在今陕西横山县西。领，通"岭"。㉜梁：桥梁。此处意为架桥。北河：约指今内蒙古乌加河，古代为黄河正流。㉝讨：讨伐。蒲泥：部族首领名。㉞符离：要塞名。在今内蒙古五原县西北。㉟轻锐：迅捷精锐。伏听者：在暗中隐伏偷听汉军虚实的敌人侦探。㊱执讯获丑：捉到俘虏，加以审讯，因而俘获其族类。丑，丑类，坏家伙。㊲有：用在整数和零数之间，相当于"又"。此处可理解为"余"。㊳甲兵：铠甲和兵器。㊴益：增加。㊵其明年：元朔三年，公元前126年。㊶友：人名。姓共（恭）。㊷其明年。元朔四年，前125年。㊸定襄：郡名。上郡：郡名。地在今陕西省北部及内蒙古自治区乌审旗等境。治所在肤施（今陕西省榆林市榆阳区东南）。

其明年，元朔之五年春，汉令车骑将军青将三万骑①，出高阙；卫尉苏建为游击将军，左内史李沮为强弩将军②，太仆公孙贺为骑将军，代相李蔡为轻车将军③，皆领属车骑将军④，俱出朔方；大行李息、岸头侯张次公为将军⑤，出右北平⑥；咸击匈奴⑦。匈奴右贤王当卫青等兵⑧，以为汉兵不能至此，饮醉。汉兵夜至，围右贤王，右贤王惊，夜逃，独与其爱妾一人、壮骑数百驰，溃围北去。汉轻骑校尉郭成等逐数百里，不及，得右贤裨王十余人、众男女万五千余人、畜数千百万⑨，于是引兵而还。至塞⑩，天子使使者持大将军印，即军中拜车骑将军青为大将军⑪，诸将皆以兵属大将军，大将军立号而归⑫。天子曰："大将军青躬率戎士⑬，师大捷⑭，获匈奴王十有余人，益封青六千户。"而封青子伉为宜春侯、青子不疑为阴安侯、青子登为发干侯⑮。青固谢曰⑯："臣幸得待罪行间⑰，赖陛下神灵⑱，军大捷，皆诸校尉力战之功也。陛下幸已益封臣青⑲。臣青子在襁褓中⑳，未有勤劳㉑，上幸列地封为三侯㉒，非臣待罪行间所以劝士力战之意也㉓。伉等三人何敢受封！"天子曰："我非忘诸校尉功也，今固且图之㉔。"乃诏御史曰㉕："护军都尉公孙敖三从大将军击匈奴㉖，常护军，傅校获王㉗，以千五百户封敖为合骑侯㉘。都尉韩说从大将军出窳浑㉙，至匈奴右贤王庭㉚，为麾下搏战获王㉛，以千三百户封说为龙頟侯㉜。骑将军公孙贺从大将军获王，以千三百户封贺为南𡧏侯㉝。轻车将军李蔡再从大将军获王㉞，以千六百户封蔡为乐安侯㉟。校尉李朔、校尉赵不虞、校尉公孙戎奴各三从大将军获王，以千三百户封朔为涉轵侯㊱，以千三百户封不虞为随成侯㊲，以千三百户封戎奴为从平侯㊳。将军李沮、李息及校尉豆如意有功，赐爵关内侯，食邑各三百户。"其秋，匈奴入代，杀都尉朱英。

【注释】

①将（jiàng）：率领。动词。②左内史：官名。秦设内史掌治京畿地方。③代：汉初封国名。地现在的山西省中北部和河北省西北角。初都代（今河北省蔚县东北），后徙都中都（今山西省平遥县西南）。武帝元鼎三年（前114年）废。相：官名。诸侯王国的最高行政长官，与郡太守地位相当。④领属：归属，隶属。⑤大行：官名。即大行令。九卿之一。管理接待宾客和边地民族事务。⑥右北平：郡名。地在今河北省东北部至辽宁大凌河一带。治所在平刚（今辽宁省凌源市西南）。⑦咸：都，全都。⑧右贤王：匈奴最高统治者称单于（chán yú），其下设左、右贤王（屠耆王）等。当：面对着；抵挡，抵敌。⑨裨（pí）王：小王。千：《汉书》作"十"，当是。⑩塞（sài）：边界上的险要之地。⑪即：就在（某时某地）。拜：封爵或授官。⑫号：名号，官号。⑬躬：亲自。戎士：将士；军队。⑭师：军队。⑮宜春：汉县名，在今河南汝南县西南。发干：县名。在今

山东聊城市西南。⑯固谢：坚决推辞；一再推辞。⑰幸：幸运；侥幸。待罪：旧时官吏常怕因失职得罪，因以"待罪"为供职的谦辞，意为听候治罪。行（háng）间：行伍之间；部队之中。⑱赖：仰赖；依靠。陛下：对皇帝的敬称。⑲幸：指对方的某种做法使自己感到幸运。谦敬副词。⑳襁褓（qiǎng bǎo）：背负小孩所用的东西。㉑勤劳：辛劳；功劳。㉒列：通"裂"。分，割。㉓劝：勉励；奖励。㉔固：本来。且：将要，就要，就。图：谋划；考虑。㉕诏：皇帝的命令。此处用作动词。御史：官名。此处指御史府之长官御史大夫或御史中丞。㉖护军都尉：武官名。临时设置负责调节诸将关系的官长。㉗傅校获王：团结、接应将校，俘获匈奴王。㉘合骑：非邑名，以战功为号，有军合车骑之意。㉙都尉：武官名。㝢（yǔ）浑：要塞名。其地在朔方郡，今内蒙古自治区杭锦后旗西南。㉚庭：王庭。匈奴单于和贤王、谷蠡王的居处及议事之所。㉛麾（huī）下：将帅的大旗之下。㉜龙额：侯国名、在今河北景县东。额，通"额"。谭其骧《中国历史地图集》注在今山东齐河县西北。㉝南窌（liù）：今地不详。㉞再从：两次跟随。㉟乐安：县名。在今山东博兴县东北。㊱涉轵（zhǐ）：邑名。㊲随成：为封号，非地名。一说在千乘（今山东高青县东北）。㊳从平：为封号，非地名。一说为地名，在乐昌（在今河北大名县南）。

　　其明年春①，大将军青出定襄，合骑侯敖为中将军，太仆贺为左将军，翕侯赵信为前将军②，卫尉苏建为右将军，郎中令李广为后将军③，右内史李沮为强弩将军，咸属大将军，斩首数千级而还。月余，悉复出定襄击匈奴④，斩首虏万余人。右将军建、前将军信并军三千余骑⑤，独逢单于兵，与战一日余，汉兵且尽。前将军故胡人⑥，降为翕侯⑦，见急，匈奴诱之，遂将其余骑可八百⑧，奔降单于⑨。右将军苏建尽亡其军⑩，独以身得亡去⑪，自归大将军⑫。大将军问其罪正闳、长史安、议郎周霸等⑬："建当云何⑭？"霸曰："自大将军出，未尝斩裨将⑮。今建弃军⑯，可斩以明将军之威⑰。"闳、安曰："不然！《兵法》⑱：'小敌之坚，大敌之禽也⑲'。今建以数千当单于数万，力战一日余，士尽，不敢有二心，自归。自归而斩之⑳，是示后无反意也㉑。不当斩。"大将军曰："青幸得以肺腑待罪行间㉒，不患无威，而霸说我以明威㉓，甚失臣意㉔。且使臣职虽当斩将㉕，以臣之尊宠而不敢自擅专诛于境外㉖，而具归天子㉗，天子自裁之㉘，于是以见为人臣不敢专权㉙，不亦可乎？"军吏皆曰：
"善㉚！"遂囚建诣行在所㉛。入塞罢兵。

【注释】

①元朔六年（公元前 123 年）春。②翕（xī）：乡名。在现在河南内黄县北。③郎中令：官名。九卿之一。为皇帝侍从、警卫、顾问官员的首长。④悉：全，尽。⑤并军：两军合并。⑥故：原先，从前。⑦降为翕侯：投降汉朝后被封为翕侯。⑧可：大约。⑨奔降：奔往敌方投降。⑩亡：损失。⑪亡去：逃之。⑫自归：归来自首。⑬正：军正。军队法官。闳（hóng）：人名。长（zhǎng）史：官名。安：人名。议郎：官名。郎官之一种。掌议论。⑭云何：（按军法）怎么讲。意为按军法应如何处置。⑮裨（pí）将：副将。⑯弃：损失。⑰明：申明；彰明。动词。⑱《兵法》：指《孙子兵法》。⑲意为小部队再拼死力战，也会被大部队的一方所击败。禽：通"擒"。捉获。⑳而：却。表示轻微的转折。连词。㉑示：表示；暗示。后：指后来者。无：不；不要。反：通"返"。㉒肺腑：此处用以比喻帝王的亲属或姻戚。㉓说（shuì）：劝说；说服。㉔臣意：为臣之意。作为人臣的本分。㉕使：即使；假使。当：管理，主管，主持。㉖自擅：自己独断专行。㉗具归：如实汇报；详细汇报；全部归交。具，都，全部。㉘裁：裁决，处理。㉙于是：由此。㉚善：好；好的。㉛遂：于是。诣（yì）：前往；去到。行在所：皇帝所在的地方。

是岁也①，大将军姊子霍去病年十八②，幸③，为天子侍中。善骑射，再从大将军，受诏与壮士④，为剽姚校尉⑤，与轻勇骑八百直弃大军数百里赴利⑥，斩捕首虏过当⑦。于是天子曰："剽姚校尉去病斩首虏二千二十八级，及相国、当户⑧，斩单于大父行籍若侯产⑨，生捕季父罗姑比⑩，再冠军，以千六百户封去病为冠军侯⑪。上谷太守郝贤四从大将军，捕斩首虏二千余人，以千一百户封贤为众利侯。"是岁，失两将军军⑫，亡翕侯，军功不多，故大将军不益封。右将军建至，天子不诛，赦其罪，赎为庶人。

【注释】

①也：句末语气词。②大将军姊子霍去病：霍去病是卫青姐姐卫少儿与平阳县吏霍仲孺私通所生子。③幸：受宠。④与：给予。⑤剽（piào）

姚：雄健敏捷的意思。⑥直弃：径直离弃；一直抛下。赴利：趋利；奔赴有利之处，夺取战功。⑦过当：有两解。一、以少数兵力杀俘大量敌人；二、比较少的伤亡杀俘较多的敌人。⑧相国：匈奴官名。⑨大父行（háng）：祖父辈的人。大父，祖父，外祖父。行，辈分。产：人名。⑩季父：叔父。罗姑比：人名。⑪冠军：县名。故城在今河南邓州市西北。因霍去病功冠诸军，封于此，故名。⑫两将军：指赵信、苏建。

　　大将军既还，赐千金。是时王夫人方幸于上①，宁乘说大将军曰："将军所以功未甚多，身食万户②，三子皆为侯者③，徒以皇后故也④。今王夫人幸而宗族未富贵，愿将军奉所赐千金为王夫人亲寿⑤。"大将军乃以五百金为寿。天子闻之，问大将军，大将军以实言，上乃拜宁乘为东海都尉⑥。

【注释】

　　①王夫人：汉武帝的宠姬。②食万户：享受封邑万户。③者：用在主语（"将军……为侯"是全句的主语）的后面，引出原因。代词。④徒：只；仅。故：缘故，原因。⑤愿：希望。动词。奉：捧着；献。亲：父母。寿：祝寿。⑥东海：郡名。

　　张骞从大将军①，以尝使大夏②，留匈奴中久，导军③，知善水草处，军得以无饥渴，因前使绝国功④，封骞博望侯⑤。

【注释】

　　①张骞（？—前114年）：汉中成固（今陕西省城固县）人。②大夏：中亚古国名。音译巴克特里亚，地在现在阿富汗北部。③导军：给军队做向导。④因：沿袭。此处可理解为"再加上……"。绝国：非常遥远的国家。⑤博望：为封号，非地名，取广博瞻望之义。

　　冠军侯去病既侯三岁①，元狩二年春②，以冠军侯去病为骠骑将军③，将万骑出陇西，有功。天子曰："骠骑将军率戎士逾乌盭④，讨遫濮⑤，涉狐奴⑥，历五王国，辎重人众慑慴者弗取⑦，冀获单于子⑧。转战六日，过焉支山千有余里⑨，合短兵⑩，杀折兰王⑪，斩卢胡王⑫，诛全甲⑬，执浑邪王子及相国、都尉⑭，首虏八千余级，收休屠祭天金人⑮，益封去病二千户。"

【注释】

①侯：封侯。被动用法。②元狩：汉武帝的第四个年号，公元前122—前117年。③骠（piào）骑将军：品秩同大将军，与三公同位。④逾：越过。乌盭：山名。在今甘肃省兰州市东北。⑤遬濮：匈奴部落名。遬，通"速"。⑥涉：渡过。狐奴：河名。即今庄浪河，在甘肃兰州市西。⑦慴慑（shè zhé）：恐惧，畏服。弗取：不掠取。⑧冀：希望。⑨焉支山：山名。在今甘肃省永昌县西、山丹县东南。⑩合短兵：用短兵器交战。⑪折兰：国名。一说为匈奴国中姓。⑫卢胡：国名。⑬全甲：国名。或说指全副武装，全军。⑭浑邪（yé）王：匈奴西部地区的重要首领之一。治觻（lù）得（今甘肃张掖市西北）。⑮休屠（chú）：休屠王。匈奴西部地区的重要首领之一。所领地在今甘肃民勤县北。后被浑邪王所杀。

其夏，骠骑将军与合骑侯敖俱出北地①，异道②；博望侯张骞、郎中令李广俱出右北平，异道：皆击匈奴。郎中令将四千骑先至，博望侯将万骑在后至。匈奴左贤王将数万骑围郎中令③，郎中令与战二日，死者过半，所杀亦过当。博望侯至，匈奴兵引去。博望侯坐行留④，当斩，赎为庶人。而骠骑将军出北地，已遂深入⑤，与合骑侯失道⑥，不相得⑦，骠骑将军逾居延至祁连山⑧，捕首虏甚多。天子曰："骠骑将军逾居延，遂过小月氏⑨，攻祁连山，得酋涂王⑩，以众降者二千五百人，斩首虏三万二百级，获五王，五王母，单于阏氏、王子五十九人⑪，相国、将军、当户、都尉六十三人，师大率减什三⑫。益封去病五千户。赐校尉从至小月氏爵左庶长⑬。鹰击司马破奴再从骠骑将军斩遬濮王⑭，捕稽沮王⑮；千骑将得王、王母各一人⑯，王子以下四十一人，捕虏三千三百三十人；前行捕虏千四百人⑰。以千五百户封破奴为从骠侯。校尉句王高不识从骠骑将军捕呼于屠王王子以下十一人⑱，捕虏千七百六十八人，以千一百户封不识为宜冠侯。校尉仆多有功⑲，封为煇渠侯。"合骑侯敖坐行留不与骠骑会，当斩，赎为庶人。诸宿将所将士马兵亦不如骠骑⑳，骠骑所将常选㉑。然亦敢深入，常与壮骑先其大将军，军亦有天幸㉒，未尝困绝也。然而诸宿将常坐留落不遇㉓。由此骠骑日以亲贵，

比大将军^㉔。

【注释】

①北地：郡名。地在现在甘肃省东北角、宁夏回族自治区东部。②异道：兵分两路。③左贤王：匈奴东部地区王。④坐：由于。特指办罪的原由。行留：行动迟缓。⑤已遂：已经进一步。⑥与：以，由于。失道：迷路；两军相失于道途。⑦不相得：相互间没有遇到。⑧居延：泽名。即今内蒙古自治区额济纳旗北的戛顺诺尔与苏古诺尔湖。唐以后通称居延海。后淤积成二湖。祁连山：山名。在今甘肃省酒泉市南。与焉支山同为匈奴西部重要活动地带。⑨小月氏（zhī）：部族名。分布在今甘肃省西部祁连山地区。汉文帝时，匈奴攻月氏，西迁者称大月氏，入祁连山者称小月氏。⑩酋涂王：匈奴的一个小王。⑪阏氏（yān zhī）：匈奴君主单于的正妻。⑫大率（shuài）：大约，大概。什三：十分之三。⑬校尉从至小月氏：指跟随霍去病打到小月氏的那些校尉。"从至小月氏（者）"是"校尉"的后置定语。左庶长：爵位名。⑭鹰击司马：汉制，大将军下设司马，主管兵事，类似今之参谋长。鹰击司马即此职（后文即省称"司马"）。破奴：赵破奴。遬濮王：匈奴小王。⑮稽沮（jī jǔ）王：匈奴小王。⑯千骑将：武官名。当是鹰击司马的部属。⑰前行：先锋部队；先锋官。⑱句（gōu）王高不识：句王，匈奴小王号。⑲仆多：人名。⑳宿（sù）将：经历多而又老练的指挥官。㉑常选：经常挑选的精兵。㉒天幸：天赐良机。㉓留落不遇：行军迟留落后而不遇良机。㉔比：比照；并列。

其秋，单于怒浑邪王居西方数为汉所破，亡数万人，以骠骑之兵也①。单于怒，欲召诛浑邪王。浑邪王与休屠王等谋欲降汉，使人先要边②。是时大行李息将城河上③，得浑邪王使，即驰传以闻④。天子闻之，于是恐其以诈降而袭边，乃令骠骑将军将兵往迎之。骠骑既渡河，与浑邪王众相望。浑邪王裨将见汉军，而多欲不降者，颇遁去⑤。骠骑乃驰入，与浑邪王相见，斩其欲亡者八千人，遂独遣浑邪王乘传先诣行在所⑥，尽将其众渡河，降者数万，号称十万。既至长安⑦，天子所以赏赐者数十巨万⑧。封浑邪王万户，为漯阴侯⑨。封其裨王呼毒尼为下摩侯⑩，鹰庇为辉渠侯⑪，禽梨为河綦侯⑫，大当户铜离为常乐侯⑬。于是天子嘉骠骑之功曰⑭："骠骑将军去病率师攻匈奴西域王浑邪，王及厥众萌咸相犇[15]，率以军粮接食[16]，并将控弦万有余人[17]，诛獟猂[18]，获首虏八千余级，降异国之王三十二人，战士不离伤[19]，十万之众咸怀集服[20]，仍与之劳[21]，爰及河塞[22]，庶几无患[23]，幸既永绥矣[24]。以千七百户益封骠骑将军。"减陇西、北平地、上郡戍卒之半，以宽天下之繇[25]。

【注释】

①以：由于。介词。②使人先要（yāo）边：派人先到边境上等候，遮留汉人（约定浑邪王想投降之事）。要，通"邀"，中途阻拦，遮留。③城：筑城。用作动词。④驰传（zhuàn）：四马中足的传车。传，驿站或驿站的专用车马。闻：传报；向上级报告。⑤颇遁去：纷纷逃走。⑥乘传（zhuàn）：驾乘传车。⑦长安：西汉都城，在今陕西省西安市西北，周围二十五公里。⑧所以赏赐者：所用赏赐之物（金钱等）。巨万：万万。形容数目字极大。⑨漯（tà）阴：县名，在今山东禹城市东。⑩呼毒尼：人名。下摩：《建元以来侯者年表》作"下麾"，乡名，在今山西临猗县。⑪鹰庇：人名。煇渠：乡名，在今河南鲁山县。⑫禽梨：人名。河綦（qí）：地名，属济南郡，其它不详。⑬大当户：匈奴官名。铜离：人名。⑭嘉：表彰；嘉奖。⑮厥：其。众萌：部众。萌，通"氓"（méng），民众。犇：通"奔"。投奔（汉朝）。⑯率（shuài）：一概，全都。接食（sì）：接济供养。食，供养。⑰并将（jiàng）：同时率领。控弦：开弓。借指弓箭兵或一般士兵。⑱獟猂（xiāo hàn）：骁勇凶悍。⑲离伤：受伤。离，通"罹"，遭遇。⑳怀：归向。服：服从。㉑仍与：频繁出动（军队）。与，当作"兴"。㉒爰（yuán）：乃；于是。及：到。至于。河塞：泛指黄河上游的边塞地区。㉓庶几（jī）：几乎；也许可以。㉔幸：幸运。绥：安定；安抚。㉕宽：放宽；减轻。

居顷之[1]，乃分徙降者边五郡故塞外[2]，而皆在河南，因其故俗[3]，为属国[4]。其明年，匈奴入右北平、定襄，杀略汉千余人。

【注释】

①居顷之：过了不久。②边五郡：指陇西、北地、上郡、朔方、云中五个边郡。边，沿边，边疆。③因：依照；沿袭。④为属国：当时分为五属国，各设都尉监护之。

其明年，天子与诸将议曰："翕侯赵信为单于画计[1]，常以为汉兵不能度幕轻留[2]，今大发士卒，其势必得所欲[3]。"是岁，元狩四年也[4]。

霍去病渡河受款图，选自清·马骀《百将传图》。

【注释】

①画计：谋划。②幕（mò）：通"漠"。沙漠。轻留：轻易久留。③势：势必；趋势，结果。④元狩四年：公元前 119 年。

元狩四年春，上令大将军青、骠骑将军去病将各五万骑，步兵转者踵军数十万[1]，而敢力战深入之士皆属骠骑。骠骑始为出定襄，当单于。捕虏言单于东[2]，乃更令骠骑出代郡[3]，令大将军出定襄。郎中令为前将军[4]，太仆为左将军[5]，主爵赵食其为右将军[6]，平阳侯襄为后将军[7]，皆属大将军。兵即度幕，人马凡五万骑，与骠骑等咸击匈奴单于。赵信为单于谋曰："汉兵既度幕，人马罢[8]，匈奴可坐收虏耳[9]。"乃悉远北其辎重⑩，皆以精兵待幕北。而适值大将军军出塞千余里，见单于兵陈而待⑪，于是大将军令武刚车自环为营⑫，而纵五千骑往当匈奴。匈奴亦纵可万骑。会日且入⑬，大风起，沙砾击面，两军不相见，汉益纵左右翼绕单于⑭。单于视汉兵多，而士马尚强，战而匈奴不利，薄莫⑮，单于遂乘六骡⑯，壮骑可数百，直冒汉围西北驰去。时已昏，汉、匈奴相纷挐⑰，杀伤大当⑱。汉军左校捕虏言单于未昏而去⑲，汉军因发轻骑夜追之，大将军军因随其后⑳。匈奴兵亦散走。迟明㉑，行二百余里，不得单于，颇捕斩首虏万余级，遂至窴颜山赵信城㉒，得匈奴积粟食军㉓，军留一日而还，悉烧其城余粟以归㉔。

【注释】

①转者：转运军需物资的士兵人伕。踵：跟随。②捕虏：被捉到的敌人。③更（gēng）令：改令，重新下令。④郎中令：当时李广任此职。⑤太仆：当时公孙贺任此职。⑥主爵：官名。即主爵都尉。掌封爵事宜。⑦襄：曹襄。⑧罢（pí）：通"疲"。⑨坐：坐着；没有费什么力气。耳：表示肯定、决定的句末语气词。⑩远北：远远地移运到北方。⑪陈（zhèn）：通"阵"。排列阵势。布阵。⑫武刚车：一种有防护设施的战车。⑬会：恰巧，正好。⑭益：更加。副词。⑮薄莫（mù）：天快黑的时候。薄，迫近，临近。莫，通"暮"，日落之时。⑯六骡：六匹骡子驾着的车。⑰纷挐（ná）：扭打，揪打。挐，牵引，纷乱。⑱大当：大致相当；数目很多而又大致相等。⑲左校：左翼部队。校，军营；军队编制单位。⑳因：于是就。㉑迟（zhì）明：接近天亮的时候。㉒窴（tián）颜山：山名。今祁连山。赵信城：匈奴给赵信修筑的一座城堡。㉓食（sì）：供养。㉔以：用法相当于"而"。连词。

大将军之与单于会也①，而前将军广、右将军食其军别从东道，或失道，后击单于。大将军引还过幕南，乃得前将军、右将军②。大将军欲使使归报③，令长史簿责前将军广④，广自杀。右将军至，下吏⑤，赎为庶人。大将军军入塞，凡斩捕首虏万九千级。

【注释】

①会：会战。会战之时。②乃：才，这才。③使使（shǐ shì）：派遣使者。④簿责：根据文书所列罪状审问。⑤下吏：交给司法官吏审问治罪。

是时，匈奴众失单于十余日，右谷蠡王闻之[1]，自立为单于。单于后得其众，右王乃去单于之号。

【注释】

①谷蠡（lùlí）王：匈奴官名。

骠骑将军亦将五万骑，车重与大将军军等[1]，而无裨将。悉以李敢等为大校[2]，当裨将，出代、右北平千余里，直左方兵[3]，所斩捕功已多大将军。军既还，天子曰："骠骑将军去病率师，躬将所获荤粥之士[4]，约轻赍[5]，绝大幕[6]，涉获章渠[7]，以诛比车耆[8]，转击左大将[9]，斩获旗鼓。历涉离侯[10]，济弓闾[11]，获屯头王、韩王等三人[12]，将军、相国、当户、都尉八十三人。封狼居胥山[13]，禅于姑衍[14]，登临翰海[15]。执卤获丑七万有四百四十三级[16]，师率减什三，取食于敌，逴行殊远而粮不绝[17]。以五千八百户益封骠骑将军。右北平太守路博德属骠骑将军，会与城[18]，不失期[19]，从至梼余山[20]，斩首捕虏二千七百级，以千六百户封博德为符离侯[21]。北地都尉邢山从骠骑将军获王[22]，以千二百户封山为义阳侯[23]。故归义因淳王复陆支、楼专王伊即靬皆从骠骑将军有功[24]，以千三百户封复陆支为壮侯[25]，以千八百户封伊即靬为众利侯[26]。从骠侯破奴、昌武侯安稽从骠骑有功[27]，益封各三百户。校尉敢得旗鼓，为关内侯，食邑二百户。校尉自为爵大庶长[28]。"军吏卒为官、赏赐甚多。而大将军不得益封，军吏卒皆无封侯者。

【注释】

①车重：军需车辆；辎重。等：相等，相同。②李敢：李广少子。大校：校尉。③直：通"值"。面对着；当。左方兵：指当时匈奴的左方军队，即左贤王所统率的军队。匈奴左方诸将居于东方，面对汉朝上谷郡以东地区。④躬将（jiàng）：亲自带领。荤粥（xūnyù）：匈奴古称。士：战士，士兵。⑤约：捆缚；备办；携带。轻：少量。此处指军用物资。⑥绝：横越；度过。⑦涉：渡水。获章渠：水名。一说获作"俘获"解，章渠为单于近臣名。⑧以：而，进而。连词。⑨大将：匈奴高级武官名。分为左、右。⑩历涉：经过；度越。离侯：山名。在漠北。⑪济：渡。⑫屯头王：匈奴王号。韩王：匈奴王号。⑬封：在山上筑坛祭天的活动。狼居胥山：山名。约在现在的蒙古人民共和国乌兰巴托东。⑭禅（shàn）：在

山上辟场祭地的活动。姑衍：山名。在狼居胥山西北山麓。⑮登临：登上海边的山岭以望海。翰海：一作瀚海。⑯卤：通"掳"，掠取。⑰逴（chuò）：远。殊：极，非常。⑱会：会兵。与（yú）城：地名。《汉书》作"兴城"。⑲期：约定的日期。⑳梼余（táo tú）山：山名。㉑符离：县名。旧城在今安徽宿州市东北。㉒邢山：人名。一作"卫山"。㉓义阳：乡名，故城在今河南桐柏县东。㉔归义：归服汉朝，深明大义。因淳王：匈奴王号。复陆支：人名。楼专王：匈奴王号。伊即靬（靬）：人名。㉕壮：当从《汉表》作"杜"。邑名，旧城在今河北吴桥县南。㉖众利：邑名，故城在今山东诸城市西北。㉗昌武：邑名。故城在今河南舞阳县。安稽：人名。姓赵。故匈奴王。㉘自为：人名。姓徐。大庶长：爵位名。秦汉二十等爵中的第十八级，次于关内侯。

　　两军之出塞，塞阅官及私马凡十四万匹[①]，而复入塞者不满三万匹[②]。乃益置大司马位[③]，大将军、骠骑将军皆为大司马。定令，令骠骑将军秩禄与大将军等[④]。自是之后，大将军青日退，而骠骑日益贵。举大将军故人门下多去事骠骑[⑤]，辄得官爵[⑥]，唯任安不肯[⑦]。

【注释】

　　①塞：指守卫边塞的官吏等人。阅：检阅；查数。②复入塞者：归来时入塞的官、私马匹。③益置：添设。大司马：武官名。④秩：官吏的品级。禄：俸禄。⑤举：举凡，所有。故人：老朋友。门下：门客。去：离开。指离开大将军。事：服事；侍奉。⑥辄：总是；就。⑦任安：荥阳（今河南省荥阳市东北）人。

　　骠骑将军为人少言不泄[①]，有气敢任[②]。天子尝欲教之孙、吴兵法[③]，对曰："顾方略何如耳[④]，不至学古兵法[⑤]。"天子为治第[⑥]，令骠骑视之，对曰："匈奴未灭，无以家为也[⑦]。"由此上益重爱之。然少而侍中，贵，不省士[⑧]。其从军[⑨]，天子为遣太官赍数十乘[⑩]，既还，重车余弃粱肉[⑪]，而士有饥者。其在塞外，卒乏粮[⑫]，或不能自振[⑬]，而骠骑尚穿域蹋鞠[⑭]。事多类此。大将军为人仁善退让，以和柔自媚于上，然天下未有称也[⑮]。

【注释】

①不泄：胆气内聚，不露声色；不泄露。②气：气魄；意气。敢任：敢作敢为。③孙、吴兵法：指春秋时期军事家孙武和战国时代军事家吴起的军事理论。④顾：视，看。方略：计谋，谋略；战略。耳：表示肯定的语气词。⑤不至：不必。⑥治：修治；建造。第：府第。⑦无：不。以：用。家为：为家。⑧省（xǐng）：照顾；关心。士：士兵；车兵。⑨从军：参军，当兵。⑩太官：官名。主管膳食。赍（jī）：送物给人。乘（shèng）：古代一车四马叫"一乘"。⑪重车：装用军需物资的车辆。粱肉：精美的食物。泛指米和肉。粱，粟的优良品种的统称。⑫卒：步兵；士兵。⑬或：有的人。虚指代词。振：起立行动。⑭穿域：画地为球场，穿凿四周以定其区域。即修筑球场。⑮称：称道；赞扬。

骠骑将军自四年军后三年①，元狩六年而卒②。天子悼之，发属国玄甲军③，陈自长安至茂陵④，为冢象祁连山⑤。谥之⑥，并武与广地曰景桓侯⑦。子嬗代侯⑧。嬗少，字子侯，上爱之，幸其壮而将之⑨。居六岁，元封元年⑩，嬗卒，谥哀侯。无子，绝，国除⑪。

【注释】

①四年军：元狩四年率军出征。军，军事行动。②元狩六年：公元前117年。③发：调发；派遣。玄甲军：铁甲军。④陈（zhèn）：通"阵"。茂陵：陵名；县名。建元二年（前139年）武帝在槐里县（今陕西省兴平市东南）茂乡筑茂陵，并置茂陵县，治所在今兴平市东北。⑤冢（zhǒng）：高大的坟墓；坟墓。象祁连山：霍去病的墓在茂陵东北，与卫青墓并列，侧观都作山峰形。象，模拟。⑥谥（shì）之：给他制定谥号。予或褒或贬的称号，称为"谥"或"谥号"。谥在此处用作动词，意为制定谥号。⑦景桓：根据谥法规定，"布义行刚曰景"，"辟土服远曰桓"。⑧嬗（音shàn）代侯：继承侯爵。⑨幸：希望，指望。将：任为将军。使动用法。⑩元封：汉武帝的第六个年号，前110—前105年。⑪国除：封国被废除。霍去病的侯国在南阳郡（治所在宛县，即今河南省南阳市）。

自骠骑将军死后，大将军长子宜春侯伉坐法失侯①。后五岁②，伉弟二人——阴安侯不疑及发干侯登皆坐酎金失侯③。失侯后二岁，冠军侯国除。其后四年④，大将军青卒，谥为烈侯。子伉代为长平侯⑤。

【注释】

①坐法：犯法。②后五岁：时为元鼎五年，即公元前112年。③酎（zhuó）金：汉代宗庙举行祭祀时，国王和列侯进献的助祭金。④其后四年：时为武帝元封五年，即公元前106年。⑤据《汉书·外戚恩泽侯表》，卫伉于太初元年（前104年）继为长平侯。

自大将军围单于之后，十四年而卒。竟不复击匈奴者①，以汉马少，而方南诛两越②，东伐朝鲜③，击羌、西南夷④，以故久不伐胡。

【注释】

①竟：始终。者：放在主语后面，引出原因。代词。②方：正在。诛：讨伐；惩罚。③朝鲜：国名。指卫氏朝鲜。西汉初，燕人卫满所建，地在今朝鲜半岛北部，都王险城（今平壤）。元封三年（前108年）夏，汉灭朝鲜，以其地置乐浪等四郡。④羌：部族名。

大将军以其得尚平阳长公主故①，长平侯伉代侯。六岁，坐法失侯②。

【注释】

①平阳侯曹寿有"恶疾"在身，武帝乃命卫青娶平阳公主为妻。②据《汉书·外戚恩泽侯表》，卫伉因"阑入宫"之罪而被判"完城旦春"之刑（刑期四年，男筑城，女春米），被废除爵位。

左方两大将军及诸裨将名①。

最大将军青②，凡七出击匈奴③，斩捕首虏五万余级。一与单于战④，收河南地，遂置朔方郡，再益封⑤，凡万一千八百户⑥。封三子为侯，侯千三百户。并之，万五千七百户⑦。其校尉裨将以从大将军侯者九人⑧。其裨将及校尉已为将者十四人。为裨将者曰李广，自有传。无传者曰：

【注释】

①左方：左列。过去文字自右向左竖写，"左方"有如今天所说的

“下列”、“下述”。以下概述卫、霍二人的战功并附各部将的传说。两大将军：指卫青、霍去病。②最：总计。③凡七出击匈奴：元光五年出上谷，元朔元年出雁门，元朔二年出云中，元朔五年出高阙，元朔六年二月出定襄，同年四月再出定襄，元狩四年三出定襄。④一：一次。与单于战：在元狩四年春。⑤再益封：两次增加封户。⑥凡万一千八百户：这里计算封户有出入。据前文所载，元朔二年“以三千八百户封青为长平侯”，同年“益封青三千户”，元朔五年“益封青六千户”，三次共封一万二千八百户。又，《汉书》本传记为“万六千三百户”。⑦万五千七百户：应为一万六千七百户。又，《汉书》本传记为“二万二百户”。⑧侯者九人：封侯者实有十一人，即公孙贺、公孙敖、公孙戎奴、李蔡、张次公、苏建、张骞、韩说、李朔、郝贤、赵不虞。

　　将军公孙贺。贺，义渠人①，其先胡种②。贺父浑邪，景帝时为平曲侯，坐法失侯。贺，武帝为太子时舍人③。武帝立八岁，以太仆为轻车将军，军马邑④。后四岁，以轻车将军出云中。后五岁，以骑将军从大将军有功，封为南𡩋侯。后一岁，以左将军再从大将军出定襄，无功。后四岁，以坐酎金失侯。后八岁，以浮沮将军出五原二千余里⑤，无功。后八岁，以太仆为丞相⑥，封葛绎侯⑦。贺七为将军，出击匈奴，无大功，而再侯，为丞相。坐子敬声与阳石公主奸⑧，为巫蛊⑨，族灭⑩，无后。

【注释】

　　①义渠：县名。②先：祖先，先人。③舍人：家臣。汉制。皇后、太子、公主的属官也有舍人。④马邑：县名。治今山西省朔县。⑤浮沮（jū）：匈奴地名。此处用作将军名号。五原：郡名。⑥丞相：官名。有时称“相国”“相邦”。秦汉时为最高官职，辅佐皇帝，管理全国政务。⑦葛绎：不详所在。今江苏邳州市有葛峄山，未知孰是。⑧敬声：时任太仆。阳石公主：武帝女，卫皇后所生。与公孙敬声（卫皇后姊卫孺所生）私通。⑨巫蛊（gǔ）：古时迷信，以为用巫术诅咒及用木偶人埋地下，可以害人，称为“巫蛊”。⑩族灭：或称“族”。古时一种消灭罪人及其家族的酷刑，即所谓“满门抄斩”。又有所谓“灭三族”“灭九族”之说。

　　将军李息，郁郅人①。事景帝②。至武帝立八岁，为材官将军，军马邑；后六岁，为将军，出代；后三岁，为将军，从大将军出朔方：皆无功③。凡三为将军，其后常为大行。

【注释】

　　①郁郅：县名。在今甘肃省庆阳市。②景帝（前188—前141年）：汉景帝刘启。前157—前141年在位。③皆无功：这里与前文所记有误。前文载，元朔五年李息从卫青出兵，与李沮、豆如意"有功，赐爵关内侯，食邑各三百户"。

　　将军公孙敖，义渠人。以郎事武帝①。武帝立十二岁，为骠骑将军，出代，亡卒七千人，当斩，赎为庶人。后五岁，以校尉从大将军有功，封为合骑侯。后一岁，以中将军从大将军，再出定襄，无功。后二岁，以将军出北地，后骠骑期，当斩，赎为庶人。后二岁，以校尉从大将军，无功。后十四岁，以因杅将军筑受降城②。七岁③，复以因杅将军再出击匈奴，至余吾④，亡士卒多，下吏⑤，当斩，诈死，亡居民间五六岁⑥。后发觉，复系⑦。坐妻为巫蛊，族。凡四为将军，出击匈奴，一侯。

【注释】

　　①郎：帝王侍从官的通称。②因杅（yú）：匈奴地名。用作将军名号。筑受降城：匈奴儿单于好杀伐，其左大都督欲杀之，派人暗中向汉朝报告，想让汉朝发兵迎接他。③七岁：据上下文及同类句型当作"后七岁"。④余（xú）吾：水名。即今蒙古人民共和国境内之土拉河。⑤下吏：交官吏审判。梁玉绳曰：此下后人所续，盖败余吾，在天汉四年，巫蛊起于征和元年。且敖自余吾还腰斩，非先曾亡居民间，而后坐巫蛊族也。"七岁"至"族"四十四字当削。⑥亡居：逃匿。⑦系：缚；拘囚。

　　将军李沮，云中人。事景帝。武帝立十七岁，以左内史为强弩将军。后一岁，复为强弩将军。

　　将军李蔡，成纪人也①。事孝文帝、景帝、武帝②。以轻车将军从大将军有功，封为乐安侯。已为丞相③，坐法死④。

【注释】

①成纪：县名。在今甘肃省秦安县北。②孝文帝（前202—前157年）：汉文帝刘恒。前180—前157年在位。③已：随后；立即。④坐法死：元狩五年（前118年）三月，李蔡因犯盗卖坟地及侵占景帝陵园墓道外地之罪，自杀。

将军张次公，河东人①。以校尉从卫将军青有功，封为岸头侯。其后太后崩②，为将军，军北军③。后一岁④，为将军，从大将军。再为将军，坐法失侯⑤。次公父隆，轻车武射也⑥。以善射，景帝幸近之也。

【注释】

①河东：郡名。地在现在山西省西南部。治所在安邑（今夏县西北）。②太后：即皇太后。崩：古代帝、后死称崩。③北军：汉代守卫京师的军队，因驻在长安城内北部，故称北军。④后一岁：王太后死于元朔三年（前126年）六月，"后一岁"应为元朔四年。⑤据《汉书·景武昭宣元成功臣表》载，元狩元年（前122年），张次公因犯有与淮南王刘安女通奸及受贿罪，被免失侯。⑥轻车：驾轻车作战的士兵。武射：武勇善射之士。

将军苏建，杜陵人①。以校尉从卫将军青，有功，为平陵侯，以将军筑朔方。后四岁，为游击将军，从大将军出朔方。后一岁。以右将军再从大将军出定襄，亡翕侯，失军，当斩，赎为庶人。其后为代郡太守。卒，冢在大犹乡②。

【注释】

①杜陵：县名。在今陕西省西安市东南。②大犹乡：乡名。属阳陵县（在今陕西省高陵县西南）。

将军赵信，以匈奴相国降，为翕侯。武帝立十七岁①，为前将军，与单于战，败，降匈奴。

【注释】

①十七岁：根据前文和《汉书》同传当作"十八年"。

将军张骞，以使通大夏[1]，还，为校尉。从大将军有功，封为博望侯。三岁，为将军，出右北平，失期，当斩，赎为庶人。其后使通乌孙[2]，为大行而卒，家在汉中[3]。

【注释】

[1]张骞第一次通西域，开始于建元二年（前139年），至元朔三年（前126年）方归汉。[2]事在元狩四年（前119年），至元鼎二年（前115年）归来。是为张骞第二次通西域。乌孙：部族名。[3]汉中：郡名。地在今陕西省南部、湖北省西北角。治所在西城（今陕西省安康县西北）。张骞墓在今陕西省城固县张家村。

将军赵食其，祋祤人也[1]。武帝立二十二岁，以主爵为右将军，从大将军出定襄，迷失道，当斩，赎为庶人。

【注释】

[1]祋祤（duìxǔ）：县名。在今陕西省铜川市耀州区。

将军曹襄，以平阳侯为后将军，从大将军出定襄。襄，曹参孙也[1]。

【注释】

[1]曹参（？—前190年）：沛县（今江苏省沛县）人。

将军韩说，弓高侯庶孙也[1]。以校尉从大将军有功，为龙额侯[2]。坐酎金失侯[3]。元鼎六年，以待诏为横海将军[4]，击东越有功，为按道侯。以太初三年为游击将军[5]，屯于五原外列城[6]。为光禄勋[7]，掘蛊太子宫，卫太子杀之[8]。

【注释】

[1]弓高侯：韩颓当。[2]事在元朔五年（前124年）。[3]事在元鼎五年（前112年）。[4]待诏：候补官员。原意为待皇帝之命以言事。[5]太初：汉武帝的第七个年号，前104—前101年。[6]五原外列城：指五原塞外的远近相连的城堡亭障。[7]光禄勋：官名。[8]卫太子：汉武帝太子刘据。因为他是卫皇后所生，故称。去世后谥为戾太子。

将军郭昌，云中人也。以校尉从大将军。元封四年，以太中大夫为拔胡将军①，屯朔方。还击昆明②，毋功，夺印③。

【注释】

①太中大夫：官名。属郎中令，掌议论。②昆明：西南夷部族名。③夺印：失去官印，即被罢官。

将军荀彘，太原广武人①。以御见②，侍中；为校尉，数从大将军。以元封三年为左将军击朝鲜，毋功。以捕楼船将军坐法死③。

【注释】

①太原：郡名。地在今山西省中部。治所在晋阳（今太原市西南）。广武：县名。②以御见：以善于驾车求见皇帝。③坐法死：荀彘率军进攻朝鲜时，与奉命从海路进攻朝鲜的楼船将军杨仆发生矛盾，汉武帝派济南太守公孙遂前去处理。公孙遂听信荀彘的片面意见，下令逮捕杨仆，合并其军。后来武帝处死了公孙遂；朝鲜平定后，又杀荀彘。

最骠骑将军去病，凡六出击匈奴①，其四出以将军②，斩捕首房十一万余级。及浑邪王以众降数万，遂开河西酒泉之地③，西方益少胡寇。四益封，凡万五千一百户④。其校吏有功为侯者凡六人⑤，而后为将军二人⑥。

【注释】

①凡六出击匈奴：元朔六年二月、四月两次出定襄，元狩二年三月出陇西，同年夏季出北地，同年秋季渡黄河，元狩四年春季出代郡。②前两次以剽姚校尉从卫青出征，其余四次以骠骑将军出击。③河西：地区名。酒泉：郡名。元狩二年以原匈奴昆邪王地置，治所在禄福（今甘肃省酒泉市）。④凡万五千一百户：此数字与前文所记有出入。霍去病初封一千六百户，元狩二年以后四次增封计一万四千五百户，合计总数为一万六千一百户。又，《汉书》本传记为"凡万七千七百户"。⑤凡六人：实为七人。即赵破奴、高不识、仆多、路博德、邢山、复陆支、伊即轩。⑥后为将军二人：指路博德、赵破奴。

将军路博德，平州人①。以右北平太守从骠骑将军有功，为符离侯。骠骑死后，博德以卫尉为伏波将军，伐破南越，益封。其后坐法失侯②。

为强弩都尉，屯居延③，卒。

【注释】

①平州：县名。即平周。在今山西省介休市西。②坐法失侯：太初元年（前104年）路博德因犯"见知子犯逆不道罪"，丢掉侯爵。③居延：边塞名。一名遮虏障。太初三年，路博德在居延泽边筑塞，以阻断匈奴入侵河西的通路。遗址在今内蒙古自治区额济纳旗境，称"居延烽燧遗址"。

将军赵破奴，故九原人。尝亡入匈奴，已而归汉①，为骠骑将军司马，出北地时有功，封为从骠侯。坐酎金失侯。后一岁，为匈河将军，攻胡至匈河水②，无功。后二岁③，击虏楼兰王④，复封为浞野侯。后六岁⑤，为浚稽将军⑥，将二万骑击匈奴左贤王，左贤王与战，兵八万骑围破奴，破奴生为虏所得，遂没其军。居匈奴中十岁⑦，复与其太子安国亡入汉。后坐巫蛊，族。

【注释】

①已而：随即；不久。②匈河水：水名。③后二岁：赵破奴为匈河将军出击匈奴是在元鼎六年（前111年），掳楼兰王是在元封三年（前108年），前后相距已过二年。④楼兰：西域国名。后改名鄯善。在今新疆维吾尔自治区罗布泊西。⑤后六岁：赵破奴封浞野侯是在元封三年（前108年）春，为浚稽将军出击匈奴是在太初二年（前103年），前后相距实际仅五年多。⑥浚稽：匈奴地区山名。在今蒙古人民共和国杭爱山南。此处用作将军名号。⑦十岁：《集解》引徐广曰："以太初二年入匈奴，天汉元年亡归，涉四年"。则"十"当作"四"。

自卫氏兴，大将军青首封，其后枝属为五侯①。凡二十四岁而五侯尽夺②，卫氏无为侯者。

【注释】

①枝属：子孙亲属。②此处是从卫青儿子封侯时算起直至天汉元年卫伉失侯止，即公元前124—前100年，凡二十四年。

太史公曰：苏建语余曰①："吾尝责大将军至尊重而天下之贤大夫毋称焉②，愿将军观古名将所招选择贤者③，勉之哉。大将军谢曰④：'自魏其、武安之厚宾客⑤，天子常切齿⑥。彼亲附士大夫，招贤绌不肖者⑦，人主之柄也⑧。人臣奉法遵职而已，何与招士⑨！'"骠骑亦放此意⑩。其为将如此。

【注释】

①语：告诉。②大夫：古时对官僚阶层的泛称，有时也包括还没有做官的读书人。毋：不。③观：看看；观察；借鉴。④谢：推辞；谢绝。⑤魏其（jī）：魏其侯窦婴（？—前131年）。字王孙，观津（今河北省衡水市东）人。武安：武安侯田蚡（？—前131年）。长陵（今陕西省咸阳市东北）人。武帝母王太后同母弟。武帝初，封武安侯，历任太尉、丞相，骄横专断。详见《魏其武安侯列传》。厚：厚待。优待；深结。⑥切齿：咬紧牙齿。表示愤恨已极。⑦绌（chù）：通"黜"。贬退；废免。不肖：品行不好。⑧柄：权柄；权力。⑨与（yù）：参与。⑩放（fǎng）：通"仿"。仿效；依照。

平津侯主父列传第五十二

　　丞相公孙弘者①，齐菑川国薛县人也②，字季③。少时为薛狱吏④，有罪，免⑤。家贫，牧豕海上⑥。年四十余，乃学《春秋》杂说⑦。养后母孝谨。

【注释】

　　①丞相：官名。战国始设，也称相邦。②齐：指汉初齐国旧地，即今山东省大部分地区。菑川国：封国名。地在今山东省淄博、潍坊两市间。建都剧县（今寿光市南）。薛县：县名。③字：表字；别名。④狱吏：管理监狱的官吏。⑤免：被罢免。⑥海上：海边。⑦乃：这才；才。《春秋》：儒家经典之一。

　　建元元年①，天子初即位②，招贤良文学之士③。是时弘年六十④，征以贤良为博士⑤。使匈奴⑥，还报⑦，不合上意⑧，上怒，以为不能⑨，弘乃病免归⑩。

【注释】

　　①建元：汉武帝的第一个年号，也是我国历史上封建皇帝所建的第一个年号。②天子：这里指汉武帝刘彻（前156—前87年）。武帝于景帝后元三年（前141年）正月即位，次年为建元元年。③建元元年十月，武帝亲自考试贤良方正直言极谏之士，问以古今治道，应对者百余人，董仲舒上天人三策。④是时弘年六十：由此可以推知他生于汉高帝八年（前199年）。是时，此时，这时。⑤征以贤良为博士：应皇帝征召，由贤良而为博士。征，召，征召。以，凭借……身份。介词。博士，学官名。属于太常，掌古今史事顾问和书籍典守。⑥使（shǐ）：出使。匈奴：部族名。又称胡。战国时活动于燕、赵、秦以北地区。秦汉之际，冒顿单于统一各部，势力强盛，统治了大漠南北地区。汉初，经常南下侵扰；武帝时，曾多次进行反击，其势渐衰。⑦还（huán）报：归来汇报。⑧上：皇

上。此处指汉武帝。⑨不能：无能；没本事。⑩乃：于是；就。病免归：借口有病，辞官回家。

元光五年①，有诏征文学②，菑川国复推上公孙弘③。弘让谢国人曰④："臣已尝西应命⑤，以不能罢归，愿更推选⑥。"国人固推弘⑦，弘至太常⑧。太常令所征儒士各对策⑨，百余人，弘第居下⑩。策奏⑪，天子擢弘对为第一⑫。召入见，状貌甚丽，拜为博士⑬。是时通西南夷道⑭，置郡⑮，巴、蜀民苦之⑯，诏使弘视之⑰。还奏事，盛毁西南夷无所用⑱，上不听⑲。

【注释】

①元光：汉武帝的第二个年号，前134—前129年。元光五年，公元前130年。②诏：皇帝的命令或文告；皇帝下命令。③推上：推荐。④让谢：辞让谢绝。⑤臣：古人表示谦虚的自称。已尝：已经。已，已经。尝，曾经。⑥愿：希望。动词。更（gēng）：改；另外。⑦固：坚决。⑧太常：官名。九卿之一。掌宗庙礼仪，兼掌选试博士。⑨对策：应考者回答皇帝所问关于治国的策略。⑩第：等第；名次。⑪策奏：对策文章呈进御前。⑫擢（zhuó）：选拔；提拔。对：对策文章。⑬拜：授予官职或爵位。⑭西南夷：汉代对分布在今甘肃省南部、四川省西部、南部和云南省、贵州省一带各部族的总称。⑮郡：指犍为郡。地在今四川省、贵州省、云南省交界地区。治所在鄨县（今贵州遵义市西），后移治广南（今四川省筠连县境）、僰道（今四川省宜宾市西南）、武阳（今四川省彭山县东）。⑯巴：郡名。地在四川省东部。⑰视：视察。⑱盛毁：极力诋毁。⑲听：听从；接受。

弘为人恢奇多闻①，常称以为人主病不广大②，人臣病不俭节③。弘为布被④，食不重肉⑤。后母死，服丧三年⑥。每朝会议，开陈其端⑦，令人主自择⑧，不肯面折庭争⑨。于是天子察其行敦厚⑩，辩论有余⑪，习文法吏事⑫，而又缘饰以儒术⑬，上大说之⑭。二岁中，至左内史⑮。弘奏事，有不可⑯，不庭辩之。尝与主爵都尉汲黯请间⑰，汲黯先发之⑱，弘推其后⑲，天子常说，所言皆听，以此日益亲贵。尝与公卿约议⑳，至上前，皆倍其约以顺上旨㉑。汲黯庭诘弘曰㉒："齐人多诈而无情实㉓，始与臣等建此议，今皆倍之，不忠。"上问弘，弘谢曰㉔："夫知臣者以臣为忠㉕，不知臣者以臣为不忠。"上然弘言㉖。左右幸臣每毁弘㉗，上益厚遇之㉘。

【注释】

①恢奇：杰出；不普通。多闻：见多识广。②称：声称；说。人主：国君。病：忧虑；患苦；毛病。③俭节：犹言节俭。④为：制作；使用。⑤重（chóng）肉：两种肉食。⑥服丧：守孝。⑦陈：陈述；说。端：头；头绪。⑧令：使；让。⑨面折庭争：当面反驳，当庭争辩。折，驳斥对方使之屈服。庭，通"廷"，朝廷。⑩察：观察；觉察，看到；仔细看。⑪辩论：指言谈。⑫习：熟悉；通晓。文法：文书法令。吏事：公务。指一般官吏的办事程序和守则等。⑬缘（yuán）饰：犹言文饰。为某些言论、措施找出处，找根据。儒术：儒家的学术思想和政治主张。⑭说（yuè）：喜欢；高兴。⑮至：指官职升迁到。左内史：官名。秦设内史掌治京师。⑯不可：指皇帝不同意。⑰主爵都尉：秦有主爵中尉。汉沿设，景帝时改称主爵都尉，掌有关封爵之事。武帝后期改称右扶风，与左冯翊、京兆尹合称三辅。汲黯（？—前112年）：字长孺，濮阳（今河南省濮阳市西南）人。曾任东海太守，继为主爵都尉。好黄老之术，常直言进谏。后出为淮阳太守。请间（jiàn）：先后间隔着觐见皇帝；请求皇帝单独接见。⑱发之：将事情提出。⑲推：推究；推求。⑳公卿：三公九卿。这里泛指朝廷大臣。约议：事前约定某项建议。㉑倍：通"背"。违背。上旨：皇上的意图。㉒庭诘：在朝廷上当面责问。㉓齐人：指公孙弘。㉔谢：谢罪；道歉。㉕夫（fú）：发语词。㉖然：认为对（同意）。意动用法。㉗左右幸臣：皇帝身边的宠臣。每：经常。毁：诽谤；诋毁。㉘益：更；更加。厚遇：优待。

元朔三年①，张欧免②，以弘为御史大夫③。是时通西南夷，东置沧海④，北筑朔方之郡⑤。弘数谏⑥，以为罢敝中国以奉无用之地⑦，愿罢之⑧。于是天子乃使朱买臣等难弘置朔方之便⑨。发十策，弘不得一。弘乃谢曰："山东鄙人⑩，不知其便若是⑪，愿罢西南夷、沧海而专奉朔方。"上乃许之⑫。

【注释】

①元朔：汉武帝的第三个年号，前128—前123年。②张

欧：字叔。当时任御史大夫。③御史大夫：官名。秦、汉三公之一，位次丞相，掌监察、执法，兼管重要图籍文书。④沧海：郡名。一作"苍海"。地在今朝鲜半岛中部。⑤朔方：郡名。地在今内蒙古自治区河套西北部和后套地区。⑥数（shuò）：屡次。谏：规劝君主、尊长或朋友，使之改过。⑦罢敝：疲惫衰败。使动用法。罢，通"疲"。中国：指中原或汉朝。奉：供给；供养。⑧罢：停止。⑨朱买臣：字翁子，吴县（今江苏省苏州市）人。历任中大夫、会稽太守、主爵都尉。后被杀。便：方便；便利；有利。⑩山东：地区名。鄙人：鄙俗的人。常用作自谦辞。⑪若是：如此。犇乃：才；这才。

汲黯曰："弘位在三公①，奉禄甚多②，然为布被，此诈也。"上问弘。弘谢曰："有之。夫九卿与臣善者无过黯③，然今日庭诘弘，诚中弘之病④。夫以三公为布被，诚饰诈欲以钓名⑤。且臣闻管仲相齐⑥，有三归⑦，侈拟于君⑧，桓公以霸⑨，亦上僭于君⑩；晏婴相景公⑪，食不重肉，妾不衣丝⑫，齐国亦治，此下比于民⑬。今臣弘位为御史大夫，而为布被，自九卿以下至于小吏，无差⑭，诚如汲黯言。且无汲黯忠⑮，陛下安得闻此言⑯？"天子以为谦让，愈益厚之。卒以弘为丞相⑰，封平津侯⑱。

【注释】

①三公：西汉时期以丞相（后改为大司徒）、太尉（后改为大司马）、御史大夫（后改为大司空）合称三公，为共同负责全国军政的最高长官。②奉禄：官吏的薪给。奉，通"俸"。汉代三公每月俸额各为三百五十斛谷。③九卿：秦、汉时代以奉常（后改为太常）、郎中令（后改为光禄勋）、卫尉、太仆、廷尉、典客（后改为大鸿胪）、宗正、治粟内史（后改为大司农）、少府为九卿，实即中央各行政机关的总称。④诚：的确；确实。中（zhòng）：符合；切中。病：毛病。⑤饰诈：虚伪欺诈。钓名：沽名钓誉。⑥且：发语词。闻：听说。古人常用以引经据典，微有自谦意味。管仲（？—前645年）：管夷吾，字仲，颍上（颍水之滨）人。春秋时期著名的政治家。被齐桓公任为卿，大力进行改革，使齐国富兵强，称霸诸侯。⑦三归：有多种解释。一、采邑名；二、台名；三、储藏金银的府库；四、市场交易税归于国君的部分；五、娶了三姓女子；六、有三

处家庭。⑧拟：比拟；类似。⑨桓公（？—前 643 年）：齐桓公姜小白，前 685—前 643 年在位。⑩亦：《史记会注考证》认为当作"此"。僭（jiàn）：僭越。指下级冒用上级的名义、礼仪或器物。⑪晏婴（？—前 500 年）：字平仲，夷维（今山东省高密县）人。景公：姜杵臼。前 547—前 490 年在位。⑫妾：小老婆。衣（yì）：穿着。动词。丝：丝织品。⑬比：比拟；接近。⑭无差：没有区别；差异。⑮且：况且；如果。⑯陛下：对帝王的尊称。安得：怎能；哪能。⑰卒：终于。以弘为丞相：事在元朔五年（前 124 年）十一月。⑱平津：乡名。当时属高成县。在今河北盐山县南。

　　弘为人意忌①，外宽内深。诸尝与弘有郤者②，虽详与善③，阴报其祸④。杀主父偃，徙董仲舒于胶西⑤，皆弘之力也⑥。食一肉脱粟之饭⑦，故人、所善宾客⑧，仰衣食⑨，弘奉禄皆以给之⑩，家无所余。士亦以此贤之⑪。

【注释】

　　①意忌：猜疑妒忌。意，疑。②郤（xì）：通"隙"。嫌隙；仇怨。③详（yáng）：通"佯"。假装。④阴报其祸：暗中用灾祸来报复他。⑤董仲舒（前 179—前 104 年）：广川（今河北省枣强县东）人。著名哲学家。⑥皆弘之力也：意思是说上述二人的被杀或被徙，都是公孙弘起的坏作用造成的。有关主父偃被杀事详见后文。⑦脱粟：仅仅脱去谷皮的糙米。⑧故人：老朋友；老熟人。宾客：贵族官僚所供养的食客。⑨仰：仰赖；依靠。⑩给（jǐ）：供给；供应。⑪贤：贤德。意动用法。

　　淮南、衡山谋反①，治党与方急②。弘病甚，自以为无功而封，位至丞相，宜佐明主填抚国家③，使人由臣子之道④。今诸侯有畔逆之计⑤，此皆宰相奉职不称⑥，恐窃病死，无以塞责，乃上书曰："臣闻天下之通道五⑦，所以行之者三⑧。曰君臣、父子、兄弟、夫妇、长幼之序——此五者，天下之通道也；智、仁、勇——此三者，天下之通德⑨，所以行之者也。故曰'力行近乎仁⑩，好问近乎智，知耻近乎勇⑪'。知此三者，则知所以自治⑫；知所以自治，然后知所以治人。天下未有不能自治而能治人者也，此百世不易之道也⑬。今陛下躬行大孝⑭，鉴三王⑮，建周

道⑯，兼文武⑰，厉贤予禄⑱，量能授官⑲。今臣弘罢驽之质⑳，无汗马之劳㉑，陛下过意擢臣弘卒伍之中㉒，封为列侯㉓，致位三公㉔。臣弘行能不足以称㉕，素有负薪之病㉖，恐先狗马填沟壑㉗，终无以报德塞责。愿归侯印，乞骸骨㉘，避贤者路㉙。"天子报曰㉚："古者赏有功，褒有德，守成尚文㉛，遭遇右武㉜，未有易此者也。朕宿昔庶几获承尊位㉝，惧不能宁，惟所与共为治者，君宜知之㉞。盖君子善善恶恶㉟，君若谨行，常在朕躬㊱。君不幸罹霜露之病㊲，何恙不已㊳，乃上书归侯㊴，乞骸骨，是章朕之不德也㊵。今事少闲㊶，君其省思虑㊷，一精神㊸，辅以医药。"因赐告牛酒杂帛㊹。居数月㊺，病有瘳㊻，视事㊼。

【注释】

　　①淮南、衡山谋反：汉武帝元狩元年（前122年）春，淮南王刘安、衡山王刘赐谋反，事泄自杀，牵连被杀者有数万人。淮南，封国名。地在今安徽省中部。建都六县（今六安市北），旋移都寿春（今寿县）。②治：追究，惩处。党与：朋党。指为达到某种私利而结成一个集团的人们。③填（zhèn）抚：安抚。填，通"镇"。安定。动词。④由：经由；遵循。⑤畔逆：造反；叛乱。畔，通"叛"。⑥宰相：封建时代对君主负责总揽政务的最高长官。⑦天下之通道五至然后知所以治人句：本出于《礼记·中庸》，个别文字有出入。通道，常道。《中庸》原作"达道"。⑧所以：用以。⑨通德：常德。《中庸》原作"达德"。⑩故曰：《中庸》作"（孔）子曰"。乎：于。介词。⑪以上三句，《中庸》作"好学近乎知（智），力行近乎仁，知耻近乎勇"。⑫所以：怎样。自治：自我约束；自我修养。《中庸》作"修身"。⑬易：改变。⑭躬行：身体力行；亲自实践。⑮鉴：借鉴。⑯周道：周朝的治国原则。周，朝代名。⑰文：周文王姬昌。商末周族领袖，商纣王时封为西伯。在位期间，国势强盛，征服不少小国，建都丰邑（今西安市长安区西南）。为灭商建周奠定了基础。武：周武王姬发。继承其父文王遗志，伐纣灭商，建立周朝。史称文王笃行仁义，敬老爱幼，礼贤下士，而武王善继父业，发扬光大，皆被奉为"圣人"、"圣王"。⑱厉：通"励"。勉励；激励。禄：俸禄。⑲量（liàng）：估量；按照。⑳罢（pí）驽：低能庸劣。罢，通"疲"。无能。驽，劣马，引申为才能低下。质：素质。㉑汗马之劳：本指战功。此处泛指功劳。㉒过意：格外降恩；特意。卒伍：古代军队编制，一百人为一卒，五人为一伍。后泛指军队或

士兵。此处指平民。㉓列侯：爵位名。秦汉二十等爵的最高一级（二十级）。㉔致：给予。㉕行（xíng）能：品行及才能。称（chèn）：相称；相当。㉖负薪之病：自称有病的婉转说法。意思是背柴劳累，体力尚未恢复。这是将自己放在卑贱地位的谦抑之辞。㉗先狗马填沟壑（hè）：自称朝不保夕、随时都会死去的婉转说法。意思是先于狗马一类短命贱物而亡。这是把自己放在极卑贱地位的谦抑之辞。填沟壑，尸体被扔进山沟，转指死亡。㉘乞骸骨：封建时代官员因年老自请退休的婉辞。骸骨，老骨头；尸骨。㉙避：让开；躲开。㉚报：答复。㉛守成：保持前人的成业。㉜遭遇：意谓遭遇祸乱。右，古代尊崇右，引申为尊重、崇尚。㉝朕（znèn）：古人自称之词。秦始皇以后专用作皇帝自称。宿昔：过去；从前。庶几（jǐ）：侥幸；勉强。自谦之辞。尊位：至尊之位，指皇位。㉞君：对人的敬称。㉟盖：发语词。君子：指道德高尚的人。善善：赞许善良。前"善"字，赞许，以为善。恶（wù）恶：憎恶丑恶。㊱朕躬：我自己；我本人。㊲罹：遭遇。霜露之病：犹言风寒之病。意思是一般的病。㊳恙：忧虑；担忧。㊴乃：竟；竟然。㊵章：彰明；显扬。㊶少：稍微。㊷其：应当。祈使副词，表示劝告、命令。㊸一：专一。使动用法。㊹因：于是；就。赐告：古代官吏休假称"告"，假期已满而赐予续假称为"赐告"。㊺居：（时间）过了。㊻病有瘳（chōu）：病愈。㊼视事：办公。

元狩二年①，弘病，竟以丞相终②。子度嗣为平津侯③。度为山阳太守十余岁④，坐法失侯⑤。

【注释】

①元狩：汉武帝的第四个年号，前122—前117年。②竟：终于，最后。终：卒。指死亡。③嗣：承袭；继承。④山阳：郡名。地在山东省西南部。太守：本为战国时郡守的尊称。⑤坐法：由于犯法。坐，指办罪的因由。

主父偃者，齐临菑人也①。学长短纵横之术②，晚乃学《易》《春秋》、百家言③。游齐诸生间④，莫能厚遇也⑤。齐诸儒生相与排摈⑥，不容于齐。家贫，假贷无所得⑦，乃北游燕、赵、中山⑧，皆莫能厚遇，为客甚困。

孝武元光元年中⑨，以为诸侯莫足游者⑩，乃西入关见卫将军⑪。卫将军数言上，上不召。资用乏⑫，留久，诸公宾客多厌之⑬，乃上书阙下⑭。朝奏，暮召入见。所言九事，其八事为律令⑮，一事谏伐匈奴。其辞曰：

【注释】

①临菑：县名。又称临淄、临甾。在今山东省淄博市东北。②长短纵横之术：往来游说、纵横捭阖（bǎi hé）之术，即纵横家之术。③晚：晚年。乃，才。《易》：即《周易》，又称《易经》。儒家经典之一。相传为周代人所作。内容包括《经》《传》两部分，通过八卦形式预测自然界与人类社会之变化，具有唯物主义因素和朴素辩证法观点。百家言：诸子百家（战国以来形成的各种学术流派）的学说。④诸生：在学的众弟子；许多的儒生。⑤莫：没有谁。无指代词。⑥相与：共同；一起。排摈（bìn）：排斥摈弃。⑦假贷：借贷。⑧燕（yān）：封国名。地在今北京市以南一带。都蓟县（今北京城西南隅）。赵：封国名。地在今河北省西南部。都邯郸（今邯郸市）。中山：封国名。⑨孝武：指汉武帝。按孝武为汉武帝谥号，此非司马迁语。⑩诸侯：指齐、燕、赵、中山等国王。⑪西入关：指前往都城长安。关，指函谷关，故址在今河南省灵宝市东北。卫将军：卫青（？—前106年）。字仲卿，河东平阳（今山西省临汾市西南）人。⑫资用：指金钱衣物等。乏：缺乏。⑬诸公：泛指达官贵人。⑭阙下：宫门之下。借指皇帝。阙，古代宫殿门前两旁的高建筑物。⑮律令：法令。

臣闻明主不恶切谏以博观①，忠臣不敢避重诛以直谏②，是故事无遗策而功流万世③。今臣不敢隐忠避死以效愚计④，愿陛下幸赦而少察之⑤。

【注释】

①切（qiè）：恳切；深切。博观：广见。②重诛：严厉的惩罚。③是故：由于这个原因；因此。遗策：失策；失计。④效：奉献；献出。愚计：笨拙的想法和不高明的建议。自谦之辞。⑤幸：谦敬副词。

《司马法》曰①："国虽大，好战必亡；天下虽平，忘战必危。"天下既平，天子大凯②；春蒐秋狝③，诸侯春振旅④，秋治兵⑤，所以不忘战也⑥。且夫怒者逆德也⑦，兵者凶器也⑧，争者末节也⑨。古之人君一怒必伏尸流血⑩，故圣王重行之⑪。夫务战胜穷武事者，未有不悔者也。昔秦皇帝任战胜之威⑫，蚕食天下，并吞战国⑬，海内为一，功齐三代⑭。务胜不休，欲攻匈奴，李斯谏曰⑮："不可。夫匈奴无城郭之居⑯，委积之守⑰，迁徙鸟举⑱，难得而制也⑲。轻兵深入，粮食必绝；蹄粮以行⑳，重不及事。得其地不足以为利也，遇其民不可役而守也㉑。胜必杀之，非民父母也。靡弊中国㉒，快心匈奴㉓，非长策也㉔。"秦皇帝不听，遂使蒙恬将兵攻胡㉕，辟地千里，以河为境㉖。地固泽卤㉗，不生五谷。然后发天下丁男以守北河㉘。暴兵露师十有余年㉙，死者不可胜数，终不能逾河而北㉚。是岂人众不足㉛、兵革不备哉㉜？其势不可也㉝。又使天下蜚刍挽粟㉞，起于黄、腄、琅邪负海之郡㉟，转输北河㊱，率三十钟而致一石㊲。男子疾耕不足于粮饷㊳，女子纺绩不足于帷幕㊴。百姓靡敝㊵，孤寡老弱不能相养，道路死者相望㊶，盖天下始畔秦也㊷。

【注释】

①《司马法》：古兵书。战国时期齐威王命大夫整理古司马兵法，同时将春秋齐大夫田穰苴（官司马）的兵法附于其中，称为《司马穰苴兵法》。②大凯：周王班师整军所奏之乐。③蒐（sōu）：古时春天打猎之称。狝（xiǎn）：古时秋天打猎之称。④振旅：整顿军队。⑤治兵：操练军队。⑥所以：用以；（这是）用来。⑦且夫（fú）：句首表示更进一层发议论的语气词。逆德：悖逆的行为。⑧兵：兵器。又指军队、战争。凶器：不祥之物。指兵器。⑨争：争斗。⑩伏尸流血：指杀人。伏，倒伏；倒下。⑪圣王：圣明的君王。重：难；碍难；慎重。⑫秦皇帝：秦始皇嬴政（前259—前210年）秦王朝的建立者。前246—前210年在位。任：凭借。⑬战国：指互相争战的各国。⑭齐：等同。三代：指夏、商、周三朝。⑮李斯（？—前208年）：上蔡（今河南省上蔡县西南）人。灭三族。详见《李斯列传》。⑯城郭：内城和外城。泛指城市。居：居处；住所。⑰委积：积聚。守：看守；保管。⑱鸟举：比喻往来飘忽不定。⑲制：控制；制服。⑳蹄：接；接运。以：用同"而"，连词。㉑遇：对待；对付。役：役使；驱使。㉒靡弊：虚耗疲惫。㉓快心：快意。㉔长策：良策。㉕蒙恬：秦朝名将。将（jiàng）：统率；率领。㉖河：古代黄河的专名。㉗固：本来。泽卤：土地含盐碱成分过多，不宜耕种。㉘丁男：成年

的男子。北河：古时黄河从今内蒙古自治区磴口县以下，分为南北二支，北支约当今乌加河，当时为黄河正流，对南支而言，称为北河。㉙暴（pù）兵露师：将军队置于露天之下，遭受日晒雨雪风霜之苦。十有（yòu）余年：十余年。前215年蒙恬率军伐匈奴，前210年蒙恬死后中原大乱，戍边士卒"皆复去"。（《匈奴列传》），先后尚不足十年。有，通"又"。用在整数和零数之间。㉚逾：越过；渡过。北：北进。动词。㉛岂：难道。㉜兵革：泛指军事装备。兵，兵器。革，皮革制成的甲胄。㉝势：客观形势。㉞蜚刍挽粟：急速运输粮草。蜚，通"飞"。刍，牲畜吃的草。挽，牵引；拉。粟，泛指粮食。㉟黄：县名。在今山东省黄县东。腄（zhuī）：县名。在今山东省威海市文登区西。琅邪（láng yá）：郡名，县名。郡在今山东半岛东南部，县在今山东省胶南市境。秦代郡治在琅邪县，西汉移治东武（今诸城市）。负海：临海。负，背靠着。㊱转输：辗转运输。㊲率（shuài）：一致；一般。约略计算用语。三十钟而致一石（shí）：发运三十钟才能运到一石。石，容量单位，十斗为一石，亦即一斛（约合今34.25公升）。㊳疾：急切从事。㊴纺绩：纺丝绩麻。帷幕：军中的帐幕。㊵靡敝：同"靡弊"。㊶相望：此处可以理解为"相连"。㊷盖：承接连词。始：方；方才。

及至高皇帝定天下①，略地于边②，闻匈奴聚于代谷之外而欲击之③。御史成进谏曰④："不可。夫匈奴之性，兽聚而鸟散，从之如博影⑤。今以陛下盛德攻匈奴，臣窃危之⑥。"高帝不听，遂北至于代谷，果有平城之围⑦。高皇帝盖悔之甚⑧，乃使刘敬往结和亲之约⑨，然后天下忘干戈之事⑩。故《兵法》曰⑪："兴师十万，日费千金。"夫秦常积众暴兵数十万人，虽有覆军杀将、系虏单于之功⑫，亦适足以结怨深雠⑬，不足以偿天下之费。夫上虚府库⑭，下敝百姓，甘心于外国，非完事也⑮。夫匈奴难得而制，非一世也。行盗侵驱，所以为业也，天性固然⑯。上及虞、夏、殷、周⑰，固弗程督⑱，禽兽畜之⑲，不属为人⑳。夫上不观虞、夏、殷、周之统㉑，而下循近世之失㉒，此臣之所大忧，百姓之所疾苦也。且夫兵久则变生㉓，事苦则虑易㉔。乃使边境之民靡弊愁苦而有离心，将吏相疑而外市㉕，故尉佗、章邯得以成其私也㉖。夫秦政之所以不行者，权分乎二子㉗，此得失之效也㉘。故《周书》曰㉙：

“安危在出令，存亡在所用[30]。愿陛下详察之，少加意而熟虑焉[31]。”

【注释】

①及至：等到。高皇帝：即汉高帝刘邦（前256年或前247—前195年）。西汉王朝的建立者，前202—前195年在位。字季，沛县（今江苏省沛县）人。②略：攻夺；占领。③代谷：指代郡的山谷地带。代郡在今山西省东北部、河北省西北部，治所在代县（今河北省蔚县东北）。④御史：官名。秦以前本为史官。汉有侍御史、符玺御史、治书御史、监军御史等，职位各不相同。成：人名。⑤从：跟随；追赶。搏影：捕捉影子。⑥窃：暗地里；私自。谦敬副词。危：认为危险。意动用法。⑦平城之围：汉高帝七年（前200年）十月，刘邦进击匈奴至平城，被围于平城东白登山七日。平城，县名。在今山西省大同市东北。⑧盖：大概；似乎。推原副词。⑨刘敬：即娄敬。和亲：封建王朝以公主、皇族女儿等嫁给边疆部族统治者，结亲和好。少数民族统治集团间有时也有相似情况。⑩干戈之事：指战争之事。干戈，泛指兵器。⑪《兵法》：指《孙子兵法》。中国古代军事名著和现存最早的兵书。春秋末年兵家孙武著。引文出于该书《用间》篇。⑫覆：覆灭。使动用法。系虏：俘虏。动词。系，绑缚。单于（chán yú）：匈奴最高统治者的称号。⑬适：正好；恰好。深仇：加深仇恨。深，加深。动词。⑭虚：空虚。使动用法。府库：官府储藏财物、武器之所。⑮完事：完美之事。⑯固然：本来就是这样。⑰虞：有虞氏。传说中远古部落名。居于蒲坂（今山西省永济市西蒲州镇），舜为其领袖。夏：夏后氏。⑱弗：不。程：征收赋税。督：监督；责罚。⑲畜（xù）：畜养。⑳属：归属。㉑观：观察；借鉴。统：传统；经验。㉒循：沿袭。㉓兵久：出兵在外时间长；战争时间长。变：变乱。㉔虑易：思想有变化。㉕外市：勾结外人；里通外国。㉖尉佗（tuō）：即赵佗。真定（今河北省正定县）人。汉高帝时，受封为南越王。景帝时附于汉。章邯：秦朝将领。㉗二子：指尉佗、章邯。㉘效：效验；证明。㉙《周书》：指《逸周书》。周代史书。其中多数为战国时人拟周代诰誓词命之作。㉚引文本于《周书·王佩解》：“存亡在所用，离合在出命。”㉛焉：表示决定的语气词。

是时赵人徐乐、齐人严安俱上书言世务①，各一事。徐乐曰：

【注释】

①徐乐：无终（今天津市蓟县）人先为郎中，后拜为中大夫。严安：临菑（今山东淄博市东北）人。本名庄安。世务：当世政务。

臣闻天下之患在于土崩①，不在于瓦解②，古今一也③。何谓土崩？秦之末世是也④。陈涉无千乘之尊⑤，尺土之地，身非王公大人名族之后，无乡曲之誉⑥，非有孔、墨、曾子之贤⑦，陶朱、猗顿之富也⑧，然起穷巷，奋棘矜⑨，偏袒大呼而天下从风⑩，此其故何也？由民困而主不恤⑪，下怨而上不知，俗已乱而政不修，此三者陈涉之所以为资也⑫。是之谓土崩。故曰天下之患在于土崩。何谓瓦解？吴、楚、齐、赵之兵是也⑬。七国谋为大逆⑭，号皆称万乘之君⑮，带甲数十万⑯，威足以严其境内⑰，财足以劝其士民⑱，然不能西攘尺寸之地而身为禽于中原者⑲，此其故何也？非权轻于匹夫而兵弱于陈涉也⑳，当是之时，先帝之德泽未衰而安土乐俗之民众㉑，故诸侯无境外之助㉒。此之谓瓦解。故曰天下之患不在瓦解。由是观之，天下诚有土崩之势㉓，虽布衣穷处之士或首恶而危海内㉔，陈涉是也，况三晋之君或存乎㉕！天下虽未有大治也，诚能无土崩之势，虽有强国劲兵不得旋踵而身为禽矣㉖，吴、楚、齐、赵是也，况群臣百姓能为乱乎哉！此二体者㉗，安危之明要也㉘，贤主所留意而深察也。

【注释】

①土崩：土层崩塌。这里用来比喻社会下层人民造反。②瓦解：瓦片分解。③一：一样；一个道理。④是也：就是如此。⑤陈涉（？—前208年）：陈胜，字涉，阳城（今河南省登封市东南）人，雇农出身。千乘（shèng）：指大国诸侯。古代一车四马为一乘，诸侯大国地方百里，能出兵车千乘，称千乘之国。⑥乡曲：乡里。也指穷乡僻壤。誉：名誉；称誉。⑦孔：孔子（前551—前479年）。名丘，字仲尼，春秋时鲁国陬邑（今山东省曲阜市东南）人。墨：墨子（约前468—前376年）。名翟，战国时宋国（一说鲁国）人。古代杰出的思想家、政治家，墨家学派的创始人。著有《墨子》五十三篇。曾子（前505—前436年）：曾参（shēn）。字子舆，春秋末南武城（今山东省费县）人。⑧陶朱：即范蠡。字少伯，楚国宛（今河南省南阳市）人，春秋末越国大夫。猗顿：

战国时大商人。以经营河东盐池致巨富。又曾经营珠宝，以善于辨别宝玉著称。⑨奋：举起。棘矜（qín）：泛指兵器。棘，通"戟"，古代的一种兵器。矜，矛柄，戟柄。秦时销毁兵器，故陈涉起义时只能用戟柄作兵器。⑩偏袒：袒露一臂。古人表示愤怒、振奋的一种动作。从风：响应。从，随从。风，喻指势头、潮流。⑪恤：体恤；怜悯。⑫资：凭借。⑬吴、楚、齐、赵之兵：指汉景帝时吴楚七国的叛乱。⑭大逆：在封建社会中，凡反抗封建秩序、特别是触犯统治者本身利益的行为，统称为"大逆"。⑮万乘：万辆兵车。⑯带甲：武装士兵。⑰严：严明；整饬。动词。⑱劝：劝勉；奖励。⑲攘（ráng）：抢；夺取。禽：通"擒"。中原：借指朝廷。⑳匹夫：一个平常人。㉑先帝：死去的皇帝。指汉高帝、文帝等。众：众多。㉒境外：指王国封地之外。㉓诚：如果；果真。㉔布衣穷处：穿着粗布衣服、住在偏僻穷困地方。或：有人；有的。虚指代词。危：危害。㉕况：况且；何况。三晋：战国初，晋国的韩、赵、魏三卿瓜分晋国，各自立国，成为诸侯。故韩、赵、魏三国有"三晋"之称。㉖劲（jìng）兵：强大的军队。旋踵：把脚后跟转过来。比喻时间极短。㉗二体：两个主要方面。㉘明要：犹言枢纽、关键。

间者关东五谷不登①，年岁未复②，民多穷困，重之以边境之事③，推数循理而观之④，则民且有不安其处者矣⑤。不安，故易动；易动者，土崩之势也。故贤主独观万化之原，明于安危之机⑥，修之庙堂之上⑦，而销未形之患⑧。其要⑨，期使天下无土崩之势而已矣。故虽有强国劲兵，陛下逐走兽，射蜚鸟，弘游燕之囿⑩，淫纵恣之观⑪，极驰骋之乐⑫，自若也⑬。金石丝竹之声不绝于耳⑭，帷帐之私、俳优侏儒之笑不乏于前⑮，而天下无宿忧⑯。名何必汤、武⑰，俗何必成、康⑱！虽然⑲，臣窃以为陛下天然之圣，宽仁之资，而诚以天下为务⑳，则汤、武之名不难侔㉑，而成、康之俗可复兴也。此二体者立，然后处尊安之实，扬名广誉于当世，亲天下而服四夷㉒，余恩遗德为数世隆㉓，南面负扆摄袂而揖王公㉔，此陛下之所服也㉕。臣闻图王不成㉖，其敝足以安㉗。安则陛下何求而不得，何为而不成，何征而不服乎哉！

【注释】

①间（jiān）者：近来。关东：秦、汉两朝定都今陕西，所以称函谷

关或潼关以东地区为关东。登：庄稼成熟。②年岁：年景；年成。③重：加重；加上。边境之事：指边境地区的军事行动。④推：探究；推求。循理：顺着事理。⑤且：将；将要。处（chǔ）：处境。⑥机：关键。⑦修：研究；治理。庙堂：指朝廷。⑧销：通"消"。消弭；消除。⑨要：大要。⑩弘：扩大。游燕：游玩宴饮。燕，通"宴"。囿：畜养禽兽的园地。泛指游乐场所。⑪淫：无节制；过分。纵恣：纵情恣欲。观：观赏；欣赏。⑫极：穷极；穷尽。⑬自若：像平常的样子；安然自得。⑭金石丝竹：泛指乐器。金，指钟；石，指磬；丝，指弦乐器；竹，指管乐器。⑮帷帐之私：指密室中的男女情爱。俳（pái）优：演出滑稽杂耍的艺人。侏儒：身材异常矮小的人。⑯宿忧：积久的忧愁。⑰汤：商汤。商朝的建立者。武：周武王。⑱俗：社会风气。成：周成王姬诵。武王之子。康：周康王姬钊。成王之子。在位时继续推行成王的政策，周朝的统治得到进一步加强。成、康两王统治时期史称"成康之治"。⑲虽然：虽然如此；然而。⑳务：事业。㉑侔（móu）：齐等；等同。㉒服：顺服；降服。使动用法。四夷：泛指四方各部族。㉓隆：隆盛；兴盛。㉔南面：面向南方。负：背靠着。摄：整理。袂（mèi）：袖子。王公：泛指高级贵族大臣。㉕服：事；做（的事情）。㉖王：王业。㉗敝：指某种做法最不成功的结果。

严安上书曰：

臣闻周有天下，其治三百余岁，成、康其隆也，刑错四十余年而不用①；及其衰也，亦三百余岁，故五伯更起②。五伯者，常佐天子兴利除害，诛暴禁邪，匡正海内，以尊天子。五伯既没③，贤圣莫续④，天子孤弱，号令不行。诸侯恣行，强陵弱⑤，众暴寡⑥，田常篡齐⑦，六卿分晋⑧，并为战国，此民之始苦也。于是强国务攻，弱国备守，合从连横⑨，驰车击毂⑩，介胄生虮虱⑪，民无所告诉⑫。

【注释】

①刑错：又作"刑措"。谓无人犯法，刑法搁置不用。错，通"措"。搁置。②五伯（bà）：春秋时期先后称霸的五个诸侯，即齐桓公、晋文公、楚庄王、吴王阖闾、越王勾践。更（gēng）起：迭起；相继兴起。③没（mò）：消失；死亡。④莫续：无人继起。⑤陵：侵犯；欺侮。⑥暴：欺

汤王像，选自《有商志传》。

凌；损害。⑦田常篡齐：田常篡夺了齐国的大权。田常，又名恒，即田成子、陈成子。⑧六卿分晋：韩、赵、魏、智、范、中行氏六卿瓜分了晋国。⑨合从（zōng）连横：战国时期，弱国联合进攻强国，称合众；弱国随从强国进攻其他弱国，称为连横。⑩驰车击毂（gǔ）：形容众多车马奔驰，往来相击相撞。毂，车轮中心的圆木，用以插轴。⑪介胄生虮虱：士兵的盔甲长满虮虱。介，铠甲。胄，头盔。⑫告诉：诉说；诉苦。

　　及至秦王①，蚕食天下，并吞战国，称号曰皇帝，主海内之政②，坏诸侯之城③，销其兵④，铸以为钟虡⑤，示不复用。元元黎民得免于战国⑥，逢明天子，人人自以为更生⑦。向使秦缓其刑罚⑧，薄赋敛⑨，省繇役⑩，贵仁义⑪，贱权利⑫，上笃厚⑬，下智巧⑭，变风易俗，化于海内，则世世必安矣。秦不行是风而修其故俗，为智巧权利者进⑮，笃厚忠信者退⑯，法严政峻⑰，谄谀者众，日闻其美，意广心轶⑱。欲肆威海外，乃使蒙恬将兵以北攻胡，辟地进境⑲，戍于北河，蜚刍挽粟以随其后。又使尉屠睢将楼船之士南攻百越⑳，使监禄凿渠运粮㉑，深入越，越人遁逃。旷日持久，粮食绝乏，越人击之，秦兵大败。秦乃使尉佗将卒以戍越㉒。当是时，秦祸北构于胡㉓，南挂于越㉔，宿兵无用之地㉕，进而不得退。行十余年㉖，丁男被甲㉗，丁女转输㉘，苦不聊生，自经于道树㉙，死者相望。及秦皇帝崩㉚，天下大叛。陈胜、吴广举陈㉛，武臣、张耳举赵㉜，项梁举吴㉝，田儋举齐㉞，景驹举郢㉟，周市举魏㊱，韩广举燕㊲，穷山通谷豪士并起㊳，不可胜载也㊴。然皆非公侯之后，非长官之吏也。无尺寸之势，起闾巷㊵，杖棘矜㊶，应时而皆动，不谋而俱起，不约而同会，壤长地进㊷，至于霸王㊸，时教使然也㊹。秦贵为天子，富有天下，灭世绝祀者㊺，穷兵之祸也㊻。故周失之弱，秦失之强，不变之患也。

【注释】

　　①秦王：即秦始皇。②主：主管。③坏：毁坏；拆毁。动词。④销：销毁；熔化金属。⑤虡（jù）：钟、磬悬架两侧的柱（悬挂的横梁称为笋）。⑥元元黎民：善良的百姓。⑦更（gēng）生：重新获得生命。获得新生。⑧向使：假如。⑨薄：减少；减轻。使动用法。赋敛（liǎn）：赋税。⑩繇（yáo）役：劳役。繇，通"徭"。⑪贵：重视；崇尚。⑫贱：鄙视；轻视。⑬上：通"尚"。崇尚；尊重。⑭下：低下；轻贱。意动用法。⑮进：进用；升官。⑯退：（被）斥退。⑰峻：严厉。⑱意广心轶（yì）：踌躇满志，野心膨胀，贪婪无厌。轶，通"佚"。⑲辟地进境：开辟疆土，推进边界。⑳尉：武官名。屠睢（suī）：人名。楼船之士：水兵。百越：即越。部族名。当时分布于长江中下游以南地区。㉑监录：又称史录。监，秦朝监郡的御史。录，人名。他曾在今广西壮族自治区兴安县附近开凿运河，沟通湘、漓二水，后世称为灵渠。㉒尉佗将卒以戍越：率领士卒

戍守越地的本是南海郡尉任嚣，赵佗是他的部下。㉓构：构成；造成；酿成。㉔挂：挂碍；牵绊。㉕宿兵：驻兵。㉖行：运行；延续。㉗被（pī）甲：身穿铠甲。指当兵打仗。被，通"披"。㉘丁女：成年女子。㉙自经：上吊自杀。道树：路旁的树木。㉚崩：帝王死亡。㉛吴广：阳夏（jiǎ。今河南省太康县）人。贫苦农民出身。举：攻克；占领。陈：县名。治今河南省淮阳县。㉜武臣：陈县人。陈胜部将。曾率军攻赵，进占邯郸（今河北省邯郸市西南），自立为赵王。张耳：大梁（今河南省开封市）人。战国末为魏国外黄（今河南省民权县西北）令。㉝项梁：下相（今江苏省宿迁县西南）人。楚国贵族出身。秦末响应陈胜起义，在吴起兵。后任陈胜的上柱国，率军渡江西进。陈胜失败后，他立楚怀王孙熊心为王，而自号武信君。后战死于定陶（今山东省定陶县西北）。吴：县名。在今江苏省苏州市。㉞田儋（dān）：狄县（今山东省高青县东南）人。战国末齐国贵族。陈胜起义后，他乘乱杀害狄县令起事，自立为齐王，略定齐地。后被秦将章邯攻杀。齐：泛指战国时齐国旧地。㉟景驹：战国末楚国贵族。郢（yǐng）：这里指战国时楚的都城郢，亦即鄢郢，在今湖北省江陵县东北。㊱周市（fú）：战国末魏国人。陈胜部将。㊲韩广：秦末家居赵地。燕：泛指战国时燕国旧地。㊳穷山通谷：所有的山谷。形容遍及天下各地。穷，尽。㊴胜（shēng）尽。载（zǎi）：记载。㊵闾巷：街巷；乡里。㊶杖：持；拿着。动词。㊷壤长地进：指通过征战，逐渐扩大地盘。㊸霸王：称霸称王。为诸侯盟长谓之霸，一统天下谓之王。㊹时教：当时的政教。使然："使之然"之省。㊺此句前省略了转折连词"而"。世，后代。祀，祭祀，香火。㊻穷兵：穷兵黩武。

今欲招南夷[①]，朝夜郎[②]，降羌、僰[③]，略濊州[④]，建城邑，深入匈奴，燔其茏城[⑤]，议者美之[⑥]。此人臣之利也，非天下之长策也。今中国无狗吠之惊，而外累于远方之备，靡敝国家，非所以子民也[⑦]。行无穷之欲，甘心快意，结怨于匈奴，非所以安边也。祸结而不解，兵休而复起，近者愁苦，远者惊骇，非所以持久也。今天下锻甲砥剑[⑧]，桥箭累弦[⑨]，转输运粮，未见休时，此天下之所共忧也。夫兵久而变起，事烦而虑生。今外郡之地或几千里[⑩]，列城数十，形束壤制[⑪]，旁胁诸侯[⑫]，非公室之利也[⑬]。上观齐、晋之所以亡者，公室卑削[⑭]，六卿大盛也[⑮]；

下观秦之所以灭者，严法刻深，欲大无穷也。今郡守之权⑯，非特六卿之重也⑰；地几千里，非特闾巷之资也；甲兵器械，非特棘矜之用也⑱：以遭万世之变⑲，则不可称讳也⑳。

【注释】

①南夷：指分布在今云南省、贵州省和四川省南部的各部族。②朝：朝拜。使动用法。夜郎：部族名。③降：降服。羌：部族名。僰（bó）：部族名。居住在今云南省东部和四川省南部。④涉（huì）州：地区名。秽、貊人居地。泛指今东北地区至朝鲜半岛一带。⑤燔（fán）：焚烧。⑥美：赞美。动词。⑦子：养育；爱抚。以动用法。⑧锻甲：锤打铠甲。砥：磨刀石。引申为磨、磨砺。⑨桥（jiǎo）箭：矫正箭杆。桥，通"矫"。累（lěi）弦：积聚弓弦。⑩几（jī）：几乎；将近。⑪形束壤制：大郡的山川形势和土地范围足以控制郡内百姓。⑫旁胁诸侯：胁迫附近的诸侯王。⑬公室：原指诸侯的家族或政权，此处指朝廷。⑭卑削：衰弱。⑮六卿：概指晋国的六卿和齐国的田氏等私家。大（tài）：通"太"。⑯郡守：郡的最高行政长官。⑰非特：不仅；不只。⑱用：效用。⑲遭：遭逢。这是"天下之变"的委婉说法。⑳称讳：讳言；为讳。

书奏天子，天子召见三人，谓曰："公等皆安在①？何相见之晚也！"于是上乃拜主父偃、徐乐、严安为郎中②。偃数见，上疏言事③，诏拜偃为谒者④，迁为中大夫⑤。一岁中四迁偃。

【注释】

①安在：在哪里。安，疑问代词作宾语，前置。②郎中：官名。管理宫廷的车、骑、门户，并内充侍卫，外从征战。③疏（shù）：奏章；奏本。④谒者：官名。⑤迁：调任；提升。中大夫：官名。掌议论，备顾问，隶属郎中令。

偃说上曰①："古者诸侯不过百里，强弱之形易制②。今诸侯或连城数十，地方千里，缓则骄奢易为淫乱③，急则阻其强而合从以逆京师④。今以法割削之，则逆节萌起⑤，前日晁错是也⑥。今诸侯子弟或十数⑦，而适嗣代立⑧，馀虽骨肉，无尺寸地封，则仁孝之道不宣⑨。愿陛下令诸侯得推恩分子弟⑩，以地侯之⑪。彼人人喜得所愿，上以德施，实分其国，不削而稍弱矣⑫。”于是上从其计。又说上曰：“茂陵初立⑬，天下豪桀并兼之家、乱众之民⑭，皆可徙茂陵，内实京师，外销奸猾，此所谓不诛而害除。”上又从其计。

【注释】

①说（shuì）：劝说；说服。②形：形势；局势。③缓：指平常时期。④急：指非常时期。阻：依仗。合从（zōng）：泛称联合起来。逆：背叛；抗拒。京师：首都。借指朝廷。⑤逆节：叛乱的事端。⑥前日：从前；昔日。晁错（前200—前154年）：颍川郡（今河南省中南部）人。文帝时，任太子家令等职。⑦数（shǔ）：计；计算。⑧适（dí）嗣：嫡长子。适，通“嫡”。正妻所生的儿子，有时专指正妻所生的长子。代立：世代继立。⑨宣：显示；流传；宣扬。⑩得：可以。推恩：推爱；施恩惠给他人；推广恩德。⑪侯：封侯。动词。⑫稍：逐渐。弱：削弱。⑬茂陵：陵名、县名。⑭豪桀（jié）：指豪强。桀，通“杰”。

尊立卫皇后①，及发燕王定国阴事②，盖偃有功焉③。大臣皆畏其口，赂遗累千金④。人或说偃曰：“太横矣！”主父曰：“臣结发游学四十余年⑤，身不得遂⑥，亲不以为子⑦，昆弟不收⑧，宾客弃我⑨，我厄日久矣⑩。且丈夫生不五鼎食⑪，死即五鼎烹耳⑫！吾日暮途远⑬，故倒行暴施之⑭。”

【注释】

①卫皇后（？—前91年）：汉武帝皇后卫子夫。②发：揭发；告发。燕王定国：刘定国。承袭祖爵为燕王。阴事：隐私；暗中干的坏事。③盖：承接连词。④赂遗（wèi）：贿赂和赠送。累（lěi）：累计。金：汉代以黄金一斤（合今258.25克）为一金。⑤臣：古人表示谦卑的自称。结发：古代男孩成年（二十岁）时结发为髻。借指年轻的时候。⑥遂：顺利；成功。⑦亲：父母。⑧昆弟：兄弟。⑨宾客：泛指朋友。⑩厄：穷困。⑪五鼎食：古代诸侯宴会时列五鼎肉菜而食，鼎内分盛牛、羊、猪、鱼、鹿肉。鼎，古代炊器、礼器，陶制或铜、铁制。也用作烹人（将人煮死）的刑具。⑫五鼎烹：指用鼎镬将人煮死的酷刑。⑬日暮途远：借喻年老而要做的事情还很多，或要达到的目标还很远。⑭倒行暴施：不遵循常理而又急促地做事。

偃盛言朔方地肥饶①，外阻河②，蒙恬城之以逐匈奴③，内省转输戍漕④，广中国⑤，灭胡之本也。上览其说，下公卿议⑥，皆言不便。公孙弘曰："秦时常发三十万众筑北河⑦，终不可就，已而弃之⑧。"主父偃盛言其便，上竟用主父计⑨，立朔方郡⑩。

【注释】

①盛言：大讲。②阻：凭借。③城：筑城。动词。④漕：漕运。⑤广：扩大。动词。⑥下：下交。⑦常：通"尝"。曾经。⑧已而：不久；随即。⑨竟：终于。⑩事在元朔二年（前127年）。

元朔二年，主父言齐王内淫佚行僻①，上拜主父为齐相②。至齐，遍召昆弟宾客，散五百金予之，数之曰③："始吾贫时，昆弟不我衣食④，宾客不我内门⑤；今吾相齐⑥，诸君迎我或千里。吾与诸君绝矣⑦，毋复入偃之门⑧！"乃使人以王与姊奸事动王⑨，王以为终不得脱罪，恐效燕王论死⑩，乃自杀。有司以闻⑪。

【注释】

①齐王：刘次景。内：宫内。指私生活。淫佚：荒淫放荡。僻：邪僻。②相：诸侯王国的最高行政长官，职位相当于郡太守。③数（shǔ）：列举过失而指责。泛指责备。④不我衣食（sì）：不给我吃穿。否定句中宾语"我"被置于动词"衣食"之前。⑤不我内（nà）门：即"不内我（于）门"。不让我进门。内，通"纳"。接纳，收容。⑥相：任相。动词。⑦绝：绝交。⑧毋（wú）：莫；不要。⑨动：触动；惊动。⑩效：象；类似。论死：判为死罪。论，定罪。⑪有司：古代设官分职，各有专司，因称官吏为"有司"。

主父始为布衣时①，尝游燕、赵，及其贵，发燕事。赵王恐其为国患②，欲上书言其阴事，为偃居中③，不敢发。及为齐相，出关，即使人上书，告言主父偃受诸侯金，以故诸侯子弟多以得封者④。及齐王自杀，上闻大怒，以为主父劫其王令自杀⑤，乃征下吏治⑥。主父服受诸侯金⑦，实不劫王令自杀。上欲勿诛，是时公孙弘为御史大夫，乃言曰："齐王自杀无后，国除为郡，入汉。主父偃本首恶，陛下不诛主父偃，无以谢天下。"乃遂族主父偃⑧。

【注释】

①布衣：借指平民。②赵王：刘彭祖。汉景帝子。初封广川王，后徙封赵王。③为：因为。居中：身在朝中。④以故：由于这个缘故。⑤劫：威逼；挟制。令：使；让。⑥征下吏治：（把主父偃）召回，交给法官治罪。⑦服：服罪；承认。⑧族：灭族。古代的一种酷刑，一人有罪，诛杀其家族。

主父偃方贵幸时①，宾客以千数。及其族死，无一人收者②，唯独洨虚孔车收葬之③。天子后闻之，以为孔车长者也④。

【注释】

①贵幸：地位显贵并得到皇帝宠爱。②收：收葬尸骨。③洨（xiáo）：县名。在今安徽省固镇县东。孔车：人名。④长（zhǎng）者：有德行的人；忠厚的人。

太史公曰：公孙弘行义虽脩①，然亦遇时。汉兴八十余年矣，上方乡文学②，招俊乂③，以广儒墨④，弘为举首⑤。主父偃当路⑥，诸公皆誉之⑦，及名败身诛，士争言其恶。悲夫⑧！

【注释】

①脩：善；美好。②乡（xiàng）：通"向"。倾向；注重。③俊乂（yì）：才能出众的优秀人才。④广：推广；宣扬。儒墨：儒家和墨家。⑤举首：选举出来的魁首。指对策第一。⑥当路：担任要职，掌握大权。⑦诸公：指朝廷大臣。⑧悲夫（fū）：可悲啊。有两层含义：一是感叹主父偃的遭遇；二是讥讽某些人的随风转舵。

太皇太后诏大司徒、大司空①："盖闻治国之道，富民为始②；富民之要③，在于节俭。《孝经》曰④：'安上治民，莫善于礼。''礼，与奢也宁俭⑤。'昔者管仲相齐桓⑥，霸诸侯，有九合一匡之功⑦，而仲尼谓之不知礼⑧，以其奢泰侈拟于君故也⑨。夏禹卑宫室⑩，恶衣服⑪，后圣不循⑫。由此言之，治之盛也，德优矣，莫高于俭。俭化俗民，则尊卑之序得，而骨肉之恩亲，争讼之原息。斯乃家给人足⑬、刑错之本也欤⑭？可不务哉⑮！夫三公者，百寮之率⑯，万民之表也⑰。未有树直表而得曲影者也。孔子不云乎[18]：'子率而正[19]，孰敢不正[20]！''举善而教不能，则劝[21]。'维汉兴以来[22]，股肱宰臣身行俭约[23]，轻财重义，较然著明[24]，未有若故丞相平津侯公孙弘者也。位在丞相而为布被，脱粟之饭，不过一肉。故人、所善宾客皆分奉禄以给之，无有所余。诚内自克约而外从制[25]。汲黯诘之，乃闻于朝，此可谓减于制度而可施行者也[26]。德优则行，否则止[27]，与内奢泰而外为诡服以钓虚誉者殊科[28]。以病乞骸骨，孝武皇帝即制曰[29]：'赏有功，褒有德，善善恶恶，君宜知之。其省思虑，存精神，辅以医药[30]。'赐告治病，牛酒杂帛。居数月，有瘳，视事。至元狩二年，竟以善终于相位。夫知臣莫若君，此其效也[31]。弘子度嗣爵，后为山阳太守，坐法失侯。夫表德章义[32]，所以率俗厉化[33]，圣王之制，不易之道也。其赐弘后子孙之次当为后者爵关内侯[34]，食邑三百户[35]，征诣公车[36]，上名尚书[37]，朕亲临拜焉[38]。"

【注释】

①这是汉平帝元始中（公元3年前后）王元后的诏书，后人附录于此。她经历元、成、哀、平四帝直至王莽数朝，平帝时临朝，委实权于侄子王莽。大司徒，官名。丞相的改称。②治国之道，富民为始：语本于《管子·治国》："凡治国之道，必先富民，民富则易治也，民贫则难治也。"③要：大要；关键。④《孝经》：儒家经典之一。⑤礼与奢也宁俭：就礼节礼仪来说，与其奢侈，毋宁节俭。⑥昔者：从前。齐桓：齐桓公。⑦九合一匡之功：多次会合诸侯和匡正天下的功劳。语本《论语·宪问》："子曰：'桓公九合诸侯，不以兵车，管仲之力'。""子曰：'管仲相桓公，霸诸侯，一匡天下，民到于今受其赐。"九，泛指多数、多次。⑧仲尼：孔子字。⑨孔子批评管仲僭礼行为如"树塞门""有反坫""有三归"等，见《论语·八佾》。泰，过分。⑩夏禹：亦称大禹。一说名文命。⑪恶：粗劣。使动用法。⑫后圣：指后来的国君。⑬斯：这；这个。⑭本：根本；基础。欤：表示疑问、感叹的语气词。⑮可不：能不；怎能不。务：致力于；尽力做。⑯百寮之率：百官之长。寮，通"僚"。率，又作"帅"。主将，借指首长。⑰表：表率；标帜。⑱云：说。⑲引语本于《论语·颜渊》："季康子问政于孔子。孔子对曰：'政者，正也。子帅以正，孰敢不正！'"子，对男子的美称（古时也用于称呼女子）。⑳孰：谁；哪个人。㉑引语本于《论语·为政》："季康子问使民敬、忠以劝如之何。子

兒宽像，选自清·顾沅辑《古圣贤像传略》。

兒宽，西汉时曾任左内史，后任御史大夫。

曰：'临之以庄则敬，教慈则忠，举善而教不能，则劝。'"举，选拔；褒扬。善，善者，善良、贤明的人。不能，不能者，德行差的人。劝，努力；劝勉。㉒维：发语词。㉓股肱（gōng）宰臣：比喻帝王左右得力的宰辅大臣。股肱，大腿和胳膊。㉔较然著明：非常明显。指表现突出。㉕诚：确实，的确。克约：克制约束。从制：遵依制度。㉖减于制度：比制度规定的标准低。根据礼制规定，达官贵人地位尊贵，衣服等也有法定等级标准。㉗止：止；不（可）做。㉘王莽当时假装恭俭，以钓虚誉。㉙制：帝王的命令。《秦始皇本纪》："命为制，令为诏。"此处用作动词，意为下令。㉚以上数句系引用武帝之诏语而字句有变化，参见前文。㉛效：效验；证明。㉜表：表扬。章：通"彰"。表彰。㉝率：引导；带领。厉：激励；勉励。化：风化；教化。㉞其：句中语气词，表示期望或命令（及

揣测、反问等）。这里可解为"兹令""请"。关内侯：秦汉二十等爵的第十九等，仅次于最高级的彻侯（通侯）。一般无封国，居于京城或京郊。㉟食邑：又称采（cài）邑。诸侯盛行于周代。㊱诣（yì）：前往；去到。公车：官名、官署名。属卫尉。其办公官署亦称"公车"。㊲上名：提名上报。尚书：官名。战国始设，或称掌书。㊳拜：授予官爵。

　　班固称曰[①]：公孙弘、卜式[②]、儿宽皆以鸿渐之翼困于燕雀[③]，远迹羊豕之间[④]，非遇其时，焉能致此位乎[⑤]？是时汉兴六十余载[⑥]，海内乂安[⑦]，府库充实，而四夷未宾[⑧]，制度多阙[⑨]。上方欲用文武[⑩]，求之如弗及[⑪]。始以蒲轮迎枚生[⑫]，见主父而叹息[⑬]。群臣慕向[⑭]，异人并出[⑮]。卜式试于刍牧[⑯]，弘羊擢于贾竖[⑰]，卫青奋于奴仆[⑱]，日磾出于降虏[⑲]，斯亦曩时版筑饭牛之朋矣[⑳]。汉之得人，于兹为盛[㉑]：儒雅则公孙弘、董仲舒、儿宽；笃行则石建[㉒]、石庆[㉓]；质直则汲黯、卜式；推贤则韩安国[㉔]、郑当时[㉕]；定令则赵禹[㉖]、张汤[㉗]；文章则司马迁[㉘]、相如[㉙]；滑稽则东方朔[㉚]、枚皋[㉛]；应对则严助[㉜]、朱买臣[㉝]；历数则唐都[㉞]、落下闳[㉟]；协律则李延年[㊱]；运筹则桑弘羊；奉使则张骞[㊲]、苏武[㊳]；将帅则卫青[㊴]、霍去病[㊵]；受遗则霍光[㊶]、金日磾。其余不可胜纪[㊷]。是以兴造功业[㊸]，制度遗文[㊹]，后世莫及。孝宣承统[㊺]，纂修洪业[㊻]，亦讲论《六艺》[㊼]，招选茂异[㊽]，而萧望之[㊾]、梁丘贺[㊿]、夏侯胜[51]、韦玄成[52]、严彭祖[53]、尹更始以儒术进[54]；刘向[55]、王褒以文章显[56]；将相则张安世[57]、赵充国[58]、魏相[59]、邴吉[60]、于定国[61]、杜延年[62]；治民则黄霸[63]、王成[64]、龚遂[65]、郑弘[66]、邵信臣[67]、韩延寿[68]、尹翁归[69]、赵广汉之属[70]。皆有功迹见述于后[71]，累其名臣[72]，亦其次也[73]。

【注释】

　　①班固（公元32—92年）：东汉史学家、文学家。字孟坚，扶风安陵（今陕西咸阳东北）人。称曰：《汉书》纪、传的结尾部分有"赞曰"二字，大体上相当于作者的总评语。②卜式：西汉河南人。畜牧主出身。屡以家财资助政府，武帝任为中郎，后封关内侯，官御史大夫。以反对盐铁专卖，不久被贬为太子太傅。③儿（ní）宽（？—前103年）：西汉于剩（今山东高青北）人。治《尚书》，为孔安国弟子。元鼎四年（公元前113年），任左内史，劝农业，缓刑罚，开凿六辅渠。后任御史大夫，与

司马迁等共同制定"太初历"。《汉书·艺文志》儒家有《兒宽》九篇，今有辑本。鸿渐之翼：鸿雁飞升之翼（翅膀），比喻才能非凡。燕雀：泛指小鸟，或专指花雀（又称花鸡）。比喻才干庸劣之辈。④远远混迹于猪羊群里。意为在远方放牧猪羊。公孙弘曾牧猪海滨，卜式在河南曾入山牧羊多年。⑤焉能：岂能，怎能，哪里能够。致此位：得到这种官位（公卿之位）。致，取得，得到。⑥汉兴六十余载：指汉王刘邦元年（前206年）至汉武帝即位之年（前141年），其间六十余年。⑦乂（yì）安：安定。乂，安定；治理。⑧四夷：四方蛮夷部族。宾：宾服。服从，归顺。⑨阙（què）：通"缺"，缺点，错误；空缺，亏损。此处可理解为"不健全"。⑩上：皇上，指武帝。文武：有文、武特长的人才。⑪求之如弗及：搜求他们，好像害怕赶不上似的。⑫蒲轮：以蒲裹轮的车子。取其动行时震动小，常用于封禅或迎接贤士。武帝建元元年（公元前140年），"遣使者安车（一马拉，可以坐乘的小车）蒲轮，束帛加璧，征鲁申公。"枚生：即枚乘（？—前140年）。西汉辞赋家。字叔，淮阴（今属江苏）人。初为吴王刘濞郎中，劝吴王勿谋反，不听，遂去为梁孝王客。⑬前文主父偃及徐乐、严安上书后，武帝召见三人，谓曰："公等皆安在？何相见之晚也！"此即所谓"见主父而叹息"。叹息，此处用其引申义，意为赞叹，赞许。⑭群臣：《汉书》及它本《史记》作"群士"。慕向：美慕向往。向，趋向，奔向。⑮异人：有特异才干的人。⑯卜式试于刍牧：指卜式自牧羊者而被用为朝臣。⑰弘羊：即桑弘羊（前152—前80年）。西汉政治家。洛阳（今河南洛阳东北）人。出身商人家庭。武帝时任治粟都尉（又名搜粟都尉，掌军粮），领大司农（九卿之一，掌租税钱谷盐铁和国家财政收支）。擢（zhuó）于贾（gū）竖：从商人小子提拔上来。擢，提拔，选拔。贾，商人。竖，竖子，对人的蔑称。西汉时实行"重农抑商"（"重本抑末"）政策，商人社会地位不高，高帝时已规定商人不准穿丝织品和细葛衣服，不准乘车骑马，不准携带兵器，不准做官，加倍缴纳人口税，等等。故商人常被蔑称为"贾竖"。⑱卫青（？—前106年）：见前文"卫将军"条注。奋于奴仆：从奴仆提拔上来。奋，鸟类展翅，引申为举起来。⑲金日磾，日磾读mì dī，（前134—前86年），字翁叔。降（xiáng）虏：投降过来的俘虏。归降之虏。⑳曩（nǎng）时：以往，从前。版筑：筑土墙。用两版相夹，装满泥土，以杵层层筑实，即成一版高的墙。后泛指土木营造之事。饭牛：喂牛。春秋时卫国人宁戚有天才而不被用，从事贸易。某日，他宿于齐都东门外，桓公夜出，碰见他正在喂牛，一边唱着歌，桓公知其贤，举用为客卿（见《离骚》王逸注）。又，春秋时虞国大夫百里奚（百里侯），虞亡时为晋所俘，以陪嫁之臣送入秦国，乃以喂牛之说求取秦穆公之了解重视，后走往楚国，被穆公用五张牡黑羊皮赎回，任为大夫，称为五羖大夫，与蹇叔、由余等辅佐穆公建立霸业。朋：伦匹，同类。㉑于兹为盛：在这个时期为多。兹，这，此，这里。指示代词。㉒笃行：诚心诚意地做事。石建（？—前122年）：温县（今河南温县东）人。万石君石奋长子。㉓石庆（？—前103年）：石奋少子。武帝初任内史，迁太仆（九卿之一，掌皇帝舆马和马政），曾为皇帝驾车，帝问车前几马，他用马鞭子数了一遍才回答说"六马"。出为齐相，"齐国大治"。入为太子太傅，迁御史大夫。元鼎五年（前112年）升为丞相，在位九年，无甚建树。㉔推贤：推荐贤能者。韩安国（？—前127年）：梁国成安（今河南民权县东北）人，字长孺。㉕郑当时：字庄，陈县（今河南淮阳县）人。其父为项羽之将，死于文帝时。㉖定令：制定法令。赵禹：斄（tái）（今陕西武功西）人。景帝时，在京师诸官府为吏。武帝时，任御史，迁太中大夫。元光五年（前130年），奉诏与张汤编订律令。一度罢官，起任廷尉（九卿之一，掌刑狱）等职。晚年徙为燕相，数年后免归。他居官不受请托，执法酷急，后稍缓。㉗张汤（？—前115年）：杜陵（今陕西西安东南）人。武帝时历任廷尉、御史大夫等官，是武帝推行一系列重大政策的主要助手之一。建议铸造白金及五铢钱，支持盐铁官营政策，制订打击富商大贾的告缗令，并与赵禹共订诸律令。后自杀。撰有《越宫律》二十七篇。㉘文章：文辞。司马迁（约前145或前135—约前92年）：西汉史学家、文学家和思想家。㉙相如：司马相如（前179—前117年）。西汉辞赋家。字长卿，蜀郡成都（今属四川）人。景帝时，为武骑常侍。武帝时，以所作《子虚赋》等为帝所赏识，任郎官，曾奉使西南，后为孝文园令。其辞赋有明人所辑《司马文园集》。详见《司马相如列传》。㉚滑（gǔ）稽：盛酒器，能不断地往外流酒。因用以比喻人能言善辩，语言流畅无滞竭。一说，滑，乱的意思；稽，同的意思。谓"辩捷之人，言非若是，说是若非，能乱异同。"（见

《滑稽列传》的《索隐》）。现在一般用为使人发笑的意思。东方朔（前154—前93年）：西汉文学家。平原厌次（今山东惠民）人，字曼倩。武帝时，为太中大夫。性诙谐滑稽，善辞赋。《汉书·艺文志》杂家有《东方朔》三十篇，今散佚。㉛枚皋：西汉辞赋家。字少孺，淮阴（今属江苏）人。枚乘之子。㉜严助（？—前122年）：本姓庄，避东汉明帝讳，改为"严"。会稽郡吴（今属江苏）人。武帝时，以贤良对策合帝意，被擢为中大夫。奉命发会稽兵攻闽越以救东瓯，未至而闽越引兵罢；又奉命喻南越王，王遣太子入朝。后出为会稽太守，归朝留为侍中。因与淮南王刘安交结，被牵连受刑死。他善应对，有辩才，又长于文辞，曾作赋数十篇。㉝朱买臣：见前公孙弘传注。㉞历数：天文历算之学。唐都：西汉天文历法学家。㉟落下闳：姓落下，名闳，字长公，巴郡阆中（今属四川）人。精通天文，擅长历算。武帝时，征为太史待诏。与司马迁、邓平、唐都等共创《太初历》，分司运算转历。又造浑仪，以观天象。㊱协律：校正乐律。李延年（？—约前87年）：汉代著名音乐大师。中山（郡治今河北定县）人。乐工出身，父母兄弟亦均为乐工。善歌，又善造新声。武帝时，任协律都尉（掌协调乐律）。㊲张骞（？—前114年）：汉中成固（今陕西城固）人。官大行，封博望侯。武帝初，奉命出使大月氏，相约夹攻匈奴。他翻越葱岭（今帕米尔高原），亲历中亚许多国家和地区。来往途中被匈奴扣留凡十一年。元狩四年（前119年），又奉使乌孙，并遣副使出使大宛、康居、大夏、安息等地。㊳苏武（？—前60年）：杜陵（今陕西西安东南）人，字子卿。天汉元年（前100年），奉使匈奴，被扣。威武不屈，誓死不降，被匈奴单于放于北海（今贝加尔湖）边牧羊。㊴卫青：见前主父偃传"卫将军"条注。㊵霍去病（公元前140—前117年）：西汉名将。河东平阳（今山西临汾西南）人。官至骠骑将军，封冠军侯。㊶受遗：接受遗命，辅佐新主。霍光（？—前68年）：西汉大臣。字子孟，河东平阳（今山西临汾西南）人。霍去病异母弟。武帝时，为奉车都尉。昭帝年幼即位，他与桑弘羊等同受武帝遗诏辅政。任大司马大将军，封博陆侯。昭帝死，迎立昌邑王为帝，旋即废之，又迎立宣帝。前后执政二十年间，轻徭薄赋，注意发展生产。㊷纪：通"记"。记载。㊸是以："以是"之倒置，以是之故，由于这样，所以。兴造功业：犹言干功立业，创立功业。

㊹遗文：遗留下来的文辞或文物。㊺孝宣：汉宣帝刘询（前91—前49年）。武帝曾孙，幼年避祸，生长民间。昭帝死，他为霍光所立，前74—前49年在位，号称"中兴"。承统：继承大统，即继承帝位。㊻纂（zuǎn）：通"缵"。继承。脩：通"修"。治理。洪业：指汉朝的大业。㊼六艺：即六经。包括《礼》《乐》《书》《诗》《易》《春秋》等六种儒家经典。㊽茂异：才干非凡的人才，即优秀人才。东汉时为避光武帝刘秀讳，改秀才为茂才。㊾萧望才（？—前47年）：西汉大臣。字长倩，东海兰陵（今山东苍山西南）人，徙杜陵（今陕西西安东南）。㊿梁丘贺：西汉今文易学"梁丘学"的开创者。字长翁，琅邪诸（今山东诸城）人。从京房学《易》，又学《易》于田王孙。51夏侯胜：西汉今文尚书学"大夏侯学"的开创者。字长公，东平（今山东汶上附近）人。官长信少府、太子太傅。从夏侯始昌学今文《尚书》，又从欧阳生问学，称"大夏侯"（夏侯建称"小夏侯"）。宣帝时，立为博士。以阴阳灾异推论时政得失。著作已佚。52韦玄成（？—前36年）：字少翁，鲁国邹（今山东邹县东南）人。53严彭祖：西汉公羊春秋严氏学的创立者。字公子，东海下邳（今江苏邳州市西南）人。54尹更始：经学家。字翁君，汝南（郡治在上蔡，今河南上蔡西南）人。从大儒蔡千秋学《谷梁春秋》。宣帝时，为议郎，参加议经大会。后为谏大夫、长乐户将，又受《春秋左氏传》，传子咸及翟方进、房凤。55刘向（约前77—前6年）：经学家、目录学家、文学家。本名更生，字子政，沛（今江苏沛县）人。汉皇族楚元王刘交四世孙。治《春秋穀梁传》。曾任谏大夫、宗正（九卿之一，掌皇族事务）等。用阴阳灾异推论时政得失，屡奏劾外戚专权。成帝时，任光禄大夫，终中垒校尉。56王褒：辞赋家。字子渊，蜀资中（今四川资阳）人。宣帝时，为谏大夫。以辞赋著称。又有《僮约》一篇，从一个侧面反映出当时奴隶所受之苦。明人辑有《王谏议集》。57张安世（？—前62年）：西汉名臣。字子孺，杜陵（今陕西西安东南）人。张汤子。58赵充国（前137—前52年）：西汉大将。字翁孙，陇西上邽（今甘肃天水西南）人。熟悉匈奴和羌族情况。59魏相（？—前59年）：西汉大臣。字弱翁，济阴定陶（今山东定陶西北）人，徙平陵（今陕西咸阳西北）。60邴吉（？—前55年）：一作"丙吉"。字少卿，鲁国（今山东曲阜）人。本为鲁狱吏，累迁廷尉监，治

巫蛊狱，曾救护皇曾孙（宣帝）。后任大将军霍光长史，建议迎立宣帝。封博阳侯，任丞相。⑥于定国（？—前40年）：东海郯（今山东郯城县西南）人，字曼倩。初为狱史、郡决曹。宣帝时，任廷尉。决狱审慎，能"决疑平法"。后为丞相，封西平侯。⑥杜延年（？—前52年）：字幼公，南阳杜衍（在今河南南阳市西南）人。御史大夫杜周少子。明法律。昭帝时，以校尉击益州蛮夷，还为谏大夫。告发上官桀、盖主、燕王等合谋叛乱事，封建平侯，擢太仆右曹给事中。宣帝即位，以定策功益封。后出为北地、西河太守，入为御史大夫。⑥黄霸（？—前51年）：西汉名臣。字次公，淮阳阳夏（今河南太康）人。宣帝时，任扬州刺史、颍川太守。为政外宽内明。后为御史大夫、丞相，封建成侯。后世把他与龚遂作为循吏的典型，合称"龚黄"。⑥王成（？—约前67年）：籍贯不详。为胶东国相，治有政声。地节三年（前67年），宣帝下诏褒奖，封爵关内侯。后有言其虚报治绩者。⑥龚遂：山阳南平阳（今山东邹县）人，字少卿。初为昌邑王刘贺郎中令，勇于谏诤。⑥郑弘（？—前37年）：泰山郡刚（在今山东宁阳东北）人，字稚卿。⑥邵信臣："邵"一作"召"。字翁卿，九江寿春（今安徽寿县）人。元帝时，历任零陵、南阳太守。⑥韩延寿（？—前57年）：字长公，杜陵（今陕西西安东南）人。少为郡文学。后任颍川、东郡太守，治甚有名。继为左冯翊。后遭诬劾，为宣帝所杀。⑥尹翁归（？—前62年）：字子兄，河东平阳（今山西临汾市西南）人，徙杜陵。⑦赵广汉（？—前65年）：字子都，涿郡蠡吾（今河北博野西南）人。少为郡吏、州从事。宣帝时，任颍川太守，诛杀豪强原氏、褚氏等。之属：之类。《汉书》在此前尚列有严延年、张敞二人。⑦见述于后：为后世所称道。《汉书》作"见述于世"。见，相当于"被"。被动用法。⑦累其名臣：同武帝时期那些名臣比较起来。⑦亦其次也：只是比他们（指武帝时的那些名臣）差一些。

南越列传第五十三

　　南越王尉佗者①，真定人也②，姓赵氏。秦时已并天下③，略定杨越④，置桂林⑤、南海⑥、象郡⑦，以谪徙民⑧，与越杂处十三岁⑨。佗，秦时用为南海龙川令⑩。至二世时⑪，南海尉任嚣病且死⑫，召龙川令赵佗语曰⑬："闻陈胜等作乱⑭，秦为无道，天下苦之⑮，项羽⑯、刘季⑰、陈胜、吴广等⑱，州郡各共兴军聚众⑲，虎争天下⑳，中国扰乱，未知所安㉑，豪杰畔秦相立㉒。南海僻远㉓，吾恐盗兵侵地至此㉔，吾欲兴兵绝新道㉕，自备，待诸侯变，会病甚㉖。且番禺负山险㉗，阻南海㉘，东西数千里，颇有中国人相辅，此亦一州之主也，可以立国。郡中长吏无足与言者㉙，故召公告之。"即被佗书㉚，行南海尉事㉛。嚣死，佗即移檄告横浦㉜、阳山㉝、湟谿关曰㉞："盗兵且至㉟，急绝道聚兵自守㊱！"因稍以法诛秦所置长吏，以其党为假守㊲。秦已破灭，佗即击并桂林、象郡，自立为南越武王㊳。

【注释】

　　①南越，亦作"南粤"。本为族名，指古代南方越人的一支。赵佗建国于其地，以"南越"为号，故又为国名。越人是古代分布在长江中下游以南广大地区的民族，部落众多，有"百越"（"百粤"）之称。长于水上航行和金属冶炼。后渐与汉及其他民族融合，其中另有一部分与今之壮、黎、傣诸族有密切的渊源关系。南越在百越中居地偏南，主要在今两广地区，南及今越南中、北部，北及湖南南部和贵州南部。尉：郡尉。秦汉时期官名，掌佐郡守典武职甲卒，为一郡最高军事长官。汉景帝中元二年（前148年），更名都尉。郭嵩焘《史记札记》谓秦时"盖凡蛮夷属部置尉，典兵以镇守之，不设（郡）守，初定桂林、南海、象郡，而任嚣为南海尉，即其例也"。此说可信。佗（tuō）：一作"他"。赵佗曾任秦南海尉（详后），故当时一般称之为尉佗。②真定：县名，治所在今河北石家庄市东北。③秦：国名、朝代名。④略定：攻取并且平定。平定。杨越：

一作"扬越"。因越人分布在古"九州"之一的扬州地区（今中国东南部），故名。⑤秦始皇三十三年（前214年），征发诸尝逋（bū）亡人（逃亡者）、赘婿、商人为兵，略取南越陆梁地，置桂林、南海、象郡，并以谪徙民五十万人戍守五岭（越城、萌渚、骑田、大庾、都庞五岭。一说有揭阳而无都庞），与越人杂处。桂林，郡名，治所在今广西桂平西南，辖境约当今广西都阳山、大明山以东，九万大山、越城岭以南地区及广东肇庆市至茂名市一带。汉武帝时改置郁林郡。⑥南海：郡名（参见前注）。治所在番禺（今广东广州市）。辖境相当今广东瀚江、大罗山以南，珠江三角洲及绥江流域以东。秦、汉之际地入南越，武帝灭南越后复置于元鼎六年（前111年）。⑦象郡：郡名（参见注⑤）。治所在象林（今越南潍川南茶荞），辖境约当今广西西部、越南北部和中部地区，汉改名日南郡。一说治所在临尘（今广西崇左市境），辖境约当今广西西部、广东西南部和贵州南部一带。元凤五年（前76年）废。⑧谪（zhé）徙民：被判罪而加迁徙的百姓。⑨十三岁：《集解》引徐广曰："秦并天下（前221年）至二世元年（前209年）十三年。并天下八岁（前214年）乃平越地，至二世元年六年耳。""十三年"也可能指秦始皇三十三年（前214年）平南越至汉高帝五年（前202年）西汉王朝正式立国，令亡民各归家、复故爵田宅。⑩龙川：县名，今广东龙川县西北。令：县令。一县的行政长官。秦汉以后，人口万户以上的县，其长官称令，万户以下者称长。⑪二世：秦二世胡亥（前230—前207年），姓嬴，秦始皇少子。秦朝第二代皇帝，前210—前207年在位。统治期间，继续大修阿房宫和驰道，赋役有增无减，不久即爆发陈胜、吴广领导的农民大起义。后为宦官赵高逼迫自杀。⑫任，音rén。嚣，音áo。且，将，将要。⑬语（yù）曰：告诉（他）说。语，告诉。曰，说。⑭陈胜（？—前208年）：秦末农民起义领袖。字涉，阳城（今河南登封市东南）人。雇农出身。秦二世元年（前209年），与吴广在蕲县大泽乡（今安徽宿州市东南刘村集）发动同往渔阳（治今北京市密云县西南）屯戍卒九百人起义。起义军迅速发展到数万人，并在陈县（今河南淮阳县）建立楚政权，他被推为王，派兵攻取赵魏等地，又派主力军攻关中。秦军围陈，他率军奋战失利，退至下城父（今安徽涡阳县东南），为其车夫庄贾杀害。作乱：犯上作乱，指造反。⑮苦之：以之为苦，即被其所苦。⑯项羽（前232—前202年）：秦末农民起义军领袖。名籍，字羽，下相（今江苏宿迁市西南）人。楚国旧贵族出身。⑰刘季（前256或前247—前195年）：即汉高祖刘邦。西汉王朝的建立者。名邦，字季，沛县（今江苏沛县）人。曾任泗水亭长。⑱吴广（？—前208年）：秦末农民起义领袖（参见"陈胜"条注）。字叔，阳夏（jiǎ。今河南太康）人。贫苦农民出身。⑲州：地方行政区划名。秦、汉以前虽有"九州""十二州"说，但皆为传说中的地方行政区划制度。至汉武帝时，始于京师地区外分境内为十三州，置刺史巡视州内。当时州只是监察区，东汉晚年始成为郡之上的一级行政区划。此处用"州"字，可能系司马迁以当时之称记秦末之事。郡：春秋至隋唐时的地方行政区划名。秦统一后，分全国为三十六郡，后增至四十余郡；有守、尉、监御史，分管一郡之政治、军事、监察诸事。郡之下设县。⑳虎争天下：比喻像老虎争夺食物那样凶猛地争夺天下。㉑安：安定，安定下来。㉒畔：通"叛"。叛乱，背叛。《史记会注考证》说："'闻陈胜等'以下五十字，辞意重复，《汉书》修为'闻陈胜等作乱，豪杰叛秦相立，十二字。"㉓僻远：偏僻遥远。㉔盗兵：强盗（盗贼）的军队。这是对反秦义军的诬蔑称呼。㉕新道：指秦朝开辟的通往南越故地的道路。㉖会：正好，恰巧；不巧。㉗且：句首语气助词。犹"夫"。番禺（pān yú）：县名，今属广东（在广州市附近）。这里泛指南海郡及"南越"地区（从下文"东西数千里"可知）。负：背靠着。山：指"五岭"等。㉘阻：仗恃，倚仗。这里指"濒临"。南海：海名，即今中国南海。㉙长（zhǎng）吏：地位较高的官吏。也指地位较高的县级官吏。无足与言者：没有谁值得我同他说话。㉚即被佗书：就颁给赵佗有关文书。《索隐》引服虔云："嚣诈作诏书，使（赵佗）为南海尉。"据此则本句意为任嚣即将赵佗加于假造的诏书之上（诏书上写着命赵佗行郡尉事一类内容）。被，加，及，加于……之上。㉛行（xíng）：代行。㉜移檄（xí）：传递檄文。移，传递文书。横浦：关名。在今广东省南雄市东北。㉝阳山：关名，在今广东阳山县东北。㉞湟谿关：秦置。故址在今广东英德市西南连江（古湟水，一作洭水）注入北江处。一说在今广东连水西北。㉟且至：将到，快来了。㊱急：赶快，火速。绝道：指断绝秦时所辟通南越的道路。参见前文"新道"条注。㊲《索隐》案："谓他立其所亲党为郡县之职或假守。"假守，代理郡守。《汉书》作"守假"，与此义有异。㊳事在汉王刘邦元年（公元前206年）。

高帝已定天下①，为中国劳苦②，故释佗弗诛③。汉十一年④，遣陆贾因立佗为南越王⑤，与剖符通使⑥，和集百越⑦，毋为南边患害⑧。与长沙接境⑨。

【注释】

①高帝：汉高帝刘邦。见前文"刘季"条注。已定天下：已经平定天下。②为（wèi）：因为。介词。③释：放下（不管），放开，弃置。弗诛：不予讨伐。弗，不。副词。诛，讨伐；杀死，引申为铲除。④事在汉高帝十一年（前196年）五月。⑤陆贾：汉初政论家、辞赋家。因：因袭。时赵佗已自立为南越武王，汉朝立其为南越王，等于追认既成事实。⑥与："与之"（同他）之省。剖符：古代帝王分封诸侯或功臣，把符节剖分为二，双方各持其半，作为信守的约证，谓之"剖符"。符，朝廷传达命令或征调兵将的一种凭证，以金或玉、铜、竹、木制成，双方各执其半，合之以验真假。⑦和集百越：协调安定百越。意思是使百越和睦安定。和，和睦，协调。集，通"辑"，安定。百越，见前文"南越"条注。⑧南边：指汉朝南部边境。⑨长沙：原为秦朝所置郡。治所在临湘（今湖南长沙市），辖境相当今湖南东部、南部和广西全州、广东连州市、阳山等地。西汉改为国。

高后时①，有司请禁南越关市铁器②。佗曰："高帝立我，通使物③，今高后听谗臣④，别异蛮夷⑤，隔绝器物⑥，此必长沙王计也⑦，欲倚中国，击灭南越而并王之⑧，自为功也⑨。"于是佗乃自尊号为南越武帝⑩，发兵攻长沙边邑⑪，败数县而去焉。高后遣将军隆虑侯灶往击之⑫，会暑湿⑬，士卒大疫⑭，兵不能逾岭⑮。岁余，高后崩⑯，即罢兵。佗因此以兵威边⑰，财物赂遗闽越⑱、西瓯⑲、骆⑳，役属焉㉑，东西万余里。乃乘黄屋左纛㉒，称制㉓，与中国侔㉔。

【注释】

①高后（前241—前180年）：即吕后。汉高帝皇后，名雉，字娥姁。②事在高后四年（前184年）。有司，古代设官分职，各有专司，因称官吏为"有司"。关市，汉朝在边关所设与其他民族进行贸易

的集市。此处意为在关市上买（铁器）。市，兼作"市场"与"买"两用。③使物：使者及货物。④听谗臣：听从谗臣之言。⑤别异蛮夷：歧视蛮夷，把它与"华夏"区别开来。对蛮夷另眼相看（贬义），即视蛮夷为异己物、异类。蛮夷，我国古代对少数民族的称呼。此处指南越。⑥隔绝：断绝。此处指不卖给。器物：器具用物。⑦长沙王：长沙国王吴右（恭王，一作"共王"），前186—前178年在王位。公元前202年，高帝徙衡山王吴芮为长沙王，吴右是其曾孙。⑧攻灭南越，一并统治之。王（wàng），称王，统治天下。用作动词。⑨自为功：为自己建立功业。⑩事在高后五年（公元前183年）春。尊，尊奉。⑪边邑：边境城镇。⑫事在高后七年（公元前181年）九月。隆虑，县名，在今河南林县，因县西隆虑山得名。灶：周灶（？—前163年）。⑬会暑湿：赶上酷暑阴雨天气。会，正好，恰巧，碰上，遇上。⑭大疫：大病。指得病的人很多且病得厉害。⑮岭：《索隐》案，此岭即阳山岭。阳山岭系南岭的一部分。⑯高后八年（前180年）七月，吕后死。距发兵攻南越的时间（高后七年九月）不到一年，上文说"岁余"，不确。⑰因此：趁此机会。因，趁。威边：扬威于边境。⑱此句前省"以"字。赂遗（wèi），贿赠，贿赂。闽越，古族名，指古代越人的一支，秦汉时分布在今福建北部、浙江南部的部分地区。秦以其地为闽中郡。其首领无诸传为越王勾践后裔，汉初封为闽越王，治东冶（今福州市）。后分为繇与东越两部。⑲西瓯：亦越人之一支，秦汉时主要分布在岭南广大地区。与今壮族有密切的渊源关系。一说即骆越，梁顾野王《舆地志》："交趾，周时为骆越，秦时为西瓯。"颜师古亦认为西瓯即骆越。⑳骆：骆越。古越人之一支，为百越的西方部分。秦汉时主要分布在今广东、广西及越南北部。与今壮、黎等族有密切的渊源关系。㉑役属：奴役并使之归属（于南越）。㉒黄屋：古代帝王所乘车上以黄缯为里的车盖。因亦即指帝王车。左纛（dào）：纛是古时帝王车舆上的装饰物，用牦牛尾或雉尾制成，因设在车衡的左边，故称"左纛"。㉓称制：自称皇帝发号施令。㉔侔（móu）：相等，等同。此处可理解为"平起平坐"。

　　及孝文帝元年①，初镇抚天下，使告诸侯四夷从代来即位意②，喻盛德焉③。乃为佗亲冢在真定④，置守邑⑤，岁时奉祀⑥。召其从昆弟⑦，尊官厚赐宠之[8]。诏丞相陈平等举可使南越者[9]，平言好畤陆贾[10]，先帝时习使南越[11]。乃召贾以为太中大夫[12]，往使[13]，因让佗自立为帝[14]，曾无一介之使报者[15]。陆贾至南越，王甚恐，为书谢[16]，称曰："蛮夷大长老夫臣佗[17]：前日高后隔异南越[18]，窃疑长沙王谗臣，又遥闻高后尽诛佗宗族，掘烧先人冢，以故自弃[19]，犯长沙边境。且南方卑湿[20]，蛮夷中间[21]，其东闽越千人众，号称王；其西瓯骆裸国[22]，亦称王。老臣妄窃帝号[23]，聊以自娱，岂敢以闻天王哉[24]！"乃顿首谢[25]，愿长为藩臣[26]，奉贡职[27]。于是乃下令国中曰："吾闻两雄不俱立，两贤不并世[28]。皇帝，贤天子也。自今以后，去帝制黄屋左纛。"陆贾还报[29]，孝文帝大说[30]。遂至孝景时[31]，称臣，使人朝请[32]。然南越其居国窃如故号名[33]，其使天子[34]，称王朝命如诸侯[35]。至建元四年卒[36]。

【注释】

①孝文帝：汉文帝刘恒（前 202—前 157 年），高帝子。西汉著名皇帝，前 180—前 157 年在位。元年：汉文帝前元元年，前 179 年。②使：派遣使者。代：代国，汉初同姓诸侯国之一，置于高帝六年（前 201 年），有云中、雁门、代三郡五十三县地，都代县（今河北蔚县东北）。十一年去云中郡，益太原郡，并徙都中都（今山西平遥县西南），一说徙都晋阳（今太原市西南）。辖境约当今山西离石、灵石、昔阳以北和河北蔚县、阳原、怀安等地。武帝元鼎三年（前 114 年）废。意：意图。此处可活解为"打算"。③喻：告诉，使人知道。晓喻（谕）。④亲冢（zhǒng）：父母的坟墓。⑤置守邑：设守墓的民居。⑥岁时奉祀：过年过节，随时祭祀。奉，敬辞。⑦从昆弟：堂兄弟，兄弟。⑧此句意思是以尊贵的官职和丰厚的赏赐来表示他们的宠爱。⑨诏：下诏。皇帝下命令。陈平（？—前 178 年）：阳武（今河南原阳东南）人。秦末先后在魏王咎、项羽处任职，归刘邦后任护军中尉，为汉王重要谋士之一。举：荐举。⑩好畤（zhì）：县名，治所在今陕西乾县东。⑪先帝：先代皇帝。此指汉高帝。习使：熟悉出使（南越之事）。⑫太中大夫：官名。属郎中令，掌议论。⑬往使：前往出使。⑭因：趁着。介词。此处可理解为"趁与赵王见面时"。让：责备。⑮连一个来报告的使者都没有。曾，副词，用来加强语气。一介，犹一个，含有藐小、微贱的意味。⑯为书谢：写信谢罪。⑰本句系赵佗信开头语之省写。《汉书》作"……昧死

止辇受言图。选自明·张居正《帝鉴图说》，讲述汉文帝每当出行，遇有上言者，总是停辇听受其言。正因汉文帝的励精图治，才使汉初出现百越来服的局面。

再拜上书皇帝陛下"。大长（zhǎng）：大君长。老夫：年老男子的自称。⑱隔异：隔绝并视为异类。略如"歧视"。⑲以故自弃：因此自暴自弃。⑳卑湿：低下潮湿。㉑中间：当中。《汉书》作"中"。㉒瓯骆裸国：瓯骆裸体之国。瓯骆，泛指瓯越、骆越一类。㉓妄窃：妄自窃取。㉔闻：使上级听见，报告上级。天王：对汉皇帝的尊称。哉：句末语气词。㉕顿首谢：磕头谢罪。㉖藩臣：藩属之臣，属国之臣。藩，属地，属国。㉗奉贡职：遵从进贡之职。奉，遵从，遵守。贡，贡纳，进贡。㉘并世：并世而存。同时并立。㉙还（huán）报：归来报告。㉚大说（yuè）：大喜。㉛遂至：于是到。孝景：汉景帝刘启（前188—前141年），文帝子。前157—前141年在位。㉜朝请：朝见天子。古代诸侯朝见天子，春曰朝，秋曰请。㉝居国：在其国内。统治其国。故号名：原先的帝号等名称。㉞使天子：到天子这里来出使。出使天子居处。㉟称王：自称为王（不称帝）。朝命：指接受天子的命令。㊱建元：汉武帝的第一个年号（前140—前135年），也是整个中国封建社会的第一个年号（此前无所谓年号）。建元四年，公元前137年。

佗孙胡为南越王。此时闽越王郢兴兵击南越边邑①，胡使人上书曰："两越俱为藩臣②，毋得擅兴兵相攻击。今闽越兴兵侵臣，臣不敢兴兵，唯天子诏之③。"于是天子多南越义④，守职约，为兴师⑤，遣两将军往讨闽越⑥。兵未逾岭，闽越王弟馀善杀郢以降⑦，于是罢兵。

【注释】

①此时：指武帝建元六年（前135年）。《汉书》作"立三年"。郢：闽越王，其先无诸相传为勾践后，姓驺氏（一说姓骆）。②两越：指南越、闽越。③唯：句首语气词，表示希诏之：下诏指示之。④多：称赞，赞许。⑤为：替，给。⑥两将军：建元六年八月，武帝遣大行王恢复豫章、大农令韩安国出会稽，往击闽越。王、韩均为将军。⑦馀善（？—前110年）：闽越王郢之弟。杀郢后，不听新王（越繇王丑）节制，谋自立为王，汉封其为东越王，与丑并处。元鼎六年（前111年）反汉，自立为武帝。汉武帝遣将往讨。元封元年（前110年）十月，被越繇王居股等杀死。东越降汉，汉徙其民江淮间。

天子使庄助往谕意南越王①，胡顿首曰："天子乃为臣兴兵讨闽越②，死无以报德！"遣太子婴齐入宿卫③。谓助曰："国新被寇④，使者行矣⑤。胡方日夜装入见天子⑥。"助去后，其大臣谏胡曰⑦："汉兴兵诛郢，亦行以惊动南越⑧。且先王昔言，事天子期无失礼⑨，要之不可以说好语入见⑩。入见则不得复归，亡国之势也⑪。"于是胡称病，竟不入见⑫。后十余岁，胡实病甚，太子婴齐请归。胡薨⑬，谥为文王⑭。

【注释】

①庄助（？—前122年）：后世避东汉明帝讳，改"庄"为

"严"。会稽郡吴（今属江苏）人。谕意：说明有关意图，使对方知道。谕与"喻"通，意为告诉，使人明白。②乃：竟，竟然。此处表示出乎自己的预料，超过自己的希望，含有感激的意味。③太子：帝王儿子中已确定继承帝位或王位者。④被：蒙受，遭受。寇：骚扰，侵犯，寇掠；盗匪。指闽越的侵扰。⑤矣：句末语气词。⑥方：正在。副词。日夜装：日夜整装。⑦谏：规劝，劝说，使改正错误。⑧此句意为同时也来威吓南越。⑨事：奉事。期：要求。无：通"毋"，不，不要。⑩要之：总之。说（yuè）好语入见：听了好话感到高兴，入朝见天子。⑪势：指危险的趋势。⑫竟：终于，始终。⑬薨（hōng）：古称诸侯或有爵位的大官死亡。⑭谥（shì）：古代帝王、贵族或其他有地位者死后被加给的有褒贬意义的称号。

　　婴齐代立，即藏其先武帝玺①。婴齐其入宿卫在长安时②，取邯郸樛氏女③，生子兴④。及即位，上书请立樛氏女为后，兴为嗣⑤。汉数使使者风谕婴齐⑥，婴齐尚乐擅杀生自恣⑦，惧入见，要用汉法⑧，比内诸侯⑨，固称病⑩，遂不入见。遣子次公入宿卫。婴齐薨，谥为明王。

【注释】

　　①先：先人，先祖。②长安：西汉都城。高帝七年（公元前200年）二月徙都于此，惠帝时筑就，故城在今陕西西安市西北，周围二十五公里。其后有许多朝代都于长安。③取：娶妻。后世写作"娶"。邯郸：古都邑、郡县名。樛（jiū）：姓。《汉书》作"摎"，二字通。④兴：《集解》徐广曰："兴，一作'典'。"⑤嗣：继承人。⑥风（fěng）谕：用含蓄的话暗示或劝告，使之明白。风，通"讽"，用含蓄语言去暗示或劝告。⑦尚：还，仍然。擅杀生：独揽生杀予夺之权。擅，独揽，引申为自作主张。杀生，指让人死或活。⑧要（yāo）用汉法：被挟持强迫使用汉朝的法度。要，要挟，威胁。⑨比内诸侯：比拟于内地的诸侯，即像内地诸侯一样对待。比，比拟，认为和……一样。⑩固称病：坚持着推说有病。固，坚持；固执，顽固。

　　太子兴代立，其母为太后①。太后自未为婴齐姬时②，尝与霸陵人安国少季通③。及婴齐薨后，元鼎四年④，汉使安国少季往谕王、王太后以入朝，比内诸侯；令辩士谏大夫终军等宣其辞⑤，勇士魏臣等辅其缺⑥，卫尉路博德将兵屯桂阳⑦，待使者。王年少，太后中国人也，尝与安国少季通，其使复私焉⑧。国人颇知之，多不附太后⑨。太后恐乱起，亦欲倚汉威，数劝王及群臣求内属⑩。即因使者上书⑪，请比内诸侯，三岁一朝，除边关⑫。于是天子许之，赐其丞相吕嘉银印，及内史⑬、中尉⑭、大傅印⑮，余得自置⑯；除其故黥劓刑⑰，用汉法，比内诸侯。使者皆留填抚之⑱。王、王太后饬治行装重赍⑲，为入朝具⑳。

【注释】

①太后：帝王的母亲称太后。汉代诸侯王之母亦称太后，以后一般专用为帝母之称，也称皇太后。②姬：古代称妾为姬。③尝：曾，曾经。安国少季：姓安国，名少季。通：私通，通奸。④元鼎：汉武帝的第五个年号（前116—前111年）。元鼎四年，公元前113年。⑤辩士：能言善辩之士。谏大夫：郎中令（即光禄勋）属官，秩比八百石，无一定员额，掌议论。东汉设"谏议大夫"。终军（？—前112年）：济南（今属山东）人，字子云。⑥辅其缺：补其不足。《集解》引徐广曰：一作"决"。《汉书》即作"决"，颜师古注："助令决策也。"亦通。⑦卫尉：官名。汉时为九卿之一，掌宫门警卫，主南军。景帝时曾改称中大夫令，旋复旧名。路博德：西河郡平州（《汉书·地理志》作"平周"，故城在今山西介休市西）人。将（jiàng）：带兵。屯：屯驻，驻扎。桂阳：郡名。治所在郴县（今湖南郴州市）。辖境约当今湖南耒阳以南的耒水、春陵水流域，北至涞水入湘处附近，南包广东英德以北的北江流域。⑧其使：他（指安国少季）这次出使前来。复私焉：又私通（通奸）了。⑨附：依附。⑩内属：内归汉朝隶属。⑪因：趁着。⑫除：撤除。⑬内史：官名。汉内史一为掌治京师（后分为左右），一为诸侯王、侯国内掌民政之官。此与后者相当。⑭中尉：官名。⑮大傅：即太傅。大，通"太"。官名，一为辅佐君主之官（位次太师），多为大官加衔，无实权；一为辅导太子之官，西汉时称为太子太傅。⑯余得自置：其余的官职可以由南越王自己设置，汉朝不另颁给官印。⑰黥（qíng）：古代刑罚之一种，用刀刺刻犯人面额并涂以墨，亦称墨刑。劓（yì）：古代刑罚之一种，割去犯人的鼻子。⑱填（zhèn）抚：镇抚，安抚。安定。⑲饬（chì）治：整治。重赍（zī资）：贵重礼物。⑳为入朝具：为入朝做准备。具，准备，备办。

其相吕嘉年长矣①，相三王②，宗族官仕为长吏者七十余人③，男尽尚王女④，女尽嫁王子兄弟宗室，及苍梧秦王有连⑤。其居国中甚重⑥，越人信之，多为耳目者，得众心愈于王。王之上书⑦数谏止王⑧，王弗听。有畔心⑨，数称病不见汉使者。使者皆注意嘉，势未能诛⑩。王、王太后亦恐嘉等先事发⑪，乃置酒，介汉使者权⑫，谋诛嘉等。使者皆东乡⑬，太后南乡，王北乡，相嘉、大臣皆西乡，侍坐饮⑭。嘉弟为将，将卒居宫外⑮。酒行⑯，太后谓嘉曰："南越内属，国之利也，而相君苦不便者⑰，何也？"以激怒使者。使者狐疑相杖⑱，遂莫敢发。嘉见耳目非是⑲，即起而出。太后怒，欲锹嘉以矛⑳，王止太后。嘉遂出，分其弟兵就舍㉑，称病，不肯见王及使者。乃阴与大臣作乱。王素无意诛嘉㉒，嘉知之，以故数月不发。太后有淫行，国人不附，欲独诛嘉等，力又不能㉓。

【注释】

①年长（zhǎng）矣：年纪大了，年老了。②相三王：先后辅佐三代王。先后担任三代王的丞相。相，丞相，相国；辅佐。三王，指文王赵胡、明王婴齐及当时的南越王赵兴。③官仕：当官。④尚：仰攀婚姻。特指娶公主为妻。⑤及：与，和。连词。苍梧秦王：居于苍梧地方（今两广邻近地区并及湖南一小部分）的越人之王，姓赵名光，详见后文。⑥居国中：犹言在国内。甚重（zhòng）：甚有权威。权力甚重。⑦王之上书：王上书。"之"置于主、谓语之间，起取消句子独立性的作用，是一种特殊用法，可不译，但它仍相当于现代汉语中的"的"字。本句与下句连起来应理解为吕嘉对王上书这件事多次加以劝阻。⑧数（shuò 朔）：屡次。谏止王：劝阻王。劝王不要那样做。⑨畔：通"叛"。⑩势未能诛：为形势所决定，未能杀他。⑪先事发：事先发难。⑫介：通过；仗恃。⑬乡（xiàng）：通"向"。面对着，面向。下数"乡"字同。⑭侍：侍候陪伴。⑮将（jiàng）卒：带兵。统率部卒。⑯酒行：正喝着酒。⑰相君：对丞相的尊称。苦：恨，遗憾。不便：不好。⑱相杖：相持。此处有"面面相觑"的意味。⑲耳目非是：指当时在场的侍者不同往常。《汉书》颜师古注："异于常也。"⑳锹（cōng）：用矛戟冲刺。以矛：用矛。矛。㉑分其弟兵就舍：《索隐》案："谓分取其兵也。"意思是吕嘉分取其弟之兵作护卫回家。就舍，回家。就，趋向，回归。舍，指吕嘉的府第。㉒素：向

来，从来。㉓力又不能：力量又不足，不能行诛嘉之事。

　　天子闻嘉不听王，王、王太后弱孤不能制①，使者怯无决②。又以为王、王太后已附汉，独吕嘉为乱，不足以兴兵，欲使庄参以二千人往使③。参曰："以好往④，数人足矣；以武往⑤，二千人无足以为也⑥。"辞不可⑦，天子罢参也⑧。郏壮士故济北相韩千秋奋曰⑨："以区区之越，又有王、太后应⑩，独相吕嘉为害，愿得勇士二百人，必斩嘉以报！"于是天子遣千秋与王太后弟樛乐将二千人往⑪，入越境。吕嘉等乃遂反，下令国中曰："王年少。太后，中国人也，又与使者乱⑫，专欲内属，尽持先王宝器入献天子以自媚⑬；多从人，行至长安，虏卖以为僮仆。取自脱一时之利⑭，无顾赵氏社稷，为万世虑计之意⑮。"乃与其弟将卒攻杀王⑯、太后及汉使者⑰。遣人告苍梧秦王及其诸郡县，立明王长男越妻子术阳侯建德为王⑱。而韩千秋兵入，破数小邑。其后，越直开道给食⑲，未至番禺四十里，越以兵击千秋等，遂灭之。使人函封汉使者节置塞上⑳，好为谩辞谢罪，发兵守要害处。于是天子曰："韩千秋虽无成功，亦军锋之冠㉑！"封其子延年为成安侯㉒。樛乐，其姊为王太后，首愿属汉，封其子广德为龙亢侯㉓。乃下赦曰㉔："天子微㉕，诸侯力政㉖，讥臣不讨贼㉗。今吕嘉、建德等反，自立晏如㉘。令罪人及江淮以南楼船十万师往讨之㉙。"

【注释】

　　①弱孤：犹孤弱。制：制服，制裁；控制。②无决：不能决断。无，通"毋"，不。③庄参：人名。④以好往：（如果）为友好前往。以，为了。表示目的。下"以"字同。⑤以武往：（倘若）为打仗而去的。⑥无足以为：不足以有所为。意思是干不了什么。⑦辞不可：推辞不干。辞以不可。⑧罢参：指不叫庄参前往。罢，停止。《汉书》作"罢参兵"。⑨郏（jiá）：邑名，在今河南郏县。济北：郡、国名。文帝前元元年（公元前179年）始置国，次年为刘兴居元年，公元前177年国除为郡。相：汉代诸侯王置相国，后改称相，权位相当于郡太守。奋：奋然。⑩应：内应。⑪千秋：《集解》引徐广曰：千秋"为校尉"。⑫乱：淫乱。指太后与安国少季通奸。⑬宝器：指宗庙重器及玺等；泛指各种珍贵器物。⑭自脱：自我脱逃。⑮没有考虑赵氏国家利益和为子孙万世着想之意。⑯将（jiàng）

1850

辛：带兵，率领兵士。⑰事在元鼎五年（公元前112年）春。⑱长（zhǎng）
男：长子。越妻子；南越籍妻（明王婴齐的原配）所生的儿子。特此标
明以别于樛氏。《汉书》越作"粤"。术阳侯：《集解》引徐广曰："元
鼎四年，以南越王（赵兴）兄越封高昌侯。"《索隐》韦昭云"汉所封"。
《汉书·景武昭宣元成功臣表》载术阳侯建德"以南越王兄越高昌侯侯"，
封于元鼎五年三月，后四年"坐使南海逆不道，诛"。⑲直开道给（jǐ）食：
径直让开道路，供给饮食。《汉书》颜师古注："纵之令深入，然后诛
灭之。"⑳函封：用匣子封装。函，匣子。节：符节，系用作凭证之物。
塞上：边塞之上。《索隐》案："《南康记》以为大庾名塞上也。"㉑
军锋：作战或行军时的先头部队。㉒成安侯：食邑在郏。㉓龙亢侯：食
邑在谯国（在今安徽亳县）。脱"亢"字。㉔下赦：下赦诏。颁布特赦
诏令。㉕微：衰微。力量微弱。㉖诸侯力政：诸侯大力（互相）攻打。政，
通"征"。征伐。《汉书》颜师古注："力政谓以兵力相加也。"㉗讥
臣不讨贼：讥刺人臣不讨伐反叛之贼。《汉书》颜注："讥臣不讨贼者，《春
秋》之义。"《春秋》记述在天子衰微之世，诸侯互相攻伐，其意在于
讥刺臣下不为君讨贼。㉘晏如：心安理得的样子。晏，平定，平静。如，
形容词词尾，表示"……的样子"。㉙楼船：水军，水兵。汉朝根据各
个地方的特点训练各个兵种，江、淮以南各郡编练水军，称"楼船"。《集
解》引应劭曰："时欲击越，非水不至，故作大船。船上施楼，故号曰'楼
船'也。"师：部队，军队。

　　元鼎五年秋①，卫尉路博德为伏波将军，出桂阳，下汇水②；主爵都
尉杨仆为楼船将军③，出豫章④，下横浦；故归义越侯二人为戈船⑤、下
厉将军⑥，出零陵⑦，或下离水⑧，或抵苍梧；使驰义侯因巴蜀罪人⑨，发
夜郎兵⑩，下牂柯江⑪：咸会番禺⑫。

【注释】

　　①元鼎五年：公元前112年。②汇水：一作"洭水"。③主爵都尉：
官名。秦朝有主爵中尉，汉景帝时改称主爵都尉，掌有关封爵之事。武帝
太初元年（公元前104年）改称右扶风，为三辅之一。杨仆，宜阳（今属
河南）人。④豫章：郡名。治所在南昌（今江西南昌市），辖境相当今江
西省地。⑤归义越侯二人：归降汉朝后受封为侯的两个南越人。一名严，

一名甲。归义，归于大义，投归大义，指归降汉朝。戈船：将军名号。《集解》案引张晏曰："越人于水中负人船，又有蛟龙之害，故置戈于船下，因以为名也。"《史记会注考证》引刘攽曰："船下安戈，既难措置，又不能行。"《集解》引瓒曰："伍子胥书有戈船，以载干戈，因谓之戈船也。"此说可从。⑥下厉：《集解》引徐广曰："厉，一作濑。"《汉书》即作"濑"。将军名号。⑦零陵：县名，治所在今广西全州西南。又为郡名，元鼎六年（前111年）分桂阳郡置，治所在零陵，辖境相当今湖南邵阳以南的资水上游、衡阳道县之间的湘江潇水流域和广西桂林市、永福以东，阳朔以北地。此指零陵县。⑧或：有的。其中一个人。离水：即今漓水，一称漓江。在广西东北部，为桂江上游。⑨驰义侯：《集解》引徐广曰："驰义侯，越人也，名遗。"因：凭借，依仗。巴：郡名。战国秦于古代巴国地置。治所在江州（今重庆市北嘉陵江北岸，三国蜀汉移治今重庆市区，后世改垫江、巴县）。辖境相当今四川旺苍、西充、永川、綦江以东地区。⑩夜郎：古代西南地区民族名、国名，中心区在今贵州遵义、桐梓一带。是汉代西南夷中最大者，其活动范围除今贵州西、北部外，并包括云南东北、四川南部及广西北部部分地区。汉初与南越、巴、蜀有贸易关系，汉武帝元鼎六年于其地置牂柯郡。⑪牂（zāng）柯江：古水名。或作牂牁江、牂柯水。⑫咸：都，全都。会：会师。

元鼎六年冬，楼船将军将精卒先陷寻陕①，破石门②，得越船粟，因推而前③，挫越锋④，以数万人待伏波⑤。伏波将军将罪人，道远，会期后⑥，与楼船会乃有千余人，遂俱进。楼船居前，至番禺。建德、嘉皆城守⑦。楼船自择便处，居东南面；伏波居西北面。会暮⑧，楼船攻败越人，纵火烧城。越素闻伏波名，日暮，不知其兵多少。伏波乃为营⑨，遣使者招降者，赐印，复纵令相招⑩。楼船力攻烧敌，反驱而入伏波营中。犁旦⑪，城中皆降伏波。吕嘉、建德已夜与其属数百人亡入海，以船西去⑫。伏波又因问所得降者贵人，以知吕嘉所之⑬，遣人追之。以其故校尉司马苏弘得建德⑭，封为海常侯⑮；越郎都稽得嘉⑯，封为临蔡侯⑰。

【注释】

①寻陕（xiá）：《考证》引丁谦曰："寻陕（狭、峡的异体字），即浈

阳峡，在韶州英德市（今广东英德）南。"陕，通"狭""峡"。与"陕"（shǎn）有别（一作"陕"，一作"陕"）。②石门：山名，在今广州市西北。③因：于是。推而前：向前推进。④挫越锋：挫败南越的先头部队。挫败南越的兵锋。⑤伏波："伏波将军"之省。下同。下文"楼船"，为"楼船将军"之省。⑥会期后：不巧误了军期。⑦城守：据城防守。⑧会暮：赶上天黑之时。正当天黑时。⑨为营：扎下营寨。⑩复纵令相招：又把他们放出，让他们去招降南越将士。⑪犁旦：犹黎明。犁，通"黎"。比及。旦，早晨，天明。⑫以船西去：乘船西去。以，用。⑬以：得以。所之：犹所向。之，到……去。⑭故校尉司马：原先为南越校尉而现为汉军司马。⑮《汉书·功臣表》载，苏弘以伏波司马得南越王赵建德，被封为海常侯。《集解》引徐广曰：海常侯食邑"在东莱"。《通鉴》胡三省注云当食邑琅邪郡。⑯越郎：南越的郎官。郎是皇帝侍从官之通称，西汉有侍郎、议郎、中郎、郎中等，均隶属郎中令（光禄勋），无定员，掌守门户、出充车骑等。南越官制仿汉，其郎亦略同于汉之郎官。都稽：人名。南越之郎官。《汉书·功臣表》作"孙都"。⑰临蔡侯食邑在河内郡。

　　苍梧王赵光者，越王同姓，闻汉兵至，及越揭阳令定自定属汉①；越桂林监居翁谕瓯骆属汉②：皆得为侯③。戈船、下厉将军兵及驰义侯所发夜郎兵未下，南越已平矣④。遂为九郡⑤。伏波将军益封⑥。楼船将军兵以陷坚为将梁侯⑦。

【注释】

　　①及：与，同，和。揭阳：县名，今属东广。令：县令，一县之行政长官。汉制，大县万户以上者其长官称县令，万户以下者称县长。定：该县令之名。《汉书》本传作"史定"。②越桂林监居翁：《集解》引《汉书音义》曰："桂林郡中监，姓居名翁也。"《汉书》本传注引服虔曰："桂林部监也。姓居名翁。"桂林盖为南越所属之一部，非郡名，而其地曾为秦之桂林郡。监，本秦所置郡官之一，即监御史，掌监郡。此为南越所置地方官。③据《汉书》载，赵光受封为随桃侯，揭阳令史定为安道侯，越将毕取为瞭（liǎo）侯，"粤桂林监居翁谕告瓯骆四十余万口降，为湘城侯"。④南越被平于元鼎六年冬。⑤九郡：南海（郡治在番禺，今广州市）、苍梧（郡治在广信，今广西梧州市）、郁林（郡治在布山，今广西桂平西故

城）、合浦（郡治在合浦，今广西合浦县东北）、交趾（郡治在羸桿，今
越南河内市西北）、九真（郡治胥浦，在今越南清化省东山县阳舍村）、
日南（郡治在西卷，今越南广治省广治河与甘露河合流处）、珠厓（一作
珠崖，郡治在瞫都，今海南省琼山东南）、儋耳（郡治在今海南省儋州市
西北）。⑥益封：增封，指增加食邑户数。益，增。⑦兵以陷坚：《汉书》
作"以推锋陷坚"。此说是。陷坚：克坚，摧垮敌人中坚力量。将梁：乡名。

自尉佗初王后①，五世九十三岁而国亡焉。

【注释】

①初王（wàng）：始称王。

太史公曰：尉佗之王①，本由任嚣。遭汉初定②，列为诸侯。隆虑离
湿疫③，佗得以益骄。瓯骆相攻，南越动摇。汉兵临境，婴齐入朝。其
后亡国，征自樛女④；吕嘉小忠⑤，令佗无后⑥。楼船从欲⑦，怠傲失惑⑧；
伏波困穷⑨智虑愈殖⑩，因祸为福⑪。成败之转⑫，譬若纠墨⑬。

【注释】

①尉佗之王：南海尉赵佗称王。之，见前"王之上书"条注。王，
见上文"初王"条注。②遭汉初定：时逢汉朝刚刚平定天下。③隆虑：指
隆虑侯周灶。离：通"罹"。遭遇。多用于遭到不幸的场合。湿疫：天气
湿热，瘟疫大作。参考前文"暑湿""大疫"条注。④征自樛女：其预兆
始自樛氏之女被婴齐所娶并被立为后。⑤小忠：小小的忠心和行动。指吕
嘉反对樛后淫乱、反对南越比内诸侯之事。其反对南越内属，是忠于南越
武、文、明几代先王（他们均不肯内属）的举动。这是囿于南越的狭猛立
场，故谓之"小忠"。⑥令佗无后：使赵佗断了后继之主。⑦楼船从（zòng
纵）欲：楼船将军杨仆纵其所欲。从，通"纵"，放纵。⑧怠傲失惑：怠
惰骄傲，失于昏惑。失，又通"泆"（yì），意为"放荡"。⑨困穷：古
人所谓"穷"，一般指不得志，走投无路；而"贫"则指缺乏衣食钱财，
生活贫困。困穷连用，也含有"贫穷"的意思，这里主要是指困迫不得
志，参见下"因祸为福"条注。⑩愈殖：愈益增长。殖，繁殖，引申为增
加、增长。⑪因祸为福：由灾祸转为幸福。因，由。⑫转：转换，转变。
⑬譬若纠墨：并上句可有两解：从积极方面来理解，意思是成败的转机，

譬如像木匠矫正墨线那样，矫正好了则转败为成、"因祸为福"，否则转成为败、因福为祸。前者如伏波将军之事，后者如楼船将军之事。如作此理解，则"纠"用"纠正""矫正"义。墨，指木匠用的墨线。《书·冏命》："绳愆纠谬。"孔颖达疏："绳谓弹正，纠谓发举。有愆过则弹正之，有错谬则发举之。"此例可做参考。从消极方面来理解，意思是祸福成败转换不定，好像粗细绳子缠绕在一起那样。如作此理解，则"纠"用"三股绳索"本义及引申义"缠绕""纠缠"。贾谊《鹏鸟赋》："夫祸之与福兮，何异纠纆（mò 墨。绳子）。"此例亦可作参考。

东越列传第五十四

　　闽越王无诸及越东海王摇者①，其先皆越王句践之后也②，姓驺氏③。秦已并天下④，皆废为君长⑤，以其地为闽中郡⑥。及诸侯畔秦⑦，无诸、摇率越归鄱阳令吴芮⑧，所谓"鄱君"者也⑨，从诸侯灭秦。当是之时⑩，项籍主命⑪，弗王⑫，以故不附楚⑬。汉击项籍⑭，无诸、摇率越人佐汉⑮。汉五年⑯，复立无诸为闽越王，王闽中故地⑰，都东冶⑱。孝惠三年⑲，举高帝时越功⑳，曰闽君摇功多，其民便附㉑，乃立摇为东海王㉒，都东瓯㉓，世俗号为"东瓯王"。

【注释】

　　①闽越：古族名，是古代越人的一支，秦汉时分布在今福建北部和浙江南部的部分地区。后来情况如本传所述。《集解》引韦昭曰：闽为"东越之别名"。东海：今浙江南部滨海地区。②先：先人，祖先。越：古国名。亦称于越。姒（sì）姓。传说中始祖为夏代少康的庶子无余，建都会稽（今浙江绍兴市）。春秋后期常与吴国相战，至句践时灭吴称霸。疆域有今江苏北部运河以东、江苏南部、安徽南部、江西东部和浙江北部地。战国时国力衰弱，公元前306年为楚所灭。句（gōu）践（？—前465年）：春秋战国之际越国君。越王允常之子，又称菼执。前497—前465年在位。③驺（zōu）氏：《集解》引徐广曰："驺，一作'骆'。"陈直《史记新证》按："驺为齐大姓，不闻在闽越。传文为'骆'字之误无疑。"④秦：国名、朝代名。⑤君长（zhǎng）：指少数民族地区的统治者、头领。⑥闽中郡：秦朝置，治所在东冶县（今福建福州市）。辖境相当今福建省和浙江省宁海以及宁海以南的灵江、瓯江、飞云江流域。秦末废。⑦及：等到。诸侯畔秦：指秦末陈胜、吴广起义以后，原六国旧贵族纷纷起兵反秦。畔，通"叛"，背叛，反叛。⑧率越：率领越民。归：投归，归附。鄱（pó）阳：县名。秦置番县，西汉改名番阳，东汉始作"鄱阳"。治所在今江西波阳东北。令：县令。一县之长。秦制人口在

万户以上的县设县令，不满万户者设县长。吴芮（ruì。？—前202年）：汉初诸侯王。初为秦番阳令，被称为"番君"。秦末率越人起兵，并派部将领兵从刘邦入关。项羽大封诸侯王时，他被封为衡山王。汉朝建立后，改封长沙王。⑨所谓"鄱君"者也：（他）也就是被称作"番君"的那个人。⑩当是之时：当时。在那个时候。⑪项籍（前232—前202年）：秦末农民起义军领袖。名籍，字羽，下相（今江苏宿迁市西南）人。楚国旧贵族出身。⑫弗王：不封无诸、摇为王。⑬以故：以是之故。由于这个缘故。因此。附：依附。靠拢。楚：古国名。芈（mǐ）姓。始祖鬻熊。西周时立国于荆山一带，常与周作战，被称为荆蛮。后建都于郢（今湖北江陵西北纪南城）。公元前209年，楚旧贵族项梁起兵；第二年，项梁等立楚怀王孙熊心为王（仍号楚怀王），都于盱眙（xū yí，今属江苏），后迁至彭城（今江苏徐州市）。秦亡后，项羽尊怀王为义帝（后杀之），自立为西楚霸王，又封十八诸侯。在前206—前202年的楚汉战争中，楚政权为汉所灭。这里即指以项羽为首的楚政权。⑭汉：项羽大封诸侯王时，刘邦被封为汉王，占有汉中、巴蜀之地。⑮佐：帮助。⑯汉五年：汉王刘邦五年（当年二月刘邦称帝），公元前202年。⑰王：统治。在某地区内为王。用作动词。故地：旧地。原来的地盘。⑱东冶：今福建福州市。⑲孝惠：即汉惠帝刘盈（前210—前188年）。刘邦嫡长子。⑳举：提出，举出，列举。高帝：即汉高帝（高祖）刘邦（前256或前247—前195年）。名邦，字季，沛县（今属江苏）人。㉑便（pián）：安逸，安宁。附：归附。㉒乃：于是，就。㉓东瓯：在今浙江东南部瓯江北岸永嘉县境。

后数世，至孝景三年①，吴王濞反②，欲从闽越③，闽越未肯行④，独东瓯从吴。及吴破⑤，东瓯受汉购⑥，杀吴王丹徒⑦。以故皆得不诛⑧，归国⑨。

【注释】

①孝景：即汉景帝刘启（前188—前141年）。西汉皇帝，前157—前141年在位。②吴：汉初同姓诸侯王国之一。高帝六年（前201年），"以故东阳郡、鄣郡、吴郡五十三县立刘贾为荆王"（《汉书·高帝纪》）。十二年（前195年），高帝封刘濞（bì）为吴王，

统治原荆王三郡五十三县。都广陵（今江苏扬州市西北），辖境约当今江苏及浙江、安徽之一部分地区。濞：刘濞（前215—前154年），刘邦侄。封吴王，沛（今属江苏）人。③从闽越：使闽越跟从。《汉书》颜师古注："招粤（越）令从也。"从，使……跟从。使动用法。下"从"字作"跟从""追随"解。④行：随行；做。⑤吴破：吴国破灭，指吴王濞兵败。事在汉景帝三年（前154年）二月。⑥购：重赏征求，重金收买。⑦此句"丹徒"前省"于"字。⑧诛：责问。引申为惩罚。又，征讨；杀死。⑨归国：指东瓯王等回归其本国境。

　　吴王子子驹亡走闽越①，怨东瓯杀其父，常劝闽越击东瓯。至建元三年②，闽越发兵围东瓯。东瓯食尽，困③，且降④，乃使人告急天子⑤。天子问太尉田蚡⑥，蚡对曰："越人相攻击，固其常⑦，又数反覆⑧，不足以烦中国往救也⑨。自秦时弃弗属⑩。"于是中大夫庄助诘蚡曰⑪："特患力弗能救⑫，德弗能覆⑬；诚能⑭，何故弃之？且秦举咸阳而弃之⑮，何乃越也⑯！今小国以穷困来告急天子⑰，天子弗振⑱，彼当安所告愬⑲？又何以子万国乎⑳？"上曰㉑："太尉未足与计㉒。吾初即位，不欲出虎符发兵郡国㉓。"乃遣庄助以节发兵会稽㉔。会稽太守欲距不为发兵㉕，助乃斩一司马㉖，谕意指㉗，遂发兵浮海救东瓯㉘。未至，闽越引兵而去㉙。东瓯请举国徙中国㉚，乃悉举众来㉛，处江淮之间㉜。

【注释】

　　①亡走闽越：逃跑到闽越。亡，逃亡。走，跑，奔趋。古代"走"字与今"走"字义异，今所谓"走"，古代曰"行"。②建元：汉武帝的第一个年号，前140—前135年。中国封建王朝之有年号，始自建元。建元三年，前138年。③困：困窘，困迫；被困。④且降：将要投降。⑤乃：才，这才；于是，就。使人：派人。告急天子：向天子告急。天子，古代统治者谓其政权受自天命，所以国王或皇帝为天帝之子，称"天子"。此处指汉武帝。⑥太尉：官名。田蚡（？—前131年）：长陵（今陕西咸阳东北）人。景帝王皇后同母异父弟。武帝初，封武安侯，任太尉，后任丞相。推崇儒术，骄横专断。⑦固：固然；本来。常：常事；平常之事。⑧数（shuò）：屡次，多次。反覆：叛服无常。⑨不足以：不值得。足，满，够。中国：所指不一：指京师；指华夏族、汉

项羽像，选自明万历刻本《三才会图》。项羽灭秦，自立为西楚霸王，对于东越则未予封王，故东越不附项羽。

族地区，因华夏族、汉族多建都黄河南、北，故称其地为"中国"，与"中土""中原""中州""中夏""中华"含义同；后来把黄河下游，甚至将其所统辖的地区包括不属于黄河流域之地，也统称为"中国"；19世纪中叶以来，始专指我国全境，不作他用。⑩弃：抛弃，扔开。⑪中大夫：官名。郎中令（武帝时改称光禄勋。九卿之一）的属官，掌议论，秩比二千石。武帝太初元年（前104年）改称光禄大夫。庄助（？—前122年）：《汉书》为避东汉明帝刘庄讳改作"严助"。会稽郡吴（今江苏苏州市）人。诘（jié）：追问，质问。⑫特患力弗能救：怕只怕力小不能援救。特，只，仅，独，不过。患，怕。⑬覆：覆盖。此处意为"荫庇""庇护""覆育"。⑭诚：果真，如果。表示假设。⑮举咸阳而弃之：连咸阳在内全都丢掉了。指秦朝丢失天下而亡国。举，全。此处略当于"连……全都……"。咸阳，秦朝国都，在今陕西咸阳市东北二十里。⑯何乃越也：怎么仅仅是丢弃了百越呢。何止（丢弃）百越呢。⑰小国：指东瓯。以：因，因为。穷困：走投无路。被逼无奈。古代缺乏衣食钱财一般谓"贫"，不得志、无出路谓之"穷"，穷困连用虽亦包含"贫穷"之意，但往往用来强调没有出路的困迫情景。⑱振：救济，援救；挽救，拯救。⑲当：应，应当。安所告愬（sù）：到哪里诉苦告急。安，哪里；什么地方。所，处，处所。愬，通"诉"。诉说，诉苦。⑳何以：凭什么；怎能。子：用如动词，义与"爱护""养育"相近。万国：泛指天下四方，犹"万邦"。万，泛指多数。乎：句末语气词，表示疑问或反问，相当于"吗""呢"。㉑上：皇上。这里指武帝。㉒未足：不值得，够不上。与计：在一起议论、计划（大事）。㉓虎符：中国古代调兵用的凭证，用铜铸成虎形，分两半，右半存朝廷，左半给统兵将帅。调动军队时须持符验证。发兵郡国：从郡国发兵。调遣郡国军队。㉔以节：持符节，用符节。节，符节，古代派遣使者或调兵时用作凭证之物。以竹、木、玉或铜等制成，刻有文字，分成两半，一半存朝廷，一半给外任官员或出征将帅。会（kuài）稽：郡名。治所在吴县（今江苏苏州市）。㉕太守：郡太守。本为战国时郡守的尊称，汉景帝时改郡守为太守。为一郡的最高行政长官。距：通"拒"。抵御，抗拒。为：给，替。㉖司马：郡尉（景帝时改称郡都尉）属官，掌领兵、军需。㉗谕：晓谕。告诉，使人知道。意指：意图，意思。㉘浮海：乘船跨海（东海）。㉙引兵：率军。去：离去，离开。㉚举国：全国。指全部族人。㉛悉：全部，尽，都。㉜处：居。江淮之间：《考证》引丁谦曰："江淮间，盖扬州、淮安等地。"约在长江、淮河下游地区，今江苏及安徽部分地区。《集解》引徐广曰："年表云东瓯王广武侯望率其众四万余人来降，家庐江郡。"

至建元六年①，闽越击南越②。南越守天子约③，不敢擅发兵击而以闻④。上遣大行王恢出豫章⑤，大农韩安国出会稽⑥，皆为将军⑦。兵未逾岭⑧，闽越王郢发兵距险⑨。其弟馀善乃与相⑩、宗族谋曰："王以擅发兵击南越，不请⑪，故天子兵来诛⑫。今汉兵众强，今即幸胜之⑬，后来益多⑭，终灭国而止。今杀王以谢天子⑮。天子听⑯，罢兵，固一国完⑰；不听，乃力战；不胜，即亡入海⑱。"皆曰"善"⑲。即鏦杀王⑳，使使奉其头致大行㉑。大行曰："所为来者诛王㉒。今王头至，谢罪，不战而耘，利莫大焉㉓。"乃以便宜案兵告大农军㉔，而使使奉王头驰报天子。诏罢两将兵㉕，曰："郢等首恶㉖，独无诸孙繇君丑不与谋焉㉗。"乃使郎中将立丑为越繇王㉘，奉闽越先祭祀㉙。

【注释】

①建元六年：相当于公元前 135 年。②南越：越，亦作"粤"。古族名、国名。古代南方越人的一支，在百越中居地偏南，故名。多数分布在今两广地区，南及今越南中、北部，北及湖南南部和贵州南部部分地区。③守：遵守，恪守。约：约束。④以闻：以其事报告朝廷。闻，特指报告上级，使上级听见。⑤大行：官名，掌接待宾客。王恢（？—前 133 年）：燕国（都蓟，今北京市西南隅）人。豫章：郡名。楚汉之际置。治所在南昌（今市）。武帝元狩二年（前 121 年）以后辖境相当今江西省地。⑥大农：即大农令。官名，掌钱谷金帛等事，为九卿之一。原名治粟内史。汉景帝时改称大农令，武帝太初元年（前 104 年）更名大司农。韩安国（？—前 127 年）：梁国成安（今河南临汝）人，字长孺。⑦将军：武官之高级官号。汉代将军不常设。大将军、骠骑将军、车骑将军和卫将军是武职中职位最高者，相当于公。前、后、左、右将军地位稍次，其余多为杂号将军。⑧逾：越过。岭：阳山岭（今南岭之一部分）。⑨距险：在险要之地抵御。距，通"拒"。⑩相：闽越的相，相当于汉朝的丞相（相国），为百官之长。⑪不请：不向天子请示。⑫诛：讨伐。⑬即：即使。幸：侥幸。⑭后来益多：后面跟着要来的汉兵会更多。⑮以谢天子：以向天子谢罪。⑯听：听从，接受。⑰固一国完：就保全闽越一国。⑱即亡入海：就逃入大海。亡，逃亡。⑲善：应答之词，表示赞同，相当于"好"。⑳钱（cōng）：铁柄小矛；用矛戟冲刺。㉑使使：派使者。奉：双手捧着。引申为"进献""送"。致：送达。大行：指王恢。㉒所为来者诛王：我们前来的目的是为了惩罚闽越王。㉓焉：语气词。相当于"啊""呀"之类。㉔便宜：不须请示灵活处理。案兵：止兵。停止军事行动。案，止住。又写作"按"。大农军：指韩安国的军队。㉕诏：皇帝的命令。皇帝下命令，犹"下诏"。㉖首恶：首先作恶；首要作恶分子。㉗丑：人名。与（yù）：参加，参与。㉘郎中将：官名，隶属郎中令（光禄勋），有车、户、骑三将，秩皆比千石。为皇帝侍从官——郎（掌守门户，出充车骑）之一种。㉙奉：奉事，侍奉。先：先人。

徐善已杀郢，威行于国，国民多属①，窃自立为王②。繇王不能矫其众持正③。天子闻之，为馀善不足复兴师④，曰："馀善数与郢谋乱⑤，而后首诛郢，师得不劳⑥。"因立馀善为东越王⑦，与繇王并处。

【注释】

①属：归属。②窃：偷偷地，暗中。③不能矫其众持正：不能纠正其部众过失使之持正不邪。④为：认为。不足：不值得。兴师：犹"兴兵"。字同。⑤数（shuò）：屡次。⑥劳：费力，引申为"劳累""疲劳"。⑦因：于是，就。

至元鼎五年①，南越反，东越王馀善上书②，请以卒八千人从楼船将军击吕嘉等③。兵至揭扬④，以海风波为解⑤，不行⑥，持两端⑦，阴使南越⑧。及汉破番禺⑨，不至。是时楼船将军杨仆使使上书，愿便引兵击东越⑩。上曰士卒劳倦⑪，不许，罢兵，令诸校屯豫章梅领待命⑫。

【注释】

①元鼎：汉武帝的第五个年号，前116—前111年。②上书：给皇帝或其他地位高的人写信（多陈述政治见解）。③从：跟随。楼船将军：指杨仆。以"楼船"冠于"将军"之上，是临时性的将军名号，非常设官职。杨仆，宜阳（今属河南）人。武帝时，由御史渐迁为主爵都尉，平南越时为楼船将军，以功封为将梁侯。又与王温舒击破东越。后与荀彘攻打朝鲜，朝鲜降，他归朝时以罪被免官。吕嘉（？—前111年）：南越相，先后担任文王赵胡、明王赵婴齐及赵兴的相，权倾内外。④揭扬：地名，《汉书》作"揭阳"。汉置县（今属广东省），其西北有揭阳岭，为福建通广东必经之地。⑤风波：犹"风浪"。解：解释。此处指找借口。⑥不行：不进，不往前行。指按兵不动。⑦持两端：采取骑墙态度。两面。⑧阴使南越：私下派人到南越勾搭。⑨事在元鼎六年（前111年）冬。番（pān）禺：县名，今属广东，在广州市南。⑩便：相当于"就"，"就便"。《汉书》作"请"。⑪上曰：《汉书》作"上以"。⑫校：军营之称。军队的一部称一校。屯：屯驻，驻扎。梅领：即大庾岭。在今广东与江西两省交界处。领，通"岭"。

元鼎六年秋①，馀善闻楼船请诛之②，汉兵临境，且往③，乃遂反，发兵距汉道④。号将军驺力等为"吞汉将军"⑤，入白沙⑥、武林⑦、梅

岭，杀汉三校尉[8]。是时汉使大农张成[9]、故山州侯齿将屯[10]，弗敢击，却就便处[11]，皆坐畏懦诛[12]。

【注释】

①元鼎六年：前111年。②楼船：指楼船将军杨仆。③且往：将要到来。往，到……去。④汉道：汉兵将要路过的道路。⑤号：给……加官号。用作动词。⑥白沙：地名，在今江西南昌市东北，因其地沙白如雪得名。⑦武林：地名，在今江西余干县东北的武陵山。⑧校尉：军官名。⑨大农：大农令，见前注。⑩齿：刘齿（？—前111年），城阳共王刘喜之子，元朔四年（前125年）封山州侯，元鼎五年（前112年）坐酎金免侯。⑪却：退却，退。就便处：趋就方便之处。就，趋向，靠近。便处，指安全地带。⑫坐：因犯某罪或错误。又，入罪，定罪。畏懦：怯懦畏敌，像"贪生怕死"。

馀善刻"武帝"玺自立[1]，诈其民[2]，为妄言[3]。天子遣横海将军韩说出句章[4]，浮海从东方往；楼船将军杨仆出武林；中尉王温舒出梅岭[5]；越侯为戈船、下濑将军[6]，出若邪[7]、白沙。元封元年冬[8]，咸入东越[9]。东越素发兵距险，使徇北将军守武林[10]，败楼船军数校尉，杀长吏[11]。楼船将军〔率〕钱唐辕终古斩徇北将军[12]，为御儿侯[13]。自兵未往[14]。

【注释】

①玺：印。秦以后专指皇帝的印章。②诈：欺诈。动词。③为妄言：散布荒谬的言论。史书一般是用"妄言"略去不便载录的那些攻击皇帝或朝廷的话。④韩说（？—前91年）：弓高侯韩㿗（tuì）当（原匈奴相国，降汉后封侯）之庶孙。句（gōu）章：县名，治所在今浙江余姚东南。⑤中尉：武官名。王温舒（？—前104年）：阳陵（今陕西高陵西南）人。⑥越侯：归降汉朝后受封为侯的两个南越人，一名严，一名甲。他们在这次出征中，分别担任戈船将军、下濑（一作"下厉"）将军。戈船，以其船载干戈而得名。⑦若邪（yé）：一作"若耶"，又作"如邪"。⑧元封：汉武帝的第六个年号，前110—前105年。元封元年，前110年。⑨咸：都，全部。⑩徇北将军：东越将军号。⑪长（zhǎng）吏：地位较高的官吏，也指地位较高的县级官吏。⑫卒：士卒。原文作

"率"，兹从《汉书》改。钱唐：县名，治所在今浙江杭州市西灵隐山麓。隋移今杭州市。唐为避国号，始在"唐"旁加"土"为"钱塘"。1912年，与仁和县并为杭县。西汉时为会稽郡西部都尉治所。辕终古：姓辕，名终古。辕，《汉书》作"榬"。⑬御儿：《汉书》作"语儿"，又作"藥儿""蓹儿"。其地在今浙江桐乡西南。⑭自兵未往：指楼船将军杨仆未亲自率兵前往讨敌。

　　故越衍侯吴阳前在汉①，汉使归谕馀善，馀善弗听。及横海将军先至，越衍侯吴阳以其邑七百人反②，攻越军于汉阳③，从建成侯敖与其率从繇王居股谋曰④："馀善首恶，劫守吾属⑤。今汉兵至，众强⑥，计杀馀善，自归诸将，傥幸得脱⑦。"乃遂俱杀馀善，以其众降横海将军。故封繇王居股为东成侯⑧，万户⑨；封建成侯敖为开陵侯⑩；封越衍侯吴阳为北石侯⑪；封横海将军说为按道侯；封横海校尉福为缭嫈侯⑫。福者，成阳共王子⑬，故为海常侯⑭，坐法失侯。旧从军无功⑮，以宗室故侯。诸将皆无成功，莫封⑯。东越将多军⑰，汉兵至，弃其军降，封为无锡侯⑱。

【注释】

　　①故越衍侯吴阳：原东越衍侯吴阳。②邑：指吴阳的封邑。反：反抗。指抗击馀善。③汉阳：故城名，在今福建浦城北。④从：当从《汉书》改作"及"。和，与。敖：人名。东越臣。率：通"帅"。指东越王所部各渠帅。从：跟随，跟。居股（？—前90年）：盖前代繇王丑之子。后坐卫太子（即戾太子刘据）举兵谋反，被腰斩。⑤劫守：威胁，挟持。吾属：我辈，我们部属。⑥众强：人多势强。⑦傥（tǎng）幸：或许能侥幸……。傥，通"倘"。或许。得脱：得以脱身不死。得免于难。⑧东成：《汉书·功臣表》作"东城"。⑨万户：食邑万户。⑩开陵：临淮郡属县，当在今安徽境。《汉书·功臣表》载，开陵侯食邑二千户。⑪北石：地名。《汉书》作"卯石"，《汉书·功臣表》作"外石"。郭嵩焘《史记札记》认为当是"羊石"（在北海郡）。⑫缭嫈（yīng）：县名。当在今江西境。一说在现在的山东境。⑬成阳共王：即刘喜（？—前144年）。汉初诸侯王齐悼惠王刘肥孙，城阳景王刘章（原封朱虚侯）子。⑭故：原先。⑮旧：以前。《史记会注考证》说，官本《史记》舊（旧的繁体字）

写作"奮"（奋的繁体字）。用"奮"比"旧"要好。⑯莫封：没有谁受封为侯。⑰多军：人名，姓多名军。⑱无锡：县名，在今江苏无锡市。当时属会稽郡。

于是天子曰："东越狭多阻①，闽越悍②，数反覆③。"诏军吏皆将其民徙处江淮间。东越地遂虚④。

【注释】

①狭多阻：指地势狭隘多险要之处。②悍：强悍，凶悍。③数（shuò）反覆：犹叛服无常。④《史记会注考证》引中井积德的意见说，本段前一"东越"盖指东瓯之地，东瓯已于建元三年徙江淮间，其地入闽越；后一"东越"是兼闽越、东瓯旧地而言。

太史公曰：越虽蛮夷，其先岂尝有大功德于民哉，何其久也！历数代常为君王，句践一称伯①。然馀善至大逆②，灭国迁众③。其先苗裔繇王居股等犹尚封为万户侯，由此知越世世为公侯矣④。盖禹之余烈也⑤。

【注释】

①伯（bà）：通"霸"。春秋时诸侯的盟主；称霸（做诸侯的盟主）。②至：乃至于，竟至于。大逆：封建社会中凡反抗、扰乱封建秩序，特别是触犯封建统治者本身利益的，统称为"大逆"。③灭国迁众：国家被灭亡，部众被迁徙。④公：封建五等爵位的第一等。馀善及其以前的东越首领多被中央王朝封为王，约相当于公爵。侯：封建五等爵位的第二等。⑤禹：相传为古代部落联盟酋长。姒姓，亦称夏禹、大禹、戎禹。原为夏部落首领，后以治洪水之功被舜选为继承人。其子启建立夏朝。余烈：遗留的功业。烈，功业，事业。

朝鲜列传第五十五

朝鲜王满者①，故燕人也②。自始全燕时③，尝略属真番④、朝鲜，为置吏⑤，筑鄣塞⑥。秦灭燕⑦，属辽东外徼⑧。汉兴⑨，为其远难守⑩，复修辽东故塞⑪，至浿水为界⑫，属燕。燕王卢绾反⑬，入匈奴⑭；满亡命⑮，聚党千余人⑯，魋结蛮夷服而东走出塞⑰，渡浿水，居秦故空地上下鄣⑱，稍役属真番⑲、朝鲜蛮夷及故燕、齐亡命者王之⑳，都王险㉑。

【注释】

①朝鲜：族名、国名。古时朝鲜人主要居住在今朝鲜半岛，最早的居民大概是从北面大陆迁来的，属于蒙古人种，善种稻、捕鱼、制盐等，而其中的高句丽人又以能歌善舞著名。习惯上称朝鲜北部由中国移民建立的早期政权为古朝鲜。7世纪新罗统一朝鲜。10世纪高丽王朝建立。14世纪末李氏王朝建立后改国号曰"朝鲜"。满：即卫满。燕人。秦末汉初，率移民入据朝鲜，驱逐箕氏势力，旧王箕准奔马韩。汉惠帝元年（前194年），卫满称王。卫氏朝鲜（前194—前108年）的统治区域主要在今平壤一带。者：用在主语后面引出判断的代词。②故：原来。燕（yān）：本作匽、郾。公元前11世纪西周分封的诸侯国。姬姓。在今河北北部和辽宁西端，都蓟（今北京城西南隅）。开国君主是召公奭。战国时为七雄之一，向东北扩充。也：句末语气词，表示判断或肯定。③自始全燕时：《索隐》释为自"六国燕方全盛之时"。④尝：曾经。略属：攻夺并使之隶属。真番（pān）：《史记会注考证》引丁谦曰："真番，本朝鲜附属番部，七国时为燕所略"；汉武帝元封三年（前108年）置为郡，治所在霅（zhà）县（在今朝鲜礼成江、汉江之间）。⑤为（wèi）：介词。给，替。置吏：设置官吏。⑥鄣（zhàng）：同"障"。秦、汉时边塞上险要处作防御用的城堡。塞（sài）：关塞，要塞。指边界上的险要处。"塞"字前略去"于"字。⑦秦：国名、朝代名。⑧辽东：郡、国名。战国时燕始置郡，治所在襄平（今辽宁辽阳市），辖境相当今辽宁大凌河以东。至

西晋时改为国。外徼（jiào）：犹"外边""边外""界外""外界"。徼，边界。⑨汉：朝代名。我国历史上强盛的封建王朝。⑩为（wèi）：介词。因为。⑪复：重新。辽东故塞：指战国燕及秦朝所修边塞城堡。⑫浿（pèi）水：古水名。⑬燕：西汉诸侯王国。楚汉之际，项羽于前206年封臧荼为燕王，都蓟（今北京城西南隅），辖境较战国燕全盛时为小，至前203年臧荼谋反被汉诛灭。次年立卢绾为燕王，至前196年卢绾反，降匈奴。次年立刘建为燕王。文帝初，以刘泽为燕王，至前128年燕王定国犯罪自杀，国除为郡。十年后复置国。卢绾（前247—前193年，一作前256—前193年）：汉初诸侯王。⑭汉高帝十年（前197年），赵相国陈豨反，高帝自将击之。翌年，陈豨败，高帝发现了卢绾的问题，绾（当时亦参加击陈豨之役）不敢应召。十二年（前195年）二月，樊哙奉命击卢绾，绾与宫人家属及数千骑兵避居长城下候伺。四月，高帝死，绾于是率其众亡入匈奴。匈奴，古族名，亦称胡。⑮亡命：逃亡，流亡。⑯党：集团；亲族。⑰魋（zhuī）结：同"椎结"。指为髻一撮，以椎结之。或以为发髻下粗上细，形状如椎。亦作"椎髻"。古代少数民族多有此习俗。蛮夷服：穿着蛮夷的衣服。蛮，古代一般指南方少数民族。夷，古代一般指东方的少数民族。蛮夷连用泛指华夏族、汉族以外的兄弟民族。东：向东。走：跑，奔。塞：指前文"辽东故塞"。⑱上下鄣：《索隐》案："《地理志》乐浪有云鄣。"可能指修筑在高低两处的城堡。⑲稍：渐渐，慢慢地。役属：奴役并使之隶属于自己。⑳齐：古国名。亡命者：逃亡者，流亡者。王（wàng）：称王，统治天下；以王的身份统治某一地区。㉑王险：王险城，公元前2世纪古朝鲜的都城，在今朝鲜平壤市。

　　会孝惠①、高后时天下初定②，辽东太守即约满为外臣③，保塞外蛮夷，无使盗边④；诸蛮夷君长欲入见天子⑤，勿得禁止⑥。以闻⑦，上许之⑧，以故满得兵威财物⑨，侵降其旁小邑⑩，真番、临屯皆来服属⑪，方数千里⑫。

【注释】

　　①会：适逢，恰好，正好。副词。孝惠：即汉惠帝刘盈（前210—前188年）。刘邦嫡长子，继为皇帝，前195—前188年在位。统治期间，

实权由其母吕后操纵。汉朝统治者提倡孝道，故前、后汉第二代以后的皇帝谥号均冠"孝"字。②高后：即吕后（前241—前180年）。汉高帝皇后，名雉，字娥姁。③太守：官名。郡的最高行政长官。本为战国时郡守的尊称，汉景帝时改郡守为郡太守。约：约定。经过协商而确定。外臣：指藩属国的君主。④无：通"毋"。不，不要。盗边：侵扰攻掠边境。⑤天子：古代帝王之代称。⑥勿得：不得，不可。⑦以闻：把有关事情奏闻天子。⑧上：特指帝王。⑨以故：以是之故。由于这个缘故。因此。得：得到。能够获得。⑩侵降（xiáng）：侵占其地，降伏其人。降，使……投降。使动用法。小邑：指小部落。邑，国都，引申为国。此意义在《书》《诗》《左传》等先秦典籍中常见，后世罕用。又，人民聚居之地，引申为城镇。⑪临屯：朝鲜半岛东朝鲜湾北岸和西南岸的部落，即沙（秽）人部落。⑫方数千里：纵横几千里。

　　传子至孙右渠①，所诱汉亡人滋多②，又未尝入见③；真番旁众国欲上书见天子④，又拥阏不通⑤。元封二年⑥，汉使涉何谯谕右渠⑦，终不肯奉诏⑧。何去至界上⑨，临浿水，使御刺杀送何者朝鲜裨王长⑩，即渡⑪，驰入塞⑫，遂归报天子曰"杀朝鲜将"⑬。上为其名美⑭，即不诘⑮，拜何为辽东东部都尉⑯。朝鲜怨何，发兵袭攻杀何。

【注释】

　　①传子至孙：卫满传王位于其子，再传至其孙。右渠：卫满孙之名。诱：引诱。亡人：流亡百姓。滋多：更多，越来越多。滋，益，更加。副词。③入见：入朝拜见天子。④旁众国：附近许多小国。上书：给地位高的人写信（多陈述政治见解或提出某种要求）。⑤拥阏（è）：堵塞。拥，通"壅"，阻塞。阏，堵塞。⑥元封：汉武帝的第六个年号，元封二年，前109年。⑦使：派遣。涉何：人名。谯（qiào）：同"诮"。责备，诮让。谕：晓谕，使之明白。⑧奉诏：接受皇帝的命令。⑨去：离开。指离开王险城返回汉朝。界上：边界上。⑩御：驾车的人，即车夫。裨（pí）王长：一个名叫长的裨王。裨王，小王。⑪即渡：（杀了裨王长以后）立即渡过浿水。⑫驰入塞：驱马飞奔，进入塞内。驰，使劲赶马；车马飞跑。⑬归报：回来报告。天子：指汉武帝刘彻（前156—前87年）。汉景帝子。前140—前87年在位。⑭上为其名美：皇

上因为涉何有杀将之美名。⑮即：就。诘：责问，追问。引申为查问，查办。⑯拜：授予官职，任命。辽东东部都尉：在辽东郡之下增设的长官，主要目的是为加强军事力量。武次县，在今辽宁沈阳市东。都尉：官名，掌管一郡之军事。汉景帝时改郡尉为都尉。此处是掌管辽东郡东部地区军事的长官。

　　天子募罪人击朝鲜①。其秋②，遣楼船将军杨仆从齐浮渤海③，兵五万人，左将军荀彘出辽东④，讨右渠⑤。右渠发兵距险⑥。左将军卒正多率辽东兵先纵⑦，败散，多还走⑧，坐法斩⑨。楼船将军将齐兵七千人先至王险⑩。右渠城守⑪，窥知楼船军少⑫，即出城击楼船，楼船军败散走。将军杨仆失其众⑬，遁山中十余日⑭，稍求收散卒⑮，复聚。左将军击朝鲜浿水西军⑯，未能破自前⑰。

【注释】

　　①募罪人击朝鲜：募集犯罪（可能系死罪以下）的人，赦其罪，让他们从军攻击朝鲜。击，攻打。②其秋：元封二年秋。③楼船：汉代依据各地的地方特点训练军队，江淮以南各郡多编练水军兵种，称楼船。将军：高级武官之称。杨仆：宜阳（今属河南）人。浮：渡，乘船航渡。渤海：今勃海并及今黄海。④左将军：将军名号。参见前文"将军"条注。荀彘（？—前108年）：太原郡广武（今山西代县西南）人。⑤讨：讨伐。⑥距险：在险要之地抵抗。距，通"拒"，抵御，对抗。⑦卒正：中级军官之称，为军吏之长。多：该卒正之名。纵：纵击。进击敌军。⑧还（huán）走：往回跑。⑨坐法斩：因触犯军法而被斩首。坐，因犯……罪或错误。⑩将（jiàng）：率领。齐兵：从齐国征发的兵。⑪城守：据城防守，即守城。⑫窥知：探知。窥，观察，侦探。楼船：指楼船将军杨仆。下同。⑬失其众：丢弃了他的部众。⑭遁：逃。⑮稍：渐渐，慢慢地。求，寻找，寻求。⑯朝鲜浿水西军：驻防在浿水之西的朝鲜军队。⑰未能破自前：未能从前方攻破朝鲜军。

　　天子为两将未有利①，乃使卫山因兵威往谕右渠②。右渠见使者，顿首谢③："愿降，恐两将诈杀臣④。今见信节⑤，请服降⑥。"遣太子入谢⑦，献马五千匹，及馈军粮⑧。人众万余持兵⑨，方渡浿水⑩，使者及

左将军疑其为变，谓太子已服降，宜命人毋持兵[11]。太子亦疑使者、左将军诈杀之，遂不渡浿水，复引归[12]。山还报天子，天子诛山[13]。

【注释】

①为：因为。②乃：于是，便。卫山：人名。因，凭藉，借着。③顿首：磕头。谢：谢罪。④诈杀臣：用欺骗手段杀害我。臣，秦汉以前在一般人面前表示谦卑也可以自称为臣。⑤信节：真实的符节。信，真实可信的。节，符节。古时使者所持以为凭证之物。⑥请：请允许。服降：犹降服。⑦太子：帝王儿子中已确定将来继承帝位或王位者（一般多为嫡长子）。入谢：入朝谢罪。⑧馈（kuì）：馈赠，以食物送人。⑨持兵：手执武器。兵，武器。⑩方：正在。正当……时。⑪宜：应当，应该。毋（wú）：别，不要。表示禁止。⑫复引归：又率众返回。⑬诛：杀死。

左将军破浿水上军[1]，乃前[2]，至城下[3]，围其西北。楼船亦往会[4]，居城南。右渠遂坚守城，数月未能下[5]。

【注释】

①上：岸上。②乃前：这才向前推进。乃，才，这才。③城下：王险城下。④往会：前往会师。⑤下：攻克。

左将军素侍中[1]，幸[2]；将燕代卒[3]，悍[4]，乘胜[5]，军多骄。楼船将齐卒，入海，固已多败亡[6]；其先与右渠战，困辱亡卒[7]，卒皆恐，将心惭[8]，其围右渠，常持和节[9]。左将军急击之，朝鲜大臣乃阴间使人私约降楼船[10]，往来言[11]，尚未肯决[12]。左将军数与楼船期战[13]，楼船欲急就其约[14]，不会[15]；左将军亦使人求间郤降下朝鲜[16]，朝鲜不肯，心附楼船[17]：以故两将不相能[18]。左将军心意楼船前有失军罪[19]，今与朝鲜私善而又不降，疑其有反计，未敢发[20]。

【注释】

①素：一向，向来。侍中：在皇宫里侍奉天子。"侍中"加给列侯、将军、卿、大夫、将、都尉、尚书、太医、太官令至郎中，无一定员额，多至数十人。据《后汉书·百官志》："侍中，比二千石。本注曰：无员。掌侍左右，赞导众事，顾问应对。法驾出，则多识者一人参乘，余皆骑在乘舆车后。"②幸：宠幸，宠爱。③将（jiàng）：统领，率领。代：古国

名，在今河北蔚县，公元前476年为赵襄子所灭。④悍：凶悍难制；强悍。
⑤乘胜：凭借胜利。乘，趁着，凭借。⑥固：本来。⑦困辱：被困受辱。
亡卒：损失兵士。⑧将：将官，指杨仆及其部将。⑨和节：和指讲和不战，
节指虽战而有节制。⑩阴间：私下。暗中偷偷地。⑪往来言：指朝鲜大臣
派出的使者在双方之间往来传话、讲条件等等。⑫尚未肯决：意为还没有
决定下来。⑬期战：约定一起同敌军开战。⑭急就其约：赶快实现他与朝
鲜大臣之间约定的有关事宜（即后者向前者投降之事）。就，完成，实现，
达到。约，约定的事情。⑮不会：不去与左将军会合。⑯求间郤（xì）：
寻找机会，钻空子。郤，通"隙"。⑰《史记会注考证》引王念孙曰："'朝
鲜'二字，蒙上文而衍。此言楼船不会左将军，左将军亦不肯心附楼船，
故曰两将军不相能，非谓朝鲜不肯心附楼船也。"⑱不相能：相互不和，
闹不团结。⑲意：怀疑；心想，忖度。⑳发：告发；发作；发难。

　　天子曰："将率不能前①，及使卫山谕降右渠②，右渠遣太子③，山
使不能剸决④，与左将军计相误⑤，卒沮约⑥。今两将围城，又乖异⑦，以
故久不决⑧。"使济南太守公孙遂往正之⑨，有便宜得以从事⑩。遂至，
左将军曰："朝鲜当下久矣⑪，不下者有状⑫。"言楼船数期不会，具
以素所意告遂，曰："今如此不取⑬，恐为大害，非独楼船，又且与朝
鲜共灭吾军⑭。"遂亦以为然⑮，而以节召楼船将军入左将军营"计事"⑯，
即命左将军麾下执捕楼船将军⑰，并其军⑱。以报天子⑲，天子诛遂。

【注释】

　　①将率：将帅。率，主将，又写作"帅"。②待到派卫山晓谕右渠，
劝他投降。及，中华书局标点本改为"乃"，非是。③遣太子：派太子入
朝。④卫山作为天子使者却不能专断。剸，同"专"。专断，独自处理、
决定事情。⑤这句是说卫山跟左将军怀疑是朝鲜王太子中途变卦，要求对
方不持兵器，结果造成太子不肯入朝，卫、荀二人都有严重过失。⑥卒：
终于。沮（jǔ）：败坏，毁坏。⑦乖异：关系不好，意见相异。不能同心
协力。乖，违背，不协调。⑧决：解决。⑨济南：郡、国名。⑩有便宜得
以从事：有好处可以自行处理。便宜，利益；不须请示灵活处理。从事，
办理事情。本句的完整说法应是"有便宜得以便宜从事"。⑪当下久矣：
早该攻下啦。久矣，很久了。矣，句末语气词，表示感叹。⑫不下者有

状：之所以没有攻下，那是有原因的。状，情况。⑬取：指拿问（杨仆）。⑭且：而且；将要，将。⑮以为然：认为对。认为是这样。⑯而：连词，表示前后句（或词组）之间的并列、相承、转折等关系。⑰麾（huī）下：将帅的部下。执捕：抓了起来。逮捕。执，捉拿。⑱并：并吞，并合。⑲以报天子：将此事上报天子。

　　左将军已并两军，即急击朝鲜。朝鲜相路人①、相韩阴②、尼谿相参③、将军王唊相与谋曰④："始欲降楼船，楼船今执⑤，独左将军并将⑥，战益急，恐不能与战⑦，王又不肯降。"阴、唊、路人皆亡降汉⑧。路人道死⑨。元封三年夏⑩，尼谿相参乃使人杀朝鲜王右渠，来降。王险城未下，故右渠之大臣成巳又反⑪，复攻吏⑫。左将军使右渠子长降⑬、相路人之子最告谕其民⑭，诛成巳，以故遂定朝鲜，为四郡⑮。封参为澅清侯⑯，阴为狄苴侯⑰，唊为平州侯⑱，长降为几侯⑲。最以父死颇有功⑳，为温阳侯㉑。

【注释】

　　①相：官名，为百官之长。朝鲜的相，犹汉之相国（丞相）。路人；人名。②韩阴：人名。《汉书》作"韩陶"。《通鉴》从《史记》。③尼谿（xī）：当是朝鲜某小国名。参：人名。④王唊（jiá，又音qiǎn）：人名。⑤今执：现在被抓了起来。⑥并将（jiàng）：并两军而统率之。⑦不能与战：不能同他打下去。⑧亡降汉：逃奔到汉军那里投降。⑨道死：死在路上。⑩元封三年：公元前108年。⑪故右渠之大臣，原右渠的大臣。成巳（sì）：人名。⑫吏：指朝鲜那些不跟着成巳反叛的官吏。⑬长降：人名。《史记·建元以来侯者年表》作"张胳（gě）"。⑭最：人名。⑮四郡：乐浪、临屯、玄菟、真番四郡。⑯澅（huà，又音huò）清：县名，属齐。在今山东临淄县西。⑰狄苴（jū）：县名，属渤海。在今山东庆云县东。⑱平州：县名。属梁父。在今山东莱芜市西。⑲几：乡名。今河北大名县东。一说在今河北大名县东南。⑳父死颇有功：指最的父亲路人首谋归降汉朝而半途身死，很有功劳。㉑温阳：当作"涅阳"。县名，在今河南镇平县南。

　　左将军征至①，坐争功相嫉②，乖计③，弃市④。楼船将军亦坐兵至洌口⑤，当待左将军⑥，擅先纵⑦，失亡多⑧，当诛⑨，赎为庶人。

【注释】

①征：召，征召。特指君召臣。②相嫉：互相嫉妒。对人猜疑嫉妒。③乖计：违背军事谋略、计划。④弃市：在闹市执行死刑，并将犯人尸体暴露街头。⑤洌口：县名。一作"列口"。在朝鲜大同江口。⑥当待：应当等候。⑦擅先纵：擅自抢先进击敌军。⑧失亡多：死亡和丢失的兵士多。⑨当（dàng）：判罪。

太史公曰：右渠负固①，国以绝祀②。涉河诬功③，为兵发首④。楼船将狭⑤，及难离咎⑥；悔失番禺⑦，乃反见疑⑧。荀彘争劳，与遂皆诛⑨。两军俱辱⑩，将率莫侯矣⑪！

【注释】

①负固：仗恃险固，犹"负险"。负，依仗。②此指朝鲜国家因而灭亡。以，因，因而。绝祀，犹"断绝香火"，指没有后代能祭祀祖先，即国破、家亡。③诬功：骗取功劳。指涉何以刺杀护送自己出境的朝鲜禆王、谎称"杀朝鲜将"的手段骗得辽东东部都尉事。诬，欺骗，言语不真实。④为兵发首：成为汉武帝发兵攻打朝鲜的发端。首，开头。⑤将狭：《集解》引徐广曰："将（jiàng）狭，言其所将卒狭少。"⑥及难：遇到危难。及，赶上；至，引申为涉及，牵扯。离：通"罹"。遭遇。咎：灾祸；罪过，过失。⑦悔失番（pān）禺：后悔当年攻番禺时失去单独立功机会。⑧乃反见疑：却反被人怀疑。指杨仆约降朝鲜大臣而被荀彘怀疑他想造反。乃，却，竟然。见，被，表示被动。⑨遂：人名。指公孙遂。⑩辱：遭受耻辱。⑪莫侯：没有人受封为侯。莫，谁，什么人。

西南夷列传第五十六

西南夷君长以什数①，夜郎最大②；其西靡莫之属以什数③，滇最大④；自滇以北君长以什数⑤，邛都最大⑥：此皆魋结⑦，耕田，有邑聚⑧。其外西自同师以东⑨，北至楪榆⑩，名为嶲、昆明⑪，皆编发⑫，随畜迁徙⑬，毋常处⑭，毋君长，地方可数千里⑮。自嶲以东北，君长以什数，徙、筰都最大⑯：自筰以东北⑰，君长以什数，冉駹最大⑱。其俗或土箸⑲，或移徙，在蜀之西⑳，自冉駹以东北，君长以什数，白马最大㉑，皆氐类也㉒。此皆巴、蜀西南外蛮夷也㉓。

【注释】

①西南夷：泛指西南各少数民族。君长：长帅。什：与"十"通。数词。数（shǔ）：计算；统计。动词。②夜郎：古夷国。当现在的今贵州西部及北部，并包括今云南东北部、四川南部及广西西北部部分地区。③其：它的。代夜郎。代词。靡（mí）莫：即"靡莫之夷"。④滇（diān）：古夷国。当在今云南昆明市一带。⑤自：从。以：往。⑥邛（qióng）都：即"邛都之夷"。当在今四川省西昌市以南的雅砻江与金沙江之间。⑦魋结（zhuī jì）：同"椎髻"。把头发结成椎形的髻。⑧邑：小城镇。聚：村落。⑨同师：古邑名。⑩楪（yè）榆：即"叶榆"。古县名。在今云南大理县北洱海西岸。始置于西汉元封二年（前109年）。⑪嶲（xī）：古夷族。昆明：古夷族。大约活动在云南洱海以南保山县至楚雄县一带。⑫编（biàn）：通"辫"。⑬畜：畜群。徙（xǐ）：迁移。⑭毋（wú）：无。常处：固定的住所。⑮方：方圆；周围。可：大约。副词。数（shù）：几；好几。数词。⑯徙（xǐ）：古夷国。筰（zuó）都：即"筰都夷"。古夷国。当在今四川乐山、汉源、石棉、越西县和小里藏族自治县一带。⑰筰：筰都。⑱冉駹（rǎn máng）：即"冉夷"和"駹夷"。属古羌族。⑲俗：风俗；习俗。或：有的。虚指代词。土箸（zhù）：《汉书·西南夷传》作"土著"。古代称游牧民族定居某地不再迁徙的为"土著"。箸，通"著"。

⑳蜀：郡名。治成都（今四川成都市）。㉑白马：古氐族。分布在今甘肃西河、成县至武都、文县、康县一带。㉒氐（dī）类：氐族的同类。㉓巴：郡名。治江州（今四川重庆市北嘉陵江北岸）。辖境相当于今四川旺苍、阆中、合州、永川市以东地区。蛮：我国古代统治阶级对南部少数民族的统称。

　　始楚威王时①，使将军庄蹻将兵循江上②，略巴蜀、黔中以西③。庄蹻者，故楚庄王苗裔也④。涘至滇池⑤，地方三百里，旁平地，肥饶数千里，以兵威定属楚⑥。欲归报⑦，会秦击夺楚巴、黔中郡⑧，道塞不通⑨，因还⑩，以其众王滇⑪，变服⑫，从其俗⑬，以长之⑭。秦时常颏略通五尺道⑮，诸此国颇置吏焉⑯。十余岁⑰，秦灭。及汉兴⑱，皆弃此国而开蜀故徼⑲。巴、蜀民或窃出商贾⑳，取其筰马、僰僮、髦牛㉑，以此巴、蜀殷富㉒。

【注释】

　　①始：当初。时间名词。楚威王：前339—前329年在位。据《史记志疑》，此处的楚威王应当为楚顷襄王（前298—前263年）。②使：派遣。庄蹻（jué）：详下文。循江上：顺着长江而上。江，指长江。③略：夺取。黔（qián）中：郡名。战国时楚置。后入秦国。秦治临沅（今湖南常德市）。辖境相当今湖南沅水、澧水流域、湖北清江流域以及四川黔江流域与贵州东北部分地区。④故：从前。楚庄王：春秋时楚国国君。前613—前591年在位。苗裔：后代。⑤滇（diān）池：在今云南昆明市南。⑥以兵威定属楚：意为依借军队的威势平定了那里，使它隶属楚国。楚：春秋战国时南方诸侯国。⑦归报：回去报告。⑧会：恰巧；适逢。秦：战国七雄之一。⑨塞：阻塞。⑩因：于是；就。还：返回。⑪众：军队。王（wàng）滇：王于滇。在滇称王。王：称王，名词作动词。⑫服：服饰。⑬从：跟随。⑭以：而。长（zhǎng）之：为之长。即做了滇的长帅。⑮秦：秦朝。常颏（ān）：秦将。其余不详。略：稍微；大略。副词。通：开通；开辟。五尺道：古道路名。⑯据《史记会注考证》，"诸此国"疑当作"此诸国"。诸：各个。形容词。此，这里。颇：略微；稍微。副词。置吏：设置官吏。焉（yān）：兼词。相当于"于之"。即"到那里"。⑰十余岁：十多年。⑱及：到。汉兴：汉王朝建立。⑲弃：

舍弃。而：连词。表顺承关系。开：王念孙曰："开"字当依《汉书》作"关"。关即塞，此处作意动词。开蜀故徼（jiào）：意为把蜀郡原来的边界当作关。徼：边界。⑳或：有的人。虚指代词。出：出关。商贾（gǔ）：古代把运货贩卖的叫"商"，囤积营利的叫"贾"。此处作动词。㉑取：拿。其：那里。指示代词。筰马：筰都的马匹。僰（bó）：即"僰夷"。古夷族。分布在今四川南部和云南东北部。僮（tóng）：古称奴婢为"僮"。㉒以此：因此。殷（yīn）富：人口繁多，生活富裕。

　　建元六年①，大行王恢击东越②，东越杀王郢以报③。恢因兵威使番阳令唐蒙风指晓南越④。南越食蒙蜀枸酱⑤，蒙问所从来⑥，曰"道西北牂柯⑦，牂柯江广数里，出番禺城下⑧"。蒙归至长安⑨，问蜀贾人，贾人曰："独蜀出枸酱⑩，多持窃出市夜郎⑪。夜郎者，临牂柯江，江广百余步，足以行船⑫。南越以财物役属夜郎⑬，西至同师，然亦不能臣使也⑭。"蒙乃上书说上曰⑮："南越王黄屋左纛⑯，地东西万余里，名为外臣⑰，实一州主也⑱。今以长沙、豫章往⑲，水道多绝⑳，难行。窃闻夜郎所有精兵㉑，可得十余万㉒，浮船牂柯江㉓，出其不意，此制越一奇也㉔。诚以汉之彊㉕，巴、蜀之饶㉖，通夜郎道，为置吏㉗，易甚。"上许之㉘。乃拜蒙为郎中将㉙，将千人㉚，食重万余人㉛，从巴蜀筰关入㉜，遂见夜郎侯多同㉝。蒙厚赐㉞，喻以威德㉟，约为置吏㊱，使其子为令㊲。夜郎旁小邑皆贪汉缯帛㊳，以为汉道险㊴，终不能有也㊵，乃且听蒙约㊶。还报，乃以为犍为郡㊷。发巴、蜀卒治道㊸，自僰道指牂柯江㊹。蜀人司马相如亦言西夷邛、牂可置郡㊺。使相如以郎中将往喻㊻，皆如南夷㊼，为置一都尉㊽，十余县，属蜀。

【注释】

　　①建元：汉武帝刘彻即位后的第一个年号。建元六年为公元前135年。②大行：即"大行令"。秦时称典客，汉沿之。景帝刘启时改为大行令。武帝太初元年（前104年）又改称大鸿胪。主要执掌外交及少数民族事务，为"九卿"之一。王恢：后于元光二年（前133年）主张发动对匈奴战争，因谋泄无功，畏罪自杀。汉武帝元封三年（前108年）助赵破奴攻楼兰有功而被封为浩侯的王恢是另一个人。东越：又称"东粤"或"闽越"。③王：指闽越王。郢：闽越王名。④因：乘……。番（pō）阳

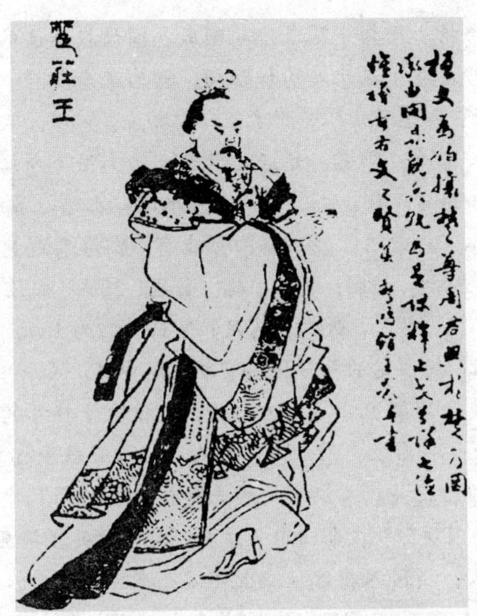

楚庄王像。汉代的西南夷是楚庄王苗裔。

令：番阳县令。番阳：治所在今江西鄱阳县东北。风（fěng）：通"讽"用含蓄的话暗示或劝告。指：通"旨"意见；意图。晓：告知。南越：又称"南粤"。为古时南方越人的一支。⑤食蒙蜀枸酱：意为拿蜀地的枸酱给唐蒙吃。枸酱：用枸的果实制作的酱酢枸，又名枸椇、枳枸。落叶乔木，其果实圆而小，有肉质之柄乃花梗所成，味甘可食，俗名鸡距子或木蜜。⑥所从来：从哪里来的。⑦道：由。牂柯（zāng kē）：古水名。或作牂牁江、牂柯水。⑧番（pān）禺：古县名。治所在今广东广州市。⑨长安：西汉都城。今陕西西安市西北。⑩独：只；仅仅。出：出产。⑪多：指示代词，代指多数人。持：拿着。市夜郎：市于夜郎。即和夜郎做交易。⑫足：可。能愿动词。⑬役属夜郎：意为使夜郎归附。役：服役。属（shǔ）：隶属。"役""属"均为使动词。⑭然：然而转接连词亦：也是。副词。"不"与存在动词"无"通，意为没有。不能臣使：没有能够像对待臣国那样使唤它此处省略了宾语"之""臣"为名词状语。⑮乃：于是。说（shuì）：说服对方使之按自己的意图行事叫"说"上：皇上。此处指汉武帝。⑯南越王：当时是赵佗之孙赵胡。黄屋：因古代帝王乘舆的车盖是用黄缎子作衬里的，故以"黄屋"指帝王乘坐的车。左纛（dào）：古时帝

王乘舆上的装饰物。用犛牛尾或雉尾制成。因设在车衡的左边，故称左
纛。"黄屋""左纛"在此处均作动词，意为乘着黄屋，饰着左纛。⑰
名：名义。外臣：即藩臣。⑱一州主：一州之主。⑲以：从。与"由"通。
长沙：封国名。豫章：郡名。楚汉之际置，治南昌（今江西南昌市），
辖境相当于今江西省。往：去。动词。⑳水道：水路。多绝：多数断绝。
㉑窃：谦辞。私下；私自。㉒可得：可能有。㉓浮船牂柯江：意为乘船
沿牂柯江而下。㉔制：控制；制服。越：南越。㉕诚：假设；如果；果真。
假设连词。彊：同"强"。㉖饶：富足；富饶。㉗为（wèi）：给。㉘许：
答应；允许。㉙：用一定的礼节授给官职。郎中将：《华阳国志》作"中
郎将"。汉代皇帝的警卫官。出为车骑，是仅次于将军的称号。属郎中
令。㉚将（jiàng）：带兵。㉛食重万余人：指携带粮食辎重的一万多人。
㉜巴蜀筰关：即巴符关。《汉书·西南夷传》无"蜀"字。王念孙曰：
"巴筰关本作巴符关。"在今四川合江县。因当时关在符县，地属巴夷，
故称巴符关。入：指进入夜郎。㉝夜郎侯：夜郎的长帅。多同：夜郎侯
名。㉞厚赐，优厚赏赐。㉟喻：通"谕"。上对下、尊对卑的告知。威德：
威势和恩德。此处指利害关系。㊱约：约言。㊲其：他的。代指夜郎侯，
代词。令：官职。相当于汉朝的县令。㊳旁：旁边。小邑：小国。贪：
贪图。缯帛（bó）：丝织品的总称。㊴以为：心里认为。险：艰险；险阻。
㊵终：与"卒"通。相当于"终于""究竟"。有：占有。动词。㊶乃：
于是；就。且：姑且；暂且。听：接受；听从。约：约定的事；盟约。
㊷以为："以之为"的省语。犍（jiān）为郡：初治鳖县（今贵州遵义市西），
后移治僰道（今四川宜宾市西南安边镇）。㊸发：征集；征调。卒：步兵。
治：治理；整理。㊹僰道：县名。治今四川宜宾市西南安边镇。指：指向；
向一定的目标前进。㊺司马相如：字长卿。西汉辞赋家，蜀郡人。㊻以：
郎中将：据《司巴相如列传》为"中郎将"。往：前往；去。㊼如：同。
㊽都尉：辅佐郡守并掌管全郡军事的武官。

　　当是时①，巴、蜀四郡通西南夷道②，戍转相馈③。数岁，道不通，
士罢饿离湿，死者甚众④；西南夷又数反⑤，发兵兴击⑥，耗费无功⑦。
上患之⑧，使公孙弘往视问焉⑨。还对⑩，言其不便⑪。及弘为御史大
夫⑫，是时方筑朔方以据河逐胡⑬，弘因数言西南夷害⑭，可且罢⑮，专

力事匈奴^⑯。上罢西夷^⑰，独置南夷夜郎两县一都尉^⑱，稍令犍为自葆就^⑲。

【注释】

①当是时：在这个时候。②巴、蜀四郡：指巴、蜀、汉中（治今陕西汉中市）、广汉（治今四川金堂县东）四郡。③戍：《汉书·西南夷传》作"载"。饟（xiǎng）：同"饷"。军粮。④罢（pí）：通"疲"。疲劳；疲乏。遭受。《汉书·西南夷传》作"罢饿餧，离暑湿。"众：多。⑤数（shuò）：屡次；多次。⑥兴：发动。⑦耗（hào）：通"耗"。消耗。功：成效。⑧患：忧虑。之：代词。代指发巴、蜀四郡通西南夷道这件事。⑨公孙弘：复姓公孙；名弘。往：到……去。视问：察看了解。焉：兼词。相当于"于之"，即"到那里"。⑩还：回来。对：下对上的回答。⑪不便：意为对国家不利。便：便利；有利。⑫御史大夫：官名。⑬是时：这时。方：正。筑朔方：修筑朔方的城墙。朔方：郡名。西汉元朔二年（前127年）置。治朔方（在今内蒙古自治区杭锦旗北）。据：依靠；凭借。河：河水。即黄河。逐胡：驱逐匈奴。胡：古代对地方少数民族的统称，秦汉时多指匈奴。⑭因：趁机。数言西南夷害：意为多次述说开通西南夷所带来的害处。⑮且罢：暂停。且，暂且。⑯专力：集中精力。事：对待；对付。动词。⑰罢西夷：意为撤销了司马相如在西夷所置的一都尉、十余县。⑱独置：只设置。⑲就：成。

及元狩元年^①，博望侯张骞使大夏来^②，言居大夏时见蜀布、邛竹杖^③，使问所从来^④。曰："从东南身毒国^⑤，可数千里^⑥，得蜀贾人市^⑦。"或闻邛西可二千里有身毒国^⑧。骞因盛言大夏在汉西南^⑨，慕中国^⑩，患匈奴隔其道^⑪，诚通蜀^⑫，身毒国道便近^⑬，有利无害^⑭。于是天子乃令王然于、柏始昌、吕越人等^⑮，使间出西夷西^⑯，指求身毒国^⑰。至滇，滇王尝羌乃留^⑱，为求道西十余辈^⑲。岁余，皆闭昆明^⑳，莫能通身毒国。

【注释】

①元狩：汉武帝即位后第四个年号。元狩元年为公元前122年。②博望侯：张骞的封号。③居：在。蜀布：蜀地出产的细布。邛竹杖：邛，山名。即今邛崃山，位于四川西部，岷江与大渡河间。邛竹，是邛山出产的

竹。该竹节高，实中，可以为杖。④使问：让人询问。⑤身毒（本读作yān dú，为古印度的音译，据本传索引，身读为 juān）：古国名。又写作"天毒""乾毒""天竺"。均为古代译音。在今印度和巴基斯坦一带。⑥可：大约。⑦市：买。⑧或：又。邛西：邛莱山西面。⑨盛：极；大。⑩慕：羡慕。中国：此处指汉民族居住的黄河中下游地区，与"中土""中原""中华"等含义相似，而与现时专指我国全部领土的"中国"不同。⑪患：担忧。隔其道：阻塞他们的通道。⑫诚：假如；如果。通：开通蜀地的道路。⑬道：取道。动词。⑭指对汉朝而言。⑮天子：古时称皇上为天子。⑯使间出西夷西：意为让打探小路，从西夷的西面出发。间：间隙；空隙。西夷西：据《汉书·张骞传》，当指駹、筰、徙、邛、僰等地。⑰指：通"旨"。意图。求：寻求；寻找。⑱尝羌：滇王名。乃留："乃留之"的省语。意为便留下他们。⑲为求道西：意为为他们寻找向西去的道路。十余辈：十多个人。按"为求道西十余辈"句颇费解。据《汉书·西南夷传》天子乃令王然于、柏始昌、吕越人等十余辈，间出西夷西，指求身毒国。至滇，滇王当羌乃留为求道。⑳皆闭昆明：意为道路全被昆明夷阻拦，不得通过。闭：关闭；阻塞。

　　滇王与汉使者言曰："汉孰与我大①？"及夜郎侯亦然②。以道不通故③，各自以为一州主，不知汉广大④。使者还，因盛言滇大国⑤，足事亲附⑥。天子注意焉⑦。

【注释】

　　①汉孰与我大：意为汉朝与我们滇国相比哪个大。②亦然：也是这样。③以：因为。④广大：疆域辽阔，势力强大。⑤滇大国：意为滇是个大国。⑥足事亲附：可专事招来，使无亲附。⑦注意：专心留意。

　　及至南越反①，上使驰义侯因犍为发南夷兵②。且兰君恐远行③，旁国虏其老弱④，乃与其众反⑤，杀使者及犍为太守⑥。汉乃发巴、蜀罪人尝击南越者八校尉击破之⑦。会越已破，汉八校尉不下⑧，即引兵还⑨，行诛头兰⑩。头兰，常隔滇道者也⑪。已平头兰⑫，遂平南夷为牂柯郡⑬。夜郎侯始倚南越⑭，南越已灭，会还诛反者，夜郎遂入朝⑮。上以为夜郎王⑯。

【注释】

①南越反：指南越丞相吕嘉叛乱。②驰义侯：越人，名遗。因：通过……。介词。犍为：犍为郡。南夷：《汉书·西南夷传》作"夜郎"。③且（jú）兰君：且兰的长帅。且兰：古夷国。位于今贵州贵定县东北。④虏：把人抢走。⑤众：指军队。⑥使者：指宣诏南夷的汉朝使者。太守：官名。本为战国时郡守的尊称。⑦罪人：犯罪之人。汉代曾多次赦免罪犯，令其从军。尝：《汉书》作"当"。以"当"为妥，本当。之：代词。代指且兰。⑧不下：不下牂柯江。即没有按预定部署沿牂柯江而下。⑨引：率领。⑩行诛（zhū）：乘行军之便惩罚。头兰：古夷国。当在滇国以北。⑪常：常常；经常。⑫已平：平定完毕。⑬为：作为。牂柯郡：治且兰（在今贵州省贵定县东；一说在今凯里市西北）。⑭始：当初；开始的时候。倚（yǐ）：倚仗；凭借。⑮入朝：入京朝见皇上。即归附汉朝。⑯以为："以之为"的省语。以为夜郎王，即封他为夜郎王。

南越破后，及汉诛且兰、邛君①，并杀笮侯②，冉駹皆振恐③，请臣置吏④。乃以邛都为越嶲郡⑤，笮都为沈犁郡⑥，冉、駹为汶山郡⑦，广汉西白马为武都郡⑧。

【注释】

①邛君：邛都夷长帅。②并：一并；一起。笮侯：笮都夷长帅。③冉駹：冉夷和駹夷。振：通"震"。震动。④请臣：请求成为汉朝的臣国。⑤以邛都为越嶲（xī）郡：意为把邛都夷居住的地区作为越嶲郡。越嶲郡：治邛都（在今四川西昌市东南）。⑥沈犁郡："犁"一作"黎"。治笮（在今四川汉源县东北）。武帝天汉四年（前97年）废⑦汶山郡：治汶江（在今四川茂汶羌族自治县北）。宣帝地第三年（前67年）省，并入蜀郡。汶，通"岷"。⑧广汉：郡名。武都郡：治武都（在今甘肃西和县西南）。辖境相当今甘肃武都、成县、徽县、西和、两当、康县及陕西凤县、略阳县等地。

上使王然于以越破及诛南夷兵威风喻滇王入朝①。滇王者，其众数万人②，其旁东北有劳浸、靡莫③，皆同姓相扶④，未肯听⑤。劳浸、靡莫数侵犯使者吏卒⑥。元封二年⑦，天子发巴、蜀兵击灭劳浸、靡莫，以兵临滇⑧。滇王始首善⑨，以故弗诛⑩。滇王离难西南夷⑪，举国降⑫，请置吏入朝。于是以为益州郡⑬，赐滇王王印⑭，复长其民⑮。

【注释】

①使：令。以：拿。越破：南越灭亡。风喻：暗示，启发。风，通"讽"。喻，通"谕"。上对下，尊对卑的告知。②众：这里指军队。③劳浸（jìn）：《汉书·西南夷传》作"劳深"。当在今云南陆良县一带。④皆同姓：指都与滇王同姓。扶：依仗。⑤未：不。⑥数（shuò）：与"屡"通。侵犯：欺负、触犯。⑦元封：汉武帝第六个年号。元封二年为公元前109年。⑧临：靠近。⑨始首善：当初本有善意。首：本。⑩以故：因此；由此故。弗诛：不诛之。相当于"不……之"。⑪离难西南夷：此句颇费解。据《史记会注考证》"西南夷"三字，涉下文而衍。⑫举：全。⑬益州郡：治滇池（在今云南晋宁县东）。辖境相当于今中缅边境高黎贡山以东，云南洱海以西及姚安、元谋县、昆明市东川区以南，曲靖、宜良、华宁县以西，哀牢山以北地区。⑭据云南省博物馆发掘报告："滇王之印"已于新中国建立后在云南省晋宁县石寨山考古发掘中出土。⑮复：又；依旧。长（zhǎng）：统治；管理。

西南夷君长以百数，独夜郎、滇受王印①。滇小邑②，最宠焉③。

【注释】

①受：承受。②邑：国。③宠：宠爱。焉：语气词。

太史公曰①：楚之先岂有天禄哉②？在周为文王师③，封楚④。及周之衰⑤，地称五千里⑥。秦灭诸侯⑦，唯楚苗裔尚有滇王。汉诛西南夷，国多灭矣，唯滇复为宠王⑧。然南夷之端⑨，见枸酱番禺⑩，大夏杖邛竹⑪。西夷后揥⑫，剽分二方⑬，卒为七郡⑭。

【注释】

①太史公：当时人尊称太史令为太史公，司马迁曾任太史令，遂以此自称。②先：祖先。岂：难道。反诘副词。天禄：旧谓上天赐予的禄位。③在周为文王师：意为在周的时候做过文王的师傅。按：据《史记·楚世家》楚国的祖先芈季连之孙曾经"事文王"。文王：商末周族的领袖。姬姓，名昌。商纣时为西伯，亦称伯昌，曾被商纣囚禁于羑里（今河南汤阴

县北）。④封楚：封于楚。⑤衰：衰落；衰败。⑥称：号称。动词。⑦诸侯：
这里指韩、赵、魏、燕、齐、楚六国国君。⑧复：再；又。⑨此句据文义，
这里的"南夷"及下句的"西夷"均疑为"西南夷"。⑩见枸酱番禺：
即在番禺见到枸酱。⑪大夏杖邛竹：即在大夏见到邛竹杖。⑫揃（jiǎn）：
分割。⑬剽（piáo）：削；分。⑭卒：最终；终于。七郡：犍为郡、牂柯郡、
越牂郡、益州郡、武都郡、沈犁郡、汶山郡。

司马相如列传第五十七

司马相如者，蜀郡成都人也①，字长卿。少时好读书②，学击剑③，故其亲名之曰犬子④。相如既学⑤，慕蔺相如之为人⑥，更名相如⑦。以赀为郎⑧，事孝景帝⑨，为武骑常侍⑩，非其好也⑪。会景帝不好辞赋⑫，是时梁孝王来朝⑬，从游说之士齐人邹阳、淮阴枚乘、吴庄忌夫子之徒⑭，相如见而说之⑮，因病免⑯，客游梁⑰。梁孝王令与诸生同舍⑱，相如得与诸生游，士居数岁，乃著《子虚之赋》⑲。

【注释】

①蜀郡：战国秦置。西汉辖境相当今四川松潘以南，北川、彭县、洪雅以西、峨边、石棉以北，邛崃山、大渡河以东，以及大渡河与雅砻江之间康定以南、冕宁以北地。治所在成都（今四川成都市）。②少（shào）：少年；青年。好（hào）：喜爱。③击剑：颜师古注："击剑者，以剑遥击而中之，非斩剑也。"④亲：父母。犬子：司马相如初名。⑤既学：学业完成。《蜀志》秦宓云："文翁遣相如东受七经，还教吏民。"当指此事。⑥蔺（lìn）相如：战国时赵国大臣。⑦更：改。⑧赀（zī）：同"资"。资财；钱财。郎：郎官。古时对帝王侍从官的通称。⑨事：侍奉。孝景帝：汉景帝刘启。文帝刘恒子。前157—前141年在位。⑩武骑（jì）常侍：郎官加封的官衔。职责是"常侍从、格猛兽"。秩禄八百石（据《史记·李将军列传》）。⑪好（hào）：爱好；喜爱。⑫会：副词。与"适"通。辞赋：文体名。⑬是时：这时候。梁孝王：刘武。汉文帝次子，景帝刘启弟。封于梁，国在今河南、安徽交界地区，建都睢阳（今河南商丘市南）。来朝：指来京朝见皇帝。事当在梁孝王二十九年，即汉景帝前七年（前150年）。⑭游说（shuì）之士：指到处游说，凭借陈说形势，献计献策，以求取高官厚禄的策士。齐：郡名。治所在临淄（今山东淄博市东北）。辖境相当今淄博市及广饶、临朐等县地。邹阳：西汉文学家。初从吴王刘濞，劝吴王勿反，吴王不听。后去为梁孝王客。所作散文，尚有战

国游士纵横善辩之风。淮阴：县名。在今江苏淮安市淮阴区西南。枚乘：西汉辞赋家。初为吴王刘濞郎中，吴王欲反，上书劝阻，吴王不听，遂去为梁孝王客。吴：县名。在今江苏苏州。庄忌：西汉辞赋家。为梁孝王门客。有辞赋二十四篇。⑮说（yuè）：同"悦"。喜欢。之：第三人称代词，指代邹相之徒。⑯因：趁着。免：免去；去掉。此处指免去了武骑常侍的职务。⑰客游梁：指旅居梁国，做梁王的门客。⑱诸生：谓许多儒生。同舍：住在一起。⑲《子虚之赋》：即《子虚赋》。

　　会梁孝王卒，相如归①，而家贫，无以自业②。素与临邛令王吉相善③，吉曰："长卿久宦游不遂④，而来过我⑤。"于是相如往，舍都亭⑥。临邛令缪为恭敬⑦，日往朝相如⑧。相如初尚见之，后称病⑨，使从者谢吉⑩，吉愈益谨肃⑪。临邛中多富人⑫，而卓王孙家僮八百人⑬，程郑亦数百人⑭，二人乃相谓曰⑮："令有贵客⑯，为具召之⑰。"并召令⑱。令既至⑲，卓氏客以百数⑳。至日中㉑，谒司马长卿㉒，长卿谢病不能往㉓，令邛令不敢尝食㉔，自往迎相如㉕，相如不得已，彊往㉖，一坐尽倾㉗。酒酣㉘，临邛令前奏琴曰㉙："窃闻长卿好之㉚，愿以自娱㉛。"相如辞谢㉜，为鼓一再行㉝。是时卓王孙有女文君新寡㉞，好音㉟，故相如缪与令相重㊱，而以琴心挑之㊲。相如之临邛㊳，从车骑㊴，雍容闲雅甚都㊵；及饮卓氏㊶，弄琴㊷，文君窃从户窥之㊸，心悦而好之㊹，恐不得当也㊺。既罢㊻，相如乃使人重赐文君侍者通殷勤㊼。文君夜亡奔相如㊽，相如乃与驰归㊾。家居徒四壁立㊿。卓王孙大怒曰："女至不材51，我不忍杀，不分一钱也52。"人或谓王孙53，王孙终不听。文君久之不乐54，曰："长卿第俱如临邛55，经昆弟假贷犹足为生56，何至自苦如此57！"相如与俱之临邛，尽卖其车骑，买一酒舍酤酒58，而令文君当炉59。相如身自著犊鼻裈60，与保庸杂作61，涤器于市中62。卓王孙闻而耻之63，为杜门不出64。昆弟诸公更谓王孙曰65："有一男两女，所不足者非财也66。今文君已失身于司马长卿67，长卿故倦游68，虽贫，其人材足依也69，且又令客，独奈何相辱如此70！"卓王孙不得已，分予文君僮百人，钱百万，及其嫁时衣被财物。文君乃与相如归成都，买田宅，为富人71。

【注释】

　　①归：返回。指回到家中。②无以自业：没有什么用来作为自己的职

业。③素：向来；一向。临邛（qióng）：古县名。治所在今四川邛崃市。令：县令。④宦游：旧谓在外求官或做官。遂：通；达。⑤而：你。第二人称代词。与"尔"通。过：访；探望。⑥舍：居住。使动用法。都亭：汉代乡村每十里一亭，设亭长，管治安，招待旅客，治理民事。设于城内，城厢的称"都亭"。设于城门的称"门亭"。⑦缪（miù）：通"谬"。诈。假装。⑧日：每天。朝：拜访。⑨称病：声称有病。⑩谢：辞去；辞别。⑪愈益：更加。谨肃，谨慎恭敬。⑫临邛中：谓临邛城内。⑬而：承接连词。卓王孙：卓，姓；王孙，名。家僮：古时私家所属的奴隶。⑭程郑：人姓名。秦灭六国，由山东迁居临邛，亦靠冶铁致富。⑮乃：于是，就。时间副词。相（xiāng）谓：互相告诉对方。⑯令：县令。⑰为（wèi）具召之：准备酒食宴请他。⑱并：一起，一并。⑲既至：已经来到。⑳以百数：以百为单位计算。意为有几百。㉑日中：中午。㉒谒（yè）：请。㉓谢病：托言有病。㉔尝食：尝一尝饭食。㉕自：亲自。㉖彊（qiǎng）：通"强"。勉强。㉗一坐尽倾：满座的人都钦佩他的风采。㉘酣（hān，旧读hán）：饮酒畅快尽兴。㉙前：向前。动词。奏：进；奉献。㉚窃：私自；私下。谦辞。好（hào）之：喜爱它。㉛愿以自娱：希望用它来使自己快乐快乐。㉜辞谢：推谢。㉝为（wèi）：给。鼓：弹奏。一再行：一两曲。再，二。行，乐曲。㉞新寡：刚死了丈夫。㉟好（hào）音：喜爱音乐。㊱故：因此；所以。重（zhòng）：敬重。㊲以琴心挑（tiǎo）之：用琴声的音乐语言挑逗她。㊳之：往。动词。㊴车骑（jì）：车马。㊵雍容：形容态度大方，从容不迫。闲雅：亦作"娴雅"。从容大方。闲，通"闲"。㊶及：及至。介词。饮卓氏：在卓氏家中饮酒。㊷弄（nòng，旧读lòng）：玩弄。㊸窃从户窥（kuī）之：偷偷从门缝中看他。户，单扇门曰户。双扇门曰门。㊹悦而好之：指喜爱其人和琴声。㊺恐不得当：担心不能相配。当，对偶。㊻既罢：指鼓琴结束。㊼通殷勤：传达恳切深厚的情意，即传达私衷。㊽亡：逃跑。奔：旧时把男女不依照礼教的规定而相结合称"奔"。㊾驰：使劲赶马。㊿家居：家中。徒四壁立：谓空无别物，唯有四壁植立而已。51至不材：不成材到了极点。52一钱：一个钱。53人或：有的人。54久之：长时间。乐（lè）：快乐。55第：但；只。如：往。56昆弟：兄和弟，也包括近房和远房的弟兄。假：借。犹足为生：也足以生活。57何至：何至于。58酒舍：酒店。酤（gū）酒：卖酒。59当炉：主持

酒铺卖酒。炉，又作"垆"，四围泥土，中置酒瓮热酒。当，主持。⑥
犊鼻裈（kūn）：王先谦《汉书补注》谓如今之围裙，但以敝前，又系
于后。盖因其形如犊鼻，故名。按陈直《史记新证》，罗布淖尔烽火台
遗址曾出土一件，精短便于操作。⑥保庸：奴婢。一说为雇工，佣人。
杂作：共同操作。⑥涤（dí）器：洗涤酒器。⑥耻：耻辱，羞耻。意动
用法。⑥杜门不出：闭门不出。⑥诸公：指临邛的年长者和长辈。⑥财：
钱财。⑥失身：谓失去贞操。⑥故：本来。通"固"。倦游：厌倦宦游。
⑥其：那个。远指代词。代指司马相如。⑦独：偏偏。奈何：为什么。
⑦为：成为。

　　居久之①，蜀人杨得意为狗监②，侍上③。上读《子虚赋》而善之④，曰：
"朕独不得与此人同时哉⑤！"得意曰："臣邑人司马相如自言为此赋⑥。"
上惊，乃召问相如⑦。相如曰："有是⑧。然此乃诸侯之事，未足观也⑨。
请为天子游猎赋⑩，赋成奏之⑪。"上许⑫，令尚书给笔札⑬。相如以"子
虚"，虚言也⑭，为楚称⑮；"乌有先生"者，乌有此事也⑯，为齐难⑰；
"无是公"者，无是人也⑱，明天子之义⑲。故空藉此三人为辞⑳，以推
天子诸侯之苑囿㉑。其卒章归之于节俭㉒，因以风谏㉓。奏之天子，天子
大说㉔。其辞曰㉕：

【注释】

　　①居久之：过了好久。②狗监：主管猎犬的小吏。秩位低于令丞。
③上：皇上。此处指汉武帝刘彻。④善之：认为它好。善，意动用法。
⑤朕（zhèn）：秦代以后专为皇帝自称。哉：语气词。表示感叹。⑥臣：
官吏、百姓对君主的自称。邑人：同乡。⑦召：呼唤使来。⑧有是：有
这个事。是：指示代词。指代作《子虚赋》事。⑨未足观：不值得看。足，满，
可。⑩请：意为允许我。为：作。⑪奏：进献。之：语气词。⑫许：答应；
允许。⑬尚书：官名。始于战国。秦为少府属官。札：书写用的小而薄
的木简。按：因当时尚未用纸，故给札用以书写。⑭虚：空。⑮为楚称：
称说楚国之美。称，述，言。⑯乌：那。⑰为齐难：替齐诘难楚国。⑱是：
这个。⑲明天子之义：阐明做天子的道理，如后文所说"登明堂，坐清
庙，恣群臣，奏得失"之类。⑳藉：凭借；假借。㉑以：而。连词。推：
推想；推求。苑囿（yuàn yòu）：养禽兽植树木的地方。㉒卒章：文章

卓文君夜奔相如图

结束。㉓风（fěng）：通"讽"。用含蓄的话暗示或劝告。谏（jiàn）：
规劝君主、尊长或朋友。使之改正错误和过失。㉔说（yuè）：高兴。同"悦"。
㉕其：他的。过了很长时间，蜀郡人杨得意担任狗监，侍奉皇上。有一天，
皇上读到《子虚赋》，以为它不错，说："我偏偏不能和这个人同时
代呵！"

　　楚使子虚使于齐①，齐王悉发境内之士②，备车骑之众③，与使者出田④。
田罢，子虚过诧乌有先生⑤，而无是公在焉⑥。坐定，乌有先生问曰："今
日田乐乎？"子虚曰："乐。""获多乎⑦？"曰："少。""然则何乐⑧？"
曰："仆乐齐王之欲夸仆以车骑之众⑨，而仆对以云梦之事也。⑩"曰："可
得闻乎⑪？"

【注释】

①楚：战国七雄之一。使使（shǐ shǐ）：第一个"使"指派遣，第二个"使"指使者。子虚：作品中虚构的人物。齐：战国七雄之一。②悉：全；都。士：兵士。③备：完全；齐全。④田：通"畋"。打猎。《昭明文选》作"畋"。⑤诧：夸耀。乌有先生：虚构的人物。乌有，何有，意即没有。⑥无是公：虚构的人物。意即没有这个人。⑦获：猎得禽兽。⑧然则："……这样……那么……。"⑨夸：夸耀。仆（pú）："僕"的简写。古人对自己的谦称。多用于男子。⑩对：回答。云梦：楚国著名的大沼泽地，相传在今湖北安陆市南。本为二泽，跨长江两岸，江北为"云"，江南为"梦"，纵横八九百里，后世淤塞。⑪可得闻乎：可以说给我听么。

子虚曰："可。"王驾车千乘①，选徒万骑②，田于海滨。列卒满泽③，罘罔弥山④，掩兔辚鹿⑤，射麋脚麟⑥。骛于盐浦⑦，割鲜染轮⑧。射中获多⑨，矜而自功⑩。顾谓仆曰⑪：'楚亦有平原广泽游猎之地饶乐若此者乎⑫？楚王之猎何与寡人⑬？'仆下车对曰：'臣，楚国之鄙人也⑭，幸得宿卫十有余年⑮，时从出游⑯，游于后园⑰，览于有无⑱，然犹未能遍睹也⑲，又恶足以言其外泽者乎⑳！'齐王曰：'虽然㉑略以子之所闻见而言之㉒。'

【注释】

①乘（shèng）：量词。②选徒：经过选择的精锐士卒。骑（jì）：一人一马的合称。③列：排列。泽：聚水的洼地。④罘（fú）：捕兔的网。罔：捕鱼的网。弥：满；遍。⑤掩（yǎn）：罩住。辚：轮子。用作动词。意为因车轮驰逐而被碾轧。⑥麋（mí）：麋鹿，俗称"四不像"。脚：小腿。用作动词，指抓住麟的腿。麟：此处当指大雄鹿。⑦骛（wù）：纵横奔驰。盐浦：海边的盐滩。⑧鲜：指禽兽的生肉。一说为捕得的鱼类。染轮：血染车轮。⑨中（zhòng）：击中目标。⑩矜（jīn）：妄自尊大。自功：夸耀自己的功劳。⑪顾：回头看。⑫饶：富足；多。若此：像这样。⑬何与寡人：意为和寡人比起来，哪个更有乐趣。与，如。寡人：古代帝王或诸侯对下的自称。⑭鄙人：小人，低贱的人。自称谦辞。鄙：小。⑮宿卫：在宫禁中值宿警卫。十有余年：十多年。有：又。余：多。⑯时：时时；时常。⑰后园：即"内苑"。与下文"外泽"相对。⑱览于有无：意为跑马

看花，匆匆浏览，以致景物有的看见了，有的未留神就未看见。览：见，看。⑲遍睹（dǔ）：全都看遍。⑳恶（wū）足以：怎么够得上。外：指"后园"之外。㉑虽然：即使这样。㉒略：大概；大致。子：古代对男子的尊称。相当于"您"。

　　仆对曰："唯唯①"。臣闻楚有七泽，尝见其一，未睹其余也。臣之所见，盖特其小小者耳②，名曰云梦。云梦者，方九百里③，其中有山焉④。其山则盘纡峁郁⑤，隆崇嵂崒⑥；岑岩参差⑦，日月蔽亏⑧；交错纠纷⑨，上干青云⑩；罢池陂陁⑪，下属江河⑫。其土则丹青赭垩⑬，雌黄白坿⑭，锡碧金银⑮，众色炫耀⑯，照烂龙鳞⑰。其石则赤玉玫瑰⑱，琳瑉琨珸⑲，瑊玏玄厉⑳，瑌石武夫㉑。其东则有蕙圃衡兰㉒，芷若射干㉓，穹穷昌蒲㉔，江离麋芜㉕，诸蔗猼且㉖。其南则有平原广泽，登降陁靡㉗，案衍坛曼㉘，缘以大江㉙，限以巫山㉚。其高燥则生葴菥苞荔㉛，薛莎青薠㉜。其卑湿则生藏莨蒹葭㉝，东蔷雕胡㉞，莲藕菰芦㉟，菴䕡轩芋㊱，众物居之，不可胜图㊲。其西则有涌泉清池，激水推移㊳；外发芙蓉菱华㊴，内隐巨石白沙㊵。其中则有神龟蛟鼍㊶，玳瑁鳖鼋㊷。其北则有阴林巨树㊸，楩枬豫章㊹，桂椒木兰㊺，檗离朱杨㊻，櫨梸樗栗㊼，桔柚芬芳㊽。其上则有赤猿蠷蝚㊾，鹓雏孔鸾㊿，腾远射干[51]。其下则有白虎玄豹[52]，蟃蜒貙犴[53]，兕象野犀，穷奇獌狿[54]。

【注释】

　　①唯唯：恭敬地答应。②盖：大概，可能。特：只。③方：纵横。④中：中间。焉：语气词，仅表叙述。⑤盘纡（yù）：迂回曲折。峁（fú）郁：山势曲折阴幽的样子。⑥隆崇：山势高耸的样子。嵂崒（lǜ zú）：山势高峻的样子。⑦岑（cén）岩：山势高峻的样子。参差（cēn cī）：高低不齐的样子。⑧蔽：全隐。亏：半缺。⑨交错：交叉错杂。⑩干：冒犯；触到。⑪罢池（pí tuó）、陂陀（pō tuó）：均为倾斜而下的样子。⑫属（zhǔ）：连接。⑬丹：朱砂。青：青雘（huò），赤石脂之类的东西，古代以为好颜料。赭（zhě）：赤土。⑭雌黄：矿物名，三硫化二砷，橙黄色，可制作颜料。白坿（fù）：白石英。⑮锡：银白色的金属。碧：青白色的玉石。⑯炫（xuàn）耀：光彩夺目。⑰照烂龙鳞：彩色照耀，像龙鳞那样灿烂。⑱赤玉：红色的玉石。玫瑰：一种紫色的宝石。⑲琳：青碧色的美

玉。瑉（mín）：一种次于玉的美石。琨珸（kūn wú）：本是山名，出美石，因亦以名其山之石。亦作“昆吾”。⑳瑊玏（jiān lè）：似玉的美石。玄厉：可以琢磨的黑石。㉑瑌（ruǎn）：似玉的美石。《汉书》本传作“碝”。《昭明文选》作“礝”。武夫：赤地白纹的美石。㉒蕙：蕙草，一种香草。蕙圃：这里指长有蕙草的花圃。衡：杜衡，香草名。兰：秋兰。㉓芷：白芷。若：杜若。均为香草名。射干：多年生草本植物。可供观赏，亦可入药。《汉书》《昭明文选》均无此二字。㉔穹穷（qiōng qióng）：香草名，根可入药。菖蒲：多年生草本植物，叶似剑，根茎可作香料，也可入药。㉕江离：水草名，生在海湾浅水中，可用来制造琼脂。糜芜（mí wú）：蕲芷。亦为香草。㉖诸蔗：甘蔗。《汉书》本传作“诸柘”。猼且（pó jū）：芭蕉。《汉书》本传作“巴且”。㉗登降：登高降下。这里指地势高低不平。陁（yī）靡：山势斜长绵延的样子。㉘案衍：地势低下的样子。坛曼：平坦的样子。㉙大江：长江。㉚限：界限。巫山：指云梦泽中的巫山。一名阳台山。㉛燥：干。葴（zhēn）：马蓝。蔪（sī）：一种像燕麦的草。《汉书》本传作“菥”。《说文》无“蔪”字。苞：草名，即席草，可制席子和草鞋。荔（lì）：草名，即荔挺。又名马饘。形似蒲而小，其根可制刷子。㉜薛：草名，即藾蒿。莎（suō）：草名，即莎草。块根叫香附子，可入药。青薠（fān）：草名，似莎而大。㉝卑湿：地势低下而潮湿。藏（zàng）、莨（làng）：均为草名，郭璞说是喂马用。蒹（jiān）：没有长穗的荻。葭（jiā）：没有长出穗的芦苇。㉞东蔷（qiáng）：草名，似蓬草，子如葵籽，可食。雕胡：即菰米，茭白尖头的圆颗，可煮食。这里泛指茭白。㉟菰（gū）芦：即葫芦。亦作“扈鲁”。㊱菴蔺（ān lǘ）：草名，状如蒿艾，子可入药。轩芋：即莸草，是一种臭草。㊲胜（shēng）：尽。图：画。㊳激水：激荡的水波。推移：流动。㊴外：指水面。发：花开；开放。芙蓉：指水芙蓉，即荷花。蔆华：即蔆花，即菱花。果实即茭角。华，通“花”。㊵内：指水中。㊶蛟：鳄鱼一类的动物，传说属龙一类。鼍（tuó）：亦称“鼍龙”，即“扬子鳄”，俗称“猪婆龙”。㊷玳瑁（dài mào）一种生性强暴的海生动物，形状像龟，甲壳可制装饰品。鼋（yuán）：形似鳖而大。㊸阴林：森林。㊹楩（pián）：即黄楩木。楠（nán）：即楠木。豫：枕木。章：樟木。楩、枬、豫、章皆乔木。㊺桂椒、木兰：均为珍贵树木。㊻檗（bò）：即黄檗，落叶乔木，茎可制黄色颜料，

树皮可入药。离：山梨。朱杨：即柽柳。㊼楂（zhā）："楂"的本字，即山楂。梬：梨。梬（yǐng）栗：一种枣名，形似柿而小，古称羊枣，梬枣，今称黑枣。㊽柚：柚子。㊾蠷蝚（jué róu）：猕猴，也即母猴。㊿鹓雏（yuān chú）：传说中与凤凰同类的鸟。孔：孔雀。鸾（luán）：传说中凤凰一类的鸟。51腾远：《焦氏笔乘》疑即"腾猿"。射（yè）干：一种似狐而小能够上树的动物。52玄：带赤的黑色。53蟃蜒（màn yán）：似貍，长百寻，是一种形体较大的野兽。貙（chū）：一种似貍而大的野兽。一说虎之大者为貙。犴（àn）：一种似狐而小的野兽。54兕（sì）：雌性的犀牛。穷奇：身有猬毛，音如嗥狗，可食人。蟃蜒（màn yán）：巨兽名，长百寻（一寻为八尺）。

于是乃使专诸之伦①，手格此兽②。楚王乃驾驯驳之驷③，乘雕玉之舆④，靡鱼须之桡旃⑤，曳明月之珠旗⑥，建干将之雄戟⑦，左乌嗥之雕弓⑧，右夏服之劲箭⑨；阳子骖乘⑩，纤阿为御⑪；案节未舒⑫；即陵狡兽⑬，轔邛邛⑭，蹴距虚⑮，轶野马而辕騊駼⑯，乘遗风而射游骐⑰；儵眒凄浰⑱，雷动熛至⑲，星流霆击⑳，弓不虚发，中必决眦㉑，洞胸达腋㉒，绝乎心系㉓，获若雨兽㉔，掩草蔽地㉕。于是楚王乃弭节裴回㉖，翱翔容与㉗，览乎阴林，观壮士之暴怒，与猛兽之恐惧，徼郤受诎㉘，殚睹众物之变态㉙。

【注释】

①专诸：春秋时刺客。伦：类。②格：格杀；打死。③驯：驯服，训练使马服从。驳：马毛色不纯。驷：同驾一辆车的四匹马。④雕玉之舆（yú）：用雕刻的玉装饰的车。⑤靡：通"麾（huī）"。挥动。按：麾，本作"摩"。鱼须：鲸鱼口中之须。桡旃（náo zhān）：曲柄旗。因用鱼须作的旗杆柔靭易桡（弯曲），故曰桡旗。⑥曳（yè）：悬挂；摇动。明月；即明月珠。⑦建：高举。干将：春秋时吴国的著名制剑师。雄戟：指锋利的戟。戟：古代由矛演化而来的长柄兵器。⑧乌嗥：古代良弓名。雕：饰画。⑨夏：夏羿。古代擅长射箭的人。服：同"箙（fú）"。盛箭器。劲：强；坚强有力。⑩阳子：春秋时秦国人，名孙阳，字伯乐，擅长相马。骖乘（cān shèng）：陪乘，也指陪乘的人。古代乘车时，尊者居左，驾车人居中，右边一人乘于车上以防倾侧，即为骖乘。⑪纤阿（xiān ē）：美女姣好

貌。御：此处指驾车的人。⑫案节：马行走缓慢而有节奏。案，通"按"。未舒：指未有尽情驰骋。⑬即：即已；已经。陵：欺凌。这里是践踏的意思。狡：狡猾。⑭辚：辚轹。车轮碾过。邛邛：《汉书》本传、《昭明文选》作蛩蛩（qióng qióng）。古代传说中的异兽，其状如马，善于奔走。⑮蹴（cù）：踩；踏。距虚：野兽，似骡而小善于奔走。⑯轶（yì）：突击；侵凌。辒（wèi）：车轴末端，这里用作动词，意为用车轴头冲撞。騊駼（táo tú）：即"陶駼"，相传是产于东海的野兽，其状如马。⑰遗风：千里马名。骐（qí）：青黑色有如棋盘格子纹的马。⑱儵眅（shū shēn）凄浰（lì）：都是动作迅速的样子。儵（shū）：通"倏"。极快地。⑲雷：像打雷一样。熛（biāo）：同"飙"。狂风；暴风。像暴风一样。⑳星：像流星一样。霆（tíng）：雷，疾雷。㉑中（zhòng）：射中。决：裂。眦（zì）：眼眶。㉒洞：用作动词。穿成洞。掖：同"腋"。胳肢窝。㉓绝：断。㉔雨：下雨。㉕掩（yǎn）：掩盖；遮掩。㉖弭（mǐ）节裴回：按辔徐行。裴回：即"徘徊"，忘返流连。㉗翱翔：振动翅膀飞翔。容与：逍遥自在的样子。㉘徼（yāo）：拦截。劒（jí）：极度疲倦。受：收拾。诎（qū）：同"屈"。这里是力尽的意思。㉙殚（dàn）：尽。变态：指富有变化的各种神态。

　　于是郑女曼姬①，被阿锡②，揄纻缟③，杂纤罗④，重雾縠⑤；襞积褰绉⑥，纡徐委曲⑦，郁桡谿谷⑧；衯衯裶裶⑨，扬袘戍削⑩，蜚纤垂髾⑪；扶舆猗靡⑫，噏呷萃蔡⑬，下摩兰蕙⑭，上拂羽盖⑮，错翡翠之威蕤⑯，缪绕玉绥⑰；缥乎忽忽⑱，若神仙之仿佛⑲。

【注释】

　　①郑女：郑国的女子。郑国在今河南省。曼姬：美女。曼，柔美，细美。②被（pī）：通"披"。阿：古代一种轻细的丝织品。锡：通"绵"。一种细布。③揄（yú）：牵引；挥动。纻（zhù）：苧（zhù）麻织成的布。缟（gǎo）：一种白色的丝织品。④杂：各种颜色相配合。⑤雾縠（hú）轻薄如雾的绉纱一类的丝织物。⑥襞（bì）积：衣服上的褶子。褰（qiān）绉：缩皱的样子。⑦纡徐：缓步的样子。委曲：曲折不顺。⑧郁桡：深曲的样子。⑨衯衯（fēn fēn）裶裶（féi féi）：衣服长而美好的样子。⑩扬：扬起；抬起。袘（yì）：衣下缘边。戍削：谓衣服剪裁合身，整齐刻画。

⑪翡：通"飞"，这里意思是飘扬。纤：《汉书》本传作"襳"。髾（sào）：古时妇女上衣上的装饰，形如燕尾。⑫扶舆猗（yǐ）靡：形容扶着车舆，婉顺地相随。《汉书》本传"舆"作"舆"。⑬嘀呷（xì xiá）：衣裳张起的样子。萃蔡：通"綷縩"。衣服摩擦的声音。⑭摩：通"磨"。物体相摩擦。兰蕙：泛指地上的香草。⑮拂：拂拭；轻轻擦过。羽盖：用羽毛装饰的车篷。⑯错：交错夹杂。翡翠：鸟名。有蓝色和绿色的羽毛，可作装饰品。葳蕤（ruí）：盛多的样子。⑰缪：通"缭"。缭绕，如同说"缠绕"。玉绥：用玉装饰的，挽以上车的绳。⑱缥：若隐若现的样子。忽忽：飘忽不定的样子。⑲仿佛：看不真切。

　　于是乃相与獠于蕙圃①，婪珊勃窣上金隄②，揜翡翠③，射鵕鸃④，微矰出⑤，纤缴施⑥，弋白鹄⑦，连驾鹅⑧，双鸧下⑨，玄鹤加⑩。怠而后发⑪，游于清池⑫；浮文鹢⑬，杨桂枻⑭，张翠帷，建羽盖，罔玳瑁⑮，钓紫贝⑯；摐金鼓⑰，吹鸣籁⑱；榜人歌⑲，声流喝⑳，水虫骇，波鸿沸㉑，涌泉起，奔扬会㉒，擂石相击㉓，硍硍磕磕㉔，若雷霆之声，闻乎数百里之外㉕。

【注释】

　　①相与：共同。指众女与楚王在一起。獠（liáo）：打猎。②婪（pán）珊勃窣（sù）：形容走在金隄上时伛身摇摆的样子。金隄：堤的美称。③揜：通"掩"。此处作罩住解，指用网捕取。④鵕鸃（jùn yí）：即锦鸡。⑤微：小。矰（zēng）：用丝绳系住用来射飞鸟的短箭。⑥纤：细小。缴（zhuó）：拴在箭上的生丝绳。施：放射。⑦弋（yì）：用带绳子的箭射鸟。白鹄（hú）：即天鹅。⑧连：指用矰射中后，用绳牵连而下。驾鹅：野鹅。⑨鸧（cāng）：即鸧鸹（guā），似雁而黑。⑩玄鹤：传说鹤千岁化为苍，又千岁变为黑，谓之玄鹤。加：指中箭。⑪怠：倦。⑫清池：指云梦西边的涌泉清池。⑬浮：指划船。鹢（yī）：水鸟。⑭桂枻（yì）：用桂木制成的船桨。⑮罔：通"网"。⑯钓：钓取。紫贝：紫地黑纹的贝壳。⑰摐（chuāng）：撞；敲击。金：即"钲"（zhēng），似钟而狭长有柄，似铃而无舌，打击作声。在战场上作指挥信号，鸣金表示退却或收兵。⑱籁（lài）：箫。⑲榜人：船夫。⑳喝（yè）：声音幽咽、噎塞。㉑鸿：大。㉒奔扬：指奔腾激扬的波涛。㉓擂（lèi）石：滚动的石头。㉔硍硍（láng

láng）礚礚（kē kē）：众石相击发出的声音。㉕按：据《史记会注考证》引曾国藩语：以上与众女猎于蕙圃，游于清池，即上文东有蕙圃，西有清池也。

　　"将息獠者①，击灵鼓②，起烽燧③，车案行④，骑就队⑤，纚乎淫淫⑥，班乎裔裔⑦。于是楚王乃登阳云之台⑧，泊乎无为⑨，澹乎自持⑩，勺药之和具而后御之⑪。不若大王终日驰骋而不下舆，脟割轮淬⑫，自以为娱。臣窃观之，齐殆不如⑬。于是王默然无以应仆也⑭。"

【注释】

　　①将息獠者：意为将要停止打猎的时候。獠（liáo），猎。②灵鼓：一种六面鼓。③起烽燧（suì）：点起火把。烽燧：即烽火，这里指火把。④案行：依次序行列而行。⑤就队：归队。⑥纚（shǐ）：群行貌。淫淫：增进貌，众多的样子。⑦班：依次相连。裔裔（yì yì）：流动的样子。⑧阳云之台：又叫阳台，在巫山之下。⑨泊（bó）：恬静；安静。⑩澹（dàn）：安静。⑪勺药：即芍药。古人以为有"安和五脏"和"辟毒气"的作用，因而用它作调料。和：指调和好的食品。御：古时对帝王所作所为所用的专称，这里指吃。⑫脟（luán）：通"脔"。切成小块的肉。脟割：就是一块一块地割。轮淬（cuī）：搵（wèn）染车轮。淬：搵染。⑬齐：指齐王。不如：指不如楚王。⑭无以应：没有什么话来回答。按：据《史记会注考证》引曾国藩语曰：以上息猎。

　　乌有先生曰："是何言之过也①！足下不远千里②，来况齐国③，王悉发境内之士，而备车骑之众，以出田④，乃欲勠力致获⑤，以娱左右也⑥，何名为夸哉！问楚地之有无者⑦，愿闻大国之风烈⑧，先生之余论也⑨。今足下不称楚王之德厚，而盛推云梦以为高⑩，奢言淫乐而显侈靡⑪，窃为足下不取也。必若所言⑫，固非楚国之美也⑬。有而言之，是章君之恶⑭；无而言之，是害足下之信⑮。章君之恶而伤私义⑯，二者无一可⑰，而先生行之，必且轻于齐而累于楚矣⑱。且齐东巨海⑲，南有琅邪⑳，观乎成山㉑，射乎之罘㉒，浮勃澥㉓，游孟诸㉔，邪与肃慎为邻㉕，右以汤谷为界㉖，秋田乎青丘㉗，傍偟乎海外㉘，吞若云梦者八九㉙，其于胸中曾不蒂芥㉚。若乃俶傥瑰伟㉛，异方殊类㉜，珍怪鸟兽，万端鳞萃[33]，充仞其中者[34]，不可胜记，禹不能名[35]，契不能计[36]。然在诸侯之位，不敢言游戏之乐，苑囿之大；先生又见客[37]，是以王辞而不能复[38]，何为无用应哉[39]！"

【注释】

①过：过分；太甚。②足下：敬辞。称对方。③沉：通"访"，临访；访问。④以：而，连词。⑤勠（lù）力：并力，合力。勠：通"戮"。致获：猎得禽兽。⑥娱：快乐。使动用法。左右：敬辞。⑦按：齐王畋罢曾问子虚说"楚亦有平原广泽游猎之地饶乐若此乎？"此处当指此事。⑧风烈：教化与功业。⑨余论：美论，对别人言论的敬辞。⑩高：高论。⑪奢：豪奢；阔。⑫若：如。⑬美：美事。⑭章：通"彰"。宣扬。⑮害：损害。信：信誉。⑯伤私义：损害自己的道德准则。⑰二者：二个。者：代词。可：合宜；适合。⑱且，将要。轻于齐而累于楚：意为在德行上减轻齐国的负担而牵累楚国。⑲陼（zhǔ）：通"渚"。水中的小块陆地；小洲。巨：大。⑳瑯邪（láng yá）：山名，在今山东胶南市南海滨。一日台名。㉑观：观赏。成山：在今山东荣成县东北。㉒之罘（fú）：山名，在今山东福山县东北。㉓浮：行船。勃澥（xiè）：渤海。一说海旁曰渤，断水渭澥。勃：通"渤"。㉔孟诸：古代泽薮名。在今河南商丘市东北，虞城县西北。今已淤塞。㉕邪：同"斜"，侧翼。肃慎：古国名，在今吉林省东北。㉖汤（yáng）谷：即旸谷。地名。㉗田：同"畋"。打猎。青丘：海外国名。据说在大海以东三百里。㉘傍偟：通"彷徨"。徘徊，自由地漫步。㉙吞：这里有包含在内的意思。若：像。八九：八九个。㉚曾（zēng）：竟。蒂芥：一作"芥蒂"。细小的梗塞物。这里用作动词。㉛若乃：至于。俶傥（tì tǎng）：通"倜傥"。不同寻常。瑰（guī）伟：奇伟；卓异。㉜异方：奇异的地方。殊类：特殊的种类。㉝万端：形容头绪极多而纷繁。鳞萃（cuì）：比喻多的像鱼鳞一样地聚集在一起。萃：通"崒"。聚集的意思。㉞充仞（rèn）：充满。仞，通"牣"。满的意思。㉟禹：相传尧时曾任司空之职，善辨九州土地、山川、草木，禽兽。名：叫出名称来。㊱契（xiè）：《汉书》本传、《昭明文选》作"卨（xiè）"。商代始祖名。计：计算。㊲见客：被当作客人。见，被。被当作。㊳是以：即"以是"。因此。王辞而不复：谓齐王推辞而不回答。㊴何为：为何。无用应：《汉书》本传、《昭明文选》作"无以应"。即没有什么话来回答。

　　无是公听然而笑曰①："楚则失矣②，齐亦未为得也。夫使诸侯纳贡者③，非为财币，所以述职也④；封疆画界者⑤，非为守御，所以禁淫也⑥，今齐列为东藩⑦，而外私肃慎⑧，捐国逾限⑨，越海而田⑩，其于义故未可也⑪。且二君之论，不务明君臣之义而正诸侯之礼⑫，徒事争游猎之乐⑬苑囿之大，欲以奢侈相胜，荒淫相越⑭，此不可以扬名发誉⑮，而适足以贬君自损也⑯。且夫齐楚之事又焉足道邪⑰！君未睹夫巨丽也⑱，独不闻天子之上林乎⑲？"

司马相如像，选自《大汉三合明珠宝剑全传》。

【注释】

　　①听（yín）然：张口笑的样子。②则：与"因"通。③纳贡：交纳贡物。④述职：诸侯向天子陈述履行职务的情况。⑤封疆画界：划定疆域界限。⑥禁：禁绝。⑦东藩：东方屏藩之国。古时称诸侯国为藩，因它对中央起屏藩作用。⑧而：可是，然而。外私肃慎：外面和肃慎私下往来。

私：私通。⑨捐国：舍弃本国。捐：弃。这里是离开的意思。逾限：指超越国境。⑩越海而田：指《子虚赋》中所谓"秋田乎青丘"之事。⑪其：与"殆"通。语气副词。可：合宜；适合。⑫务：致力，从事。⑬徒：白白地。⑭越：超出；超过。⑮发：显露，表现。⑯适足：正可。贬君：贬低君王的声誉。⑰焉：何。⑱夫（fú）：那个。指示代词。⑲独：难道。岂。上林：苑名。

　　左苍梧，右西极①，丹水更其南②，紫渊径其北③；终始霸、浐④，出入泾、渭⑤；酆、鄗、潦、潏⑥，纡馀委蛇⑦，经营乎其内⑧，荡荡兮八川分流⑨，相背而异态⑩。东西南北，驰骛往来⑪，出乎椒丘之阙⑫，行乎洲淤之浦⑬，径乎桂林之中⑭，过乎泱莽之野⑮。汩乎浑流⑯，顺阿而下⑰，赴隘陕之口⑱。触穹石⑲，激堆埼⑳，沸乎暴怒㉑，汹涌滂濞㉒。滭浡滵汩㉓，湢测泌瀄㉔，横流逆折㉕，转腾潎洌㉖，澎濞沆瀣㉗，穹隆云挠㉘，蜿灗胶戾㉙，逾波趋浥㉚，莅莅下濑㉛，批岩冲壅㉜，奔扬滞沛㉝。临坻注壑㉞，瀺灂霣坠㉟湛湛隐隐㊱，砰磅訇礚㊲。潏潏淈淈㊳，湁潗鼎沸㊴。驰波跳沫㊵，汩漯漂疾㊶，悠远长怀㊷，寂漻无声㊸，肆乎永归㊹。然后浩溔潢漾㊺，安翔徐徊，翯乎滈滈㊻，东注大湖㊼，衍溢陂池㊽。于是乎蛟龙赤螭㊾，鰸鰽、螭离㊿，鰅鳙鳉魠，禺禺鱋魶，捷鳍擢尾，振鳞奋翼，潜处于深岩；鱼、鳖讙声，万物众伙，明月、珠子，玓瓅江靡，蜀石、黄碝，水玉磊砢，磷磷烂烂，采色澔旰，丛积乎其中。鸿、鹄、鹔、鸨，𪃑鹅、属玉，交睛、旋目，烦鹜、鵁鸬，鳸鹬、鵁鸬，群浮乎其上。汜淫泛滥，随风澹淡，与波摇荡，掩薄草渚，唼喋菁、藻，咀嚼菱、藕。

　　①左：指东方，右指西方。苍梧、西极，均为上林苑边上的小地名。②丹水：水名。发源于陕西商县西北冢岭山，东南流入河南省。更（gēng）：经历。③紫渊：渊名。在长安北。径：经过。④终始：作动词用，指霸、浐两水始终流在苑中。霸、浐：两水名。发源于陕西蓝田县，向北合流后入渭水。⑤出入：指泾、渭两水从苑外流入苑中，又出苑而去。泾、渭：即今之泾河、渭河，皆发源于甘肃省。⑥酆（fēng）：水名。鄗（hào）：水名。发源于今陕西西安市长安区南，向北流入渭水。（后来其下流

淤塞，不通渭水）。潦（lào）：一作"涝"水名，发源于陕西户县南，向北流入渭水。滴（jué）：水名。⑦纡馀委蛇（yí）：水流曲折宛转的样子。⑧经营：周旋的意思。其内：指上林苑内。⑨荡荡：广大的样子。八川：指上文的霸、浐、泾、渭、酆、鄗、潦、滴八水。⑩异态：指变态不同。⑪驰鹜：水流交错。⑫椒丘：长着椒木的小山。阙（què）：豁口；空隙。⑬淤（yū）：洲名。浦（pǔ）：水边。⑭桂林：桂树之林。⑮泱莽（yāng mǎng）：广大没有边际的意思。⑯汩（gǔ）：水流急盛的样子。浑（hún）：《汉书》本传、《昭明文选》作"混"。指水势盛大。⑰阿（ē）：大土山。⑱隘陕（ài xiá）：即狭隘；狭窄。陕：《汉书》本传、《昭明文选》作"狭"。⑲触：碰撞。穹石：指大石。⑳激：水势受阻后腾涌或飞溅。堆：沙堆。埼 qí）：曲岸头。一说堆埼指堆起的。㉑沸（fèi）：水涌起的样子。㉒滂濞（pāng fèi）：水向堤岸溢出的样子。《汉书》本传、《昭明文选》作"彭湃"。波浪相击荡的意思。㉓滭浡（bì bō）：水盛出的样子。滵汩（mì gǔ）：水疾流的样子。《汉书》本传、《昭明文选》作"滵汩"。㉔滭（bì）测：水势盛懑的样子。《汉书》本传、《昭明文选》作"偪测"。泌浖（bì jié）：水相激击的样子。㉕横（hèng）流：水行不由河道。逆折：回旋。㉖潎冽（piè liè）：水流轻疾的样子。㉗滂濞（pāng pī）：同"澎湃"。沆瀣（hàng xiè）：徐流。《汉书》本传、《昭明文选》作"沆溉"。按"沆瀣"本意为夜间的露水气。㉘穹隆：水势高起的样子。云挠：形容水势回旋曲折，像云一样屈曲。挠：弯曲。㉙蜿灗（shàn）：犹"宛转"。形容水流屈曲盘旋。胶戾（lì）：回旋曲折。㉚逾波：后波逾越前波。趣㳽（yà）：输入于渊。㳽，坑洼之地，深渊。㉛苙苙（lì lì）：水流声。《汉书》本传、《昭明文选》作"泣泣"。濑（lài）：从沙石上流过的急水。㉜批：反击。圻（yán）：山崖。《汉书》本传、《昭明文选》作"岩"。壅：曲堤。《汉书》本传、《昭明文选》作"拥"。㉝犇（bēn）扬：奔腾高扬。犇，通"奔"。滞沛：水奔腾涌流不可阻挡的样子。㉞坻（chī）：水中的小洲或高地。壑：坑谷：深沟。㉟瀺灂（chán zhuó）：小水声。霣（yǔn）：通"陨"。坠落。㊱湛（chén）湛：水深的样子。隐隐：盛大的样子。㊲砰磅（pēng páng）、訇磕（hōng kē）：均为水流盛起的声音。㊳滀滀（yù yù）、渂渂（gǔ gǔ）：均为水微转细涌的样子。

㊴湁潗（chì jí）：水沸腾的样子。㊵驰波：水波急驰。跳沫：白沫跳起。㊶汩淴（gǔ xī）：水流急转的样子。漂疾：水流迅疾的样子。㊷悠远：放散的样子。怀：来。㊸寂漻（liáo）：寂静。通“寂寥”。㊹肆：不受拘束，放纵。㊺浩溔（yǎo）潢（huǎng）漾：均为水无边无际的样子。㊻翯（hùo）：水光。滈滈（hào hào）：水发白光。㊼大湖：泛指巨泽。㊽衍溢：水满而溢出。陂（pí）池：江边小水。按：据《史记会注考证》引曾国藩语：以上，水。《子虚赋》言水始终，不外有力、自然两义。“触穹石”四句，言水之盛怒有力：“泮弗”五句，极言其有力；“穹隆”四句，言其自然；“批岩”二句，言其有力；“临坻”二句，言其自然；“沉沉”二句言其有力；“滴滴”二句，言其自然；“驰波”十句，皆言其自然。脉络极分明也。㊾蛟：龙无角曰蛟。螭（chī）：似龙，无角。㊿䱭鰽（gèng méng）：鱼名。螹（jiàn）离：鱼名。一说谓龙之无角者。(51)鰅（yú）：鱼名。皮有文采，又名斑鱼，皮可制革。鳙（yōng）：鱼名。形似鲢鱼而黑。鰬（qián）：鱼名。形似鳝。魠（tuō）：鱼名。一名黄颊，颊黄口大。(52)禺禺：鱼名皮有毛，黄地黑纹。鱋（xū）：即比目鱼。魶（nà）：即鲵，俗名娃娃鱼。《汉书》本传、《昭明文选》“鱋魶”作“魼鳎”。(53)揵（qián）：扬举。鳍（qí）：鱼背上鬣。擢（zhuō）：摇动。(54)振：抖动。奋：举起。(55)讙（huān）：通“欢”，此处是惊呼的意思。(56)伙：多。(57)明月：指明月珠，一说指水上明月。珠子：指小珠。一说指珍珠蚌。(58)玓瓅（dì lì）：珠光照耀的样子。江靡：江边。(59)蜀石：次于玉的美石。黄碝（ruǎn）：一种黄色的次于玉的美石。(60)水玉：水精。即水精石。磊砢（kē）：众多貌。(61)磷磷烂烂：玉石色泽灿烂的样子。(62)澔旰（hào hàn）：玉石光彩交相辉映的样子。(63)鸿：大雁。鹄：黄鹄。天鹅。鹔（sù）：即鹔鹴。形似雁，长颈，毛呈绿色。鸨（bǎo）：鸟名。似雁而无后趾。(64)驾鹅：即野鹅。鸀鳿（zhú yù）：水鸟名，似鸭而大，长颈赤目，毛呈紫绀色。《汉书》本传、《昭明文选》作“属玉”。(65)鵁鶄（jiāo jíng）：即“鸡鶄”。水鸟名。形似凫，脚高，有红毛冠。鹮（xuán）目：水鸟名。大于鹭而尾短，羽毛呈红白色。《汉书》本传、《昭明文选》作“旋目”。(66)烦鹜（wù）：水鸟名。凫：似鸭而小。鷛𪇆（yóng qú）：水鸟名。形似凫，灰色而鸡足。俗名水鸡。《汉书》本传、《昭明文选》作“庸渠”。(67)鷇鸶（zhēn sī）：水鸟名。毛呈黑苍色，似鱼虎。《汉书》本传、《昭明文学》作“箴疵”。鸡：即鱼鸡。鸬：即鸬鹚，俗名水老鸭。《汉书》本传、《昭明文选》作“卢”。(68)汎（féng）淫泛滥：任凭风

波漂浮的样子。⑲澹淡：漂动的样子。⑳掩薄草渚：《汉书》本传作"奄薄"水陼。掩：遮蔽；遮盖。薄：集。㉑唼喋（shà dié）：衔食。菁（jīng）、藻：均为小草。㉒咀嚼：细细咬嚼。

　　于是乎崇山茏苁①，崔巍嵯峨②，深林钜木③，崭岩参嵯④，九嵕、巀嶭⑤，南山峨峨⑥，岩陁甗锜⑦，摧崣崛崎⑧，振溪通谷⑨，蹇产沟渎⑩，谽呀豁閜⑪，阜陵别岛⑫，崴磈嵬瘣⑬，丘虚崛礨⑭，隐辚郁㟜⑮，登降施靡⑯，陂池貏豸⑰，沇溶淫鬻⑱，散涣夷陆⑲，亭皋千里⑳，靡不被筑㉑。掩以绿蕙㉒，被以江离㉓，糅以蘪芜㉔，杂以流夷㉕。专结缕㉖，欑戾莎㉗，揭车、衡、兰㉘，藁本、射干㉙，茈姜、蘘荷㉚，葴、橙、若、荪㉛，鲜枝、黄砾㉜，蒋、茅、青薠㉝，布濩闳泽㉞，延曼太原㉟，丽靡广衍㊱，应风披靡㊲，吐芳扬烈㊳，郁郁斐斐㊴，众香发越㊵，肸蚃布写㊶，晻暧苾勃㊷。

【注释】

　　①茏苁（lóng zōng）：高峻的样子。②崔巍（cuī wéi）、嵯峨（cuó é）：均为高峻的样子。③钜：通"巨"。大的意思。④崭（zhǎn）岩：山势险峻。参嵯（cēn cī）：不齐的样子。⑤九嵕（zōng）：山名。在今陕西省礼泉县东北。巀嶭（jié niè）：山名。在陕西三原县西北。⑥南山：即终南山。峨峨：高峻的样子。⑦陁（yǐ）：倾斜。一说为崖际。甗（yǎn）：通"巘"。指上下大中间小的山。锜（qí）：上大下小有足的锅，此处亦比喻山势上大下小。⑧摧崣（cuī wěi）：通"崔巍"。高峻貌。崛崎（jué qí）：崎岖不平。⑨振溪：指水破取溪道。⑩蹇（jiǎn）产：屈折。渎（dú）：小沟渠。⑪谽呀（hān xià）：谷空貌。山深的样子。通"峆岈"。《汉书》本传作"谽谺"。豁閜（xià）：空虚广大。《昭明文选》作"豁閜"。⑫阜陵：大的土山。阜，大。陵，土山。别，离。岛：水中的山。⑬崴磈（wēi kuǐ）：嵬瘣（wèi guī）：均为高峻的样子。⑭虚：通"墟"。大丘。崛礨（jué lěi）：土墩和高地凸凹不平的样子。《汉书》本传、《昭明文选》作"掘礨"。⑮隐辚、郁㟜（lū）：与"崛礨"同义。⑯登降：登高下降。这里指地势高低。施靡：通"陁靡"。山势绵延的样子。⑰陂池（pō tuó）：倾斜不平的样子。貏豸（bēi zhì）：山势渐平的样子。⑱沇（yǔn）溶：水流溢盛的样子。淫鬻（yù）：水流溪谷之间。⑲散涣：水泛滥。夷陆：平

地。⑳亭：平。皋：水旁地。㉑靡不：没有不。被筑：被捣实。筑：捣实。按：据《史记会注考证》引曾国藩语：以上山。㉒掩：覆盖。蕙：香草。㉓被：覆盖。江离：香草名。㉔糅（róu）：混杂。麋芜：香草名。即蕲芷。㉕杂：混杂。流夷：香草名。㉖尃（bù）：古"布"字。结缕：草名。形似的茅，蔓联而生。㉗攒（cuán）：丛聚。戾（lì）：曲。莎：莎草。即香附子草。㉘揭车：香草名。一名乞舆。衡、兰：杜衡和秋兰，均为香草名。㉙藁（gǎo）本、射干：都为香草名。㉚茈（zì）姜：子姜。即生姜。襄（ráng）荷：即阳藿。㉛葴（zhēn）：草名。即寒浆草。橙：《汉书》本传、《昭明文选》作"持"。符，鬼目也。若：杜若。荪：香草名。㉜鲜枝：香草名。可染赤色。黄砾：香草名。可染黄色。㉝蒋：即茭蒲草。俗称茭白。芧（zhù）：草名。又称三菱草。青蘋（fán）：草名。似莎而大。㉞布濩（hù）：散布。布濩也作"布护"。闳泽：大泽。闳，通"宏"。㉟延曼：蔓延。太原：广大的原野。㊱丽靡：相连不绝。广衍：广为延展。㊲披靡：草木随风偃倒。㊳扬烈：散发浓烈的香气。㊴郁郁斐斐（fěi fěi）：香气四散。《汉书》本传、《昭明文选》作"郁郁菲菲"。㊵发越：散播；激扬。㊶肸蚃（xī xiǎng）：分布散布。引申为盛的样子。写：宣泄。与"泻"通。㊷晻暧（àn ài）、苾（bì）勃：均形容香气浓烈散发。《汉书》本传、《昭明文选》作"晻薆咇茀"。

于是乎周览泛观，瞋盼轧沕[1]，芒芒恍忽[2]，视之无端[3]，察之无崖[4]。日出东沼[5]，入于西陂[6]，其南则隆冬生长，踊水跃波[7]；兽则牏、旄、貘、犛[8]，沉牛、麈、麋[9]，赤首、圜题[10]，穷奇、象、犀[11]。其北则盛夏含冻裂地，涉冰揭河[12]；兽则麒麟、角䚡[13]，騊駼、橐、驼[14]，蛩、蛩、驒、驘[15]，駃、騠、驴、骡[16]。

【注释】

①瞋（chēn）盼（pàn）：张大眼睛看。瞋，张大眼睛。盼，看。轧沕（yà mì）：缜密。《汉书》本传、《昭明文选》作"轧芴"②芒芒：通"茫茫"渺茫；模糊不清。恍忽：通"恍惚"。隐隐约约，不可辨认。③端：头；头绪。④崖：《汉书》本传、《昭明文选》作"涯"边际。⑤东沼：上林苑东边的沼池。⑥西陂：池名，在上林苑西边。⑦此句说上林苑南边温暖，到了隆冬天最冷时，仍然生长草木，水不结冰。⑧牏（yōng）：犎牛。

是一种颈上有肉堆的野牛。又叫犎牛。獏（mú）：《汉书》本传、《昭明文选》作"貘"。一种似熊的兽。犛（máo）：即牦牛，黑色。⑨沉牛：水牛。因能沉没水中，故名。麈（zhǔ）：兽名。似鹿而大，雄青黑，雌色褐。麋：即麋鹿。⑩赤首、圜（yuán）题：均为南方兽名。圜，通"圆"。题，头额。二兽都是以其特征得名。⑪穷奇：传说中的兽名。状似牛而猬毛，鸣声如狗嗥，能食人。象：大象。犀：犀牛。⑫揭：提起衣赏过河。⑬麒麟：传说中瑞兽名。雄曰麒，雌曰麟。角䄖（duān）：兽名，善走。似猪，鼻上䄖生一角，可以制弓。⑭騊駼（táo tú）：兽名。形似马。橐（tuó）驼：即骆驼。⑮蛩（qióng）蛩：传说中的异兽。状似马。驒（tuó）：有鳞状黑斑纹的青毛马。騱（xī）：前足全白的马。驒騱（diān xī）：师古注云驱驢类。状如马，前足似鹿，后足似兔。⑯駃騠（jué tí）：良马名。

　　于是乎离宫别馆①，弥山跨谷②；高廊四注③，重坐曲阁④；华榱璧珰⑤，辇道缅属⑥；步櫩周流⑦，长途中宿⑧。夷嵏筑堂⑨，累台增成⑩，岩突洞房⑪，俛杳眇而无见⑫，仰攀橑而扪天⑬，奔星更于闺闼⑭，宛虹拖于楯轩⑮。青虬蚴蟉于东箱⑯，象舆婉蝉于西清⑰，灵圉燕于闲观⑱，偓佺之伦暴于南荣⑲，醴泉涌于清室⑳，通川过乎中庭㉑。槃石裖崖㉒，嵚岩倚倾㉓，嵯峨磼硰㉔，刻削峥嵘㉕，玫瑰、碧、琳㉖，珊瑚丛生，瑉玉、旁唐㉗，璸斒文鳞㉘，赤瑕驳荦㉙，杂臿其间㉚，垂绥、琬琰㉛，和氏出焉㉜。

【注释】

　　①离宫：古代皇帝正宫以外的临时居住的行宫。别馆：古时帝王正宫以外的宫室。②弥：满；遍。跨：骑。③四注：四周相连接。注，连接的意思。④重（chóng）坐：两层的楼房。曲阁：屈曲相连的阁道。阁道，架空建筑的走廊。⑤华榱（cuī）雕绘花纹的屋椽、屋桷（方椽）。碧珰（dàng）：以璧玉装饰的椽头。⑥辇道：可以乘辇而行的阁道。缅属（lǐ zhǔ）：连绵不断的样子。⑦步櫩（yán）：同"步檐"。走廊。櫩，檐下的走廊。⑧长途中宿：夸张长廊很长，不易走完，中途需要留宿。⑨夷：平治。嵏（zōng）：高的山。这句说，削平高山，在上面筑堂。⑩累台：台阁重叠。增成：形容台阁重重。增（céng），重叠。成，一重叫一成。

⑪突（yào）：通"窔"。深底。洞房：深邃的内室。⑫俛（fǔ）：古"俯"字。杳（yǎo）眇：遥远的样子。无见：指看不见地。⑬攀：《汉书》《昭明文选》作"兆"，皆古"攀"字。橑（lǎo）：屋橼。扪（mén）：摸。按：这"俛""仰"二句，是极言台阁之高。⑭奔星：流星。闺闼（tà）：均为宫中的小门。⑮宛虹：屈曲之虹。楯（shǔn）轩：均是栏杆。按：这"星""虹"二句，是极言室宇之高。⑯青虬（qiú）：《汉书》本传、《昭明文选》作青龙。虬，龙子有角者。蚴蟉（yǒu zhì）：屈曲行动的样子。东箱：东箱房。箱，通"厢"⑰象舆：用象驾的车舆。蜿蝉（chán）：舞摆盘曲貌。西清：西厢清静之处。⑱灵圉（yǔ）：神仙的统称。燕：通"宴"。休息。閒（xián）：通"闲"。观（guàn）：宫廷中高大华丽的楼台。⑲偓佺（wò quán）：仙人姓名。相传食松子，体生毛数寸，方眼，善走。伦：类。暴（pù）：古"曝"字。晒。此处指躺在太阳下面休息。荣：屋檐两头翘起的部分。⑳醴泉：甘甜的泉水。清室：净室。㉑通川：谓通流为川。㉒槃（pán）石：巨大的石头。槃，与"磐""盘"通。蒐：整治。《昭明文选》作"振"。崖：指边际。㉓嶔（qīn）：小而高的山。倚倾：参差不齐的样子。㉔碟砬（zá yè）：《汉书》本传、《昭明文选》作"嶻嶭（jié yè）"山高的样子。㉕刻削：指山石形状奇特，如雕刻过似的。峥嵘（zhēng róng）：山势高峻特出：不平凡；不寻常。㉖玫瑰、碧、琳：解见上文。㉗瑉（mín）玉：似玉的美石。旁唐：文石。一说，犹言"磅礴"。㉘瑸斒（bīn bān）：玉名。一说为玉的花纹。文鳞：谓纹理如鱼鳞般细而有次序。㉙赤瑕（xiá）：赤玉。驳荦（luò）：斑驳。此处指玉的文采交错。㉚臿（chā）：通"插"。㉛垂绥：美玉名。琬琰：美玉名。㉜和氏：春秋时卞和所得的美玉，称和氏璧。焉：兼词。相当于"于此""此"指上林苑。

于是乎卢桔、夏孰[①]，黄甘、橙、榛[②]，枇杷、橪、柿[③]，樗、奈、厚朴[④]，梬枣、杨梅[⑤]，樱桃、蒲陶[⑥]，隐夫、郁、棣[⑦]，澳棣、荔枝[⑧]，罗乎后宫，列乎北园。貤丘陵[⑨]，下平原，扬翠叶，杌紫茎[⑩]，发红华，秀朱荣[⑪]，煌煌扈扈[⑫]，照曜巨野[⑬]。沙棠、栎、槠[⑭]，华、氾、檗、栌[⑮]，留落、胥余[⑯]，仁频、并闾[⑰]，欃檀、木兰[⑱]，豫、章、女贞[⑲]，长千仞[⑳]，大连抱[㉑]，夸条直畅[㉒]，实叶葰茂[㉓]，攒立丛倚[㉔]，连卷累

伃[25]，崔错癹骫[26]，阬衡閜砢[27]，垂条扶於[28]，落英幡纚[29]，纷容萧蓡[30]，旖旎从风[31]，浏莅芔吸[32]，盖象金石之声[33]，管籥之音[34]。柴池茈虒[35]，旋环后宫[36]，杂遝累辑[37]，被山缘谷[38]，循阪下隰[39]，视之无端，究之无穷[34]。

【注释】

①卢桔：桔属。卢，黑色。此桔熟后成黑色，故名。夏孰：一种美果。②黄甘：即黄柑。橙：常绿果木，叶椭圆，果圆，皮红黄色，多汁味酸甜。一说即柚。榛（còu）：一种小桔。③橪（rán）：酸枣。④楟（tíng）：即山梨。奈（nài）：苹果。厚朴：木兰科落叶乔木，花大呈黄白色，香浓郁，树皮可入药。⑤樗（yǐng）枣：即软枣，羊枣，似柿极小。⑥蒲陶：果名。一说即葡萄。⑦隐夫：木名。郁：即郁李。棣（dì）：即棠棣，郁李，或山樱桃。盖奥李、郁李、车不李、雀梅、英梅、棠棣、常棣，是一种果实，只是有多种名称。⑧㯡樏（dà tà）：《汉书》本传、《昭明文选》作"答遝（tà）"。果名。似李。荔枝：《汉书》本传、《昭明文选》作"离支"。即荔枝。⑨貤（yì）：通"迤"。延展。⑩杌（wù）：摇。⑪秀：谷物吐穗开花。《汉书》本传、《昭明文选》作"垂"。朱荣：红花。⑫煌煌扈扈：光彩鲜艳的样子。⑬巨野：广大的原野。⑭沙棠：果树名。形似棠，黄花赤实，味似李，无核。栎（lì）：落叶乔木，果为橡子。槠（zhū）：似枰，叶冬不落，其实如橡实而较圆。⑮华：即桦树。氾（fàn）：《汉书》本传、《昭明文选》作"枫"。檗（bò）：木名。即蘖木。栌（lú）：即黄栌木。⑯留落：未详。一说"留"即"刘"，"落"即"檴"，皆木名。胥余：《汉书》本传、《昭明文选》作"胥邪"。一说为椰子树。⑰仁频（bīn）：即槟榔树。并闾：即棕榈树。⑱欃（chán）檀：即檀树。⑲豫章：树木名。豫，枕木；章，樟木。女贞：即冬青树。冬夏常青不凋，若女子坚守贞操，故名。⑳仞（rèi）：长度单位。古代以七尺或八尺为仞。㉑连抱：指树干粗大，须人合抱。㉒夸：一说借为华，即花。此处连下文"实叶葰茂"，作"垂"义长。直畅：通畅。㉓葰（jùn）：大。㉔攒立：聚立。丛倚：互倚。㉕连卷：同"连蜷"。屈曲。累佹（guǐ）：支持。《汉书》本传、《昭明文选》作"栵（lì）佹"。㉖癹骫（bá wǎi）：盘纡纠结。骫：古"委"字。曲的意思。㉗阬衡：《汉书》作"坑衡"。阬、坑为"抗"的假借字。此处谓径直的样子。閜砢（kě luǒ）：谓木之重叠累积、盘结倾倚相

扶持的样子。㉘扶於：《汉书》本传、《昭明文选》作"扶疏"：枝叶茂盛分披的样子。㉙落英：落花。幡纚（fān shǐ）：飞扬的样子。㉚纷容：《汉书》本传、《昭明文选》作"纷溶"。繁茂的样子。萧蓡（shēn）：《汉书》本传、《昭明文选》作"萷（xiāo）蔘"。草木茂盛。㉛旖旎（yī nǐ）：婀娜。《汉书》本传作"猗柅"，《昭明文选》作"猗狔"。㉜浏莅（liú lì）：卉吸（huì xī）：风吹草木之声。卉，古"卉"字。《汉书》本传、《昭明文选》"浏"作"菊"。㉝象：类似。金：指钟。石：指磬。㉞管：乐器名。即笙。籥（yuè）：古管乐器名。即箫。㉟柴池：即差池。参差不齐。《昭明文选》作"傪（cī）池"。茈虒（cí sī）：犹"差池"。参差不齐。㊱旋环：环绕。㊲杂遝（tà）：众多杂乱的样子。《汉书》本传、《昭明文选》作"杂袭"。辑：聚集。㊳被：覆盖。㊴循：顺。阪（bǎn）：山坡。隰（xí）：低湿的地方。㊵无端：无边际。究：探求。无穷：无尽头。按：据《史记会注考证》引曾国藩语：以上宫中草木。

　　于是玄猨、素雌①，蜼、玃、飞鸓②，蛭，蜩，蠗蝚③，蝚胡、豰、蛫④，栖息乎其间；长啸哀鸣，翩幡互经⑤，夭蛟枝格⑥，偃蹇杪颠⑦。于是乎隃绝梁⑧，腾殊榛⑨，捷垂条⑩，踔稀閒⑪，牢落陆离⑫，烂曼远迁⑬。

【注释】

　　①玄猨（yuán）：黑色的雄猿。猨，同"猿"。《汉书》本传作"猺"。素雌：白色的雌猿。②蜼（wěi）：通"狖（yòu）"。猴属。昂鼻长尾。玃（jué）：大母猴。飞鸓（lěi）：飞鼠。其状如兔而鼠首。③蛭（zhì）：兽名。能飞，有四翼。蜩（tiáo）：兽名。蠗蝚（qú náo）：猴属。《汉书》本传作"玃蝚"，《昭明文选》作"玃猱"。④蝚（jiàn）胡：兽名。猴属。毛色黑、腰围白毛如带，前肢白毛尤长。豰（hú）：即白狐子。蛫（guǐ）：兽名。形似龟，白身赤首。⑤翩幡：即"翩翻"。上下飞动的样子。⑥夭蛟（jiāo）：本为屈伸的样子，引申为屈曲。枝格：突出的枝条。⑦偃蹇（jiǎn）：屈曲宛转的样子。杪（miǎo）：颠：树梢头。⑧隃（yú）：通"逾"。逾越。⑨腾：飞跃而过。殊榛：奇异的丛林。榛，丛生之林。⑩捷垂条：接持悬垂的枝条。捷，通"接"。⑪踔（chuō）稀閒：谓以身投掷于枝条稀疏的地方。踔：《汉书》本传作"掉"。希：通"稀"。閒：通

"间"。⑫牢落：野兽奔走的样子。⑬烂曼：散乱；分散。《汉书》作"烂漫"。

若此辈者①，数千百处。嬉游往来，宫宿馆舍②，庖厨不徙③，后宫不移④，百官备具⑤。

【注释】

①此辈：指这类情况。②宫宿馆舍：谓在离宫别馆歇宿。③庖厨：厨房。徙（xǐ）移：迁移。④后宫：妃嫔所居的宫室，此处指妃嫔。⑤百官：众官。备具：一应齐备。

于是乎背秋涉冬①，天子校猎②。乘镂象③，六玉虬④，拖蜺旌⑤，靡云旗⑥，前皮轩⑦，后道游⑧；孙叔奉辔⑨，卫公骖乘⑩，扈从横行⑪，出乎四校之中⑫。鼓严簿⑬，纵獠者⑭。江河为阹⑮，泰山为橹⑯，车骑靁起⑰，隐天动地⑱，先后陆离⑲，离散别追⑳，淫淫裔裔㉑，缘陵流泽㉒，云布雨施㉓。

【注释】

①背秋涉冬：自秋至冬的意思。背，去。涉，入。②校（jiào）猎：用木栏遮阻，猎取禽兽。③镂（lòu）象：即"象辂"。以象牙为饰的车。镂，雕刻。④六：指驾着六匹马。玉虬（qiú）：用玉装饰的马。虬，通"虯"。龙属。这里用以代骏马。⑤拖：曳。蜺（ní）旌：古时皇帝出行时仪仗的一种。⑥靡：通"麾"。云旗：画熊虎于旗旒，状似云气，故名。⑦皮轩：以虎皮作装饰的车。⑧后：指皮轩之后。道（dǎo）、游：道车，游车。古时天子出行，在乘舆前有道车五辆，游车九辆。道，通"导"。导行。⑨孙叔：指汉武帝时的太仆公孙贺（字子叔）。奉辔（pèi）：指驾车。奉，通"捧"。辔，驾驭牲口的缰绳。⑩卫公：指汉武帝时的大将军卫青。骖乘（cān shèng）：即陪乘。指在车右陪乘的人。⑪扈从（hù zòng）：皇帝出巡时的护驾侍从人员。横行：指不循正道而行。⑫出乎四校之中：谓因其横行，越出了四校。四校（jiào），指校猎时四面所设的遮栏。⑬鼓严：击鼓严肃警众。簿：卤（lǔ）：簿。天子出行时在其前后的仪仗队。⑭纵：放纵。⑮阹（qū）：指打猎时用以遮拦禽兽的围槛。⑯橹：犖望楼。⑰靁（léi）起：即雷起。形容车骑响声之大。靁，古"雷"字。

⑱隐：雷震声。⑲陆离：分散。⑳别追：各自追逐。㉑淫淫：流的样子。
裔裔：四散流布的样子。㉒流泽：流遍川泽。㉓云布雨施：形容车骑士
卒满山遍野，如云布天空，雨降大地。

生貔豹①，搏豺狼②手熊罴③，足野羊④，蒙鹖苏⑤，绔白虎⑥，被豳文⑦，
跨野马⑧。陵三嵏之危⑨，下碛历之坻⑩；径陖赴险⑪，越壑厉水⑫。推蜚
廉⑬，弄解豸⑭，格瑕蛤⑮，铤猛氏⑯，胃騕褭⑰，射封豕⑱。箭不苟害⑲，
解脰陷脑⑳；弓不虚发，应声而倒。于是乎乘舆弥节裴回㉑，翱翔往来，
睨部曲之进退㉒，览将率之变态㉓。然后浸潭促节㉔，儵敻远去㉕，流离轻
禽㉖，蹴履狡兽㉗，辖白鹿，捷狡兔㉘，轶赤电㉙，遗光耀㉚，追怪物㉛，
出宇宙㉜，弯繁弱㉝，满白羽㉞，射游枭㉟，栎蜚虡㊱，择肉后发㊲，先中
命处㊳，弦矢分㊴，艺殪仆㊵。

【注释】

①生；指生擒，生得。貔（pí）：古籍中的一种猛兽。似虎，或曰似熊；
一名执夷，一名白狐，辽东人谓之白罴。②搏：击。③手：指用手击杀。
④足：指用脚踏死。⑤蒙：指蒙覆而取。鹖（hé）苏：鹖鸟尾。苏，鸟尾
鹖鸟好斗，其尾装饰在帽子上，表示勇武。⑥绔（kù）：绊络。⑦被（pī）：
穿着。豳（bīn）文：《汉书》本传、《昭明文选》作"斑文"此处指斑
文之衣。⑧跨：乘；骑。⑨陵：上。三嵏（zōng）：三峰并峙的山。一
说为山名，在今山西省闻喜县。危：高。⑩碛（qì）历：浅水中的沙石。
坻（chí）：水中的小洲或高地。⑪径：直往。陖（jùn）：山高而陡。《汉书》
本传、《昭明文选》作"峻"。⑫厉：连衣涉水。⑬推：排开。蜚（fěi）廉：
即"飞廉"。⑭弄（nòng）：玩弄。此处作戏耍。解豸（xiè zhì）：通"獬
豸"。传说中的一种神兽。似鹿，一角。⑮瑕蛤（xiá hé）：兽名。《昭
明文选》作"蝦蛤"。⑯铤（chán）：铁把短矛。指用短矛刺杀。猛氏：
兽名。⑰胃（juàn）：缠绕。騕褭（yǎo niǎo）：传说中的一种神马，日
行万里。《汉书》本传作"要褭"。⑱封豕：大猪。此指大野猪。封，大。
⑲苟：苟且；随便。害：杀害。⑳解：分割动物的肢体。脰（dòu）：脖项
陷：穿。㉑弥节：按节，按辔，此指调节的速度缓行。节：一说为马鞭。
裴回：通"徘徊"。㉒睨（nì）：斜视。部曲：军队编制之称，代指队伍。
㉓将率：《汉书》本传、《昭明文选》作"将帅"。率，通"帅"。㉔浸潭：

渐进的意思。促节：按节。即短驱。㉕儵（shù）：儵忽，电光，形容转眼之间。夐（xiòng）：远。㉖流离：流落；离散。使动用法。一说，困苦。轻禽：轻小之鸟。㉗蹴（cù）：踩；踏。㉘辖（wèi）捷：捷取。㉙轶（yì）：后车超过前车。此处指超越。㉚光耀：指赤电之光。㉛怪物：指下文的"游枭"、"蜚虡"。㉜宇宙：上下四方曰宇，舟车所极曰宙。㉝弯：开弓。繁弱：古代良弓名。相传为夏后氏所有。㉞满：张弓尽箭头为"满"。白羽：指用白羽毛做的箭。㉟枭（xiāo）：兽名。即枭羊。㊱枥（lì）：击。蜚虡（jù）：古代的一种神兽。鹿头龙身。㊲择肉：指择其肥者。㊳先中（zhòng）命处：谓先名其射处，乃从而射之。㊴弦矢：弓和箭。㊵艺：射中目标叫艺。殪（yì）：一发射中叫殪。仆（fù）：向前跌倒。此处指倒毙。

然后扬节而上浮①，陵惊风②，历骇飙③，乘虚无④，与神俱⑤，粦玄鹤⑥，乱昆鸡⑦，遒孔鸾⑧，促骏鸡⑨，拂鹥鸟⑩，捎凤皇⑪，捷鸳雏⑫，掩焦明⑬。

【注释】

①节：鞭。上浮：腾游。②陵：超越。③骇飙（biāo）：受惊的暴风。飙：同"飙"。暴风；疾风。④虚无：指"虚无之气"。⑤俱（jù）：在一起。按：此句言所乘之气高，故能上出飞鸟，而与伸在一起。⑥粦：《汉书》本传作"蔺"，《昭明文选》作"躏（lìn）"。践踏之意。⑦乱：紊乱；无秩序。使动用法。昆鸡：同"鹍鸡"，似鹤，黄白色。⑧遒（qiú）：迫近。孔鸾（luán）：大的鸾鸟。鸾，似凤，五彩多青色。⑨促：迫近。⑩拂：掠过。鹥（yī）鸟：凤属，凤凰的别名。⑪捎：拂掠。凤皇：即凤凰。雄曰凤，雌曰凰。⑫捷：及。⑬掩：《汉书》本传、《昭明文选》作"揜"。罩住。焦明：凤属。《答蜀父老》作"鹪明"。

道尽涂殚①，回车而还。招摇乎襄羊②，降集乎北纮③，率乎直指④，闇乎反乡⑤。蹷石阙⑥，历封峦，过鳷鹊，望露寒，下棠梨⑦，息宜春⑧，西驰宣曲⑨，濯鹢牛首⑩，登龙台⑪，掩细柳⑫，观士大夫之勤略⑬，钧猎者之所得获⑭。徒车之所辚轹⑮，乘骑之所蹂若⑯，人民之所蹈躔⑰，与其穷极倦䫌⑱，惊惮慑伏观⑲，不被创刃而死者⑳，佗佗籍籍㉑，填阬满谷[22]，撎平弥泽[23]。

【注释】

①殚（dàn）：尽，竭尽。②招摇：逍遥。襄羊：通"徜徉"。自由自在地往来行走。③北纮（hóng）：北方之维。古称八纮，即天之八维。维，隅、角落、方位。八维即八个方位。又系车盖的绳也名维。连结也叫维。④率（shuài）：率然。轻捷的样子。⑤閹（yǎn）：忽然。反：返。乡：家园。⑥蹶（jué）：踏。石关：与下文"封峦"、"鳷（zhī）鹊""露寒"，皆为甘泉宫（故址在今陕西省淳化县西北甘泉山）外观名。⑦下：去；到……去。棠梨：宫名。在云阳县（治所在今淳化县西北）东南三十里。⑧宜春：宫名。在今陕西西安市东南、长安区北。⑨宣曲：宫名。⑩濯（zhuó）：通"櫂（zhào）。"船浆。指划船。鹢（yì）：头上画着鹢鸟的船。牛首：池名。在上林苑西头。⑪龙台：观名。在沣水西北，临近渭水。⑫掩：通"偃"。停止；休息。细柳：观名。在昆明池南。⑬士：军士。大夫：将佐。勤：指士的勤功。略：指将佐的智略。⑭钧：《昭明文选》作"均"。獠者：《汉书》本传、《昭明文选》作"猎者"。⑮徒：步卒。轥轹：践踏碾轧。《汉书》本传作"轥轹"，《昭明文选》作"阘轹"。⑯躁若：践踏。⑰人民：《汉书》本传无"人"字，《昭明文选》作"人臣"。蹢躅（jí）：践踏。⑱其：指示代词。指"那""那些"。⑲惊惮慴（zhé）伏：害怕而不敢动的样子。《汉书》本传、《昭明文选》"慴"作"詟"。⑳被：遭受。㉑佗佗（tuō tuō）：交横错杂的样子。《汉书》本传作"它它"，《昭明文选》作"他他"。籍籍：杂乱众多。《汉书》本传作"藉藉"。㉒阬：通"坑"。㉓撎（yǎn）：掩盖；遮蔽。

于是乎游戏懈怠，置酒乎昊天之台[1]，张乐乎膠辐之宇[2]；撞千石之钟[3]，立万石之钜[4]；建翠华之旗[5]，树灵鼍之鼓[6]。奏陶唐氏之舞[7]，听葛天氏之歌[8]，千人唱[9]，万人和[10]，山陵为之震动[11]，川谷为之荡波[12]。《巴俞》、宋、蔡[13]，淮南于遮[14]，文成颠歌[15]，族举递奏[16]，金鼓迭起[17]，铿锵铛鞳[18]，洞心骇耳[19]。荆、吴、郑、卫之声[20]，《韶》《濩》《武》《象》之乐[21]，阴淫案衍之音[22]，鄢郢缤纷[23]，《激楚》《结风》[24]，俳优侏儒[25]，狄鞮之倡[26]，所以娱耳目而乐心意者[27]，丽靡烂漫于前[28]，靡曼美色于后[29]。

【注释】

①昊（hào）天之台：谓台高上犯云霄。②张乐（yuè）：陈设乐器。轇輵（jiāo gé）：广大的样子。《汉书》本传、《昭明文选》作"胶葛"。③撞（zhuàng，读音 chuáng）：敲，击。石（shí 或音 dàn）：重量单位。一百二十斤为一石。④钜：悬挂钟的木器。⑤翠华之旗：以翠鸟羽作装饰的旗。⑥灵鼍（tuó）之鼓：用鼍皮制作的鼓。鼍：动物名。即"扬子鳄"。⑦陶（yáo）唐氏：传说中的远古部落。尧乃其领袖。⑧葛天氏：传说中的远古部落。⑨唱：《汉书》本传、《昭明文选》作"倡"歌唱时一人首先发声。⑩和（hè）：跟着唱。⑪山陵：泛指山。为（wèi）：因。之：代词。⑫荡波：摇起波浪。⑬巴俞：舞名。⑭淮南：地名。主要指令湖北长江以北，汉水以东，江苏，安徽长江以北，淮水以南之地。⑮文成、颠歌：文颖曰："文成、辽西县名，其县人善歌。颠，益州颠县，其人能作西南夷歌。颠即滇也。"⑯族举：《汉书》本传、《昭明文选》作"族居"，族，聚。递：顺次；一个接一个。⑰金：指金钟。⑱铿锵（kēng qiāng）：钟声。镗鞳（dāng tà）：鼓声。《汉书》本传、《昭明文选》作"阊鞈"（tāng tà）。⑲洞：透；彻。骇：惊。⑳荆、吴、郑、卫：古国名。《礼记》曰："郑、卫之音，乱世之音也。"荆、吴、郑、卫之声乐，即所谓淫荡之音。㉑韶：舞乐。濩（huò）：汤乐。武：周武王乐。象：周公乐。㉒指放任没有节度的音乐。㉓鄢郢（yān yǐng）：战国时楚都，实指郢都，故城在今湖北省江陵县东北。㉔激楚、结风：据王先谦考证，均为歌舞曲名。㉕俳（pái）优：古代以歌舞谐戏为业的艺人，亦称"优伶"。侏儒：身材短小的人。㉖狄鞮（dī）：地名。在河内郡（在今河南武陟、沁阳一带），出善倡者。一说为西戎乐名。倡：唱。㉗娱：欢娱，快乐。使动用法。乐（lè）：快乐，高兴。使动用法。㉘丽靡、烂漫：均指淫靡之乐。㉙曼、美色：均指美好的女色。

若夫青琴、宓妃之徒①，绝殊离俗②，姣妌嫵都③，靓庄刻饬④，便嬛绰约⑤，柔桡嬛嬛⑥，妩媚姌嫋⑦；抳独茧之褕袘⑧，眇阎易以戍削⑨，媥姺徶徶⑩，与世殊服；芬香沤郁⑪，酷烈淑郁⑫；皓齿粲烂⑬，宜笑旳皪⑭；长眉连娟⑮，微睇绵藐⑯；色授魂与⑰，心愉于侧⑱。

【注释】

①若夫：提起连词。青琴、宓（fù）妃：均为古代女神名。②绝殊：

极不寻常。离俗：举世无双。③姣冶：艳丽。娴都：文雅美丽。④靓（jìng）庄：脂粉的装饰。刻：指刻画鬓发。饬：《汉书》本传、《昭明文选》作"饰"。⑤便嬛（pián xuān）：姿态轻盈的样子。绰约：姿态柔美的样子。《汉书》本传作"辚（chuò）约"。⑥柔桡（náo）嬛嬛（yuān yuān）：均为柔美的样子。《汉书》本传作"媛媛"，《昭明文选》作"嫚嫚"。⑦嫔媚：即"妩媚"姿态美好可爱。姌嫋（rán niǎo）：即"姌袅"纤细柔弱的样子。《汉书》本传、《昭明文选》作"纤（xiān）弱""纤"同"蠉"。⑧抴（yè）：《汉书》本传、《昭明文选》作"曳"拖。独茧：独成茧者谓之独茧。独茧丝细而有绪。褕（yú）：即"襜（chān）褕"。短衣。《汉书》本传作"袣"，《昭明文选》作"裻"。⑨眇：细看。阆易：衣长大的样子。戌削：谓衣服剪裁合身，如刻画的一样。⑩蝙姺（piān xiān）：衣服婆娑的样子。《汉书》本传、《昭明文选》作"便（pián）姗"微緆（biè xiè）：衣服飘舞的样子。《汉书》本传、《昭明文选》作"嫳（piè）屑"。⑪沤郁：浓郁。⑫淑郁：气味浓厚。⑬粲烂：即"灿烂"光彩鲜明的样子。⑭旳皪（dì lì）：明亮、鲜明的样子。皪，明。⑮连娟：弯曲而纤细？细长。⑯睇（dì）：斜视；流盼。绵藐：好看。⑰色授魂与：意为我的神魂去和她的脸色相接。《汉书》本传"与"作"予"。⑱愉：往。一说是悦的意思。

于是酒中乐酣①，天子芒然而思②，似若有亡。曰：'嗟乎，此泰奢侈③！朕以览听余间，无事弃日④，顺天道以杀伐⑤，时休息，于此⑥，恐后世靡丽，遂往而不反⑦，非所以为继嗣创业垂统也⑧。于是乃解酒罢猎⑨，而命有司曰⑩：'地可以垦辟⑪，悉为农郊⑫，以赡萌隶⑬；隤墙填堑⑭，使山泽之民得至焉。实陂池而勿禁⑮，虚宫观而勿仞⑯。发仓廪以振贫穷⑰，补不足，恤鳏寡⑱，存孤独⑲。出德号⑳，省刑罚㉑，改制度㉒，易服色㉓，更正朔㉔，与天下为始㉕。'

【注释】

①酒中：饮酒至半。乐酣：奏乐畅快。②芒然：即"茫然"失意的样子。③泰：通"太"过分；过甚。《汉书》本传、《昭明文选》作"大"④无事弃日：总为闲居无事，虚耗时日。⑤顺天道：按：古人以为惊蛰之后杀戮野生动物是违反天道，而秋后杀则为天道所许可。杀伐：杀戮。

⑥此：指苑囿之中。⑦反：《汉书》本传、《昭明文选》作"返"。⑧继嗣：继承人。创业垂统：旧谓创立基业传之后代。⑨解：停止。⑩命：告。有司：古代设官分职，各有专司，因称官吏为有司。⑪地：指苑中的土地。下文"墙""堑""陂池""宫观""仓廪"等，均指苑中之物。⑫农郊：即农田。⑬赡（shàn）：供给。萌（méng）：民。《汉书》本传作"氓"与"民"通。隶：小臣。⑭隤（tuí）：同"颓"坠落。使动用法。堑（qiàn）：壕沟。⑮实：满。使动用法。意为使池沼中聚满捕捞的人。陂（bēi）池：池沼。⑯虚：空。使动用法。宫观（guàn）：《汉书》本传、《昭明文选》作"宫馆"即离宫别馆。仞（rèn）：满。使动用法。⑰发：打开。仓廪（lǐn）：贮藏米谷的仓库。振："赈"的本字。救济。《汉书》本传、《昭明文选》作"救"。⑱恤：周济；体恤。⑲存：恤恤。孤：幼年死去父亲。独：老而无子。⑳德号：指带有德音（即善言）的诏命或号令。㉑省：减少；减轻。㉒制度：此指宫室车服制度。㉓服色：古时每一朝代所定的车马祭牲的颜色。㉔更：改。《汉书》本传、《昭明文选》作"革"正（zhēng）朔：正为一年的开始，朔为一月的开始。我国古代夏、商、周的正朔各不相同。㉕始：《昭明文选》作"更始"。除旧布新的意思。

于是历吉日以齐戒①，袭朝衣②，乘法驾③，建华旗，鸣玉鸾④，游乎六艺之囿⑤，骛乎仁义之塗⑥，览观《春秋》之林⑦，射《貍首》⑧、兼《驺虞》⑨，弋玄鹤，建干戚⑩，载云罕⑪，揜群《雅》⑫，悲《伐檀》⑬，乐《乐胥》⑭，修容乎《礼》园⑮，翱翔于《书》圃⑯，述《易》道⑰，放怪兽⑱，登明堂⑲，坐清庙⑳，恣群臣，奏得失，四海之内，靡不受获㉑。于斯之时，天下大说㉒，向风而听，随流而化，喟然兴道而迁义㉓，刑错而不用㉔，德隆乎三皇，功羡于五帝㉕。若此，故猎乃可喜也㉖。

【注释】

①历：算。齐（zhāi）戒：古人于祭祀之前，戒酒素食，以示诚敬，称为齐戒。"齐"后改为"斋"。②袭：穿。朝衣：谓龙衮之服。③法驾：天子的车驾。④鸣玉鸾："鸾"是系在马勒上的鸾铃。鸣玉鸾，谓皇帝出行。⑤六艺：指《诗》《书》《礼》《易》《乐》和《春秋》六部儒家经典。⑥骛：《汉书》本传、《昭明文选》作"弛骛"。奔走趋赴。塗：道。

通"途"。⑦林：谓《春秋》义理繁茂，故比之于林薮。⑧《狸首》：逸诗篇名。⑨《驺虞》：《诗经·召南》末章。⑩建：《汉书》本传、《昭明文选》作"舞"。干戚：古武舞执之，亦指武舞。⑪云罕（hǎn）：旌旗的代称。一说为星名。指天毕星。⑫揜（yǎn）：网罗。⑬《伐檀》：《诗经·魏风》篇名。《诗序》说："《伐檀》，刺贪也。在值贪鄙，无功而受禄，君子不得进仕尔。"⑭乐（lè）：喜爱。乐（lè）胥：颜师古曰，取《小雅》桑扈之篇"君子乐胥，万邦之屏。"胥，有才智之人也。王者乐得有才智之人使在位者也。⑮修容：修饰仪表。《礼》："六艺"之一。《正义》云："《礼》所以自修饰、整威仪也"。⑯书：即《尚书》。"六艺"之一。⑰易："六艺"之一。《正义》云："《易》所以絜静微妙，上辨二仪阴阳，中知人事，下明地理也。"⑱放怪兽：谓不再蓄养奇怪之兽。⑲明堂：古代天子宣明政教的地方，凡朝会及各种大典，均在其中进行。⑳清庙：宗庙的通称。㉑获：恩惠。㉒天下：指天下之人。说（yuè）：通"悦"。㉓喟：《汉书》本传，《昭明文选》作"卉"。勃然的意思。兴道迁义：谓复兴道德而徙就仁义。㉔错：通"措"。废弃；放弃。㉕美：超过。㉖故：则。连词。

　　"若夫终日暴露驰骋①，劳神苦形，罢车马之用②，抏士卒之精③，费府库之财，而无德厚之恩④，务在独乐⑤，不顾众庶，忘国家之政，而贪雉兔之获⑥，则仁者不由也⑦。从此观之，齐楚之事⑧，岂不哀哉⑨！地方不过千里⑩，而囿居九百⑪，是草木不得垦辟，而民无所食也。夫以诸侯之细⑫，而乐万乘之所侈⑬，仆恐百姓之被其尤也⑭。"

【注释】

　　①暴（pù）露：置于露天之下，受到日晒雨淋。此处指奔走道路，触冒风雨寒暑。②罢（pí）：通"疲"。疲劳；疲乏。使动用法。③抏（wán）：消耗。精：精力。④无德厚之恩：意为没有安定国家的恩德。⑤务：追求。独乐：一个人的快乐。⑥雉（zhì）：野鸡。⑦由：《汉书》本传、《昭明文选》作"繇（yóu）"。通"猷"。⑧齐楚之事：指上文齐楚二国争游猎之乐、苑囿之大的事。⑨哀：悲哀；可怜。⑩方：方圆；周围。⑪居：占；占据。⑫细：微小。⑬乐：快乐。万乘（shèng）：乘，一车四马。万乘，指万辆车。周制，王畿方千里，能出兵车万乘后因以"万乘"指帝位。⑭尤：过失。

于是二子愀然改容①，超若自失②，逡巡避席曰③："鄙人固陋④，不知忌讳⑤，乃今日见教⑥，谨闻命矣⑦。"

【注释】

①愀（qiǎo）：容色变动。②超：怅惘；若有所失的样子。③逡（qūn）巡：退却；欲进不进，迟疑不决的样子。避席：古人席地而坐，离座起立，表示敬意，谓之避席。④鄙人：自称的谦辞。固陋：固塞鄙陋。谓见闻浅少。⑤忌讳：此处指避忌、顾忌的意思。⑥乃：这才。副词。⑦谨：表示郑重和恭敬。闻命：《汉书》本传、《昭明文选》作"受命"。

赋奏，天子以为郎①。无是公言天子上林广大②，山谷水泉万物，及子虚言楚云梦所有甚众③，侈靡过其实④，且非义理所尚⑤，故删取其要⑥，归正道而论之⑦。

【注释】

①以为："以之为"的省语。郎：郎官。②上林：上林苑。秦都咸阳时置。③众：多。④侈靡过其实：夸奢靡丽，言过其实。⑤且：况且。连词。⑥删取其要：节取它的要点。⑦正道：旧时统治阶级称合于其阶级利益的行为准则为"正道"。

相如为郎数岁，会唐蒙使略通夜郎西僰中①，发巴、蜀吏卒千人②，郡又多为发转漕万余人③，用兴法诛其渠帅④，巴、蜀民大惊恐。上闻之，乃使相如责唐蒙⑤，因喻告巴蜀民以非上意⑥。檄曰⑦：

【注释】

①会：恰巧；正好。副词。唐蒙：汉武帝时任番阳（今江西鄱阳县东北）令，上书建议开通夜郎道，被任为郎中将，奉命前往夜郎，以厚礼招致夜郎侯多同归汉。汉于其地设犍为郡，并开辟道路二千余里。夜郎：古夷国。僰（bó）中：即"僰夷"。古夷族。分布在以僰道（今四川宜宾市）为中心的川南和滇东北部一带。②发：征发。巴：郡名。治江州（在今四川重庆市北嘉陵江北岸），辖境相当今四川旺苍、阆中、合川、重庆市永川区以东地区。③转漕：陆水道运输粮食。车运曰转，水运曰漕。④用兴法：即实施军兴法。军兴法，指战时的法令制度。诛（zhū）：杀死；惩处。渠帅：大帅。⑤责：责备。⑥因：趁着。喻：通"谕"。上对下、尊对卑的

先知；使人知道。非上意：指唐蒙的这些做法并非皇上本意。⑦檄（xí）：
檄文。古代官府用以征召、晓喻或声讨的文书叫"檄"。此处主要是晓
喻之意。

　　告巴、蜀太守：蛮夷自擅，不讨之日久矣①，时侵犯边境②，劳士大
夫③。陛下即位④，存抚天下⑤，辑安中国⑥。然后兴师出兵，北征匈奴⑦，
单于怖骇⑧，交臂受事⑨，诎膝请和⑩。康居、西域⑪，重译请朝⑫，稽首
来享⑬。移师东指，闽越相诛⑭。右吊番禺⑮，太子入朝⑯。南夷之君⑰，
西僰之长⑱，常效贡职⑲，不敢怠堕⑳，延颈举踵㉑，喁喁然皆争归义㉒，
欲为臣妾㉓，道里辽远㉔，山川阻深，不能自致㉕。夫不顺者已诛㉖，而为
善者未赏，故遣中郎将往宾之㉗，发巴、蜀士民各五百人㉘，以奉币
帛㉙，卫使者不然㉚，靡有兵革之事㉛，战斗之患㉜。今闻其乃发军兴
制㉝，惊惧子弟㉞，忧患长老㉟，郡又擅为转粟运输㊱，皆非陛下之意也。
当行者或亡逃自贼杀㊲，亦非人臣之节也㊳。

【注释】

　　①蛮夷：古代我国对四方各少数民族的泛称。自擅（shàn）：自作主张，
意为不服朝廷管辖。不：没。否定副词。②时：时常；经常。③劳：费力。
使动用法。士大夫：古代称军士将佐。④陛下：对帝王的尊称。即位：
帝王登位。⑤存抚：存恤；抚养。天下：此处指汉朝管辖范围内的全部
土地。⑥辑安：和睦安稳。使动用法。中国：古代一般指华夏族居住的
黄河下游地区，和"中土""中原"等含义相同，而不同于现时专指我
国全部领土的"中国"此处"中国"的含义，系包括汉朝统辖的全部地区，
非仅指黄河中下游地区。⑦北征匈奴：在北方讨伐匈奴。匈奴：中国古
代北方的少数民族。亦称"胡"。⑧单（chán）于：匈奴最高首领的称号。
全称为"撑犁孤涂单于"匈奴语、"撑犁"是"天""孤涂"是"子""单
于"是"广大"之意。通常简称为"单于"。怖骇（hài）：惶惧惊恐。
⑨交臂：交手，拱手。受事：臣服。⑩诎（qū）：通"屈"请和：求和。
⑪康居：古西域国名。约在今中亚巴尔喀什湖和咸海之间。王都在卑阗城。
西域：汉以后玉门关（今甘肃敦煌市西北）以西地区的总称。⑫重（chóng）
译：指远道各国，因语言不同，需要经过多次辗转的翻译，才能彼
此通话。请朝：请求朝献。⑬稽（qǐ）首：古时一种跪拜礼。叩头至

地。是"九拜"中最恭敬者。来享：进贡。⑭闽越：又称东越。古代南方越人的一支，秦汉时分布在今福建北部、浙江南部的部分地区，秦以其地置闽中郡，其首领于汉初受封为闽越王。治东冶（今福建福州市）。⑮右吊：后至。吊，至。一说吊非至，是慰抚之意。番（pān）禺：古地名。在今广东广州市。因其为南越王都，故以之代表南越。南越又称"南粤"。为南方越人的一支。地当今广东、广西大部和越南北部及沿海地区。秦于其地置桂林、南海、象郡，秦末，龙川县令赵佗兼并三郡建南越国。汉兴封赵佗为南越王。⑯太子；此处指南越太子婴齐。⑰南夷：泛指云南、贵州及广西西北部各少数民族。君：君长；长帅。⑱西僰：僰夷在南夷以西，故称西僰。长：长帅；君长。⑲效：效力；效劳。贡职：贡献赋税。⑳堕：通"惰"。懒；懈怠。㉑延颈举踵：伸长脖子，抬起脚后跟。㉒喁（yóng）喁：形容众人向慕之状。然：词尾。表示"……样子"。归义：归附大义。㉓臣妾：西周、春秋时对奴隶的称谓。男奴叫臣，女奴叫妾。㉔道里：路程。㉕自致：亲自致意。㉖夫：发语词。㉗中郎将：汉代皇帝的警卫官。宾：服从；顺从。使动用法。㉘按：此句"士民"二字费解。《汉书》本传、《昭明文选》均作"之士"。㉙奉：供给。币帛：泛指用作礼物的丝织品和玉、皮、马等。㉚卫：警卫。不然：不虞；意为意料不到的事情。虞，料度，预料。㉛靡：没有。兵革：兵器、衣甲的总称，引申为战争。㉜患：忧患。㉝乃：竟然。副词。发：兴起。军兴制：即军兴法。㉞弟子：指年轻的一辈。㉟忧患：使动用法。长（zhǎng）老：年高者。㊱转粟运输：车转运输送粮食物资。㊲当行者：指当应征的。不定指代词。亡：逃亡。自贼杀：自相残杀。贼，残害。㊳节：节操，气节。

　　夫边郡之士，闻烽举燧燔[1]，皆摄弓而驰[2]，荷兵而走[3]，流汗相属[4]，唯恐居后[5]，触白刃[6]，冒流矢[7]，义不反顾[8]，计不旋踵[9]，人怀怒心，如报私雠[10]。彼岂乐死恶生[11]，非编列之民[12]，而与巴、蜀异主哉[13]？计深虑远，急国家之难[14]，而乐尽人臣之道也。故有剖符之封[15]，析珪而爵[16]，位为通侯[17]，居列东第[18]，终则遗显号于后世[19]，传土地于子孙，行事甚忠敬，位居甚安佚[20]，名声施于无穷[21]，功烈著而不灭[22]。是以贤人君子[23]，肝脑涂中原[24]，膏液润野草而不辞也[25]。今奉币役至南夷[26]，即自贼杀[27]，或亡逃抵诛[28]，身死无名[29]，谥为至愚[30]，耻及父母[31]，为天下笑[32]。人之度量相越[33]，岂不远哉[34]！然此非独行者之罪也[35]，父兄之教不先[36]，子弟之率不谨也[37]；寡廉鲜耻[38]，而俗不长厚也[39]。其被刑戮[40]，不亦宜乎[41]！

【注释】

①烽举：烽火擎起。夜焚柴草曰烽。燧燔（fán）：和薪焚烧。白昼焚柴薪生烟曰燧。②摄弓：谓拿着弓作射箭的准备。驰：驱马进击。③荷（hè）兵：扛着武器。走：谓奔向战场。④属（zhǔ）：接连。⑤居：处于。⑥触（chù）：触犯；冒犯。⑦流矢：飞箭。⑧义不反顾：谓在道义上只许勇往直前，不容徘徊退缩。义：道义。反顾：向后看。⑨计不旋踵：谓在大计上不能犹豫不决，旋转脚跟逃走。⑩雠（chóu）：通"仇"，仇敌；仇人。⑪彼：他们，第三人称代词。岂：难道。反诘副词。乐（lè）死恶（wù）生：喜欢死而厌恶生。⑫编列之民：即编排进户籍的人民。⑬异主：不是同一个君主。⑭急国家之难：把国家的困难作为急事。⑮剖符：古代帝王分封诸侯或功臣，把符节剖分为二，双方各执其半，作为信守的约证，叫作"剖符"。⑯析：剖开。珪（guī）：古代一种长条形玉器。爵（jué）：爵位。作动词。⑰通侯：爵位名。秦二十等爵的最高一级，汉沿用，原名彻侯，后因避武帝刘彻讳，改称通侯。⑱居：住处。列：排列。东第：甲第。因列甲第在京城之东，故称东第。⑲终：生命完结；死。⑳佚：通"逸"。㉑施（yí）：延续。㉒功烈：功绩和事业。著：昭著。灭：灭绝。㉓是以：因此。㉔涂：涂抹。中原：原野；平原。㉕膏：脂肪；油脂。液：血液。膏液：泛指血肉。润：滋润。辞：推辞。㉖役：兵役或徭役。㉗即：即便。㉘抵诛：至于诛戮。㉙无名：无善名。㉚谥（shì）：称；号。至愚：最蠢的人。㉛及：涉及；牵扯。㉜为：被。笑：讥笑。㉝度量：指人的气量、胸襟。㉞远：多。㉟非独：不仅仅。㊱父兄之教不先：意为父兄往日没有教导。㊲率：表率。谨：慎重。㊳寡廉鲜（xiǎn）耻：谓人没有操守，不知羞耻。寡，鲜，皆为少之意。㊴俗：风俗。㊵被：遭受；蒙受。刑戮（lù）：杀戮。㊶不亦：不也是。宜：应该；应当。乎：反诘语气词。

陛下患使者有司之若彼[1]，悼不肖愚民之如此[2]，故遣信使晓喻百姓以发卒之事[3]，因数之以不忠死亡之罪[4]，让三老孝弟以不教诲之

过⑤。方今田时⑥，重烦百姓⑦，已亲见近县⑧恐远所谿谷山泽之民不遍闻⑨，檄到，亟下县道⑩，使咸知陛下之意⑪，唯毋忽也⑫。

【注释】

①有司：古代设官分职，各有专司，因称官吏为"有司"。②悼：哀伤；悲伤。不肖：不贤。③信使：古称使者为"信"或"使"，合言之为"信使"。一曰为诚信之使。晓喻：亦作"晓谕"。以：把。介词。④因：趁着。数（shǔ）：指责；斥责。动词。⑤让：责备；责怪。三老：古时掌教化的乡官。孝弟（tì）：汉代乡官名，掌宣明教化，与三老职责相同。不教诲：即不先教诲。过：错误；过失。⑥方：当。⑦重烦：不轻易烦劳。重：难；不轻易。⑧亲见近县：谓亲自面喻郡旁近县的人。⑨远所：边远处所。遍：普遍；到处。⑩亟（jí）下：赶快下发。道：居有蛮夷的县曰道。⑪咸：普遍。⑪唯：句首语气词。表示希望。毋（wú）：别；不要。表示禁止。忽：忽略；不注意；不重视。

相如还报①。唐蒙已略通夜郎，因通西南夷道②，发巴、蜀、广汉卒③，作者数万人④。治道二岁⑤，道不成，士卒多物故⑥，费以巨万计⑦。蜀民及汉用事者多言其不便⑧。是时邛、笮之君长闻南夷与汉通⑨，得赏赐多，多欲愿为内臣妾⑩，请吏⑪，比南夷⑫。天子问相如⑬，相如曰："邛、笮、冄、駹者近蜀⑭，道亦易通，秦时尝通为郡县，至汉兴而罢。今诚复通⑮，为置郡县，愈于南夷⑯。"天子以为然，乃拜相如为中郎将⑰，建节往使⑱。副使王然于、壶充国、吕越人驰四乘之传⑲，因巴、蜀吏币物以赂西夷⑳。至蜀，蜀太守以下郊迎㉑，县令负弩矢先驱㉒，蜀人以为宠㉓，于是卓王孙、临邛诸公皆因门下献牛酒以交驩㉔。卓王孙喟然而叹㉕，自以得使女尚司马长卿晚㉖，而厚分与其女财，与男等同㉗。司马长卿便略定西夷，邛、笮、冄、駹、斯榆之君皆请为内臣㉘。除边关㉙，关益斥㉚，西至沫、若水㉛，南至牂柯为徼㉜，通零关道㉝，桥孙水以通邛都㉞。还报天子，天子大说㉞。

【注释】

①还报：返回报告。②西南夷：泛指西南各少数民族。③广汉：郡名。汉高帝六年（前201年）分巴、蜀二郡置。治所在乘（shèng）乡（一作"绳乡"，在今四川金堂县东）。④作者：做工的人。⑤治：修筑。

⑥物故：死亡。⑦费：耗费。以巨万计：拿亿来计算。巨万：万万；亿。
⑧汉：指汉王朝。用事者：当权者。此处指丞相公孙弘。多：指示代词。
代指多数人。⑨邛（qiōng）：即"邛都之夷"。当在今四川西昌市以
南的雅砻江与金沙江之间。筰（zuó）：即"筰都夷"。当在今四川乐山、
汉源、石棉、越西县和木里藏族自治县一带。君长：长帅。⑩内：内国。
即汉朝。臣妾：奴隶。此处指臣服汉朝、接受汉朝的驱使。⑪请吏：意
为请求汉朝设置官吏加以管辖。⑫比南夷：比于南夷。即与南夷同类。⑬问：
询问。⑭冄（rán）、駹（máng）：即"冄夷"和"駹夷"。属古羌族。
分布在今四川茂汶羌族自治县至松潘县一带。⑮诚：果真。⑯愈：胜。
⑰拜：用一定的礼节授给官职。⑱建：立。节：符节。古代使者所持的
工作凭证。⑲传（zhuàn）：传车。古代驿站的专用车辆。按公出办事的
缓急、轻重，分为置传、驰传、乘传等不同等极。四乘之传：亦称"四
封乘传"。指凭封盖御史大夫四颗印章的传信（调发传车的凭据）而享
用的乘传驾乘。⑳因：依靠；凭借。赂：送给财物。㉑郊迎：到郊界之
上迎接，表示尊重。㉒负弩矢先驱：背负弓箭在前面引路。㉓宠：荣。
㉔门下：门庭之下。此处指司马相如门下。牛酒：牛和酒。古时用作馈赠、
慰劳或赏赐的物品。以：用以。交驩：相交而得其欢心；结好。驩：通"欢"。
㉕喟（kuì）：叹声。㉖以：以为。尚：配。晚：迟。㉗男：儿子。㉘斯榆：
一作"斯臾"。小国名。当在今四川西昌市境。内臣：内国之臣。即臣
服汉朝。㉙除边关：意为拆除原先边界上的关隘。㉚斥：广。㉛沫：沫水。
古水名。隋唐以后改名大渡河。若：若水。古水名，即今雅砻江。其与
金沙江合流后的一段金沙江，古时亦兼称若水。当巴、蜀对今云、贵地
区的交通要道。㉜牂柯（zāng kē）：古水名。或作牂牁江、牂柯水。此
外又有今濛江、沅江、乌江等说。徼（jiào）：边界。㉝零关道：即灵关道。
汉武帝时开，自今四川大渡河南岸通向西昌平原。《汉书》本传作"灵
山道"。㉞桥孙水：为孙水作桥。孙水，即今安宁河。邛都：《汉书》
本传作"邛筰"，即邛都。㉟说：通"悦"。

　　相如使时①，蜀长老多言通西南夷不为用②，唯大臣亦以为然③。相
如欲谏④，业已建之⑤，不敢，乃著书，籍以蜀父老为辞⑥，而己诘难之⑦，
以风天子⑧，且因宣其使指⑨，令百姓知天子之意。其辞曰：

【注释】

①使时：谓出使蜀郡之时。②长老：年高者。多：指示代词，代表"长老"中的多数。用：用处；作用。③唯：与"虽"通。大臣：指丞相公孙弘。④谏（jiàn）：规劝君主、尊长或朋友，使之改正过错。⑤业：本先。既。⑥籍：凭借。辞：讲话。解说。⑦诘（jié）：问。难：反驳；质问对方。⑧风（fěng）：通"讽"。⑨且：与"姑"通。因：依靠；凭借。使指：使者的意图。

汉兴七十有八载①，德茂存乎六世②，威武纷纭③，湛恩汪涉④，群生澍濡⑤，洋溢乎方外⑥。于是乃命使西征，随流而攘⑦，风之所被⑧，罔不披靡⑨。因朝冉从駹⑩，定筰存邛⑪，略斯榆⑫，举苞满⑬，结轶还辕⑭，东乡将报⑮，至于蜀都⑯。

【注释】

①按：汉兴七十八载，当为武帝元光六年（前129年）。②德茂：恩德美盛。六世：六代。指高祖、惠帝、高后、文帝、景帝、武帝。③威武：威风凛凛；雄壮。纷纭：亦作"纷云"。盛的样子；多的样子。④湛（chén）：通"沉"。长久。恩：恩惠。⑤群生：犹言众生。泛指一切生物。澍（shù）：时雨。濡（rú）：沾湿。按：《汉书》本传、《昭明文选》澍作"祇"。⑥洋溢：充满；广泛传播。方外：汉王朝以外的地区。⑦攘（ráng）：古"让"字。却，退让。⑧被：覆盖。⑨罔（wǎng）：无；没有。披靡：草木随风偃倒。⑩因：于是。副词。朝：朝见。使动词。从：服从。使动词。⑪定：平定。存：抚恤。⑫略：夺取。⑬举：占领。⑭结轶（zhé）：即"结辙"。意为车轮的辙迹相迭，形容车马络绎不绝于途。按：《汉书》本传、《昭明文选》"轶"作"轨"。轨亦即车辙。还：返回原来的地方。辕：驾车的木条，与车轴相连，左右各一。此处指车。⑮东乡（xiàng）：向东去。乡，通"向"。将报：将要还报朝廷。⑯至于：到达。蜀都：蜀郡治所，即成都。

耆老大夫荐绅先生之徒二十有七人①，俨然造焉②。辞毕③，因进曰④："盖闻天子之于夷狄也⑤，其义羁縻勿绝而已⑥。今罢三郡之士⑦，通夜郎之塗⑧，三年于兹⑨，而功不竟⑩，士卒劳倦，万民不赡⑪，今又接以西夷，百姓力屈⑫，恐不能卒业⑬，此亦使者之累也⑭，窃为左右患之⑮。且夫邛、筰、西僰之与中国并也⑯，历年兹多⑰，不可记已⑱。仁者不以德来⑲，彊者不以力并⑳，意者其殆不可乎㉑！今割齐民以附夷狄㉒，弊所恃以事无用㉓，鄙人固陋㉔，不识所谓㉕"。

【注释】

①耆（qí）老：谓年高之人。耆，古称六十岁为"耆"。大（dà）夫：旧时对一般任官职者的称呼。荐绅：通"搢绅""缙绅"。旧时高级官吏的装饰。先生：旧时对年长有德业者的敬称。徒：指同类的人。有（yòu）：连词。与"又"通。②俨（yǎn）然：庄严的样子。造：到；往。焉：代词。与"之"通。③辞：开头谒见时的慰安之辞。④因：于是；就。与"则"通。⑤盖：句首语气词。夷狄：古代泛称边远地区的少数民族。⑥义：事之宜；正义。指思想行为符合一定的标准。羁縻：束缚，牵制。勿：不要。禁戒副词。与"毋"通。而已：罢了。⑦罢（pí）：通"疲"。疲劳；疲乏。使用法。三郡：指巴、蜀、广汉三部。⑧塗：道路。⑨于兹：至此。⑩竟：完毕。⑪赡（shàn）：给养充足，富足。⑫屈（jué）：竭；尽。⑬卒：完毕；结束。⑭累（léi）：麻烦，累赘。⑮左右：旧时称对方，不直称其人，仅称他的左右以示尊敬。此处指司马相如。⑯且夫：句首语气词。并：并列。⑰历：时间上的经历。兹：此。⑱已：了也。⑲来：招抚来至。⑳彊：通"强"。并：兼并；合并。㉑其：句中语气词。表示揣测。殆：恐怕。不可：不可能。㉒割：分割。此处指分割财物。齐民：即"编户齐民"。附：附益。㉓弊：疲困。使动用法。所恃（shì）：所依赖的。指编户之民。事：奉事。无用：指夷狄。㉔鄙人：自称的谦辞。固陋：固塞，鄙陋。㉕不识所谓：意为不知道所说的对或是不对。

使者曰："乌谓此邪①？必若所云②，则是蜀不变服而巴不化俗也③。余尚恶闻若说④。然斯事体大⑤，固非观者之所覩也⑥。余之行急⑦，其详不可得闻已⑧，请为大夫粗陈其略⑨。

【注释】

①乌：怎么；为什么。疑问代词，与"何"通。②必：倘若：假如。若：像。云：说。③则：乃；就是。变服化俗：即改变服装风俗。④恶

（wù）闻者说：不爱听这种话。⑤斯：此。指示代词。事体：即事情。⑥固：所以；因此。通"故"。⑦行：行程。⑧其详不可得闻已：即没有机会给你们详细解释了。⑨请：请求。粗陈：粗略陈述。略，大致，大概。

"盖世必有非常之人①，然后有非常之事；有非常之事，然后有非常之功。非常者，固常人之所异也②。故曰：非常之原③，黎民惧焉④；及臻厥成⑤，天下晏如也⑥。

【注释】

①非常：异乎寻常。②异：以为奇异。意动用法。③原：创始。④黎民：即众民百姓。⑤臻：至。厥：其。⑥晏如：清平安乐的样子。

"昔者鸿水浡出①，泛滥衍溢②，民人登降移徙③，陭陒而不安④，夏后氏戚之⑤，乃堙鸿水⑥，决流疏河⑦，漉沈赡菑⑧，东归之于海，而天下永宁。当斯之勤⑨，岂唯民哉。心烦于虑而身亲其劳⑩，躬胝无胈⑪，肤不生毛。故休烈显乎无穷⑫，声称浃乎于兹⑬。

【注释】

①鸿水：《汉书》本传、《昭明文选》作"洪水"。浡（bó）：《汉书》本传、《昭明文选》作"沸"意为水翻腾的样子。②衍：漫延。③登降移徙（xǐ）：指面对洪水，到处趋避迁徙。登：《汉书》本传、《昭明文选》作"升"。④陭陒：《汉书》本传、《昭明文选》作"崎岖"。地面高低不平的样子。⑤夏后氏：指夏禹。夏禹原为传说中的夏后氏部落领袖，奉舜命治理洪水。因治水有功被舜选为继承人。舜死后，担任部落联盟首领。戚：忧愁；悲伤。⑥堙（yīn）：填塞。⑦决：排除阻塞物，疏通河道。疏：疏通。⑧漉（lù）沈赡菑（zāi）：《汉书》本传、《昭明文选》作"涮沈澹灾"。颜师古曰："涮，分也；沈，深也；澹：安也。言分散其深水以安定其灾也。"菑：通"灾"。赡：通"憺""澹"。⑨当：处在某个时候、某个地方。勤：劳；辛苦。⑩心烦于虑：心被忧虑烦劳。身亲其劳：亲自操劳苦作。⑪躬：身体。胝（zhī）：手脚上的老趼（jiǎn）；皮厚。胈（bá）：大腿上的毛。⑫休：美。烈：功业。⑬声称：名声和称颂。浃（jiā）：通"彻"。兹：今；年。

　　且夫贤君之践位也[1]，岂特委琐握䠠[2]，拘文牵俗[3]，循诵习传[4]，当世取说云尔哉[5]！必将崇论闳议[6]，创业垂统[7]，为万世规[8]。故驰骛乎兼容并包[9]，而勤思乎参天贰地[10]。且《诗》不云乎[11]：'普天之下，莫非王土[12]；率土之滨[13]，莫非王臣。'是以六合之内[14]，八方之外[15]，浸浔衍溢[16]，怀生之物有不浸润于泽者[17]，贤君耻之[18]。今封疆之内[19]，冠带之伦[20]咸获嘉祉[21]，靡有阙遗矣[22]。而夷狄殊俗之国[23]，辽绝异党之地[24]，舟舆不通[25]，人迹罕至，政教未加[26]，流风犹微[27]。内之则犯义侵礼于边境[28]，外之则邪行横作[29]，放弑其上[30]，君臣易位[31]，尊卑失序[32]，父兄不辜[33]，幼孤为奴[34]，系虏号泣[35]，内向而怨[36]，曰'盖闻中国有至仁焉[37]，德洋而恩普[38]，物靡不得其所[39]，今独曷为遗己[40]'。举踵思慕[41]，若枯旱之望雨[42]。鸷夫为之垂涕[43]，况乎上圣[44]，又恶能已[45]？故北出师以讨彊胡[46]，南驰使以诮劲越[47]。四面风德[48]，二方之君鳞集仰流[49]，愿得受号者以亿计[50]。故乃关沫若[51]，徼牂柯[52]，镂零山[53]，梁孙原[54]。创道德之涂，垂仁义之统。将博恩广施[55]，远抚长驾[56]，使疏逖不闭[57]，阻深暗昧得耀乎光明[58]，以偃甲兵于此[59]，而息诛伐于彼[60]。遐迩一体[61]，中外提福[62]，不亦康乎[63]？夫拯民于沉溺[64]，奉至尊之休德[65]，反衰世之陵迟[66]，继周氏之绝业[67]，斯乃天子之急务也[68]。百姓虽劳，又恶可以已哉！

【注释】

　　①且夫：提挈助词。践位：帝王即位。②岂：难道。反诘副词。特：只。与"但"通。委琐：细碎局促；拘于小节。握䠠（wò chuò）：通"龌龊"。器量狭窄。③拘文牵俗：谓拘泥于微细之文，为流俗所牵掣。④循诵习传：惯于遵循古代的传说和记载。⑤取说（yuè）：讨好。说，通"悦"。⑥闳（hóng）：宏大。⑦创业垂统：创立基业，传给后代。⑧规：法度；准则。⑨驰骛（wù）：奔走趋赴。兼容并包：容纳包括各个方面或各种事物。⑩参（sān）天贰（èr）地：颜师古曰：天子"比德于地，是贰地也；地与己并天，是为参天"。此句意为与天地并列。⑪《诗》：指《诗经》。⑫莫：没有什么。⑬率（shuài）土之滨：犹言四海之内。率：循，沿着。滨：边界。⑭是以：因此。六合：指天地四方。这里泛指天下。⑮八方：东南西北四方加上四维（东南、东北、西南、西北）。⑯浸（jìn）浔（xún）：通"浸寻"。渐渍：逐渐。衍溢：意为有余。⑰怀生：谓

有生命。泽：恩泽；恩惠。⑱耻：耻辱；可耻的事情。意动用法。⑲封疆：疆界。⑳冠带：帽子腰带，此喻指华夏族。伦：类。㉑咸：全部。祉（zhǐ）：福。㉒靡（mí）：没有；无。阙（quē）：通“缺”。㉓殊俗：不同的习俗。㉔辽：辽远。绝极远：隔绝。异：其他；别的。党：亲族。㉕舆（yú）：车。㉖政教：政治和教化。加：施加。㉗流风：犹言遗风。指前代流传下来的良好风尚习惯。犹微：还不显露。㉘内（nà）：通“纳”。接纳；收容。动词。犯义侵礼：侵蚀和触犯礼义。㉙外：排斥；疏远。㉚放弑（shì）：逐杀。弑：古代统治阶级指臣杀君、子杀父为弑。上：指君主。㉛易位：改换位置。㉜序：次序。㉝不辜：指无罪而被杀戮。㉞幼孤：小孩和孤儿。奴：奴隶。㉟系累（léi）：一作“系累”。捆缚；拘禁。号（háo）：大声啼哭。泣（qì）：低声哭。㊱内向：指朝向汉朝。怨：恨怨。㊲盖：发语动词。至：极；最。仁：古时所谓善政的标准，即仁政。㊳洋：多。㊴所：处所。㊵独：偏偏。己：自己。㊶举踵：抬起脚后跟。思慕：想念。㊷若：犹如。枯：草木枯萎。㊸盭（lì）夫：凶狠暴烈的人。盭，古“戾”字。垂涕：垂挂眼泪。㊹况：何况。上：今上，指汉武帝。圣：圣明。㊺恶（wū）：怎么。疑问代词。㊻北：谓在北面。此为方位名词作状语。下句“南”用法同比。㊼驰使：谓派遣急驰的使者。诮（qiào）：责问，劲：强。㊽风德：意为对能言语的人以德义讽喻。㊾二方之君：指西夷和南夷的君长。鳞集仰流：谓如游鱼四集，仰上承流。㊿愿：希望。以亿计：拿亿作单位来计算。(51)乃：才。关联副词。关沫若：谓以沫水若水为关。(52)徼（jiào）：边界。牂柯：指牂柯江。(53)镂（lòu）：疏通。零山：一作灵山。疑即今四川峨边县南古灵关道。(54)梁孙原：在孙水的源头架桥。梁，桥。孙：孙水。原，古“源”字。(55)博恩广施：意为广泛地施行恩惠。(56)远抚长驾：意为安抚和驾驭远方。(57)疏逖：指疏远者。不闭：不被关闭。(58)阻深：《汉书》本传、《昭明文选》作“曶爽”。指天未明之时。耀：照耀。乎：与“于”通。(59)偃：停止；休息。甲兵：铠甲和兵器。此处代称军事。(60)诛：惩罚；讨伐。(61)遐迩（xiá ěr）：远近。(62)提：《汉书》本传、《昭明文选》作“禔（tí）”。安康。(63)康：乐。(64)拯（zhěng）：援救；援助。沉溺：指陷于痛苦困厄之中。(65)奉：尊奉。至尊：至高无上的地位。此处指皇帝。休：美。(66)反：翻转。衰世：衰落之世。陵迟：衰颓。《汉书》本传、《昭明文选》作“陵夷”。(67)周氏：指

周代开国君主周文王、周武王。绝业：断绝的事业。68斯：此。急务：
急事。

"且夫王事固未有不始于忧勤①，而终于佚乐者也②。然则受命之
符③，合在于此矣④。方将增泰山之封⑤，加梁父之事⑥，鸣和鸾⑦，扬乐颂⑧，
上咸五⑨，下登三⑩。观者未睹指⑪，听者未闻音，犹鷮明已翔乎寥廓⑫，
而罗者犹视乎薮泽⑬。悲夫⑭！"

【注释】

①王事：帝王的事业。按《史记志疑》以为"事"字当依《汉书》《文
选》作"者"。忧勤：忧患；愁苦。勤：同"懃（qín）"。②佚（yì）乐：
安乐。佚：通"逸"。③然则：顺承连词，本意为"如此则"。相当于"那
么"。受命：谓受天之命。古代帝王托神权以自重之辞。符：符命。儒家、
方士所说的表明君主"受命于天"的一种所谓"祥瑞"征兆。④合：全。
王先谦曰：此谓天子通西南夷忧民勤远之事。张注非。⑤方将：将要。
泰山之封：即到泰山"封禅"。⑥梁父：山名。⑦鸣：发响。使动用法。
和鸾：古代车上的铃铛。在轼的称"和"，在衡的称"鸾"。⑧扬：飘
扬。使动用法。乐（yuè）：音乐。颂：歌颂。⑨咸五：和五帝相同。咸：
皆，和。也通"减"。五：指五帝。⑩登三：跨于三王之上。登，登上。
此处有超过之意。三：指三王（夏禹、商汤、周文王、武王）。⑪睹：见；
看见。指：手指。⑫鷮（jiāo）明：传说中五方神鸟之一。《昭明文选》
作"鹪鹏"。寥廓：天上空阔之处。⑬罗者：张网捕鸟的人。薮（sǒu）：
泽无水曰"薮"。泽：湖泽。⑭悲：悲哀。夫（fū）：感叹词。

于是诸大夫芒然丧其所怀来而失厥所以进①，喟然并称曰②："允哉
汉德③，此鄙人之所愿闻也。百姓虽怠④，请以身先之⑤。"敞罔靡徙⑥，
因迁延而辞避⑦。

【注释】

①芒然：即"茫然"，犹言惘然。丧其所怀来而失厥所以进：意为失
了他们来时所报的期望和进见的动机。厥：其，代词。代指他们的。②喟
（kuì）：叹声。并：一齐；一道。称：称颂；赞许。③允：公平；得当；
相称。德：恩德；恩惠。④怠：《汉书》本传，《昭明文选》作"劳"。

⑤以身先之：以自己的行动走在百姓的前面。⑥敞罔：通"怅惘"。失意的样子。靡徙：移足。⑦因：于是。迁延：拖延。辞避：告辞退出。

其后人有上书言相如使时受金①，失官②。居岁余，复召为郎③。

卓文君像，选自《百美新咏》。

【注释】

①其后：那以后。人有：有人。②失官：即被免去了官职。③复：又。召：召唤；召见。郎：郎官。

相如口吃而善著书①。常有消渴疾②。与卓氏婚，饶于财③。其进仕宦④，未尝肯与公卿国家之事⑤，称病闲居⑥，不慕官爵。常从上至长杨猎⑦，是时天子方好自击熊彘⑧，驰逐野兽，相如上疏谏之⑨。其辞曰：

【注释】

①口吃：一种习惯性语言缺陷。讲话时常发生语言中断或重复，情绪紧张时更严重。②消渴：中医学病名。疾：病。③饶：多。财：财富；财产。④其进仕宦：按《汉书》本传为"故其仕宦"，多一"故"字，而无"进"字。仕宦：旧称任官职。⑤未尝：不曾。肯：愿意。与（yù）：参加。公卿：原指三公九卿。⑥称：声称；声言。⑦常：通"尝"。曾经。从：跟随。上：皇上。指汉武帝。长杨：长杨宫。据《三辅黄图·秦宫》："在今陕西周至县东南三十里，本秦旧宫，至汉修饰之以备行幸。宫中有垂杨数亩，因为宫名。"猎：打猎。⑧是：这。指示代词。方：正；正在。时间副词。好（hào）：喜爱。自：亲自。彘（zhì）：猪。此指野猪。⑨疏（shù）：给皇帝的奏议。

臣闻物有同类而殊能者①，故力称乌获②，捷言庆忌③，勇期贲、育④。臣之愚⑤，窃以为人诚有之⑥，兽亦宜然⑦。今陛下好陵阻险⑧，射猛兽，卒然遇轶材之兽⑨，骇不存之地⑩，犯属车之清尘⑪，舆不及还辕⑫，人不暇施巧⑬，虽有乌获，逢蒙之伎⑭，力不得用⑮，枯木朽株尽为害矣⑯。是胡、越起于毂下⑰，而羌、夷接轸也⑱，岂不殆哉⑲！虽万全无患⑳，然本非天子之所宜近也㉑。

【注释】

①殊：不同。②力：气力。乌获：战国时秦国力士，据说他能举千钧之重，与力士任鄙、孟说同为秦武王宠用，位至大官，年八十余岁。③捷：迅速；敏捷。庆忌：春秋时吴王僚之子。④期：必。贲（bēn）育：指战国时勇士孟贲和夏育。⑤之：语气助词。愚：愚昧；愚蠢。⑥窃：自谦之词。诚：确实；的确。⑦宜：应该；应当。⑧陛下，对帝王的尊称。好（hào）：喜爱；爱好。陵：升；登。阻险：险要的地方。⑨卒（cù）：通"猝"。突然；仓促。轶材：亦作"逸才"。谓过人之才，此指特别强壮有力的野兽。⑩骇：马受惊。不存：不虞：意料不到的。⑪犯：触犯。属车：古代帝王出行时的从车；副车。清尘：颜师古注："尘，谓行而起尘也。言清者，尊贵之意也。"后用以称尊贵的人，表示恭敬。⑫还（xuán）辕：旋转的车辕。⑬不暇（xiá）：没有空闲。施巧：施展技巧。⑭虽：即使；纵然。逢（páng）蒙：亦作"逢门"。人名。伎（jì）：通"技"。技

艺；技巧。⑮力：能力。⑯枯木朽株：枯朽的树木。比喻老人、病人或衰弱的力量。害：祸害。《汉书》本传、《昭明文选》作"难"。⑰是：这。起：发生；发动。毂（gǔ）下：辇毂之下。⑱接：接连。轸（zhěn）：舆车后的横木。代称舆车。⑲殆：危险。⑳万全：绝对安全；万无一失。㉑然：然而。转接连词。之：助词。宜近：接近的地方。

且夫清道而后行①，中路而后驰②，犹时有衔橛之变③，而况涉乎蓬蒿④，驰乎丘坟⑤，前有利兽之乐而内无存变之意⑥，其为祸也不亦难矣⑦！夫轻万乘之重不以为安⑧，而乐出于万有一危之塗以为娱⑨，臣窃为陛下不敢也⑩。

【注释】

①清道：古时皇帝行幸所至，例须警戒道路，以防意外。②中路：中断道路。③时：时常；经常。衔（xián）：横在马口中备抽勒的铁。橛（jué）：马口中所衔的横木。衔橛之变：谓衔在马口中的勒铁和横木有可能折断，致使翻车伤人。④而况：何况。涉：入。经过。蓬蒿：蒿草。此处泛指野草。⑤丘坟：废墟；荒地。⑥利：贪恋。使动用法。内：内心。存变：准备应付意外事变。⑦其：大概；恐怕。与"殆"通。语气副词。也：语气词。亦：《汉书》本传无。⑧万乘（shèng）：周制，王畿方千里，能出兵车万乘，后因以万乘指帝位。⑨万有一危：万一有危险。⑩为：认为；以为。取：采取。

盖明者远见于未萌而智者避危于无形①，祸固多藏于隐微而发于人之所忽者也②，故鄙谚曰："家累千金③，坐不垂堂④。"此言虽小⑤，可以喻大。臣愿陛下之留意幸察⑥。

【注释】

①明者：视力好的人。未萌：事未萌必。无形：尚无形迹。②固：本来。忽：忽视。③鄙谚：俗谚。④坐不垂堂：指富人不敢近屋檐而坐，怕瓦堕伤身。垂堂：近屋檐处，一曰，恐自堂边外跌下，非畏瓦坠也。⑤小：指小事。⑥愿：希望。察：细看；详审。

上善之①。还过宜春宫②，相如奏赋以哀二世行失也③。其辞曰：

【注释】

①善：认为是好的。②宜春宫：秦朝离宫，在今西安市城东。③奏：进献。哀：怜悯；同情。二世：秦二世嬴胡玄、秦朝的第二代皇帝。前210—前207年在位。按：据《括地志》：宜春苑在（宜春）宫之东，杜（陵）之南。《史记·始皇本纪》云："葬二世杜南宜春苑中"。行失：行为过失。

登陂陁之长阪兮①，坌入曾宫之嵯峨②。临曲江之陁州兮③，望南山之参差④。岩岩深山之峂峂兮⑤，通谷豁兮谽谺⑥。汩㵘㴐习以永逝兮⑦，注平皋之广衍⑧。观众树之塕薆兮⑨，览竹林之榛榛⑩、东驰土山兮，北揭石濑⑪。弥节容与兮⑫，历吊二世⑬。持身不谨兮⑭，亡国失埶⑮。信谗不寤兮⑯，宗庙灭绝⑰。呜呼哀哉⑱！操行之不得兮⑲，坟墓芜秽而不脩兮⑳，魂无归而不食㉑。复夐绝而不齐兮㉒，弥久远而愈休。精罔阆而飞扬兮㉓，拾九天而永逝㉔。呜呼哀哉！

【注释】

①陂陁：倾斜不平的样子。《汉书》本传作"陂陀"。阪（bǎn）：山坡。兮（xī）：语气词。②坌（bèn）：并；一起。曾（céng）：重叠。通"层"。嵯峨（cuó é）：高峻的样子。③曲江：即曲江池。故址在西安市东南。陁（qí）：通"碕"。曲折的堤岸。州：通"洲"。水中的陆地。④参差（cēn cī）：长短、高低不齐；不一致。⑤岩岩：高峻的样子。峂峂（hōng hōng）：山深的样子。⑥豁（huò）：《汉书》本传作"豁"。深的样子。谽谺（hān xiā）：《汉书》本传作"谽谺"。山深的样子。⑦汩（gǔ）：急快的样子。㵘（yù）：快的样子。㴐（xī）习：即"翕习"。舒缓的样子。永：水流长。逝：去。⑧注：流入。平皋：平原沼泽。衍：低而平坦之地。⑨塕（wēng）：《汉书》本传作"蓊"。茂盛的样子。蓊（wēng）：草木茂盛的样子。⑩榛榛（zhēn zhēn）：草木丛杂的样子。⑪揭：提起衣服过河。濑：从沙石上流过的急水。⑫弥（mǐ）节：驻节。指古代大官员出行途中暂时留住。《汉书》本传"弥"作"耴"。容与：迟缓不前的样子。⑬历：经过。⑭持身：立身。谨：谨慎；小心。⑮埶：通"势"。《汉书》本传作"势"。⑯寤：通"悟"。醒悟。⑰宗庙：皇帝祖庙。可作王室或王权的代称。灭绝：灭亡断绝。⑱呜呼哀哉：伤痛之辞。旧时祭文中常用来

表示对死者的悲悼。⑲操（cāo，旧读 cào）行：品行。⑳芜秽（huì）：
荒废多杂草。脩（xiū）：通"修"。整治。㉑无：《汉书》本传作"亡"。归：
归处。食：血食。㉒敻（xiòng）：远。邈（miǎo）：远。绝：极远；隔绝。
齐：定限。㉓弥（mí）：久；远。㉔精：精灵；神怪。罔阆：同"罔两""魍
魉"。飞扬：飘扬。㉕拾：通"涉"。涉历。九天：天空，相对九地说，
极言其高。九，个位数字的极限。

相如拜为孝文园令[1]。天子既美子虚之事[2]，相如见上好仙道[3]，因曰：
"上林之事未足美也[4]，尚有靡者[5]。臣尝为《大人赋》，未就[6]，请具
而奏之[7]。"相如以为列仙之儒居山泽間[8]，形容甚臞[9]，此非帝王之仙
意也[10]，乃遂就《大人赋》。其辞曰：

【注释】

①拜：用一种礼节授给官职。孝文园令：即掌管汉文帝刘恒陵园的
长官。秩六百石。②美：赞美。③好（hào）：喜爱。仙道：成仙之道。
④未足：不够。⑤靡：华丽。⑥就：完成。⑦请具而奏之：谓请允许我
作完献上。⑧传：《汉书》本传作"儒"。⑨形容：形体容貌。臞（qú）
通癯（qú）：瘦。⑩非：不是。

世有大人兮[1]，在于中州[2]。宅弥万里兮[3]，曾不足以少留[4]。悲世俗
之迫隘兮[5]，揭轻举而远游[6]。垂绛幡之素蜺兮[7]，载云气而上浮。建格
泽之长竿兮[8]，总光耀之采旄[9]。垂旬始以为幓兮[10]，抴彗星而为髾[11]。掉
指桥以偃蹇兮[12]，又旖旎以招摇[13]。揽欃枪以为旌兮[14]，靡屈虹而为绸[15]。
红杳渺以眩湣兮[16]，猋风涌而云浮[17]。驾应龙象舆之蠖略逶丽兮[18]，骖赤
螭青虬之蚴蟉蜿蜒[19]。低卬夭蛴据以骄骜兮[20]，诎折隆穷蠼以连卷[21]。沛
艾赳螑仡以佁儗兮[22]，放散畔岸骧以孱颜[23]。跮踱輵辖容以委丽兮[24]，绸
缪偃蹇怵𪎭以梁倚[25]。纠蓼叫奡蹋以艐路兮[26]，蔑蒙踊跃腾而狂趡[27]。莅
飒卉翕熛至电过兮[28]，焕然雾除，霍然云消。

【注释】

①大人：比喻天子。②在于：在。中州：中国；中土。③弥：满遍。
④曾（zēng）：竟。足：能。能愿动词。⑤世俗：指当时社会的风俗习惯。
迫隘（ài）：狭窄。谓因受世俗逼迫，觉得处境狭窄。⑥揭（jiē）：离去。

轻举：轻装疾进。⑦垂：《汉书》本传作"乘"。驾的意思。绛幡（jiàng fān）：红色的旗帜。素蜺（ní）：白色的副虹。蜺：通"霓"。⑧建：竖起；树立。格泽：即"格泽之气"。⑨总：系。光耀：即"光耀之气"。旄（máo）：古时旗杆头上用旄牛尾作的装饰，因即指有这种装饰的旗。⑩旬始：星名，出于北斗星旁，状如雄鸡。幓（shān）：古代旌旗边缘悬垂的装饰品，又叫旒（liú）。⑪抴（yè）：拖；用力拉。《汉书》本传作"曳"。彗（huì）星：我国古代叫"妖星"，因其形状像扫帚，通常又叫"扫帚星"。髾（shāo）：旌旗上所垂的羽毛。⑫掉：摆动；摇。指桥（jiǎo）：随风指靡。偃蹇（yǎn jiǎn）：高耸的样子。⑬旖旎（yǐ nǐ）：旌旗随风飘扬的样子。招（zhāo）摇：摇动的样子。⑭揽：采摘。欃（chán）枪（chēng）：彗星的别称。亦作"攙枪"。即天欃和天枪。⑮靡：顺。使动用法。屈虹：断虹。绸（táo）：缠裹套。⑯杳渺（yǎo miǎo）：深远。眩湣（xuàn mǐn）：《汉书》本传作"玄湣"。幽奥迷乱的意思。⑰猋（biāo）风：暴风。猋，通"飙"。涌：向上升起。浮：漂在空中。⑱应龙：一种有翼的龙。传说最为灵应。象舆；用象驾的车。蠖（huò）：即尺蠖。一种形体屈曲行走的昆虫。略：巡行。逶丽：行步进止的样子。⑲骖（cān）：驾。螭（chī）：传说中一种没有角的龙。虬（qiú）：《汉书》本传作"虯"，古代传说中的无角龙。蚴蟉（yōu liú）屈曲行动的样子。蜿蜒：蛇类的曲折爬行的样子。⑳卬（yǎng）通"仰"。举首向上。天娇：通"天矫"。本为屈伸的样子，引申为屈曲。据（jù）：通"倨"。傲慢不恭。《汉书》本传作"裾"。骄骜（ào）：恣纵奔驰。㉑诎（qū）：弯曲。隆穷：同"隆穹"。高大而中央穹起。蠼（jué）：龙之形貌。连卷：通"连蜷"。蜷曲的样子。㉒沛艾：即驶骇（pǒ è）。马头摇动的样子。赳螑（xiù）：伸颈低头。仡（yì）：抬头。怡儗（chì yì）：痴呆的样子。㉓放：恣纵；放任。畔岸：放纵任性。骧：马头昂举。孱（chán）颜：高峻貌。㉔踟躇：（chì duó）：走路时忽进忽退。鞈辖（gé xiá）：《汉书》本传作"鞈螛"。摇目吐舌的样子，一说辗转摇动。委丽：《汉书》本传作"骫（wěi）丽"。左右相随的意思。㉕绸缪（chóu móu）：缠绵，连绵。《汉书》本传作蜩蟉（tiáo liú），是龙首动貌。怵（chù）：受惊的样子。㲋（chán）：狡兔。梁倚：像屋梁一样的互相依靠。㉖纠蓼（liǎo）：缠绕。叫奡（ào）：喧呼。奡：通"傲"。舰（jiè）：至；界。古"界"字。㉗蔎蒙：飞扬。踊跃：跃起。趡（cuǐ）：奔

跑。㉘莅飒（lì sà）：迅捷的样子。卉翕（xī）：呼吸。《汉书》本传作
"卉歙"。熛（biāo）：闪动。《汉书》本传作"焱"。

　　邪绝少阳而登太阴兮①，与真人乎相求②。互折窈窕以右转兮③，横
厉飞泉以正东④。悉征灵圉而选之兮⑤，部乘众神于瑶光⑥。使五帝先导
兮⑦，反太一而从陵阳⑧。左玄冥而右含雷兮⑨，前陆离而后潏湟⑩。厮
征伯侨而役羡门兮⑪，属岐伯使尚方⑫。祝融惊而跸御兮⑬，清雾气而后
行⑭。屯余车其万乘兮⑮，綷云盖而树华旗⑯。使句芒其将行兮⑰，吾欲往
乎南嬉⑱。

【注释】

　　①邪：通"斜"。绝：横度。少阳：东极。太阴：北极。②真人：
仙人。相求：结合在一起。③互折：交互反转。窈窕（yǎo tiǎo）：深远
貌。④厉：渡。飞泉：谷名。⑤征：召。灵圉：众仙号。⑥部乘：《汉书》
本传作"部署"。安排、布置的意思。瑶光：北斗星杓头第一星。⑦先导：
领略；开路。⑧反：通"返"。谓返其所居。使动用法。从：谓侍从自己。
使动用法。陵阳：即陵阳子明，仙人。陵阳，山名，在今安徽宣城市。
⑨玄冥：古谓水神或雨神。含雷：即黔嬴。相传为天上的造化之神，一
曰水神。⑩陆离：神名。潏（yù）湟：神名。⑪厮：役。征伯侨：仙人名。《汉
书·郊祀志》作"正伯桥"。⑫属：使。《汉书》本传作"诏"。岐伯：
黄帝太医。尚：掌管。方：方药。⑬祝融：火神。南方炎帝之佐。跸（bì）：
帝王出行时开路清道，禁止道行。御：同"禦"，抵禦。⑭雾（fēn）气：
恶气。雾气。⑮屯：聚集。⑯綷（cuì）：五彩杂合。盖：车盖。⑰句
（gōu）芒：神名。东方青帝之佐。⑱嬉：《汉书》本传作"娭"。同为
"戏"的意思。

　　历唐尧于崇山兮①，过虞舜于九疑②。纷湛湛其差错兮③，杂遝胶葛
以方驰④。骚扰冲苁其相纷挐兮⑤，滂濞泱轧洒以林离⑥。钻罗列聚丛以
茏茸兮⑦，衍曼流烂坛以陆离⑧。径入雷室之砰磷郁律兮⑨，洞出鬼谷之
崛礨嵬磷⑩。遍览八纮而观四荒兮⑪，朅渡九江而越五河⑫。经营炎火而
浮弱水兮⑬，杭绝浮渚而涉流沙⑭。奄息总极泛滥水嬉兮⑮，使灵娲鼓瑟
而舞冯夷⑯。时若薆薆将混浊兮⑰，召屏翳诛风伯而刑雨师⑱。西望昆仑

之轧沕洸忽兮[19]，直径驰乎三危[20]。排阊阖而入帝宫兮[21]，载玉女而与之归[22]。舒阆风而摇集兮[23]，亢乌腾而一止[24]。低回阴山翔以纡曲兮[25]，吾乃今目睹西王母曤然白首[26]。载胜而穴处兮[27]，亦幸有三足乌为之使[28]。必长生若此而不死兮[29]，虽济万世不足以喜[30]。

【注释】

①历：路过。崇山：即狄山。传说唐尧葬于其南。②九疑：即九嶷山。在今湖南宁远县南。③湛（chén）湛：重厚的样子。湛，通"沉"。差错：交错。④杂遝（tà）：即"杂沓"。众多杂乱的样子。遝，通"沓"。胶葛：杂乱的样子。⑤冲苁（sǒng）：纠结貌。纷挐（rú）：一作"纷挐（ná）"。混乱的样子。⑥滂濞（pāng pì）：通"滂沛""霶霈"。雨大的样子。泱（yāng）轧：不前的样子。洒：《汉书》本传作"丽"。林离：通"淋漓"。⑦钻：《汉书》本传作"攒"。簇聚的意思。茏苁：聚集的样子。⑧衍曼：即"曼衍"。散布。流烂：散布。坛：《汉书》本传作"疷（chǐ）"。众。陆离：离散的样子。一作参差。⑨雷室：雷渊。砰（pēng）磷郁律：深峻的样子。⑩洞：通。鬼谷：地名。相传为众鬼所聚之处，位于昆仑山北，在北辰之下。嵸礧蒐礌（jué léi wéi huái）：突兀不平的样子。《汉书》本传作"堀礨嵬魁"。⑪八纮（hóng）：指最远的地方。四荒：觚竹、北户、西王母、日下谓四荒，意即四方昏荒不开化的地区。《汉书》本传作"四海"。⑫朅（qiè）：去。九江：泛指长江。五河：泛指大河。⑬经营：往来。炎火：即"炎火之山"。传说在"昆仑之丘"以外。弱水：西域绝远之水。⑭杭：船。绝：渡。浮渚：指流沙河中的小洲。⑮奄：突然。总极：《汉书》本传作"葱极"。即葱岭山。旧对帕米尔高原和昆仑山、喀喇昆仑山脉西部诸山的总称。泛滥：沉浮。⑯灵娲（wā）：即女娲。鼓瑟：弹奏瑟。瑟，一种弦乐器。有二十五根弦。冯夷：即河伯。⑰薆薆（ài ài）：《汉书》本传作"暧暧"。阴暗不明的样子。⑱屏翳：雷神。风伯：即飞廉。风神。刑：杀。雨师：雨神。⑲昆仑：山名。西起帕米尔高原东部，横贯新疆、西藏间，东沿入青海境内。轧沕（mì）洸（huǎng）忽：不分明的样子。《汉书》本传作"轧忽荒忽"。⑳三危：神话中的仙山。㉑排：推。阊阖（chānghé）：传说中的天门。㉒玉女：天仙；仙女。㉓舒：《汉书》本传作"登"。阆（làng）风：山名。摇：《汉书》本传作"遥"。远。㉔亢：高。乌腾：比喻像鸟一样地飞腾。㉕低回：《汉书》本

传作"低徊"。即"徘徊"。阴山：相传在大昆仑山以西二千七百里。纡：屈曲；曲折。㉖西王母：神话人物。亦称王母。在《山海经》里，她是一个豹尾虎齿而善啸的怪物。到《汉武内传》中，却成了年约三十、容貌绝世的女神，并把三千年结一次果的蟠桃赠给武帝。曘（hè）然：白的样子。《汉书》本传作"暠然"。㉗载：《汉书》本传作"戴"。胜：玉胜。妇人首饰，汉时叫作华胜。㉘三足乌：三足青乌。相传专为西王母取食。使：役使。㉙必：倘若；假如。㉚虽：即使；纵然。济：救助。

回车朅来兮①，绝道不周②，会食幽都③。呼吸沆瀣兮餐朝霞④，噍咀芝英兮叽琼华⑤。娭侵浔而高纵兮⑥，纷鸿涌而上厉⑦。贯列缺之倒景兮⑧，涉丰隆之滂沛⑨。驰游道而脩降兮⑩，骛遗雾而远逝⑪。迫区中之隘陕兮⑫，舒节出乎北垠⑬。遗屯骑于玄阙兮⑭，轶先驱于寒门⑮。下峥嵘而无地兮⑯，上寥廓而无天⑰。视眩眠而无见兮⑱，听惝恍而无闻⑲。乘虚无而上假兮⑳，超无友而独存。

【注释】

①回车：掉转车。②不周：即不周山。相传在昆仑山之东南。③幽都：山名。相传在北海之内。④沆瀣（hàng xiè）：旧谓夜间的水气。朝霞：旧谓日出之前的红黄之气。⑤噍咀（jiào zǔ）：咬嚼；含味的意思。芝英：芝菌之英。叽（jī）：稍稍吃一点。琼华：指琼树之花蕊。⑥娭（yǐn）：《汉书》本传作"傑（jìn）"。仰视。浸浔：渐进。纵：耸。⑦鸿涌：《汉书》本传作"鸿溶"。波涛腾涌的样子。鸿，通"洪"。厉：疾飞。⑧贯：穿。列缺：古时谓上天的裂缝；天门。也指闪电。倒景（yǐng）：道家指天上最高的地方。景，通"影"。⑨丰隆：云神。⑩游：游车。先驱之乘。道（dǎo）：道车。出入持马陪乘。降：下。⑪骛（wù）：纵横奔驰。⑫迫：逼迫。区中：世间。陕（xiá）：通"狭"。隘。⑬舒：缓。垠（yín）：崖，界限，边际。⑭玄阙：北极之山。⑮轶（yì）：散失。寒门：天北门。⑯峥嵘（zhēng róng）：深险之貌。⑰寥廓：空阔。⑱眩（xuàn）眠：眼昏花的样子。⑲惝恍（chǎng huǎng）：同"敞怳"。模糊不清。⑳假：通"遐"。远。

相如既奏《大人之颂》①，天子大说②，飘飘有凌云之气③，似游天地之閒意④。

【注释】

①《大人之颂》：即《大人赋》。②说：通"悦"。③飘飘：飘飘然。气：气势。④游：遨游；游览。閒：通"间"。

相如既病免，家居茂陵①。天子曰："司马相如病甚②，可往从悉取其书③；若不然，后失之矣④。"使所忠往⑤，而相如已死，家无书。问其妻，对曰："长卿固未尝有书也。时时著书，人又取去，即空居。长卿未死时，为一卷书⑥，曰有使者来求书，奏之。无他书⑦。"其遗札书言封禅事⑧，奏所忠。忠奏其书，天子异之⑨。其书曰：

【注释】

①茂陵：古县名。汉武帝建元二年（前139年）在槐里（今陕西兴平市东南）茂乡筑茂陵，并置县。治所在现在的兴平市东北。武帝去世后葬此。②甚：厉害。③悉：全；都。④后，以后。⑤所忠：人姓名。姓所，名忠。⑥为：作。⑦他：别的；其他的。⑧札：古代用来写字的小木片。秦始皇即举行过这种大典。⑨异：奇异。意动用法。

伊上古之初肇①，自昊穹兮生民②，历撰列辟③，以迄于秦④。率迩者踵武⑤，逖听者风声⑥，纷纶葳蕤⑦，堙灭而不称者⑧，不可胜数也⑨。续《昭》《夏》⑩，崇号谥⑪，略可道者七十有二君⑫。罔若淑而不昌⑬，畴逆失而能存⑭？

【注释】

①伊：发语词。肇（zhào）：始。②昊穹（hào qióng）：指天。③历撰：《汉书》本传、《昭明文选》作"历选"。即历数。辟（bì）：君主。④迄：至。⑤率：循。沿着。踵武：足迹。⑥逖（tì）：远。风声：遗风美名。⑦纷纶葳蕤（ruí）：多而乱。⑧堙灭：埋没。⑨胜（shēng）：尽。⑩续：《汉书》本传作"继"。《昭》：即《韶》，相传为舜乐，此处代舜。《夏》：相传为禹乐，此处代禹。⑪崇：崇尚；称扬。号谥（shì）：古代君主生前上有尊号，死后加有美谥。⑫略：大概；大致。有（yòu）：通"又"。⑬罔（wǎng）：没有谁。与"无""莫"通。无定指代词。若：顺从。淑：善良。昌：昌盛。⑭畴（chóu）：谁。逆：逆行。失：失德。

　　轩辕之前①，邈哉邈乎②，其详不可得闻也。五三"六经"载籍之传③，维见可观也④。《书》曰"元首明哉⑤，股肱良哉⑥"。因斯以谈⑦，君莫盛于唐尧⑧，臣莫贤于后稷⑨。后稷创业于唐⑩，公刘发迹于西戎⑪，文王改制⑫，爰周郅隆⑬，大行越成⑭，而后陵夷衰微⑮，千载无声⑯，岂不善始善终哉⑰。然无异端⑱，慎所由于前⑲，谨遗教于后耳⑳。故轨迹夷易㉑，易遵也㉒；湛恩濛涌㉓，易丰也㉔；宪度著明㉕，易则也㉖；垂统理顺㉗，易继也。是以业隆于繦緥而崇冠于二后㉘。揆厥所元㉙，终都攸卒㉚，未有殊尤绝迹可考于今者也㉛。然犹蹑梁父㉜，登泰山，建显号，施尊名。大汉之德㉝，逢涌原泉㉞，沕潏漫衍㉟，旁魄四塞㊱，云专雾散㊲，上畅九垓㊳，下诉八埏㊴。怀生之类沾濡浸润㊵，协气横流㊶，武节飘逝㊷，迩陕游原㊸，迥阔泳沫㊹，首恶湮没㊺，暗昧昭晳㊻，昆虫凯泽㊼，回首面内㊽。然后囿驺虞之珍群㊾，徼麋鹿之怪兽㊿，搴一茎六穗于庖[51]，牺双觡共抵之兽[52]，获周余珍收龟于岐[53]，招翠黄乘龙于沼[54]。鬼神接灵圉[55]，宾于闲馆[56]。奇物谲诡[57]，俶傥穷变[58]。钦哉[59]，符瑞臻兹[60]，犹以为薄[61]，不敢道封禅[62]。盖周跃鱼陨杭[63]，休之以燎[64]，微夫斯之为符也[65]，以登介丘[66]，不亦恧乎[67]！进让之道[68]，其何爽与[68]？

【注释】

　　①轩辕：即黄帝。姬姓，号轩辕氏、有熊氏。②邈（xiá）：远。邈（miǎo）：远。③五三：指五帝（黄帝、颛顼、帝喾、帝尧、帝舜）三王（夏禹、商汤、周文王、周武王等三朝开国之王）。籍：典籍。传（chuán）：流传；传说。④维：句首语气词。见：《昭明文选》作"凤"。可观：据《汉书音义》，谓经籍所载，善恶可知。⑤《书》：《尚书》。尚，即"上"，上代以来之书，故名。儒家经典之一。元首：君主。⑥股肱（gōng）：大腿和手臂。此处比喻帝王左右辅助得力的臣子。⑦因：依据。斯：此。以：而。⑧莫：与"无"通。无定指代词。意为"没有什么人……"。盛：美盛。唐尧：即尧。相传父系氏族社会后期部落联盟领袖。陶唐氏，名放勋。⑨后稷：古代周族的始祖。⑩创业：开创王业。唐：即陶唐氏。⑪公刘：古代周族领袖，相传为后稷曾孙。夏代末年率领周族迁到豳（今陕西彬县东北），观察地形水利，开垦荒地，安定居处。发迹：古谓人由隐微而得志显通。西戎：中国古代西北戎族总称。⑫文王：周文王。商末周族领袖。姬姓，名昌，商纣时为西伯，亦称西伯昌。曾被商纣

囚于羑里（今河南汤阴县北），统治期间国势强盛，并建立丰邑（今陕西西安市长安区沣河以西）作为国都。在位五十年。改制：指改正朔、易服色诸事。⑬爰（yuán）：于；至。郅（zhì）：极；大。隆：盛。⑭行：道。此处指太平之道。越：于是。⑮而：与"以"通。陵夷：通"陵迟"。意为衰微。⑯无声：谓无恶声。⑰岂不：岂非。⑱然：然而。无异端：优言无他故。⑲所由：此处指规则、格局。⑳遗教：遗训；遗言。耳：而已，罢了。语气词。㉑轨迹：规范。夷易：平易。㉒遵：遵奉。㉓湛（chén）：深。潝涌：《汉书》本传、《昭明文选》作"厖洪"。广大的意思。㉔丰：富足。㉕宪度：法令制度。著明：显明。㉖则：效法。㉗垂统：指封建帝王把基业传给后代。㉘是以：因此。繈緥（qiǎng bǎo）：同"襁褓"。襁，布幅，用以络负；褓，小儿的被，用以裹覆。泛称背负小儿所用的东西。此处指周成王。崇：高。冠（guàn）：位居第一。二后：指周文王、周武王。㉙揆（kuí）：度量。厥：与"其"通。代词。元：始。㉚终：竟；尽。都：于。攸（yōu）：所。卒：终。㉛殊：特别；特殊。尤：优异；突出。绝迹：卓绝的功业；不寻常的事迹。㉜蹑（niè）：踩；踏。㉝德：恩德；恩惠。㉞逢：大。㉟汩（wù）：没。潏（yù）：水涌出的样子。漫衍：广散。㊱旁魄（bó）：即旁薄。广被。四塞（sài）：指四方屏藩之国。㊲專（fū）：分布。㊳畅：通畅；无阻碍。九垓（gāi）：九重天。㊴沂（sù）：流。八埏（yán）：八方边际之地。㊵怀生：谓有生命。沾濡（rú）浸润：谓皆被恩泽。㊶协气：和气。㊷武节：武威。猋：犬奔的样子，引申为迅捷的样子。逝：去。㊸陕：《汉书》本传、《昭明文选》作"陿（xiá）"。窄的意思。原：根本。㊹迥（jiǒng）：远。阔：广。泳：浮。沫：末梢。㊺首恶：首为恶者；罪魁祸首。㊻暗昧：愚昧。此处指"夷狄"之人。昭晢（zhé）：光亮。㊼昆虫：各种动物。昆，众。虫，泛指动物。凯：通"愷"。和乐；欢乐。泽：《汉书》本传、《昭明文选》作"怿"（yì）。喜悦的意思。㊽面：向。㊾囿（yòu）：畜养禽兽的园地。用作动词。驺（zōu）虞：据说是一种白底黑纹、不食生物的"义兽"。㊿徼（yāo）：拦截。麋鹿：亦称"四不象"。此处指白麟。51䆉（dào）：选择。庖（páo）：庖厨；厨房。此处谓择于庖厨以供祭祀。52牺：即牺牲。觡（gé）：骨角。抵（dǐ）：根本。《昭明文选》作"抵"。53获周余珍收龟于岐：文颖曰：周放畜余龟于沼池之中，至汉得之于岐山之旁。《汉书》本传、《昭明文选》“收”作“放”。余：即“馀”字。遗留；遗存。岐：岐山。在今陕西省岐山县东北。(54)翠黄：刘奉世曰：言其色翠而黄，非别物。乘龙：即乘翠黄。相传为龙翼马身，黄帝乘着它登仙。(55)接：接通。灵圉（yǔ）：神仙的统称。(56)閒：与“闲”通。(57)谲（jué）诡：怪异；变化多端。(58)俶傥（tì tǎng）：通“倜傥”。洒脱，不拘束。穷变：谓穷极生变。(59)钦：敬；敬佩。(60)符瑞：符兆祥瑞。臻兹：至此。(61)薄：指德薄。《汉书》本传、《昭明文选》均作德薄。(62)道：说；讲。(63)陨（yǔn）：坠落。杭：船。(64)燎（liǎo）：烘烤的意思。谓燎以祭天。按：胡广云：“武王渡河，白鱼入于王舟，俯取以燎。”此句当谓此事。(65)微：微小；细微。夫：语气词。斯：与“是”通。指示代词。(66)介丘：大山。指泰山。(67)恧（nǜ）：惭愧。(68)进让：“进”，谓周；“让”，谓汉。说周末可封禅而封禅为“进”，汉可以封禅而不封禅为“让”。(69)其何：《汉书》本传作“何其”。多么的意思。与：通“欤”。感叹词。

于是大司马进曰①：“陛下仁育群生②，义征不憓③，诸夏乐贡④，百蛮执贽⑤，德侔往初⑥，功无与二⑦，休烈浃洽⑧，符瑞众变⑨，期应绍至⑩，不特创见⑪。意者泰山、梁父设坛场望幸⑫，盖号以况荣⑬，上帝垂恩储祉⑭，将以荐成⑮，陛下谦让而弗发也⑯。挈三神之驩⑰，缺王道之仪⑱，群臣恧焉。或谓且天为质暗⑲，珍符固不可辞⑳；若然辞之㉑，是泰山靡记而梁父靡几也㉒。亦各并时而荣㉓，咸济世而屈㉔，说者尚何称于后㉕，而云七十二君乎？夫修德以锡符㉖，奉符以行事，不为进越㉗。故圣王弗替㉘，而修礼地祇㉙，谒款天神㉚，勒功中岳㉛，以彰至尊㉜，舒盛德㉝，发号荣㉞，受厚福，以浸黎民也㉟。皇皇哉斯事㊱！天下之壮观㊲，王者之丕业㊳，不可贬也㊴，愿陛下全之㊵。而后因杂荐绅先生之略术㊶，使获耀日月之末光绝炎㊷，以展采错事㊸，犹兼正列其义㊹，校饬厥文㊺，作《春秋》一艺㊻，将袭旧六为七㊼，摅之无穷㊽，俾万世得激清流㊾，扬微波，蜚英声㊿，腾茂实(51)。前圣之所以永保鸿名而常为称首者用此(52)，宜命掌故悉奏其义而览焉(53)。”

【注释】

①大司马：官名。进：进议。②仁育群生：以仁爱抚育百姓。③憓：顺服。《汉书》本传、《昭明文选》作“譓”。④诸夏：周代王室所分封的

周文王像

诸侯国，此处泛指中国。乐（lè）：乐意。贡：贡献。⑤百蛮：蛮夷。执贽：持礼。⑥侔（móu）：相等，等同。《汉书》本传、《昭明文选》作"牟"。往：过去；从前。初：当初。⑦二：双；比。⑧休烈：盛夏的功业。浃洽：融和；和洽。⑨众：多。⑩期应绍至：谓应期相续而至。绍：继续；接续。⑪不特创见：谓不独初创而见。⑫意者：想来大概是……。幸：谓皇帝临幸。⑬盖：发语词。号：尊号。一曰为符。况荣：意为和前代比荣耀。况，比。⑭上帝：上天。垂恩：谓垂恩于下。垂，自上施于下。储祉（zhǐ）：积福。⑮荐：祭荐。荐，进献。《汉书》作"庆"。成：告成功。⑯弗发：意为不肯发意去封禅。⑰挈（qiè）：绝。三神：上帝、泰山、梁父。一曰地祇、天神、山岳。一曰天、地、人。驩：通"欢"。⑱王道：儒者主张以仁义治天下，称为"王道"。仪：礼节；仪式。⑲或：有的人。不定指代词。且：而且。天：天道。质：实，诚信。⑳符：符瑞。固：本来。辞：辞让。按：此句应为"或谓且天为质，闇示珍符，固

不可辞。"㉑若然：假若。㉒靡记：没有表记。靡几（jī）：意为没有祭祀的希望《汉书》本传、《昭明文选》作"周几"。㉓并：一起；一道。荣：荣贵。㉔济世：毕代，济代之勋。屈：绝。㉕说：述说。称：称述。㉖修：修明。锡：赐予。㉗进越：苟进越礼。㉘弗替：不废。谓不废封禅之事。㉙礼：礼仪。地祇：古代称土地社稷的神。㉚谒：告。款：诚恳。天神：天上的神，古人所想象的日、月、星辰，风雨的主宰。㉛勒：刻。中岳：嵩山的古称。在河南省登封市北。为"五岳"之一。按：依礼应先祀中岳，后幸泰山。㉜彰：明。㉝舒：舒展；展开。㉞发：表现；显露。号：称号。荣：荣耀。㉟浸：浸润。黎民：即众民。㊱皇皇：美盛。㊲壮观：宏伟的景象。㊳丕：大。㊴贬：损减。㊵全：完备，齐全，使动用法。㊶而后：然后。荐绅：通"缙绅"。略术：道术。㊷获：获得。耀：炫耀，引申为表现。末光：光芒的末梢，此处指余光。绝炎：终极的光焰，即末端之焰。炎：通"焰"。此句以明喻指武帝，意谓荐绅先生能得日月（武帝）余光的照耀（惠顾）。㊸展：扩展；伸展。错（cuò）：通"措"施行；施展。事：事业。㊹犹：因。正列：谓正天时，列人事。㊺校饰：《汉书》本传、《昭明文选》作"袯（fú）饰"颜师古曰：袯，除也。袯饰者，言除去旧事，更饰新文也。㊻艺：经。《春秋》：儒家经典之一。㊼袭：因循；沿袭。旧六：原有的"六经"。㊽摅（shū）：传布。㊾俾（bǐ）：使。清流：旧时常用来称负有时望、不肯与权贵同流合污的士大夫。㊿蜚（fēi）：通"飞"。英声：英华的声音。51腾：腾驰。茂实：茂盛的果实。52圣：圣君。鸿：盛。称：赞颂；表扬。用此：谓采用此封禅之仪。53掌故：《汉书》有"太史掌故"为太常属官，职掌旧事。义：《汉书》本传、《昭明文选》作"仪"。览：看。

于是天子沛然改容①，曰："愉乎②，朕其试哉③！"乃迁思回虑④，总公卿之议，询封禅之事，诗大泽之博⑤，广符瑞之富⑥。乃作颂曰⑦：

【注释】

①沛然：感动的意思。改容：改变神色。②愉：然。表示同意、许可。③朕（zhèn）：秦始皇以后专为皇帝的自称。④迁：改变。回（huí）：掉转。⑤诗：歌咏。指歌咏以下四章之颂。⑥广：广闻。符瑞之富：《汉书音义》谓指以下颂"斑斑之兽"以下三章。富，富饶。⑦颂：一种文

体。《文心雕龙颂赞》：“原夫颂为典雅，辞必清铄，敷写似赋，而不入华侈之区；敬慎如铭，而异乎规戒之域。”

自我天覆①，云之油油②。甘露时雨③，厥壤可游④。滋液渗漉⑤，何生不育⑥；嘉谷六穗⑦，我穑曷蓄⑧。

【注释】

①覆：掩蔽；遮盖。②油油：云行的样子。③甘露：古人迷信，以为天下太平，则天降甘露。“甘露”谓甜美的露水。④游：游泳。⑤滋：液汁；润泽。漉（lù）：渗出；润湿。⑥何生不育：意为没有那个生命之物得不到抚育。⑦嘉谷：即嘉禾。生长得特别苗壮饱满多穗的谷子。古人视为瑞征。⑧穑（sè）：收获谷物；收获。

非唯雨之①，又润泽之②；非唯濡之③，氾尃煦之④。万物熙熙⑤，怀而慕思⑥。名山显位⑦，望君之来。君乎君乎，侯不迈哉⑧！

【注释】

①非唯：不但；不仅。雨：动词。②润泽：滋润。③濡（rú）：沾湿。④氾（fàn）：普遍；广泛。尃煦（fū huī）：散布。尃：古“布”字。⑤熙熙：和乐的样子。⑥思：《汉书》本传作“之”。⑦名山：大山。⑧侯：何。迈：行。谓行封禅之事。

般般之兽①，乐我君囿②；白质黑章③，其仪可喜④；旼旼睦睦⑤，君子之态⑥。盖闻其声⑦，今观其来。厥途靡踪⑧，天瑞之征⑨。兹亦于舜⑩，虞氏以兴⑪。

【注释】

①般般：同“斑斑”。兽：指驺虞。②囿：蓄养禽兽的园地。③质：底子。章：花纹。④仪：外表。⑤旼旼（mín mín）：和蔼的样子。睦睦：《汉书》本传、《昭明文选》作“穆穆”。谓仪表美好，容止端庄恭敬。⑥态：一作“能”。⑦盖：发语词。声：名声。⑧厥途：其所来之路。靡踪：是说不知从何处来。⑨征：应验。⑩兹亦于舜：是说此兽于“舜百兽率舞”之时也在其中。⑪虞氏：有虞氏。指舜。兴：兴盛。

濯濯之麟①，游彼灵畤②。孟冬十月③，君俎郊祀④。驰我君舆⑤，帝以享祉⑥。三代之前⑦，盖未尝有⑧。

【注释】

①濯濯（zhuó zhuó）：嬉游的样子。麟：指白麟。②灵畤：《汉书》本传曰："武帝祠五畤，获白麟，古言游灵畤。"③孟冬：孟冬月，夏历冬季第一个月，即十月。④俎（zǔ）：古代祭祀时用以载牲的礼器。《汉书》本传、《昭明文选》作"徂（cú）"。往：到的意思。郊祀：古代祭礼，在郊外祭天或祭地。⑤驰我君舆（yú）：是说白麟奔驰到我君乘舆之前。⑥帝：天帝。祉（zhǐ）：福。⑦三代：指夏、商、周三代。⑧盖：大概。副词。

宛宛黄龙①，兴德而升②；采色炫耀③，囧炳辉煌④。正阳显见⑤，觉寤黎烝⑥。于传载之⑦，云受命所乘⑧。

【注释】

①宛：屈伸。②德：谓至德。③炫（xuàn）耀：光彩夺目。④煌（huáng）：光明。辉煌：即"辉煌"。⑤正阳：日为众阳之宗，古以为人君之象，因以正阳指帝王。⑥觉寤（wù）：即"觉悟"。黎烝（zhēng）：众民。⑦传（zhuàn）：当谓《易经》。⑧按：颜师古曰，《易》云："时乘六龙以御天也。"

厥之有章①，不必谆谆②。依类讬寓③，谕以封峦④。

【注释】

①厥：指天命。有章：是说有明显的符瑞。②谆谆（zhūn zhūn）：教诲不倦的样子。③类：事类。讬寓：寄托。④谕以封峦（luán）：谓用以告诉封禅者。这里指泰山、梁父诸山。

披艺观之①，天人之际已交②，上下相发允答③。圣王之德④，兢兢翼翼也⑤，故曰"兴必虑衰⑥，安必思危⑦。"是以汤、武至尊严⑧，不失肃祗⑨；舜在假典⑩，顾省厥遗⑪：此之谓也。

【注释】

①披：翻阅。艺：指儒家的六艺，即"六经"。一曰为图书。②天人：指天道和人道。际：指先后交接之时。③上下：指上天和下民。允答：即

“允洽”。和谐一致的意思。④德：《汉书》本传作“事”。⑤兢兢：
兢兢业业。翼翼：小心翼翼。⑥兴必虑衰：兴盛的时候一定要考虑衰亡。
⑦安必思危：平安的时候一定要想到危险。⑧汤：商汤，又称成汤。商
王朝的建立者。武：周武王。周王朝的建立者。至尊：谓居至尊之位。
即帝王之位。⑨肃：恭敬。祇（qí）：地神。⑩在：观察。假典：大典。
⑪顾：看。省（xǐng）：察看。遗：遗失。

　　司马相如既卒五岁①，天子始祭后土②。八年而遂先礼中岳③，封于
太山④，至梁父禅肃然。⑤

【注释】

　　①既卒五岁：死后五年。既，已。卒，死。②后土：土地神。此处
指祭祀土地神的社坛。③八年：谓相如死后八年，即武帝元封二年（前
109年）。礼：敬神。中岳：嵩山。④封：古代帝王在泰山上筑坛祭天
的一种迷信活动。太山：即泰山。⑤禅（shàn）：古代帝王祭地的一种
迷信活动。肃然：山名，在泰山脚下东北方。

　　相如他所著①，若《遗平陵侯书》②《与五公子相难》《草木书》篇
不采③，采其尤著公卿者云④。

【注释】

　　①他：其他。著：撰述。此处指撰述的作品。②若：如。平陵侯：苏建，
苏武之父。平陵，汉县名，在今河北大城县。③采：收集。④尤：尤其；
更加。公卿：原指三公九卿。

　　太史公曰①：《春秋》推见至隐②，《易》本隐之以显③，《大雅》
言王公大人而德逮黎庶④，《小雅》讥小己之得失⑤，其流及上⑥。所以
言虽外殊⑦，其合德一也⑧。相如虽多虚辞滥说⑨，然其要归引之节俭⑩，
此与《诗》之风谏何异⑪。扬雄以为靡丽之赋⑫，劝百风一⑬犹驰骋郑、
卫之声⑭，曲终而奏雅⑮，不已亏乎⑯？余采其语可论者著于篇⑰。

【注释】

　　①太史公：司马迁。②推：推求；推究。见：见解；见识。至：至
于。隐：隐微。何焯曰：“言由人事之著者，推而至于天道之隐微也。”

③《易》：《易经》。即《周易》。之以：《汉书》本传作"以之"。之，往。韦昭曰："《易》本阴阳之微妙，出为人事乃更昭著也。"④《大雅》：《诗经》组成部分之一。王公：指周族领袖：文王，公刘。逮：至。⑤《小雅》：《诗经》组成部分之一。讥：非难；指责。己：自己。诗人的自称。⑥流：流言。指流传民间的言语。及：至。⑦外：外表。殊：不同。⑧合：符合。一：一致。⑨虚辞：虚假的言辞。⑩要：要领；关键。归：归结到一处。引：导引。⑪风（fěng）：通"讽"。用含蓄的话暗示或劝告。何异：有何不同。⑫扬雄：西汉文学家、哲学家、语言学家。字子云，蜀郡成都人。成帝时为给事黄门郎。王莽代汉立新，官为大夫，曾作《剧秦美新》以谀王莽。早年所作《长杨赋》《甘泉赋》《羽猎赋》，在形式上模仿司马相如的《子虚赋》《上林赋》等。后来主张，一切言论都应以"五经"为准则，以为"辞赋非贤人君子诗赋之正"，遂鄙薄辞赋，谓为"雕虫篆刻，壮夫不为"，转而研究哲学。靡丽：奢侈；华丽。⑬劝百风一：意为鼓励奢靡的言辞多，劝谏节约的言辞少。风：同"讽"。⑭驰骋：纵马疾驰。⑮雅：雅乐。即儒家尊奉的规范音乐。⑯已：太；甚。亏：亏损。指亏损司马相如的本意。《汉书》本传作"戏"。⑰可：合宜，好。论：议论。篇：指本篇文章。

淮南衡山列传第五十八

淮南厉王长者①，高祖少子也②，其母故赵王张敖美人③。高祖八年④，从东垣过赵⑤，赵王献之美人⑥。厉王母得幸焉⑦，有身⑧。赵王敖弗敢内宫⑨，为筑外宫而舍之⑩。及贯高等谋反柏人事发觉⑪，并逮治王⑫，尽收捕王母兄弟美人⑬，系之河内⑭。厉王母亦系，告吏曰⑮："得幸上⑯，有身。"吏以闻上⑰，上方怒赵王⑱，未理厉王母⑲。厉王母弟赵兼因辟阳侯后言吕后⑳，吕后妒㉑，弗肯白㉒，辟阳侯不彊争㉓。及厉王母已生厉王㉔，恚㉕，即自杀。吏奉厉王诣上㉖，上悔㉗，令吕后母之㉘，而葬厉王母真定㉙。真定，厉王母之家在焉㉚，父世县也㉛。

【注释】

①淮南厉王长（cháng）：即淮南王刘长（前198—前174年）。②高祖：汉高祖刘邦（前256—前195年），泗水郡沛县（今江苏沛县）人。西汉王朝的创建者，前202—前195年在位。少（shào）子：小儿子。③其：他的。人称代词，称代刘长。故：原。张敖：赵王张耳之子。高祖五年（前202年）张耳死，张敖嗣立为赵王，娶高祖长女鲁元公主为妻。死于高后六年（前182年）。美人：嫔妃的称号。④高祖八年：公元前199年。⑤东垣（yuán）：古县名。秦置。治所在今河北省石家庄市东。过：经过；走过。赵：指赵王张敖的都城邢（今河北省邢台市）。⑥献：奉献。⑦幸：幸御，指房事。焉（yān）：语气词。⑧有身：怀孕。身，通"娠"。按：《汉书·淮南传》作"有子"。⑨弗：不。内（nà）：同"纳"，动词。⑩为（wèi）：给。而：承接连词。舍之：让她居住。舍，居住。⑪及：到了……。按：贯高是赵王张敖的相。⑫并：一并；一道；一起。治：处分，惩罚。王：赵王。⑬尽：全部。收捕：逮捕。⑭系（xì）：拘囚。河内：郡名。楚汉之际置。治所在怀县（今河南省武陟县西南）。⑮告：告诉。吏：指狱吏。⑯上：旧时称帝王为上。此处指高祖刘邦。按：高祖过赵在八年冬，贯高等人谋反事发在九年

冬十二月，此时刘长当已出生。⑰以闻上：以此闻于上。即把这事呈报给皇上。闻，达，传知，向上汇报。⑱方：正。⑲理：理会。⑳因：介词，表示"通过……"。辟阳侯：审食其（yì jī）。沛县人，因侍奉吕后得宠，被封为辟阳侯，吕后执政时任左丞相。辟阳，汉县名，在今河北冀州市东南。言吕后：言于吕后。即报告了吕后。吕后（前241—前180年）：刘邦妻。姓吕，名雉，字娥姁。她曾劝刘邦杀韩信、彭越等大臣。惠帝刘盈即位后，她掌握实权，刘盈死后，她临朝称制。因其为高祖皇后，故又称高后。详见《吕太后本纪》。㉑妒（dù）：忌妒。㉒白：下对上的说诉，陈述。㉓彊（qiáng）：通"强"。竭力；尽力。㉔已：已经。时间副词。㉕恚（huì）：恨；怒。㉖奉：两手捧着。诣（yì）上：拜见皇上。㉗悔：后悔。㉘母之：像母亲那样抚育他。母，抚育。动词。㉙真定：古县名。汉高祖十一年（公元前196年）改东垣县为真定县。仍治今河北省石家庄市东北。㉚在焉：在那里。㉛父世县：父祖辈世代居住的县。

　　高祖十一年七月[1]，淮南王黥布反[2]，立子长为淮南王，王黥布故地[3]，凡四郡[4]。上自将兵击灭布[5]，厉王遂即位[6]。厉王蚤失母[7]，常附吕后[8]，孝惠、吕后时以故得幸无患害[9]，而常心怨辟阳侯，弗敢发[10]。及孝文帝初即位[11]，淮南王自以为最亲[12]，骄蹇[13]，数不奉法[14]，上以亲故[15]，常宽赦之[16]。三年[17]，入朝[18]。甚横[19]。从上入苑囿猎[20]，与上同车[21]，常谓上"大兄"[22]。厉王有材力[23]，力能扛鼎[24]，乃往请辟阳侯[25]。辟阳侯出见之[26]，即自袖铁椎椎辟阳侯[27]，令从者魏敬刭之[28]。厉王乃驰走阙下[29]，肉袒谢曰[30]："臣母不当坐赵事[31]，其时辟阳侯力能得之吕后[32]，弗争，罪一也[33]。赵王如意子母无罪[34]，吕后杀之，辟阳侯弗争，罪二也。吕后王诸吕[35]，欲以危刘氏[36]，辟阳侯弗争，罪三也。臣谨为天下诛贼臣辟阳侯[37]，报母之仇，谨伏阙下请罪[38]。"孝文伤其志[39]，为亲故[40]，弗治[41]，赦厉王。当是时[42]，薄太后及太子诸大臣皆惮厉王[43]，厉王以此归国益骄恣[44]，不用汉法[45]，出入称警跸[46]，称制[47]，自为法令[48]，拟于天子[49]。

【注释】

　　①高祖十一年：相当于前196年。②黥（qíng）布：即英布，六（lù）县：（今安徽六安市北）人。因其曾受黥刑，所以又称为黥布。楚汉

战争中，刘邦因其功高，封为淮南王。后以彭越、韩信等相继为刘邦所杀，因举兵反，战败逃亡江南，被长沙王吴臣诱杀。③王（wàng）：掌管；统治。动词。④凡：总共；一共。四郡：指黥原来领有的九江、衡山、庐江、豫章四郡。⑤自：亲自。将兵：率领军队。⑥遂：于是。即位：就位，指登上淮南王位。⑦蚤：通"早"。失母：失去母亲。⑧附：依附。⑨孝惠：汉惠帝（前216—前188年），姓刘，名盈。刘邦子，吕雉所生。前195—前188年在位，实权操于吕雉。为西汉的第二代皇帝。以故：因此，由此故。得幸：能够侥幸。患害：忧患和祸害。⑩发：表现；显露。⑪孝文帝：汉文帝（前203—前157年），姓刘，名恒。刘邦子，薄姬所生。公元前180—前157年在位。吕雉死，他由代王入为皇帝。⑫亲：亲近。按：刘邦八个儿子，当时在世的只有文帝和淮南王两个了。所以"淮南王以为最亲"。⑬骄蹇（jiǎn）：骄横。蹇，不顺从。⑭数（shuò）：多次。⑮以：因为。故：缘故。⑯宽赦（shè）：宽容和赦免。⑰三年：文帝三年，即公元前177年。⑱入朝：入京朝见皇帝。⑲甚横（hèng）：很放肆。⑳从：随从；跟随。苑：养禽兽、植树木的地方。囿（yòu）：蓄养禽兽的园地。猎：打猎；捕捉野兽。㉑同车：同乘一辆车。㉒谓：称呼。大兄：大哥。㉓材力：才能和勇力。材：通"才"。㉔力：气力。扛：举。鼎（dǐng）：古代炊器。多用青铜制成。一般为圆形，三足，两耳。盛行于商周时期，汉代仍然流行。㉕往：前往。㉖即自袖铁椎（chuí）椎辟阳侯：意为便从衣袖里面抽出预先藏好的铁槌槌打辟阳侯。前一个"椎"是名词，指槌子（敲击的器具）；后一个"椎"是动词，指用槌打。㉗从（zòng）者：随从的人。刭（jǐng）：用刀割脖子。㉘驰走：使劲赶着马奔跑。阙（què）：皇宫前面两边的楼台，中间有道路。阙下：指皇宫门前。㉙肉袒（tǎn）：脱去上衣，露出身体。表示恐慌。谢：谢罪、请罪、认错。㉚臣：旧时官吏对君主的自称。㉛当：应当。坐赵事：指因贯高等人谋反的事而治罪。㉜其时：那个时候。其：那；那个。远指代词。㉝罪一也：一个罪。也：语气词。㉞赵王如意：戚夫人（高祖妃）子，名如意，封赵王。㉟王（wàng）：意为封之为王。使动用法。诸吕：指吕后的侄子吕台、吕产、吕禄等。㊱危：危害。刘氏：刘家王室。㊲谨：副词。表示尊重的语气。诛（zhū）：铲除。贼臣：奸贼；奸臣。㊳伏：趴下。请罪：自己犯了过错，主动请求处分。㊴伤：

悲；哀。志：心意。㊵为：因为。㊶治：处分；惩罚。㊷是时：这个时候。是：这。指示代词。㊸薄太后：高祖妃。太子：帝王指定的继承人。这里指刘启。诸：众。惮（dàn）：害怕。㊹以此：因此，由此故。国：指淮南国。益：更加，越发。骄恣（zì）：骄横放纵。㊺用：采用；使用。汉法：汉朝的法令。㊻称：称作；号称。警跸（bì）：警；警戒；跸：清道。㊼制：旧时称皇帝的命令为制。㊽为：制作。㊾拟于天子：和天子相比。拟；比拟。天子，旧时称帝王为天子。

六年①，令男子但等七十人与棘蒲侯柴武太子奇谋②，以辇车四十乘反谷口③，令人使闽越、匈奴④。事觉⑤，治之⑥，使使召淮南王⑦。淮南王至长安⑧。

【注释】

①六年：汉文帝六年，即公元前174年。②男子：汉时称没有官爵的成年男性为男子。但：人名。棘蒲侯柴武：又作陈武。谋：谋划；商量。③辇（niǎn）车：一种用马拉的大车。乘（shèng）：辆。古时一车四马叫乘。反谷口：反于谷口。即在谷口发动叛乱。谷口：古地名。在今陕西礼泉县东北泾水出山谷处。西汉曾于此置谷口县。④使：出使。闽越：又称东越。古代南方越人的一支。地当今福建和浙江南部一带。秦朝时于其地置闽中郡。治东冶（今福建省福州市）。汉初，复立无诸为闽越王，令统治闽中郡故地，仍治于东冶。⑤觉：发觉；破露。被动用法。⑥治：查究。之：代词，指谋反的事。⑦使使（shǐ shǐ）：派遣使者。前一个"使"为动词。后一个使为名词。⑧长安：西汉京城。在今陕西省西安市西北。

"丞相臣张仓①、典客臣冯敬②、行御史大夫事宗正臣逸③、廷尉臣贺④、备盗贼中尉臣福昧死言⑤：淮南王长废先帝法⑥，不听天子诏⑦，居处无度⑧，为黄屋盖乘舆⑨，出入拟于天子，擅为法令⑩，不用汉法。及所置吏⑪，以其郎中春为丞相⑫，聚收汉诸侯人及有罪亡者⑬，匿与居⑭，为治家室⑮，赐其财物爵禄田宅⑯，爵或至关内侯⑰，奉以二千石⑱，所不当得⑲，欲以有为⑳。大夫但㉑、士五开章等七十人与棘蒲侯太子奇谋反㉒，欲以危宗庙社稷㉓。使开章阴告长㉔，与谋使闽越及匈奴发其兵㉕。开章之淮南见长㉖，长数与坐语饮食㉗，为家室娶妇，以二千石傅奉之㉘。开章使人告但，已言之王㉙。春使使报但等㉚。吏觉知，使长安尉奇等往捕开章㉛。长匿不予㉜，与故中尉蕳忌谋㉝，杀以闭口㉞。为棺椁衣衾㉟，葬之肥陵邑㊱，谩吏曰㊲：'不知安在。'㊳又详聚土㊴，树表其上㊵，曰'开章死㊶，埋此下'。及长身自贼杀无罪者一人㊷；令吏论杀无罪者六人㊸；为亡命弃市罪诈捕命者以除罪㊹；擅罪人㊺，罪人无告劾㊻，系治城旦舂以上十四人㊼；赦免罪人㊽，死罪十八人㊾，城旦舂以下五十八人；赐人爵关内侯以下九十四人㊿。前日长病[51]，陛下忧苦之[52]，使使者赐书[53]、枣脯[54]。长不欲受赐[55]，不肯见拜使者[56]。南海民处庐江界中者反[57]，淮南吏卒击之。陛下以淮南民贫苦[58]，遣使者赐长帛五千匹[59]，以赐吏卒劳苦者[60]。长不欲受赐，谩言曰'无劳苦者'[61]。南海民王织上书献璧皇帝[62]，忌擅燔其书[63]，不以闻[64]。吏请召治忌[65]，长不遣[66]，谩言曰'忌病'[67]。春又请长[68]，愿入见，长怒曰'女欲离我自附汉'[69]。长当弃市，臣请论如法[70]。"

【注释】

①丞相：官名。战国始置，为百官之长。秦代以后为朝廷的最高官职，辅佐皇帝，管理全国政务。西汉初改名相国，不久又称丞相。与太尉、御史大夫合称"三公"。张仓：《汉书》作张苍。阳武（今河南省原阳县东南）人。秦时为御史，汉初任代、赵相，封北平侯，迁为计相，以列侯居相府，主持郡国上计（地方官员成绩的考核），后为丞相十多年，曾改定律、历法，是汉代著名的历算家。②典客：官名。③行御史大夫事：即代理御史大夫。行：古时，某官缺员时由地位较低的代理叫行。御史大夫：官名。秦汉时仅次于丞相的中央最高长官。宗正：官名。始于秦，汉沿置。为掌管皇族事务的长官，多由皇族中人充任。为"九卿"之一。逸：人名。事迹不详。④廷尉：官名。秦始置。掌管刑狱，为"九卿"之一。贺：人名。事迹不详。⑤中尉：官名。秦汉为武职。掌京师治安。汉代兼主守卫京师的屯上兵。备盗贼中尉当与中尉职掌相同。据陈直《史记新证》，毛子静藏有汉时"备盗贼尉"封泥。盖因汉初印文限用四字，疑"尉"即"中尉"的省称。福：人名。事迹不详。昧（mèi）死：冒昧而犯死罪的意思。为封建时代臣子上书时的客套话。言：上言；上书说。⑥先帝：封建时代对已死皇帝的敬称。此处指高祖刘邦。⑦听：听从；接受。⑧无度：没有制度，不遵守法律。⑨黄屋盖：即黄盖。指古代帝王乘坐的

车上用黄缎子作衬里制成的车盖。乘（shèng）舆：帝王乘坐的车子。⑩擅：自作主张。⑪置吏：设置官吏。⑫其：他的。人称代词。称代淮南王。郎中：官名。始于战国，汉代沿置，属郎中令，管理车骑、门户，并内充侍卫。外从作战。秩禄为比三百石。春：人名。事迹不详。丞相：此处指淮南国丞相。秩禄为真二千石。⑬文帝六年，淮南王命令男子但等七十人和棘蒲侯柴武的太子柴奇商议，凭借四十辆大车在谷口县造反，派人出使闽越、匈奴。事情被发觉，追查这事，朝廷派使者召见淮南王。淮南王来到长安。聚收：聚集。汉诸侯人：指汉朝廷所辖郡、县及诸侯国之人。有罪亡者：因犯罪而逃亡的。⑭匿（nì）：隐藏。⑮为治家室：为他料理好家属。治：理；安置。家室：家属。⑯财物：金钱、物资。爵禄：爵位，俸禄。⑰或：有的人。关内侯：爵位名。秦汉时置。为二十等爵的第十九级，仅次于彻侯（第二十级）。一般居于京郊，没有封邑。⑱奉以二千石（shí）：意为拿二千石俸禄的官职尊奉他。二千石：秦汉时官阶的高低，掌按俸禄的多少计算，内自九卿、郎将，外至郡守、都尉，都是二千石，每月分别得谷一百八十斛（中二千石）、一百五十斛（真二千石）、一百二十斛（二千石）、一百斛（比二千石）、在各王国，二千石为最高级官吏的俸禄等级。⑲所不当得：意为关内侯的爵位和二千石的俸禄均不应当由淮南王赐予。⑳欲以有为：想以此有所作为。有为，指发动叛乱。㉑大夫：爵位名。低于官大夫，为二十等爵的第五级。但：人名。即上文的"男子但"。因此时但已有官爵，故改称为"大夫但"。㉒士五：汉时把有罪而失去官爵的人称为士五。开章：人名。奇：人名，即棘蒲侯柴武的太子柴奇。㉓宗庙：王室的代称。㉔阴：暗中，暗地里。㉕与谋：同谋、合谋。㉖之：到……去。动词。㉗数（shuò）：多次；屡次。㉘奉之：尊奉他。㉙已言之王：已经对淮南王说了。之：代词，代指谋反的事。㉚报：告知。㉛长安尉：长安县尉。奇：人名。往：去。㉜予：通"与"。给。㉝蕑（jiān）忌：人名，汉淮南中尉。㉞杀以闭口：杀掉开章，以灭其口。闭：闭上；灭。使动词。㉟椁（guǒ）：内棺材外面套的外棺材。衾（qīn）：被子。㊱肥陵邑：《汉书》作"肥陵"。在今安徽省六安市东北。㊲谩（mán）：欺骗。吏：指往捕开章的长安县尉奇等。㊳安在：在哪儿。㊴详（yáng）：通"佯"。假装；装作。㊵树：立。表：标记。其：它的。物称代词。这里代称假坟堆。㊶曰：这里是"写道”的意思。死：为屍的省文（据陈直《史记新证》）。㊷身自贼杀：亲自杀害。㊸论杀：判罪杀害。㊹为（wèi）：给；替。介词。亡命：指因罪改名换姓。弃市：死刑。古代处决罪犯，多在闹市。所以说弃市，表示为众人所弃。诈捕：假捕。命者：亡命者。㊺罪人：给人判罪。罪：惩处；判罪。动词。㊻《汉书·淮南王传》“罪人”二字不重复。疑无此二字。劾（hé）：揭发罪状。无告劾：指没有向汉朝告发。㊼治：治罪。城旦舂（chōng）：汉代刑制的一种。罚男子晨起治城（城旦），妇人舂米（舂），刑罚四年。㊽罪人：有罪之人。㊾死罪：该判死刑的罪犯。㊿赐人爵：赐给人爵位。(51)前曰：以前。病：指得了重病。(52)陛（bì）下：古代对帝王的尊称。(53)书：书信。(54)枣脯（fǔ）：枣干。脯，干肉。(55)不欲：不愿。(56)见拜：谒拜，此指请见和拜见使者。(57)南海：郡名。秦置，治所在番禺（今广东省广州市）。其时归属南越国。处：居住。庐（lú）江：郡名。(58)以：以为；认为。动词。(59)帛（bó）：丝织品的总称。(60)以：用；拿。劣苦：辛苦。(61)谩（màn）：通“慢”。傲慢。(62)南海民王：《汉书·淮南传》无“民”字。“民”疑衍字。织：南海王名。按：《汉书·高帝纪》有南海王织。献璧皇帝：奉献璧玉给皇帝。(63)忌：指蔄忌。燔（fán）：焚烧。(64)不以闻：不把这事上报朝廷。(65)吏：指司法的官吏。(66)遣：遣送，送走。(67)忌病：疾病。(68)又：再；更。请：请求。(69)女：同“汝”。你。离：脱离；离开。附汉：依附汉朝。(70)论如法：按照法令论处。

制曰①：“朕不忍致法于王②，其与列侯二千石议③。”

【注释】

①制曰：皇帝下令说。制：皇帝的命令。②朕（zhèn）：古人自称。致法于王：使王受法律制裁。于：介词。此处表示动作的趋向。王：指淮南王。③其：语气副词。表示祈使。列侯：即彻侯。爵位名。议：议论；讨论。按：此处的“列侯二千石”，当指在京的公卿大臣。

“臣仓、臣敬、臣逸、臣福、臣贺昧死言：臣谨与列侯吏二千石臣婴等四十三人议①，皆曰‘长不奉法度，不听天子诏，乃阴聚徒党及谋反者②，厚养亡命③，欲以有为’。臣等议论如法。”

【注释】

①婴：汝阳侯夏侯婴。②乃：竟然。副词。③厚：丰厚。

制曰："朕不忍致法于王，其赦长死罪，废勿王①。"

【注释】

①废勿王：废去王号，不再称王。

"臣仓等昧死言：长有大死罪，陛下不忍致法，幸赦①，废勿王。臣请处蜀郡严道邛邮②，遣其子母从居③，县为筑盖家室④，皆廪食给薪菜盐豉炊食器席蓐⑤。臣等昧死请，请布告天下⑥。"

【注释】

①幸：希望。②处：居住。使动词。蜀郡：战国时秦置。治所在成都（今四川省成都市）。邛（qióng）邮：邛僰邮亭。在今荥经县西。③遣其子母从居：送他的姬妾中有孩子的随着去一起生活。④县：指严道。⑤廪（lǐn）食：官方应分供给的食物。给（jǐ）：供给，供应。薪：柴。豉（chǐ）：豆豉。一种用豆子制成的食品。席蓐（rù）：睡觉用的席子和草垫子。⑥布告：张贴出来通告广大群众的文件。此处作动词。

制曰："计食长给肉日五斤①，酒二斗。令故美人才人得幸者十人从居②。他可③。"

【注释】

①计：考虑。食（sì）：供养。②故美人才人：指原来的姬妾。③他：别的；其他的。

尽诛所与谋者①。于是乃遣淮南王②，载以辎车③，令县以次传④。是时袁盎谏上曰⑤："上素骄淮南王⑥，弗为置严傅相⑦，以故至此。且淮南王为人刚⑧，今暴催折之⑨，臣恐卒逢雾露病死⑩，陛下为有杀弟之名⑪，奈何⑫！"上曰："吾特苦之耳⑬，今复之⑭。"县传淮南王者皆不敢发车封⑮。淮南王乃谓侍者曰⑯："谁谓乃公勇者⑰？吾安能勇⑱！吾以骄故⑲，不闻吾过至此⑳。人生一世间㉑，安能邑邑如此㉒！"乃不食死㉓。至雍㉔，雍令发封㉕，以死闻㉖。上哭甚悲，谓袁盎曰："吾不听公言㉗，卒亡淮南王[28]。"盎曰："不可奈何[29]，愿陛下自宽[30]。"上曰："为之奈何[31]？"盎曰："独斩丞相、御史以谢天下乃可[32]。"上即令丞相、御史逮考诸县传送淮南王不发封馈 侍者[33]，皆弃市。乃以列侯葬淮南王于雍[34]，守冢三十户[35]。

【注释】

①尽：全部；都。②遣：遣送。③载以辒（zī）车：用着衣的车子装载。④县：指沿途各县。以次传：按照次序传送。⑤是时：这时。袁盎（àng）：即"爰盎"。安陵（今陕西省咸阳市秦都区东北）人。谏（jiàn）：劝谏君主、尊长或朋友，使之改正错误。⑥素：向来；一向。骄：放纵。⑦弗为：不给。置：设置。严：严格；严厉。傅相：太傅和丞相。据《汉书·百官表》：诸侯王"有太傅辅王"，"丞相统众官"。⑧且：而且。转接连词。刚：坚硬；坚强。⑨暴：又猛又急；突然。摧折；折断。之：人称代词。称代刘长。⑩卒（cù）：通"猝"。突然；仓促。逢：遇见；遇到。⑪为：通"将"。时间副词。⑫奈（nài）何：如何，怎么办。疑问代词。⑬吾特苦之耳：我特此为这个事苦恼啊。之：代词。代指处置淮南王这件事。耳：语气词，表示肯定。⑭今复之：意为不久就会让他回来。今：即。复：还。使动词。⑮发：打开。封：槛车上的封门。⑯乃：于是。谓：告诉；对……说。侍者：伺候他的人。⑰谁：那个。疑问代词。乃：你；你的。者：语气词，表示反问。⑱安：怎么。疑问副词。⑲以骄故：因为放纵的缘故。⑳不闻：没有听说。过：过失；罪过。㉑间：通"间"。㉒邑邑：愁闷不安的样子。邑，通"悒"。㉓不食死：绝食而死。㉔雍：古县名。治所在今陕西凤翔县南。㉕令：县令。㉖以死闻：把淮南王死的事报告了皇上。闻：传知，汇报上去。㉗公：对人的尊称。㉘卒：终于。亡：死。使动词。㉙不：无。㉚愿：希望。自宽，自己放宽心。㉛为之奈何：对这件事要如何办呢。之：代词，指代淮南王死这件事。㉜独：只有。以：用。御史：御史大夫。谢：告诉。天下：指天下之人。乃可：才行。㉝考：通"拷"。诸：名。馈（kuì）：以食物送人。㉞以列侯葬：拿埋葬列侯的礼仪埋葬。于：在。介词。㉟守：看守；守护。冢（zhǒng）：通"塚"。坟墓。三十户：指赐给三十户人家让守护坟墓。

孝文八年①，上怜淮南王②，淮南王有子四人，皆七八岁，乃封子安为阜陵侯，子勃为安阳侯，子赐为阳周侯，子良为东城侯。

【注释】

①孝文八年：汉文帝八年（前172年）。②怜：怜悯；同情。

孝文十二年①，民有作歌歌淮南厉王曰②："一尺布③，尚可缝④，一斗粟⑤，尚可舂⑥。兄弟二人不能相容⑦。"上闻之，乃叹曰："尧、舜放逐骨肉⑧，周公杀管、蔡⑨，天下称圣⑩。何者⑪？不以私害公⑫。天下岂以我为贪淮南王地邪⑬？"乃徙城阳王王淮南故地⑭，而追尊谥淮南王为厉王⑮，置园复如诸侯仪⑯。

【注释】

①孝文十二年：汉文帝十二年（前168年）。②民有作歌歌淮南厉王：有人编了歌儿唱淮南厉王。③布：麻布。④尚：还。⑤粟（sù）：谷子。去皮后称为小米。⑥舂（chōng）：把谷类的壳捣掉。⑦容：宽容；容忍。⑧尧舜：传说中的二位父系氏族社会后期部落联盟领袖。放逐：流放；驱逐。骨肉：比喻兄弟。⑨周公：西周初年的政治家。姬姓，名旦，周武王之弟。因采邑在周（今陕西岐山县北），称为周公。⑩称：称作。圣：圣贤。⑪何者：什么原因呢。⑫不以私害公：不拿私情损害公义。⑬岂：难道。反诘副词。以：以为。贪：贪图。地：封地。邪（yé）：语气词，表示反诘。⑭徙（xǐ）：调职；迁封。城阳王：景王刘章之子刘嘉。王（wàng）：称王，动词。故地：原来的封地。⑮谥（shì）：古代帝王、贵族、大臣或其他有地位的人死后被加的带有褒贬意义的称号。⑯置：立；建立。园：陵园；墓地。复：仍旧。诸侯：诸侯王。仪：礼仪。

孝文十六年①，徙淮南王喜复故城阳②。上怜淮南厉王废法不轨③，自使失国蚤死④，乃立其三子⑤：阜陵侯安为淮南王⑥，安阳侯勃为衡山王⑦，阳周侯赐为庐江王⑧，皆复得厉王时地，参分之⑨。东城侯良前薨⑩，无后也⑪。

【注释】

①孝文十六年：汉文帝十六年（前164年）。②喜：刘喜。原城阳王。复故城阳：指仍做城阳王。③废法：废弃法令。④自使：使自己。失国：

失去封国。⑤立：登上帝王或诸侯的位置叫立。⑥安：刘安。淮南王：国在今安徽省淮河以南一带，都寿春（今安徽寿县）。⑦勃：刘勃。衡山王：国在今安徽、河南、湖北三省交界地区，建都六(lù)县(今安徽六安市东北)。⑧赐：刘赐。庐江王：国在今安徽、湖北、河南三省交界地区，建都舒县（今安徽庐江县西南）。⑨参（sān）分之：指三家分领厉王旧地。⑩良：刘良。前薨（hōng）：在此以前死了。⑪后：后代。

孝景三年①，吴楚七国反②，吴使者至淮南③，淮南王欲发兵应之④。其相曰⑤："大王必欲发兵应吴⑥，臣愿为将⑦。"王乃属相兵⑧。淮南相已将兵⑨，因城守⑩，不听王而为汉⑪；汉亦使曲城侯将兵救淮南⑫：淮南以故得完⑬。吴使者至庐江，庐江王弗应⑭，而往来使越⑮。吴使者至衡山，衡山王坚守无二心。孝景四年⑯，吴楚已破⑰，衡山王朝⑱，上以为贞信⑲，乃劳苦之曰⑳："南方卑湿㉑。"徙衡山王王济北㉒，所以褒之㉓。及薨，遂赐谥为贞王㉔。庐江王边越㉕，数使使相交㉖，故徙为衡山王，王江北㉗。淮南王如故㉘。

【注释】

①孝景三年：汉景帝三年（前154年）。孝景：汉景帝刘启（前188—前141年）。刘恒子。前156—前141年在位。②吴楚七国反：指景帝三年，吴楚等七国发动的武装叛乱。③淮南：指淮南国。④应：响应。之：代词。代指吴楚七国发动的叛乱。⑤相：丞相。⑥必：一定。⑦为：当；担任。将：将领。⑧属（zhǔ）相兵：把军权委托给丞相。属，通"嘱"。委托；托付。⑨将（jiàng）：带领，统率。动词。⑩因：于是。与"则"通。副词。⑪听：听从；接受。而：却。为（wéi）：助。⑫使：令。曲城侯：姓虫，名捷，其父名逢。为高祖功臣。⑬以故：因此。完，使完整、完好、保全。⑭弗应：不响应。⑮往来使越：派遣使者和南越国交往。⑯孝景四年：汉景帝四年（前153年）。⑰破：破灭。⑱朝（cháo）：朝见皇上。⑲以为贞信：认为他贞忠诚实。⑳劳（lào）苦：慰劳。之：代词。代指衡山王。㉑卑：地势低。湿：潮湿。㉒王（wàng）济北：做济北王。东北。㉓所以：以此。褒（bāo）之：表扬他。㉔贞：据《谥法解》："清白守节曰贞"。㉕边城：与南越国边界相接。㉖交：交往；交通。㉗江北：江水（长江）以北。㉘如故：同从前一样（即仍为淮

南王）。

淮南王安为人好读书鼓琴①，不喜弋猎狗马驰骋②，亦欲以行阴德拊循百姓③，流誉天下④。时时怨望厉王死⑤，时欲畔逆⑥，未有因也⑦。及建元二年⑧，淮南王入朝。素善武安侯⑨，武安侯时为太尉⑩，乃逆王霸上⑪，与王语曰："方今上无太子⑫，大王亲高皇帝孙⑬，行仁义，天下莫不闻⑭。即宫车一日晏驾⑮，非大王当谁立者⑯！"淮南王大喜，厚遗武安侯金财物⑰。阴结宾客⑱，拊循百姓，为畔逆事⑲。建元六年⑳，彗星见㉑，淮南王心怪之㉒。或说王曰㉓："先吴军起时㉔，彗星出长数尺㉕，然尚流血千里㉖。今彗星长竟天㉗，天下兵当大起㉘。"王心以为上无太子，天下有变㉙，诸侯并争㉚，愈益治器械攻战具㉛，积金钱赂遗郡国诸侯游士奇材㉜。诸辨士为方略者㉝，妄作妖言㉞，谄谀王㉟，王喜，多赐金钱，而谋反滋甚㊱。

【注释】

①好（hào）：喜爱。鼓：弹奏。动词。②喜：爱好；喜欢。弋（yì）猎：射猎。弋，用带绳子的箭射。驰骋（chěng）：比喻射猎。狗马：指古代统治阶级玩好之物。③亦：也。以：拿；用。行：做。阴德：旧谓暗中施德于人的行为。拊（fǔ）循：抚慰。④流：流传，传布。誉：荣誉；美名。⑤怨望：埋怨。⑥时：时常；经常。畔（pàn）逆：叛乱。畔，通"叛"。⑦未：没。否定副词。因：原因；缘由。⑧建元：汉武帝第一个年号。我国古代帝王用年号纪元从此开始。建元二年，即公元前139年。⑨素：平素；一向。善：友好。武安侯：田蚡（fén）。汉景帝皇后王娡的同母异父弟弟。⑩时：当时。太尉：官名。秦至西汉设置。为全国军政首脑，与丞相、御史大夫并称"三公"。武帝时改称大司马。⑪逆：迎。霸上：一作"灞上"，又名"霸头"。因地处霸水（今西安市东）西高原上得名。⑫方今：当今。上：皇上。指汉武帝刘彻。汉景帝第九子，生于公元前156年，为西汉第五代皇帝。在位五十四年（前140—前87年）。无：未有。⑬大王：田蚡对淮南王的尊称。亲高皇帝孙：高皇帝的亲孙。⑭莫：代词。与"无"通。意为"没有什么人……"。不闻：不知道。⑮即：假设；如果。宫车一日晏驾：意为皇上有一天死了。用"宫车晏驾"指皇上死了，是一种委婉的说法。晏：晚；迟。⑯此句意为继承皇位的不

是您，还应当是谁呢。⑰遗（wèi）：赠与；致送。⑱阴结：暗中交结。⑲为：做。⑳建元六年：公元前135年。㉑彗（huì）星：绕太阳运行的一种天体。㉒怪：惊疑，奇怪。㉓或：有的人。虚指代词。说（shuì）：劝说；说服。㉔先：早先。吴：吴王刘濞。㉕出：出现。数：几。㉖然：然而。尚：尚且。流血千里：意为使千里范围流血。㉗竟天：从天这头直到天那头。㉘兵：战事。㉙变：突然发生的事变。㉚诸侯：诸侯王。并争：一齐争夺。㉛愈益：更加。治器械攻战具：意为整治武器和进攻作战的器具。㉜积：积蓄；积聚。赂遗（lù wèi）；奉送：赠送。郡国：汉初，郡和王国同为地方最高行政区划，郡直属朝廷，王国由分封的国王统治。史称"郡国制。"诸侯，此处兼指郡守和国王。㉝诸：一些。辨：通"辩"。辨士为方略者：给筹划大计和策略的能言善辩之士。㉞妄作：胡乱制作。妖言：迷惑人的邪说。㉟谄谀（chǎn yú）：阿谀奉承。㊱谋反：据张文虎考证，疑为"反谋"。滋：益；更加。

　　淮南王有女陵①，慧②，有口辩③。王爱陵，常多予金钱④，为中诇长安⑤，约结上左右⑥。元朔三年⑦，上赐淮南王几杖⑧，不朝⑨。淮南王王后荼⑩，王爱幸之⑪。王后生太子迁⑫，迁取王皇太后外孙修成君女为妃⑬。王谋为反具⑭，畏太子妃知而内泄事⑮，乃与太子谋，令诈弗爱⑯，三月不同席⑰。王乃详为怒太子⑱，闭太子使与妃同内三月⑲，太子终不近妃⑳。妃求去㉑，王乃上书谢归去之㉒。王后荼，太子迁及女陵得爱幸王㉓，擅国权㉔，侵夺民田宅，妄致系人㉕。

【注释】

　　①陵：王女之名。②慧：聪明；有才智。③口辩：口才。④予：给。⑤为中诇（xiòng）长安：意为让他在京师长安做侦探。诇：侦察；刺探。⑥约：网罗。上左右：与皇上亲近的人。⑦元朔三年：即公元前126年。元朔，汉武帝即位后第三个年号。按：据《史记志疑》，"三年"恐为"二年"之误。⑧几（jī）杖：老人居则凭几，行则拄杖。⑨不朝：指照顾淮南王，因其年老，让其不必按照制度入京朝见皇上。⑩荼（tú）：王后之名。⑪幸：宠爱；宠幸。⑫迁：太子之名。⑬取：通"娶"。⑭谋为反具：策划置办发动叛乱的器具。⑮畏：害怕。知而内泄事：意为知道并在朝内把此事泄露出去。⑯诈：假装。⑰席：同"蓆"。⑱详（yáng）：通"佯"。

假装。⑲闭：关闭。同内：同房。⑳终：始终；终于。㉑求：请求；要求。去：离开。㉒谢：道歉。归去之：送她回去。㉓得爱幸王：得到王的宠爱。㉔擅（shàn）：独揽。㉕妄：胡乱。系（xì）：拴缚；拘囚。

元朔五年①，太子学用剑，自以为人莫及②，闻郎中靁被巧③，乃召与戏④。被一再辞让⑤，误中太子⑥。太子怒，被恐。此时有欲从军者辄诣京师⑦，被即愿奋击匈奴⑧。太子迁数恶被于王⑨，王使郎中令斥免⑩，欲以禁后⑪，被遂亡至长安⑫，上书自明⑬。诏下其事廷尉⑭、河南⑮。河南治⑯，逮淮南太子，王、王后计欲无遣太子，遂发兵反⑰，计犹豫⑱，十余日未定⑲。会有诏⑳，即讯太子㉑。当是时㉒，淮南相怒寿春丞留太子逮不遣㉓，劾不敬㉔。王以请相㉕，相弗听㉖。王使人上书告相㉗，事下廷尉治。踪迹连王㉘，王使人候伺汉公卿㉙，公卿请逮捕治王㉚。王恐事发，太子迁谋曰："汉使即逮王㉛，王令人衣卫士衣㉜，持戟居庭中㉝，王旁有非是㉞，则刺杀之，臣亦使人刺杀淮南中尉㉟，乃举兵，未晚㊱。"是时上不许公卿请㊲，而遣汉中尉宏即讯验王㊳。王闻汉使来，即如太子谋计㊴。汉中尉至，王视其颜色和㊵，讯王以斥靁被事耳㊶，王自度无何㊷，不发㊸。中尉还㊹，以闻㊺。公卿治者曰㊻："淮南王安拥阏奋击匈奴者靁被等㊼，废格明诏㊽，当弃市。"诏弗许。公卿请废勿王，诏弗许。公卿请削五县㊾，诏削二县。使中尉宏赦淮南王罪，罚以削地㊿。中尉入淮南界，宣言赦王[51]。王初闻汉公卿请诛之[52]，未知得削地[53]，闻汉使来，恐其捕之，乃与太子谋刺之如前计[54]。及中尉至，即贺王[55]，王以故不发[56]。其后自伤曰[57]："吾行仁义见削[58]，甚耻之[59]。"然淮南王削地之后，其为反谋益甚[60]。诸使道从长安来[61]，为妄妖言[62]，言上无男[63]，汉不治[64]，即喜[65]；即言汉廷治[66]，有男，王怒，以为妄言[67]，非也[68]。

【注释】

①元朔五年：汉武帝年号。相当于前124年。②人莫及，没有人赶得上。③郎中：官名。属郎中令，管理车骑门户，并内充侍卫，外从作战。靁被（léi pī）：《汉书·淮南传》作"雷被"。靁，通"雷"。④召与戏：意为召唤来和他比试。⑤一再：一次再次。辞让：退让。⑥误中（zhòng）：失手击中。⑦辄（zhé）：立即；就。诣（yì）：到。⑧奋击：奋

力击敌。⑨数（shuò）恶被于王：意为多次在王面前说雷被坏话。⑩郎中令：官名。为皇帝左右亲近的高级官职，主要职掌为守卫宫殿门户。诸侯王亦有此官。斥免：罢免。⑪欲以禁后：想以此禁止以后发生此类事情。⑫亡：逃亡。⑬自明：自己说明来由。⑭诏：皇帝文书，用以传达一般政令。下：交付。动词。其：那。远指代词。代指雷被上告之事。廷尉：官名。秦始置，掌刑狱，为"九卿"之一。⑮河南：河南郡。⑯计：计划；打算。无：通"毋"。不。遣：送；送走。⑰遂：就。⑱犹豫：迟疑不决的样子。⑲十余日：十多天。未：没有；不曾。⑳会：正好；恰好。副词。㉑即讯：意为就近在淮南国审问，不再往河南郡遣送。㉒当是时：在这时。㉓寿春：县名，当时为淮南国都城。今安徽寿县。丞：掌管刑狱囚徒的官员。留太子逮不遣：指寿春县丞顺从淮南王意，不执行遣送太子赴河南郡受审的命令。㉔劾（hé）：弹劾；揭发罪状。不敬：亦称"大不敬"。㉕王以请相："王以之请于相"的省语。请：求。㉖弗听：不接受。㉗告：告发；控告。㉘钂（zōng）迹：脚印；行动所留的痕迹。连：牵连。㉙候伺：窥伺；侦察。汉公卿：汉朝的公卿大臣。候伺汉公卿：指侦察汉公卿大臣对此事的态度。㉚请：请求。㉛即：即使；即便。㉜衣（yì）卫士衣（yī）：穿上卫士的衣服。前一个"衣"为动词，后一个"衣"为名词。㉝持戟（jǐ）：拿着戟。居：处于。庭：厅堂。㉞旁：旁边。有非是：指一有不对的情况。㉟淮南中尉：淮南国中尉。㊱未：不。㊲是时：这时。许：许可；答应。㊳宏：人名。即殷宏。验：验证；检验。㊴如：按照。㊵颜色：面容，脸色。和：温和。㊶讯王以斥雷被事耳：拿罢免雷被的事问王而已。㊷度：揣度；推测。无何：没有什么。何，指罪行。㊸不：没有。通"无"。发：发动。㊹还：回朝。㊺以闻：意为把这事向皇上作了汇报。㊻公卿治者：指查处淮南王的公卿大臣。㊼拥阏（è）：阻塞；阻挡。拥，通"壅"。㊽废：废弃；停止。格：搁置。㊾削：削减。五县：指五个县的封地。㊿罚以削地：给以削地的处分。51宣：宣布诏谕。52初：开始；当初。诛之：诛杀他。53未：不曾；没有。得削地：得到削地的处分。54谋：商议。55贺：庆贺；祝贺。56以故：因此。57其后：那以后。58见：被。削：削去封地。59甚耻之：为此感到很羞愧。60益：更加。甚：厉害。61从：由。62为：制造。63男：儿子。64治：安定；太平。65即：便。66即：假如；如果。廷：指朝廷。67以为妄言：

认为他是胡说。⑥非也：不是实情。

　　王日夜与伍被①、左吴等案舆地图②，部署兵所从入③。王曰："上无太子④，宫车即晏驾⑤，廷臣必征胶东王⑥，不即常山王⑦，诸侯并争⑧，吾可以无备乎⑨！且吾高祖孙，亲行仁义，陛下遇我厚⑩，吾能忍之⑪；万世之后⑫，吾宁能北面臣事竖子乎⑬！"

汉高祖刘邦像，选自明万历刻本《三才会图》。

【注释】

　　①伍被（pí）：楚国人。时为淮南国中郎。《汉书》有传。②左吴：淮南王宾客。案：通"按"。考察。舆地图：指当时绘制的全国地图。③兵所从入：从什么地方进兵。④太子：一般称预定继承君位的皇子为太子。⑤即：假使；如果。⑥廷臣：朝廷大臣。征：征召；召。特指君召臣。胶（jiāo）东王：刘寄。景帝子。国都即墨（今山东省平度市东南）。⑦不即：要不就是。常山王：刘舜。景帝子。国都元氏（今河北省元氏县西北）。⑧诸侯：诸侯王。并：一齐；一起。争：指争夺皇位。⑨可以：能够。乎：语气词。⑩遇：对待；对。厚：指情谊深厚。⑪忍：忍耐；容忍。⑫万世之后：指皇上死后。⑬宁：同"岂"。难道。反诘副词。北面：古代

帝王南面而坐，臣下朝见须面朝北方。臣事：像臣子那样奉事。"臣"作动词。竖子：小子。对人的鄙称。

　　王坐东宫，召伍被与谋，曰："将军上①。"被怅然曰："上宽赦大王，王复安得此亡国之语乎②！臣闻子胥谏吴王③，吴王不用④，乃曰'臣今见麋鹿游姑苏之台也⑤'。今臣亦见宫中生荆棘，露沾衣也。"王怒，系伍被父母⑥，囚之三月⑦。复召曰："将军许寡人乎⑧？"被曰："不，直来为大王画耳⑨。"臣闻聪者听于无声⑩，明者见于未形⑪，故圣人万举万全⑫。昔文王一动而功显于千世⑬，列为三代⑭，此所谓因天心以动作者也⑮，故海内不期而随⑯。此千岁之可见者⑰。夫百年之秦⑱，近世之吴楚⑲，亦足以喻国家之存亡矣⑳。臣不敢避子胥之诛，愿大王毋为吴王之听。昔秦绝圣人之道㉑，杀术士㉒，燔《诗》《书》㉓，弃礼义，尚诈力㉔，任刑罚㉕，转负海之粟致之西河㉖。当是之时，男子疾耕不足于糟糠㉗，女子纺绩不足于盖形㉘。遣蒙恬筑长城㉙，东西数千里，暴兵露师常数十万㉚，死者不可胜数㉛，僵尸千里，流血顷亩，百姓力竭，欲为乱者十家而五㉜。又使徐福入海求神异物㉝，还为伪辞曰㉞：'臣见海中大神，言曰："汝西皇之使邪㉟？"臣答曰："然。""汝何求？"曰："愿请延年益寿药。"神曰："汝秦王之礼薄㊱，得观而不得取㊲。"即从臣东南至蓬莱山，见芝成宫阙㊳，有使者铜色而龙形㊴，光上照天。于是臣再拜问曰㊵："宜何资以献㊶？"海神曰："以令名男子若振女与百工之事㊷，即得之矣。"'秦皇帝大说㊸，遣振男女三千人，资之五谷种种百工而行㊹。徐福得平原广泽，止王不来㊺。于是百姓悲痛相思，欲为乱者十家而六。又使尉佗逾五岭攻百越㊻。尉佗知中国劳极㊼，止王不来。使人上书，求女无夫家者三万人，以为士卒衣补㊽。秦皇帝可其万五千人。于是百姓离心瓦解，欲为乱者十家而七。客谓高皇帝曰㊾：'时可矣㊿。'高皇帝曰：'待之(51)，圣人当起东南间(52)。'不一年(53)，陈胜吴广发矣(54)。高皇始于丰、沛(55)，一倡天下不期而响应者不可胜数也(56)。此所谓蹈瑕候间(57)，因秦之亡而动者也(58)。百姓愿之，若旱之望雨，故起于行陈之中而立为天子(59)，功高三王(60)，德传无穷(61)。今大王见高皇帝得天下之易也，独不观近世之吴楚乎(62)吴王赐号为刘氏祭酒(63)，复不朝(64)，王四郡之众(65)，地方数千里(66)，内铸消铜以为钱(67)，东煮海水以为

盐，上取江陵木以为船[68]，一船之载当中国数十两车[69]，国富民众。行珠玉金帛赂诸侯宗室大臣[70]，独窦氏不与[71]。计定谋成，举兵而西[72]。破于大梁[73]，败于狐父[74]，奔走而东[75]，至于丹徒[76]，越人禽之[77]，身死绝祀[78]，为天下笑。夫以吴越之众不能成功者何[79]？诚逆天道而不知时也[80]。方今大王之兵众不能十分吴楚之一[81]，天下安宁有万倍于秦之时[82]，愿大王从臣之计[83]。大王不从臣之计，今见大王事必不成而语先泄也[84]。臣闻微子过故国而悲[58]，于是作《麦秀之歌》[86]，是痛纣之不用王子比干也[87]。故孟子曰：'纣贵为天子[88]，死曾不若匹夫[89]'。是纣先自绝于天下久矣[90]，非死之日而天下去之[91]。今臣亦窃悲大王弃千乘之君[92]，必且赐绝命之书[93]，为群臣先[94]，死于东宫也[95]。于是气怨结而不扬[96]，涕满匡而横流[97]，即起[98]，历阶而去[99]。

【注释】

①将军：武官。按：当时天子有将军，诸侯王只有中尉。淮南王呼伍被为将军，公开暴露了其叛逆之心。②复：还。安：怎么。得：能够。能愿动词。③子胥：伍员（yún）。春秋时吴国大夫，字子胥。谏：规劝君王，使其改正过错。吴王：夫差。阖闾之子，前495年—前473年在位。④用：采用；采纳。⑤麋鹿：哺乳动物，毛淡褐色，雄的有角，角像鹿，尾像驴，蹄像牛，颈像骆驼。⑥系：拘囚。⑦囚之三月：拘禁了三个月。之：语气助词。⑧许：答应。寡人：寡德之人。为古代帝王的自称。⑨直：只。副词。与"特""但"通。画：指筹划。耳：与"而已"通。表示"仅限于此""不过如此"的语气。⑩聪：听力好。听于无声：意为能从没有声音的地方听到动静。于：介词。此处相当于"从""自"。⑪明：视力好。见于未形：意为能从没有形迹的地方看出征兆。⑫万举万全：行动万次，成功万次。⑬昔：从前。文王：周文王。功显于千世：功业显扬到千代子孙。世：父子相继为一世。⑭列：安排列某类事物之中。三代：古称夏、商、周三个王朝为三代。⑮因：依照；按照。动词。以：而。者也：语气词。⑯海内：古人认为我国疆土四面临海，因此称全国、国内为海内。期：约会。随：追随；跟随。⑰此千岁之可见者：这是千年之前能够看见的。者：语气助词。⑱夫（fú）：发语词。百年之秦：百年之前的秦朝。⑲近世：近代。吴楚：指景帝三年带头发动叛乱的吴国、楚国。⑳喻国家之存亡：说明国家存亡的道理。㉑绝：断；断绝。㉒术士：

指儒生与方士。㉓燔（fán）：焚烧。《诗》《书》：即《诗经》《书经》。
代指儒家经典。㉔尚：崇尚，诈力：欺骗和暴力。㉕任：使用。㉖转：运输。
负海之粟：海边的谷子。负：倚傍。致：给予；送给。动词。西河：古
称西部地区南北流向的黄河为西河。即今山西南部黄河以西的陕西地境。
㉗疾：急切地从事。不足于糟糠：糟糠都吃不饱。㉘绩：把麻搓成绳或线。
盖形：遮蔽形体。㉙蒙恬：秦名将。㉚暴（pù）兵露师：泛指军队经受
着日晒风雨霜雪驻守在外。㉛胜（shèng）：尽。㉜为乱：作乱；造反。
十家而五：十家中就有五家。而：使；乃；就。副词。㉝徐福：《史记·秦
始皇本纪》作"徐市（fú）。"㉞还为伪辞：回来编造谎言。㉟汝：你。
西皇：西上皇帝。与东海相对而言。邪（yé）：通"耶"。疑问语气助
词。㊱秦王：即秦始皇帝。始皇称帝前曾为秦王。薄：轻。㊲得：能够；
可以。取：拿；取得。㊳芝：灵芝草。古代人称为"仙草"。阙（què）：
宫殿。㊴铜色而龙形：颜色如铜，形状像龙。而：承接连词。㊵再拜：古
代的一种礼节。㊶宜：应该；应当。何资以献：拿什么礼物来奉献。㊷令
名男子：良家男孩儿。若：及。振女：童女。按：振疑为"伥"（chāng），
伥即童子。百工：古时把营建制造的各种工匠称为百工。百工之事：意为
百工的事务。㊸说（yuè）：通"悦"。喜欢；高兴。㊹资：供给。五谷
种种：吾谷的种子。按：《汉书·伍被传》作"五谷种"。此处用二"种"
字，疑衍一字。百工：指百工的制品。行：去；离开。㊺止王不来：意为
停在那里，自称为王，不再回来。㊻尉佗（tā）：赵佗。西汉初为南越王
因其称王前曾任秦南海郡尉，故又称尉佗。逾：越过。五岭：即越城、都
庞（一说为揭阳）、萌渚、骑田、大庾五岭的总称。在今湖南、江西和广
东、广西等省区边境。百越：又称"百粤"。在五岭以南。为古代南方越
族活动地区。㊼中国：古时称华夏族聚居的黄河中下游地区（以其在四方
少数民族之中）为"中国"。与"中土"，"中原"等含义相同，并非
近代专指我国全部领土的"中国"。劳极：疲劳到极点。㊽以为士卒衣补：
请梁廷楠《南越五主传·先帝传》作"为士卒衣补"。㊾客：宾客。谓：
动词。表示"对……说"。高皇帝：汉高祖刘邦。刘邦死后上尊号为"高
皇帝"。㊿时：时机。51待：等待。之：语气助词。52当：将。间：通"间"。
53不一年：没过一年。54陈胜：字涉。阳城（今河南登封市东南）人。
秦二世元年（前209年），他和吴广等在蕲县大泽乡（今安徽宿县东

南刘村集）起兵反秦，在陈县（今河南淮阳县）称王。吴广：字叔。阳夏（今河南太康县）人。秦二世元年，同陈胜一道发动同行戍卒起兵反秦。他任假王。发：发难；发动起义。按：尉佗称南越王在陈胜起义之后。此处说尉佗称王之后，陈胜等人才发动起义，与史实不符。⑤高皇：高皇帝。始于丰、沛：从丰邑和沛县开始。丰：丰邑。在今江苏丰县。沛：即沛县。⑤倡：带头；倡导。⑤蹈：踩；踏。瑕（xiá）：空隙；薄弱环节。候：窥伺；侦察。间：通"间"。间隙；空隙。⑤因：介词。表示"趁……"。⑤行（háng）：古代军队编制，二十五人为一行。此处指行伍。陈：通"阵"。两军交战时队伍的行列。此处指战阵。⑥三王：指夏禹王，商汤王和周文王（一说包括周武王）三个开国君王。⑥德：恩德；恩惠。传：流传。无穷：指万世。⑥独：怎么；为什么。与"何"通。疑问代词。⑥吴王：刘濞（bì）。赐号为刘氏祭酒：意为受到刘家皇室的尊敬。⑥不朝：不必按制度入朝。按：据《史记·吴王濞列传》：文帝曾赐吴王几案和拐杖，并看其年老，准其不必入朝。此处即指此事。⑥王（wàng）：统治；治理。动词。四郡：东阳郡（辖今安徽省境）、鄣郡（辖今江苏西南部安徽南部和浙江西北部）、吴郡（辖今江苏南部和浙江东北部）、豫章郡（辖今江西省境）。众：民众。⑥方：方圆；周围。⑥内：方位名词。活用作动词，当"在内面"。铸：铸造。消：销。熔化金属。⑥江陵：县名。属南郡。治今湖北江陵县。⑥载：装载。当：相当。两：同"辆"。⑦行珠玉金帛赂：意为用珠玉金帛贿赂。诸侯：指诸侯王。宗室：指皇帝的宗族人。⑦独：唯独。窦氏：景帝外家窦氏族人。与：通"予"，给。⑦举兵而西：发动军队向西开去。西：方位名词作动词，当"往西去"讲。而：连词，表示一先一后两个动作行为。⑦破：打破。被动用法。于：在。大梁：古城名。在今河南省开封市。⑦败：被动用法。狐父：在今安徽砀山县南。⑦走：跑，逃跑。⑦至于：到达。丹徒：县名。治今江苏镇江市丹徒区丹徒镇。⑦越：指东越。禽：通"擒"。⑦绝祀：断绝祭祀。⑦吴越之众：《汉书·伍被传》"吴"下无"越"字。观上下文疑为"吴楚之众"。何：疑问代词。问原因是什么，或道理在什么地方。⑧诚：确实；的确。逆：违背。知时：懂得时运。⑧方今：当今。兵众：军队和民众。十分吴楚之一：吴楚的十分之一。⑧有万倍于秦之时：和秦朝的时候相比有一万倍。于：介词。表示比较。⑧从：听从。⑧必不：不一定。

泄：泄露。⑧微子：《汉书·伍被传》作"箕子"按：据《史记·宋世家》之诗以歌咏之，可知作《麦秀之歌》者为箕子。⑧《麦秀之歌》：据《史记·宋世家》：其辞曰："麦秀渐渐兮，禾黍油油。彼狡童兮，不与我好兮！"⑧是：这。指示代词。痛：痛恨；哀痛。纣：商（殷）代最后的君主。王子比干：殷纣王的叔父，官少师。相传因屡次劝谏纣王，被剖心而死。⑧故：因此；所以。按：此引文不见于《孟子》。⑧曾：竟然；简直；连……也。若：通"如"。匹夫：一个人。泛指平常的人。⑨自绝：做了对不起人的事而不愿悔改，因此自行断绝跟对方的关系。天下：天下之人。⑨去：去掉；抛弃。⑨窃：谦辞。暗自。悲：悲哀；伤心。意动词。千乘（shèng）之君：拥有千辆战车的君主。乘：量词。古代一车四马叫"乘"。⑨且：将。赐绝命之书：意为给臣下遗下绝命书。⑨为群臣先：在群臣面前。⑨于：在。东宫：当时淮南王所居住的地方。⑨气怨结：怒气和怨恨交结。扬：振。⑨涕：眼泪。匡：通"眶"。眼的四周。横：纵横错杂。按：以上两句谓王。⑨起：起身。此谓伍被。⑨历阶：一步一磴台阶。按：根据当时上下台阶的礼节，每一磴要并一下脚，然后再上（或下）第二磴。伍被因心绪不佳，遂不顾礼法，历阶而去。

王有孽子不害[1]，最长[2]，王弗爱，王、王后、太子皆不以为子兄数[3]。不害有子建[4]，材高有气[5]，常怨望太子不省其父[6]；又怨时诸侯皆得分子弟为侯[7]，而淮南独二子[8]，一为太子，建父独不得为侯[9]。建阴结交[10]，欲告败太子[11]，以其父代之。太子知之，数捕系而榜笞建[12]。建具知太子之谋欲杀汉中尉[13]，即使所善寿春庄芷以元朔六年上书于天子曰[14]："毒药苦于口利于病[15]，忠言逆于耳利于行。今淮南王孙建，材能高，淮南王王后荼、荼子太子迁常疾害建[16]。建父不害无罪，擅数捕系，欲杀之。今建在，可征问[17]，具知淮南阴事[18]。"书闻[19]，上以其事下廷尉，廷尉下河南治。是时故辟阳侯孙审卿善丞相公孙弘[20]，怨淮南厉王杀其大父[21]，乃深购淮南事于弘[22]，弘乃疑淮南有畔逆计谋[23]，深穷治其狱[24]。河南治建[25]，辞引淮南太子及党与[26]。淮南王患之[27]，欲发[28]，问伍被曰："汉廷治乱[29]？"伍被曰："天下治。"王意不说[30]，谓伍被曰："公何以言天下治也[31]？"被曰："被窃观朝廷之政，君臣之义，父子之亲，夫妇之别，长幼之序[32]，皆得其理[33]，上之举错遵古之道[34]，风俗纪

纲未有所缺也㉟。重装富贾㊱，周流天下㊲，道无不通㊳，故交易之道行㊴。南越宾服㊵，羌、僰人献㊶，东瓯入降㊷，广长榆㊸，开朔方㊹，匈奴折翅伤翼，失援不振㊺。虽未及古太平之时，然犹为治也㊻。"王怒，被谢死罪㊼。王又谓被曰："山东即有兵㊽，汉必使大将军将而治山东㊾，公以为大将军何如人也㊿？"被曰："被所善者黄义，从大将军击匈奴，还，告被曰：'大将军遇士大夫有礼[51]，于士卒有恩，众皆乐为之用[52]。骑上下山若蜚[53]，材干绝人[54]。'被以为材能如此，数将习兵[55]，未易当也。及谒者曹梁使长安来[56]，言大将军号令明，当敌勇敢[57]，常为士卒先[58]。休舍[59]，穿井未通[60]，须士卒尽得水，乃敢饮[61]。军罢[62]，卒尽已度河，乃度。皇太后所赐金帛[63]，尽以赐军吏[64]。虽古名将弗过也。"王默然。

【注释】

①孽（niè）子：庶子。即非正妻所生的儿子。不害：孽子名。②长（zhǎng）：年纪大的。③王、王后、太子皆不以为子兄数：意为王和王后没把他当作儿子，太子没把他当兄长。《汉书·淮南传》"王"字不重。④建：人名。⑤材：通"才"。才能。气力。⑥怨望：怨恨；责望。因为失望而增加怨恨。不省其父：不把他的父亲算到兄弟的数中。⑦时：当时。诸侯：诸侯王。分子弟以为侯：割裂封土，把子弟封作侯。⑧独：仅仅；只有。副词。⑨独：与"唯"通。⑩阴结交：指暗中与外人交往。⑪告败：告倒。⑫捕系：捉拿绑缚。榜：捶击、捶打。笞（chī）：用竹板、荆条抽打。⑬具：全部。知太子之谋欲杀汉中尉：即知太子欲杀汉中尉之谋。⑭寿春庄芷：寿春县人庄芷。寿春：县名。在今安徽寿县。以：在。介词。元朔六年：公元前123年。元朔，汉武帝年号。⑮苦于口：对口有苦味。利于病：对病愈有利。⑯疾：通"嫉"。妒忌。害：伤害；损害。⑰征问：征召询问。⑱淮南：淮南国。阴事：隐秘的事。⑲书：指庄芷给皇帝的上书。闻：报告皇上。⑳审卿：辟阳侯审平。审食其孙，字卿。景帝二年嗣侯爵，后因犯谋反罪自杀。公孙弘（hóng）：公孙，复姓；弘，名。字季。薛（今山东省微山县东北）人。㉑大父：祖父。㉒深：表示程度深。购：通"讲"。深购：深讲，极力夸大其事。《汉书·淮南传》作"构"。㉓畔：通"叛"。㉔穷治：穷究严查。其狱：指庄芷告发淮南太子那个案件。狱：讼；官司。㉕治建：审问刘建。㉖辞：口供。引：牵引。

党与：朋党。㉗患：担忧；忧虑。之：他称代词。称代“辟引淮南太子及党与”这件事。㉘发：发兵。㉙汉廷治乱：意为汉朝的天下太平还是不太平。㉚意：心意。说：同“悦”。㉛何以：缘何。即凭什么。何：疑问代词。㉜《孟子·滕文公》：“圣人使契为司徒，教以人伦，父子有亲，君臣有义，夫妇有别，长幼有序，朋友有信。”此所谓“五教”。此处“朝廷之政”以下数句，当是针对“五教”而言。㉝理：道理；规律，原则。㉞举错：举动。错，通“措”。遵：遵循；遵守。㉟纪纲：法度。㊱重装：多载货物。贾（gǔ）：商人。㊲周流：遍布。㊳无：代词，代指“没有什么路”。通：通到；通行。㊴交易：买卖。道行：道路通行。㊵宾：归顺。服：降服。㊶羌（qiāng）：古代西部的一种少数民族。僰（bó）：古羌族中的一支。分布在今四川南部和云南东北部。入献：入朝贡献。㊷东瓯（ōu）：古代越族中的一支。亦称瓯越。㊸广：拓大。长榆：塞名。又名榆木塞。在朔方郡。王恢为防御匈奴，曾于此“树榆木为塞”，故名。㊹开：开辟。朔方：郡名。西汉元朔二年置。㊺援：帮助；援救。振：振作；奋起。㊻然：然而。转折连词。犹：也；还。副词。㊼谢：谢罪。死罪：古时常用的套语，表示有所冒犯。㊽山东：古地区名。战国秦汉时代，通称崤山或华山以东为“山东”，与当时所谓“关东”（函谷关以东）含义相同。即：假使；如果。假设连词。兵：战事。此处暗指淮南国举兵反叛。㊾大将军：汉代将军的最高称号。职掌统兵作战。位比三公。而：承接连词。制：控制。㊿也：同“邪”“耶”。疑问语气词。(51)士大夫：古代称军士将佐。(52)众：大家。乐：喜欢；乐意。为之用：受他指挥。(53)骑上：指马上。蜚（fēi）：通“飞”。(54)绝人：指没人能赶得上。绝，独一无二。(55)数（shuò）将习兵：多次率兵，通晓军事。(56)谒（yè）者：汉时为国君掌管传达的官员，属郎中令或少府。诸侯王亦有此官。使长安来：出使长安归来。(57)当：面对。(58)为士卒先：身先士卒，奋勇当先。(59)舍：住宿。《汉书·淮南传》作“须士卒休乃舍”。(60)穿：凿。《汉书·淮南传》作“穿井得水乃敢饮”。(61)敢：肯。(62)罢：归。(63)皇太后：景帝王皇后，武帝之母。(64)以：拿。军吏：军队中的官员。

淮南王见建已征治，恐国阴事且觉①，欲发，被又以为难②，乃复问被曰：“公以为吴兴兵是邪非也③？”被曰：“以为非也。吴王至富贵

也④，举事不当⑤，身死丹徒，头足异处⑥，子孙无遗类⑦。臣闻吴王悔之甚⑧。愿王孰虑之⑨，无为吴王之所悔⑩。”王曰：“男子之所死者一言耳⑪。且吴何知反⑫，汉将一日过成皋者四十余人⑬。今我令楼缓先要成皋之口⑭，周被下颍川兵塞轘辕、伊阙之道⑮，陈定发南阳兵守武关⑯。河南太守独有雒阳耳⑰，何足忧⑱。然此北尚有临晋关、河东、上党与河内、赵国⑲。人言曰‘绝成皋之口，天下不通’⑳。据三川之险㉑，招山东之兵㉒，举事如此㉓，公以为何如？”被曰：“臣见其祸㉔，未见其福也。”王曰：“左吴、赵贤、朱骄如皆以为有福㉕，什事九成㉖，公独以为有祸无福，何也？”被曰：“大王之群臣近幸素能使众者㉘，皆前系诏狱㉘，余无可用者㉙。”王曰：“陈胜、吴广无立锥之地㉚，千人之聚㉛，起于大泽㉜，奋臂大呼而天下响应㉝，西至于戏㉞而兵百二十万。今吾国虽小㉟，然而胜兵㊱者可得十余万，非直適戍之众㊲，钆凿棘矜也㊳，公何以言有祸无福㊴？”被曰：“往者秦为无道㊵，残贼天下㊶。兴万乘之驾㊷，作阿房之宫㊸，收太半之赋㊹；发闾左之戍㊺，父不宁子㊻，兄不便弟㊼，政苛刑峻㊽，天下熬然若焦㊾，民皆引领而望㊿，倾耳而听[51]，悲号仰天[52]，叩心而怨上[53]，故陈胜大呼，天下响应。当今陛下临制天下[54]，一齐海内[55]，泛爱蒸庶[56]，布德施惠[57]。口虽未言，声疾雷霆[58]，令虽未出，化驰如神[59]，心有所怀[60]，威动万里[61]，下之应上[62]，犹影响也[63]。而大将军材能不特章邯、杨熊也[64]。大王以陈胜、吴广谕之[65]，被以为过矣。”王曰：“苟如公言[66]，不可徼幸邪[67]？”被曰：“被有愚计[68]。”王曰：“奈何？”被曰：“当今诸侯无异心，百姓无怨气。朔方之郡田地广[69]，水草美，民徙者不足以实其地[70]。臣之愚计，可伪为丞相御史请书[71]，徙郡国豪杰任侠及有耐罪以上[72]，赦令除其罪，产五十万以上者[73]，皆徙其家属朔方之郡[74]，益发甲卒[75]，急其会日[76]。又伪为左右都司空上林中都官诏狱书[77]，逮诸侯太子幸臣[78]。如此则民怨，诸侯惧，即使辩武随而说之[79]，傥可徼幸什得一乎[80]？”王曰：“此可也。虽然，吾以为不至若此[81]。”于是王乃令官奴入宫[82]，作皇帝玺[83]，丞相、御史、大将军、军吏、中二千石、都官令、丞印[84]，及旁近郡太守、都尉印，汉使节法冠[85]，欲如伍被计[86]。使人伪得罪而西[87]，事大将军[88]、丞相；一日发兵[89]，使人即刺杀大将军青[90]，而说丞相下之[91]，如发蒙耳[92]。

史 记

【注释】

①国：淮南国。且：将要；快要；副词。觉：发觉。②以为：认为。难（nán）：不易。形容词。③吴：吴王刘濞。是：对；正确。④至：极；最。⑤当（dàng）：恰当；合适。⑥据《史记·吴王濞列传》：吴王兵败，逃至丹徒，东越人诳杀吴王，"盛其头，驰传以闻。"⑦遗类：一作"噍（jiào）类"。原谓能饮食的动物，此处指活着的人。⑧悔之甚：后悔得恨。之：结构助词。⑨孰（shú）：仔细；认真。与"熟"通。⑩无：与"勿"通。无为吴王之所悔：意为不要干吴王所后悔的事。⑪男子：男子汉。者：语气助词。有待申明原因。⑫且：况且。何知反：那里懂得举兵的事。知：解；懂得。⑬过：走过；经过。成皋：古县名。汉置，治所在今河南省荥阳市汜水镇。⑭楼缓：淮南国臣名。按：《汉书·伍被传》无"楼"字。要（yāo）：通"腰"。动词。半路拦截。口：关口。⑮周被（pī）：淮南国臣名。下：攻克；攻下。颍川：郡名。治所在阳翟（今河南省禹县）。兵塞轘（huán）辕、伊阙之道：用兵阻塞由轘辕、伊阙来的道路。轘辕，古关名，在今河南偃师县东南轘辕山上。伊阙，古关名。在今河南洛阳市南伊阙山上。⑯陈定：淮南国臣名。南阳：郡名。治所在河南南阳市。武关：古关名。在今陕西商南县南丹江上。⑰河南：郡名。太守：官名。本为战国时郡守的尊称。汉景帝时改郡守为太守。为一郡行政的最高长官。雒阳：即洛阳。县名。在今河南洛阳市白马寺东洛水北岸，当时为河南郡治所。耳：与"而已"同。语气词。⑱何足忧：有什么值得忧虑的。⑲此北：这北面。临晋关：古关名。在今陕西大荔县东黄河西岸。汉武帝时改称蒲关。当时为河北地区通往京城长安的要道。河东：郡名。治所安邑，在今山西省夏县西北。上党：郡名。治所在今山西省长子县西南。河内：郡名。治所在今河南武陟县西南。赵国：汉初改邯郸郡置。都城邯郸。在今河北省邯郸市。⑳绝：断绝；这里指堵绝。㉑三川：古称伊水、洛水、河水（黄河）为三川。战国时秦于此置三川郡。治洛阳。汉兴改为河南郡。险：指成皋关。㉒招：招来；招集。㉓举事如此：这样起事。㉔其：判断词。与"为"通。相当于"是"。㉕左吴、赵贤、朱骄如：淮南国三臣。㉖什事九成：十成事情中有九成要成功。什：通"十"。表示十成。㉗近幸：亲近宠爱。素：向来。使：驱使。㉘系诏狱：系于诏狱。诏狱：古代奉皇帝诏令办理的案件。或曰奉皇帝诏令惩治罪犯

的场所。㉙余：剩下的。㉚无立锥之地：比喻穷的连插根锥子的地方都没有。㉛聚：聚集。㉜起于大泽：从大泽乡起事。大泽，指大泽乡。㉝奋：举起来。㉞西至于戏（xì）：向西到达戏水。戏：戏水。在今陕西西安市临潼区东。㉟吾国：淮南国。㊱胜（shēng）兵：能胜任兵士的丁壮。可得：能得到。㊲非直：不仅；非但。適（zhé）戍：被强迫去戍边。適：通"谪"。㊳钑（jī）：通"机"指弓弩发射的机括。钑凿（záo）：凿木为弩机。棘（jí）：通"戟"。一种戈矛组合的兵器。矜（jīn）：柄。棘矜：指仅有戟柄。㊴何以：以何。即凭什么。㊵往：从前；过去。时间名词。者：助词。秦为无道：秦朝做无道的事。㊶残贼：残害。㊷兴：发动。乘（shèng）：量词。古时一车四马叫"乘"。驾：车。㊸作：造作。阿房（ē páng）之宫：阿房宫。㊹收太半之赋：征收百姓收入的大半作为赋税。太：通"大"。㊺闾左：古时称里巷大门左面的居民为闾左。闾左穷苦，本来不服役，秦朝时也征发了。戍：防守边疆。此处泛指徭役。㊻宁：安宁；平安。使动词。㊼便（pián）：安逸。使动词。㊽苛：苛刻；狠。峻：严峻；严厉。㊾熬然：痛苦的样子。若：好像。焦（jiāo）：同"燋"火伤。㊿引领而望：伸长脖子盼望。形容盼望的殷切。51倾：侧；斜。52悲号仰天：仰望着天上，悲痛的呼叫。53叩心：捶打着胸膛。怨上：怨恨皇上。54临制：临朝治理。55一：统一。齐：整齐；有秩序。均为使动词。56泛：广泛；普遍。蒸：通"烝"。众。庶：庶民；百姓。57布德施惠：布施恩惠。58声疾雷霆：声音比雷霆还快。59化驰如神：变化奔驰好像神明一样。60心有所怀：心中想着什么。怀，想。61威动：振动。62应：响应。63犹影响也：好像影子和回声那样来得快。响，回声。64不特章邯、杨熊也：不只和章邯、杨熊相同哩。章邯、杨熊：均为率军镇压陈胜、吴广领导的农民起义军的秦朝将军。65谕：比喻。66苟：如果；假设。67不可：不能够。徼（jiǎo）幸：通"侥幸"。由于偶然原因得到成功或免去不幸的事。68愚计：愚蠢的计策。愚：自谦之词。69朔方之郡：朔方郡。70徙（xǐ）：迁移。实：老实。71伪为：假造。御史：指御史大夫。请书：请求文书。72豪杰：依仗权势横行一方的人。侠：旧时把抑强扶弱的行为叫侠。耐罪：二年徒刑以上。耐，又作"奈"。73产：家中拥有的资产。五十万：五十万钱。74家属：家眷和部属。75发：派遣。甲卒：披甲的士兵。76急：促。会日：会合的日期。77左右都司空：指少府所属的左司空、右司空及宗正所属的都司空。皆为掌管囚徒的官员。上林中都官诏狱：指上林苑中的诏狱和京师诸官府的诏狱。⑦诸侯：诸侯王。⑦辩武：辩士。即能言善辩之士。随而说（shuì）之：跟着解说。⑧傥（tǎng）可徼幸什得一乎：意为或者能够侥幸得到十分之一的希望呢。傥，通"倘"。或者。⑧不至若此：即不至于像您说的只有十分之一的希望。⑧官奴：旧时供奉官府的手工业奴隶或仆役。⑧玺（xǐ）：秦以后称皇帝的印为玺。⑧御史：指御史大夫。都官：中都官的省称。指京师各官府。⑧法冠：御史所戴之冠。⑧欲如伍被计：打算按照伍被所献的计策行事。⑧伪得罪而西：假装罪犯向京师去。⑧事：奉事；为……服务。⑧一日：一旦；一朝。⑨使人：所派使的人。青：卫青。⑨下之：以下的人。⑨如发蒙耳：指那时成就大事，就好像揭去蒙在头上的手巾一样容易了。

　　王欲发国中兵，恐其相、二千石不听①。王乃与伍被谋，先杀相、二千石；伪失火宫中，相、二千石救火，至即杀之。计未决，又欲令人衣求盗衣②，持羽檄③，从东方来④，呼曰"南越兵入界"。欲因以发兵⑤。乃使人至庐江、会稽为求盗⑥，未发⑦。王问伍被曰："吾举兵西乡⑧，诸侯必有应我者⑨；即无应⑩，奈何？"被曰："南收衡山以击庐江⑪，有寻阳之船⑫，守下雉之城⑬，结九江之浦⑭，绝豫章之口⑮，彊弩临江而守⑯，以禁南郡之下⑰，东收江都、会稽⑱，南通劲越⑲，屈彊江淮南间⑳，犹可得延岁月之寿㉑。"王曰："善，无以易此㉒。急则走越耳㉓。"

【注释】

　　①二千石：指其相以外秩二千石（月俸一百二十斛谷）的内史、中尉等高级臣僚。听：听从。②衣（yì）求盗衣（yī）：穿上追捕盗贼的士卒的衣服。前一个"衣"为动词，后一个"衣"为名词。③持：拿着。檄（xí）：古代用来征召、声讨的文书。④《汉书·淮南传》为"从南方来"。⑤因：趁……。介词。以：而。⑥庐（lú）江：郡名。楚汉之际分秦九江郡置。治所在舒县（今安徽庐江县西南），当时辖境相当今安徽巢县、舒城、霍山以南，长江以北，湖北英山、广济、黄梅和河南商城县等地。会稽（kuài jī）：郡名。为求盗：意为实施追捕盗贼的计谋。⑦发：发兵。《汉书·淮南王传》"决"。⑧西乡：向西。乡，通"向"。⑨应：响应。

⑩即：如果；假如。⑪南收衡山：向南面收取衡山国。"南收"与下句"东收""南通"皆为动状结构。意为"向南面收取""向东面占据""向南面皎往"。⑪有：占有；据有。寻阳：古县名。⑬守：守御；防守。下雉：古县名。治所在今湖北阳新县东南。位于江夏郡东边的长江南岸。⑭结九江之浦：扼住九江的入口。九江：地区名。在当时寻阳县境。⑮豫章：豫章水。即今江西赣江的上源章水。口：指豫章水北入长江的彭蠡湖口，在今江西湖口县境。⑯彊：通"强"。弩（nǔ）：弩弓。⑰南郡：治所在江陵（今湖北江陵县），辖境相当今湖北粉青河及襄樊市以南，荆门、洪湖以西，长江和清江流域以北，西至四川巫山县。⑱江都：王国名。汉景帝四年封其子刘非为江都王。辖境相当今江苏长江以北、射阳湖西南、仪征市以东地区。武帝元狩三年国除为江陵郡。⑲通：交往。劲：强有力。越：南越国。⑳屈彊：亦作"倔强"。强硬。江淮间：江水（长江）、淮水（淮河）之间。间，通"间"。㉑犹：也；还。可得延岁月之寿：可以使岁月的寿命延长。延：延长。使动词。㉒无以易此：没有什么可以拿来替换这个计策。㉓急：指情势紧急。则：即。时间副词。越：当指南越。耳：表示语气的结束。

于是廷尉以王孙建辞连淮南王太子迁闻①。上遣廷尉监因拜淮南中尉②，逮捕太子。至淮南，淮南王闻，与太子谋召相、二千石，欲杀而发兵。召相，相至；内史以出为解③。中尉曰："臣受诏使④，不得见王⑤。"王念独杀相而内史、中尉不来⑥，无益也，即罢相⑦。王犹豫，计未决。太子念所坐者谋刺汉中尉⑧，所与谋者已死，以为口绝⑨，乃谓王曰："群臣可用者皆前系，今无足与举事者⑩。王以非时发⑪，恐无功⑫，臣愿会逮⑬。"王亦偷欲休⑭，即许太子。太子即自刭⑮，不殊⑯。伍被自诣吏⑰，因告与淮南王谋反，反踪迹具如此⑱。

【注释】

①此句意为：廷尉把淮南王之孙刘建口供牵连到淮南王太子刘迁的事报告了皇上。②廷尉监：归尉属官。因：趁着。淮南中尉：淮南国中尉。当时诸侯王国有太傅辅王、内史治国民，中尉掌武职，相（丞相）统众官。③以出为解：拿已经出去作为不来解释。④受诏使：接受皇上派遣的使者。⑤得：能。⑥念：想。⑦罢相：罢却杀相的初衷，指把相送出去。

⑧所：之所以。者：语气助词。表示有待申明原因。⑨口绝：指没有活的证见。⑩今无足与举事者：如今没有能够一道举行大事的人。⑪以：因为。非时发：不到举行大事的时机。⑫无：没有。功：功绩；成效。⑬会逮：应逮前往。⑭偷：苟且偷安。⑮自刭（jǐng）：自杀。刭：用刀割脖子。⑯不殊：谓身首不断，没有死去。殊：绝。⑰诣（yì）：到……去。吏：司法的官吏。⑱踪迹：走过的脚印。这里指前后情形。具：都；全部。

　　吏因捕太子、王后，围王宫，尽求捕王所与谋反宾客在国中者①，索得反具以闻②。上下公卿治③，所连引与淮南王谋反列侯二千石豪杰数千人④，皆以罪轻重受诛⑤。衡山王赐⑥，淮南王弟也，当坐收⑦，有司请逮捕衡山王⑧。天子曰："诸侯各以其国为本⑨，不当相坐。与诸侯王列侯会肆丞相诸侯议⑩。"赵王彭祖、列侯臣让等四十三人议⑪，皆曰："淮南王安甚大逆无道⑫，谋反明白⑬，当伏诛⑭。"胶西王臣端议曰⑮："淮南王安废法行邪⑯，怀诈伪心⑰，以乱天下，荧惑百姓⑱，倍畔宗庙⑲，妄作妖言⑳。《春秋》曰'臣无将，将而诛㉑。'安罪重于将㉒，谋反形已定㉓。臣端所见其书节印图及他逆无道事验明白㉔，甚大逆无道，当伏其法。而论国吏二百石以上及比者㉕，宗室近幸臣不在法中者㉖，不能相教㉗，当皆免官削爵为士伍㉘，毋得宦为吏。其非吏㉙，他赎死金二斤八两。以章臣安之罪㉚，使天下明知臣子之道，毋敢复有邪僻倍畔之意㉛。"丞相弘、廷尉汤等以闻㉜，天子使宗正以符节治王㉝。未至，淮南王安自刭杀。王后荼、太子迁诸所与谋反者皆族㉞。天子以伍被雅辞多引汉之美㉟，欲勿诛㊱。廷尉汤曰："被首为王画反谋，被罪无赦㊲。"遂诛被。国除为九江郡㊳。

【注释】

　　①尽求捕王所与谋反宾客在国中者：即尽力寻找并逮捕在国中的所有参与淮南王谋反的宾客。用"者"字煞尾，变换了定语和中心词的位置，目的在于强调和突出中心词。②索：搜。反具：准备谋反的器具。③上：皇上。下公卿治：交付公卿大臣处治。④所：指示代词。指代行为关涉的对象。表示"所……的人。"⑤以：按照。诛：惩罚；惩处。⑥赐：刘赐。⑦当坐收：理当株连定罪受惩处。⑧有司：主管某部门的官吏。古代设官

分职，各有专司，故称有司。⑨诸侯：诸侯王。⑩会：聚会；会同。肆（yì）：研习。诸侯：此处指诸大臣。按：此句所议的对象是淮南王刘安，非衡山王刘赐。⑪彭祖：刘彭祖。景帝子，初封广川王，后徙为赵王。让：人名。"让"疑作"襄"（曹参的玄孙平阳侯曹襄）。⑫大逆无道：大逆不道。⑬谋反明白：指谋反的罪状清楚明白。⑭伏诛：受到杀戮。⑮端：刘端。景帝子。⑯废法行邪：废弃法度，行为邪恶。⑰怀：怀抱；揣着。诈：欺骗。⑱荧（yíng）惑：迷惑；迷乱。⑲倍畔：背叛。倍，通"背"。宗庙：指朝廷。⑳妄作妖言：胡乱造作迷惑人的邪说。㉑《春秋》：指《公羊春秋》。原文为"君亲无将，将而诛焉。"此处引语为大意。无，不要。与"勿"通。㉒罪重于将：罪比做叛逆的事还重。于，介词。㉓情：情形。㉔书节印图：指谋反用的文告、符节、印玺、地图。他：别的。逆：谋逆。验：证据。凭据。㉕国吏：淮南国官吏。二百石以上及比者：秩禄真二百石和比二百石以上的。二百石：月谷为三十斛，相当于县丞、县尉一级。㉖不在法中者：没有参与谋反的。㉗教：通"校"。考校。㉘免官削爵：免去官职，夺去爵位。士伍：从士卒之伍。指有罪而免官削爵的人。㉙其非吏：指与谋反有牵连的其他不是官吏的人。赎（shú）：用财物或行动解除刑罚。㉚章：通"彰"。彰明；显著。使动词。㉛僻：邪；不正。㉜汤：张汤。㉝以：用；拿。符节：古代朝廷传达命令的凭证。王：淮南王。㉞诸：许多；一些。形容词。族：灭族。动词。当时一种刑罚，一人有罪，灭其三族（父、母、妻族）。㉟以：因。多引：多次引证。美：善；好。指善政。㊱勿：不。㊲无：不要。否定副词。㊳国除：封国被取消。为九江郡：即把原封国改作九江郡。

衡山王赐，王后乘舒生子三人①，长男爽为太子②，次男孝，次女无采③。又姬徐来生子男女四人④，美人厥姬生子二人⑤。衡山王、淮南王兄弟相责望礼节⑥，閒不相能⑦。衡山王闻淮南王作为畔逆反具⑧，亦心结宾客以应之⑨，恐为所并⑩。

【注释】

①乘舒：王后名。子：子女。②爽：长子名。③次：数词。意为"下一个"。无采：次女名。④姬：妾。徐来：姬名。⑤厥姬：美人名。⑥相责望礼节：在礼节上互相责怪。责望：责怪。⑦閒（jiān）：通"间"。疏

远；隔阂。⑧作：制作。反具：谋反的器械。⑨心：思念。应：应付；对付。之：代词。代指淮南王谋反这个事。⑩为：被。并：吞并；兼并。

元光六年[1]，衡山王入朝，其谒者卫庆有方术[2]，欲上书事天子。王怒，故劾庆死罪[3]，彊榜服之[4]。衡山内史以为非是[5]，郤其狱[6]。王使人上书告内史[7]，内史治[8]，言王不直[9]。王又数侵夺人田[10]，坏人冢以为田[11]。有司请逮治衡山王。天子不许，为置吏二百石以上[12]。衡山王以此恚[13]，与奚慈、张广昌谋[14]，求能为兵法候星气者[15]，日夜从容王密谋反事[16]。

【注释】

①元光：汉武帝第二个年号（前134—前129年）。元光六年为公元前129年。②方术：中国古代指天文、医学、占卜、命相、相术、遁甲、神仙术等。③故：故意。死罪：指犯有死罪。④彊：同"强"。竭力；尽力。榜：捶击；捶打。服：服罪。使动词。⑤非是：不对；不是事实。⑥郤：同"却"。狱：案子；官司。⑦告：控告；告发。⑧治：指受理卫庆的案子。⑨言：说。直：与"曲"相对。不直：即理曲。⑩数（shuò）：屡。人：他人。田：农田。⑪坏：毁坏；拆毁。动词。冢（zhǒng）：坟墓。以为：作为。⑫为置吏二百石以上：意为给调任二百石以上的官吏。⑬以此：因此。恚（huì）：恨；怒。⑭奚慈、张广昌：均为衡山国臣。谋：谋划；商议。⑮为兵法：懂得兵法。候星气：观测天文气象。⑯从容（sǒng yǒng）：通"怂恿"；鼓动人做坏事。密：指预先进行谋划的意思。

王后乘舒死，立徐来为王后。厥姬俱幸[1]。两人相妒[2]，厥姬乃恶王后徐来于太子曰[3]："徐来使婢蛊道杀太子母[4]。"太子心怨徐来[5]。徐来兄至衡山[6]，太子与饮[7]，以刃刺伤王后兄[8]。王后怨怒，数毁恶太子于王[9]。太子女弟无采[10]，嫁弃归[11]，与奴奸[12]，又与客奸[13]。太子数让无采[14]，无采怒，不与太子通[15]。王后闻之，即善遇无采[16]。无采及中兄孝少失母[17]，附王后[18]，王后以计爱之[19]，与共毁太子，王以故数击笞太子。元朔四年中[20]，人有贼伤王后假母者[21]，王疑太子使人伤之，笞太子。后王病[22]，太子时称病不侍[23]，孝、王后、无采恶太子："太子实不病[24]，自言病，有喜色。"王大怒，欲废太子[25]，立其弟孝。王后知王决

剑印，古代兵权的象征。选自《十二朝人物演义》。

废太子[26]，又欲并废孝[27]。王后有侍者，善舞[28]，王幸之[29]，王后欲令侍者与孝乱以汙之[30]，欲并废兄弟而立其子广代太子[31]。太子爽知之，念后数恶己无已时[32]，欲与乱以止其口[33]。王后饮，太子前为寿[34]，因据王后股[35]，求与王后卧[36]。王后怒，以告王[37]。王乃召[38]，欲缚而笞之[39]。太子知王常欲废己立其弟孝[40]，乃谓王曰："孝与王御者奸[41]，无采与奴奸，王彊食[42]，请上书[43]。"即倍王去[44]。王使人止之[45]，莫能禁[46]，乃自驾追捕太子[47]。太子妄恶言[48]，王械系太子宫中[49]。孝日益亲幸。王奇孝材能[50]，乃佩之王印[51]，号曰将军[52]，令居外宅[53]，多给金钱，招致宾客[54]。宾客来者，微知淮南、衡山有逆计[55]，日夜从容劝之[56]。王乃使孝客江都人救赫、陈喜作𫐄车镞矢(57)，刻天子玺，将、相、军吏印。王日夜求壮士如周丘等(58)，数称引吴楚反时计画(59)，以约束(60)。衡山王非敢效淮南王求即天子位(61)，畏淮南起并其国(62)，以为淮南已西(63)，发兵定江淮之间而有之(64)，望如是(65)。

【注释】

①俱幸：一同受到宠爱。②妒（dù）：忌妒。③恶（è）王后徐来于太子：在太子面前诬毁王后徐来。于：介词。④使：支使；让。婢：宫中的使女。蛊（gǔ）道：古人所说的一种毒害人的巫术。一般埋木偶诅咒仇者。太子母：太子刘爽的母亲乘舒。⑤怨：怨恨；仇恨。⑥衡山：衡山国。⑦与饮：和他饮酒。⑧刃：刀。⑨数（shuò）：与“屡”通。⑩女弟：妹妹。⑪嫁弃归：出嫁后抛弃丈夫，返回家里。⑫奴：指宫中的奴仆。奸：私通；通奸。⑬客：宾客。⑭让：责备；责怪。⑮通：交往。⑯善：友好。遇：待遇；对待。⑰少（shào）失母：少年失去母亲。中兄：二哥。⑱附：依附。⑲以计爱之：意为并非真心慈爱，只是为了施行计谋而爱他们。⑳元朔：汉武帝即位后第三个年号。（前128—前123年）。㉑人有：有人。贼：刺杀。假母：继母。㉒后：后来；以后。病：生重病。㉓时：时时；常常。称病：声言有病。侍：服侍；伺候。㉔实：确实；的确。不：没有。与“无”通。动词。㉕废：废黜。㉖决：决定；决意。㉗并：一并；一起。㉘善舞：擅长舞蹈。㉙幸：指性关系。㉚乱：淫乱。汙（wū）：通“污”。玷污。㉛广：刘广。代：代替。㉜念：想。已：停止；完毕。㉝止其口：意为捂她的嘴。㉞前：上前。为寿：指给王后祝寿。寿：敬酒或用礼物敬人，表示祝人长寿。㉟因：趁……就……介词。㊱求：乞求；请求。卧：躺下睡觉。㊲以告王：把这事告诉了王。㊳召：呼唤使来；召见。㊴缚：捆绑。㊵常：经常；常常。与“恒”通。㊶御者：御婢。即上文“侍者”。㊷王彊食：意为愿王努力加餐。㊸请上书：意为请允许我上书给天子揭发这件事。㊹倍：背着。去：离去。㊺止之：阻止他。㊻莫：没有什么人……。与“无”通。㊼自：亲自。驾：驾车。㊽妄：胡乱地。情态副词。恶言：坏话。㊾械系：用镣铐拘禁。㊿奇：奇异的；不寻常的。意动词。(51)佩之王印：佩王印于之。即让他佩带上王印。(52)号曰：号称。(53)外宅：宫外的住所。(54)招：招集。致：招引。(55)微：暗暗地。逆计：反叛的计谋。(56)劝：劝说。(57)客：宾客。救赫：《汉

书·衡山传》作"枚赫"。辒（péng）车：古代的一种战车。镞（zú）：箭头。矢：箭。58王日夜求壮士如周丘等：意为衡山王日夜寻找象周丘一样的壮士。等：与"同"通。相同；一样；同样。59数（shuò）：与"屡"通。称引：称颂和征引。计画：策略计谋。60约束：控制；制约；管束。61非：不。求：要求。62畏：害怕；担心。63以为：认为。已西：往西。指打向京师。64定：平定。有之：占有它。65望：期望。如是：如此；像这样。

　　元朔五年秋①，衡山王当朝②，过淮南③，淮南王乃昆弟语④，除前郤⑤，约束反具⑥。衡山王即上书谢病⑦，上赐书不朝⑧。

【注释】

　　①元朔五年：公元前124年。元朔为汉武帝年号。②当朝：指依例应当入朝。③过淮南：经过淮南国。④乃：于是；就。昆弟语：意为说了兄弟间互相亲爱的话。⑤除：解除。郤（xì）：通"隙"。裂缝；嫌隙。按：《汉书·衡山传》作"隙"。⑥约束反具：意为相约共同制作反叛的器具。⑦谢病：推托有病。⑧赐书不朝：写信允许他可以不入朝。

　　元朔六年中①，衡山王使人上书请废太子爽，立孝为太子。爽闻，即使所善白嬴之长安上书②，言孝作辒车镞矢，与王御者奸，欲以败孝③。白嬴至长安，未及上书④，吏捕嬴，以淮南事系⑤。王闻爽使白嬴上书，恐言国阴事，即上书反告太子爽所为不道弃市罪事⑥。事下沛郡治⑦。元狩元年冬⑧，有司公卿下沛郡求捕所与淮南谋反者未得⑨，得陈喜于衡山王子孝家⑩。吏劾孝首匿喜⑪。孝以为陈喜雅数与王计谋反⑫，恐其发之⑬，闻律先自告除其罪⑭，又疑太子使白嬴上书发其事，即先自告，告所与谋反者救赫、陈喜等。廷尉治验，公卿请逮捕衡山王治之。天子曰："勿捕⑮。"遣中尉安、大行息即问王⑯，王具以情实对⑰。吏皆围王宫而守之。中尉、大行还，以闻，公卿请遣宗正、大行与沛郡杂治王⑱。王闻，即自刭杀。孝先自告反⑲，除其罪；坐与王御婢奸⑳，弃市。王后徐来亦坐蛊杀前王后乘舒，及太子爽坐王告不孝㉑，皆弃市。诸与衡山王谋反者皆族㉒。国除为衡山郡㉓。

【注释】

①元朔六年：为公元前 123 年。元朔，汉武帝年号。②白嬴（yíng）：人姓名。之：去；往。动词。③败：败坏。④未及：没有赶上。⑤以淮南事系：因与淮南王谋反的事有牵连被拘。⑥弃市罪：死罪。⑦事：指衡山王反告太子的事。下：交付。沛郡：汉高祖改泗水郡置。治所在相县（今安徽濉溪县西北）。辖境相当今安徽淮河以北，西肥河以东，河南夏邑、永城市及江苏沛县、丰县等地。⑧元狩：汉武帝即位后第四个年号（前 122—前 117 年）。元狩元年为公元前 122 年。⑨公卿：大臣。下：去；到……去。淮南：淮南王。未得：没有获得。⑩于：从。⑪首：为首。匿（nì）：隐藏；藏匿。⑫雅：平素；向来。数（shuò）：通"屡"。计：盘算；谋划。⑬发：告发。之：此事。⑭律：法律；律令。先自告：首先告发自己有罪，即自动投案自首。⑮勿：不要。与"毋"通。⑯安：司马安。大行：即大行令。"九卿"之一。秦始置，名典客。息：李息。即问：就在衡山国讯问。⑰具：一一；全部。范围副词。以：把。情：真实的情况。实：真实；诚实。对：古代下对上的回答叫对。⑱杂：共同。⑲先自告反：指首先投案自首有反谋，又告发别人与自己谋反。⑳坐：因犯……罪（或错误）。㉑及：和。与"与"通。㉒诸：许多；一些。㉓为衡山郡：即把原封国改作衡山郡。

太史公曰①：《诗》之所谓"戎狄是膺，荆舒是惩②"，信哉是言也③。淮南、衡山亲为骨肉④，疆土千里，列为诸侯，不务遵蕃臣职以承辅天子⑤，而专挟邪僻之计⑥，谋为畔逆⑦，仍父子再亡国⑧，各不终其身⑨，为天下笑⑩。此非独王过也⑪，亦其俗薄⑫，臣下渐靡使然也⑬。夫荆楚僄勇轻悍⑭，好作乱⑮，乃自古记之矣⑯。

【注释】

①太史公：当时人尊称太史令为太史公，司马迁曾任太史令，遂亦以此自称。②《诗》：《诗经》。中国最早的诗歌总集。编成于春秋时代。长期以来，《诗经》一直受到很高的评价。③信：指语言真实，不虚伪。是：这。指示代词。指代所引《诗经》语。哉、也：均为帮助表达感叹的语气词。④淮南、衡山：淮南王、衡山王。为：是。骨肉：比喻亲人。⑤务：致力；从事。蕃臣：藩国之臣。蕃：通"藩"。藩的本意为篱笆，引申为

屏障。古代封建王朝分封诸侯，就是为了把诸侯国作为王朝的屏障。职：职守；职责。承：通"丞"。辅助。辅：辅助；协助。⑥而：却。挟：怀着；藏着。邪僻：邪恶不正。计：心计。⑦谋：图谋。⑧仍：频；先后。父子：刘长和其子刘安、刘赐。再：两次。⑨各：各自；每个。不终其身：意为没有活到他们生命的终结。不，没有。终：终结。与"竟"通。身：生命。⑩为：被。天下：天下人。笑：嘲笑；讥笑。⑪独：仅仅。⑫其：那个。远指代词。薄：不淳厚；不厚道。⑬渐：浸；浸染。靡（mó）：通"摩"。相随从。使然："使之然"的省语。⑭夫：发语词。荆楚：即楚国。按：淮南、衡山国为先秦时的楚国旧地，故太史公这样说。僄（piào）：轻捷。轻：行动迅速。悍（hàn）：强劲。⑮好（hào）：喜爱。⑯乃：即。就。记：记载；记述。

循吏列传第五十九①

太史公曰：法令所以导民也，刑罚所以禁奸也②。文武不备，良民惧然身修者，官未曾乱也③。奉职循理，亦可以为治④。何必威严哉⑤？

【注释】

①循吏：本法循理的官吏，即依法办事遵循政理的官吏。②所以导民：用来教导人民的手段。③文武：指法令和刑罚。惧然：谨慎戒惧的样子。身修：自身有修养。④为治：达到治理天下的目的。⑤威严：指严刑峻法。

孙叔敖者，楚之处士也①。虞丘相进之于楚庄王以自代也②。三月为楚相，施教导民，上下和合，世俗盛美，政缓禁止，吏无奸邪，盗贼不起③。秋冬则劝民山采，春夏以水④。各得其所便，民皆乐其生⑤。

【注释】

①孙叔敖：春秋时楚人，蒍敖。蒍（wéi）贾之子，名蒍敖。据说他年幼时曾路遇两头蛇。②虞丘相（xiàng）：复姓虞丘的楚相，名失传，世称虞丘子。曾任楚庄王令尹（楚国最高官职，相当于相。司马迁在本篇中将楚国令尹一律称相），闻孙叔敖贤，极力向庄王举荐。庄王嘉其荐贤之功，特赐采地三百里，称他为国老。③施教导民：实施教化，开导人民。意谓通过教育感化来治理楚国。和合：和谐合作。政缓禁止：政治措施和缓，但有禁即止。禁止，不要理解为今天的双音节动词"禁止"。④山采：上山采伐竹木等山货。以水：趁多水季节把竹木等运出山来。⑤各得其所便：各自都能找得适合于自己谋生的职业。乐其生：快乐地过着他们的生活。

庄王以为币轻，更小以为大①。百姓不便，皆去其业②。市令言之相曰③："市乱，民莫安其处④，次行不定⑤。"相曰："如此几何顷乎⑥？"

市令曰："三月顷。"相曰："罢！吾今令之复矣⑦。"后五日，朝⑧，相言之王曰："前日更币，以为轻。今市令来言曰'市乱，民莫安其处，次行之不定'。臣请遂令复如故⑨。"王许之，下令三日而市复如故⑩。

【注释】

①以为币轻：认为货币太轻。更（gēng）：更改（币制）。以小为大：将小币改铸成大币。②去其业：放弃原来从事的职业。③市令：管理市场的官吏。言之相："言之于相"的省文，即向楚相报告这个情况。④民莫安其处：市民没有谁肯安心地在这里做买卖。⑤次行（háng）不定：秩序很不安定。次行，次序，等级。⑥几何顷：多少时间，多久。顷，本指很短的时间，这里泛指时间。⑦罢：不要说了。之，指代市场。⑧朝（cháo）：朝见。⑨遂：就。⑩市复如故：市场恢复繁荣，像原来一样。更改币制，导致郢都"市乱"，孙叔敖提出恢复币制，使市场恢复繁荣。

楚民俗好庳车①。王以为庳车不便马②，欲下令使高之③。相曰："令数下④，民不知所从⑤，不可。王必欲高车，臣请教间里使高其梱⑥。乘车者皆君子⑦，君子不能数下车⑧。"王许之。居半岁⑨，民悉自高其车。

【注释】

①庳（bēi）车：车轮小，车厢低的矮车。②不便马：不利于驾车的马（奔驰）。由于车矮，拉车的绳索位置低，妨碍马的奔驰。③高之：把车厢提高。高，使动用法。④数（shuò）：频繁。⑤不知所从：不知道该听从什么。⑥间（lú）里：京城近远郊二十五家称间，郊外二十五家称里。间里合称，泛指民间。高其梱（kǔn）：加高他们住屋的门限。梱，门限，门槛。⑦君子：对统治者和贵族男子的通称。⑧君子不能数下车：乘车的贵族们是不会频繁地上下车的。⑨居：停留，经过。

此不教而民从其化①，近者视而效之，远者四面望而法之②。故三得相而不喜，知其材自得之也；三去相而不悔，知非己之罪也。

【注释】

①从其化：顺从他的意志行事，自然地受到感化。②法：效法，动词。

子产像，选自明万历刻本《三才会图》。子产春秋时期郑国的政治家。

子产者，郑之列大夫也[①]。郑昭君之时，以所爱徐挚为相[②]。国乱，上下不亲，父子不和。大宫子期言之君[③]，以子产为相。为相一年，竖子不戏狎[④]，斑白不提挈[⑤]，僮子不犁畔[⑥]。二年，市不豫贾[⑦]。三年，门不夜关，道不拾遗。四年，田器不归[⑧]。五年，士无尺籍[⑨]，丧期不令而治[⑩]。治郑二十六年而死，丁壮号哭，老人儿啼，曰："子产去我死乎[⑪]！民将安归[⑫]？"

【注释】

①子产：公孙侨。字子产，又字子美，谥成子。列大夫：指在大夫之列。②郑昭君：即郑昭公，见《郑世家》。③大宫子期：郑国的公子。④竖子：对人的鄙称，犹小子。戏狎（xiá）：轻浮嬉戏。⑤斑白：（头发）花白，指代老年人。提挈（qiè）：携带。挈，提起。⑥僮子：儿童。僮，"童"的本字。犁畔：犁田。畔，田界，此处指田地。⑦豫贾：指交易前预定虚价，交易时再讨价还价。⑧田器：农具。⑨士无尺籍：士民无须服

兵役。尺籍：一尺见方的木板，用以书写军令或记载战功。⑩丧（sāng）期不令而治：国丧期间，没有政府命令也秩序井然。⑪去：离开。⑫将安归：将跟从谁？

公仪休者①，鲁博士也②。以高弟为鲁相③。奉法循理，无所变更，百官自正④。使食禄者不得与下民争利⑤，受大者不得取小⑥。

【注释】

①公仪休：复姓公仪，战国时鲁穆公相。②鲁：周代国名。博士：学官名，掌史籍文书。③高弟：指才德优良，名望很高。弟，通"第"，等级。④自正：行为自然端正。⑤食禄者：享受俸禄的人。⑥受大者：指享受高俸禄的官员。

客有遗相鱼者①，相不受。客曰："闻君嗜鱼②，遗君鱼，何故不受也？"相曰："以嗜鱼，故不受也。今为相，能自给鱼③；今受鱼而免④，谁复给我鱼者？吾故不受也。"

【注释】

①遗（wèi）：赠送。②嗜（shì）：喜爱，爱好。③自给（jǐ）：自己买得起。④免：罢免。

食茹而美①，拔其园葵而弃之②。见其家织布好，而疾出其家妇③，燔其机④。云："欲令农士、工女安所雠其货乎⑤？"

【注释】

①茹（rú）：蔬菜的总称。②园葵：指自己园中的葵菜。③疾出其家妇：立即逐出他家的织妇。④燔（fán）：烧。⑤安所：何所，哪里。雠（chóu），售。

石奢者，楚昭王相也①。坚直廉正②，无所阿避③。行县④，道有杀人者，相追之，乃其父也。纵其父而还自系焉⑤。使人言之王曰："杀人者，臣之父也。夫以父立政⑥，不孝也；废法纵罪⑦，非忠也。臣罪当死。"王曰："追而不及，不当伏罪⑧。子其治事矣⑨。"石奢曰："不私其父⑩，非孝子也；不奉主法，非忠臣也。王赦其罪，上惠也；伏诛而死，

臣职也^⑪。”遂不受令，自刭而死。

【注释】

①楚昭王：楚国国王，为楚庄王之曾孙，姓熊名珍。②坚直：果决坦率。③阿（ē）避：指阿谀、回避的行为。④行（xíng）县：巡行楚国各地。县，古称邦畿千里之地为县，后亦称王畿内都邑为县，其后诸侯境内之地亦称县。⑤纵：放走。自系：自缚。⑥以父立政：用惩处父亲的办法来确立法纪，推行政令。⑦纵罪：放走罪犯。⑧伏罪：服罪。⑨子：表敬意的对称词。其：祈使副词。⑩私：偏爱，偏袒。动词。⑪伏诛：受死刑。职：本分。

李离者，晋文公之理也^①。过听杀人^②，自拘当死^③。文公曰：“官有贵贱，罚有轻重。下吏有过，非子之罪也。”李离曰：“臣居官为长，不与吏让位；受禄为多，不与下分利。今过听杀人，傅其罪下吏^④，非所闻也。”辞不受令^⑤。文公曰：“子则自以为有罪^⑥，寡人亦有罪邪^⑦？”李离曰：“理有法^⑧：失刑则刑，失死则死^⑨。公以臣能听微决疑^⑩，故使为理。今过听杀人，罪当死。”遂不受令，伏剑而死^⑪。

【注释】

①晋文公：名重耳，春秋时晋国君。②过听：误听，听信不实之词。③自拘：拘禁自己。当：判罪。④傅（fù）：通“附”，推卸，转嫁。⑤辞不受令：辞谢（晋文公），不接受（赦免自己的）命令。⑥则：假如，如果。⑦寡人：古代帝王、诸侯自称的谦辞。⑧理有法：治狱有一定的法则。⑨失刑则刑：误用刑的就要自己受刑。⑩听微决疑：听察隐蔽幽深的案情，判决疑难的案件。⑪伏剑：用剑自杀。

太史公曰：孙叔敖出一言，郢市复^①。子产病死，郑民号哭。公仪子见好布而家妇逐。石奢纵父而死，楚昭名立。李离过杀而伏剑，晋文以正国法。

【注释】

①郢（yǐng）市复：郢都的市场恢复繁荣。

汲郑列传第六十

汲黯字长孺，濮阳人也①。其先有宠于古之卫君②。至黯七世，世为卿大夫③。黯以父任④，孝景时为太子洗马⑤，以庄见惮⑥。孝景帝崩⑦，太子即位⑧，黯为谒者⑨。东越相攻⑩，上使黯往视之。不至，至吴而还⑪，报曰："越人相攻，固其俗然，不足以辱天子之使⑫。"河内失火⑬，延烧千余家⑭，上使黯往视之。还报曰："家人失火⑮，屋比延烧⑯，不足忧也。臣过河南⑰，河南贫人伤水旱万余家⑱，或父子相食，臣谨以便宜⑲，持节发河南仓粟以振贫民⑳。臣请归节㉑，伏矫制之罪㉒。"上贤而释之，迁为荥阳令㉓。黯耻为令㉔，病归田里㉕。上闻，乃召拜为中大夫㉖。以数切谏㉗，不得久留内㉘，迁为东海太守㉙。黯学黄老之言㉚，治官理民，好清静，择丞史而任之㉛。其治，责大指而已㉜，不苛小㉝。黯多病，卧闺阁内不出㉞。岁余，东海大治㉟，称之。上闻，召以为主爵都尉㊱，列于九卿㊲。治务在无为而已㊳，弘大体㊴，不拘文法㊵。

【注释】

①濮阳：县名。在今河南省濮阳市西南。②先：祖先。卫君：卫在战国时已臣属于魏国，故只称卫君。③卿大夫：卿和大夫。三代时，官分卿、大夫、士三等。这里泛指较高级的官职。④任：保举。汉制吏二千石以上任职满三年，得保举弟或子一人为郎。⑤孝景（前188—前141年）：汉景帝，刘启。公元前157—前141年在位。⑥庄：庄严。见：被。惮：敬畏。⑦崩：死。君主时代专指帝王的死。⑧即位：帝王登位。⑨谒者：郎中令（掌管宫殿门户）的属官，专为皇帝管收发传达之事。⑩东越：瓯越，（建都东瓯即今浙江省温州市）和闽越（建都东冶，即今福建省福州市）。⑪吴：县名。即今江苏省苏州市。当时是会稽郡治所。⑫足：值得。辱：屈辱。⑬河内：郡名。地在今河北省南端、山西省东南部及河南省黄河以北地区。治所怀县（今河南省武陟县西南）。⑭延烧：火势蔓延燃烧。⑮家人：庶人；平民。⑯屋比：房屋毗连。比，通"毗"。

紧接。⑰河南：郡名。地在今河南省西北大部分地区。治所雒阳县（今河南省洛阳市东北）。⑱伤：损害。被动用法。⑲谨：表敬副词。没有具体意义。便宜：便于公而宜于民。⑳节：符节，传布命令的信物。振：通"赈"。救济。㉑归：归还。㉒伏：通"服"。承受。矫：假托。制：皇帝的命令。㉓迁：调升。迁有时指左迁，含有贬谪之意。故下文说"黯耻为令"。荥（xíng）阳：县名。属河南郡。治所在今河南省荥阳市东北。令：县令。㉔耻：意动用法。㉕病：托病请假。田里：本乡。㉖召拜：召见授予官职。中大夫：郎中令属官，掌议论。武帝时改名光禄大夫。秩比二千石。㉗数（shuò）：屡次；频繁。切谏：直言极谏。㉘内：宫廷内。此处意为中央朝廷。㉙东海：郡名。郡治郯县（今山东省郯城县西北三十里）。太守（shòu）：官名。战国时，各国常于边郡设郡守，初为武职，负责防守，后逐渐成为地方长官。汉景帝时，改称太守。秩二千石。㉚黄老：黄帝、老子。二人被尊为道家的始祖。㉛丞：太守的副职，秩六百石。史：掌文书的掾吏。任：委任。㉜责：要求。大指：大纲；主要的意图。指通"旨"。㉝苛小：琐碎细节。㉞闺阁（gé）：内室。闺，寝室的门；阁，侧门。㉟大治：治理得很好，太平无事。㊱主爵都尉：官名。秦设立爵中尉，汉改为主爵都尉。掌管有关列侯封爵的事务。秩二千石。㊲九卿：汉初，以奉常（后改太常）、郎中令、卫尉、太仆、廷尉（后改大理）、典客（后改大行）、宗正、治粟内史（后改大司农）、少府为九卿。㊳治：办事。务在：力求。无为：道家的主要精神，就是纯任自然，化于无形，绝不矫揉造作。㊴弘：扩大；推广。㊵拘：拘泥；执着。文法：法令条文。

　　黯为人性倨①，少礼②，面折③，不能容人之过④。合己者善待之⑤，不合己者不能忍见⑥，士亦以此不附焉⑦。然好学游侠⑧，任气节⑨，内行修絜⑩，好直谏，数犯主人颜色⑪，常慕傅柏、袁盎之为人也⑫。善灌夫、郑当时及宗正刘弃⑬，亦以数直谏，不得久居位⑭。

【注释】

　　①性倨：秉性倨傲。②少礼：缺少礼数、客套。③面折：当面驳回上级的主张、见解。④容：容忍。过：过失。⑤待：对待。⑥忍见：耐心接见。⑦焉：指示代词，这里指代汲黯。⑧游侠：无视封建法纪、好交游、轻生死、重信义、能救人于急难的人。⑨气节：志气和节操。⑩内行

（xìng）：平日家居的操行。⑪颜色：脸色；面子。⑫傅柏：梁国人，为梁孝王将，性伉直。袁盎（？—前148年）：字丝，楚国人，后徙安陵（今陕西省咸阳市东北）。历任齐相、吴相、楚相。本为游侠，仁爱部属，人乐为死。晁（cháo）错为御史大夫，告发他受吴王濞（bì）财物，降为庶人。吴楚反时，他借机向景帝建议杀了晁错。后因反对梁孝王想继其兄景帝的帝位等事被梁孝王派人刺死。⑬灌夫（？—前131年）：颍阴（今河南省许昌县）人。宗正：官名。掌皇帝宗族事务，为九卿之一。刘弃：当是汉宗室。一作刘弃疾。⑭居位：在位。在九卿之位。

当是时，太后弟武安侯蚡为丞相①，中二千石来拜谒②，蚡不为礼。然黯见蚡未尝拜③，常揖之④。天子方招文学儒者⑤，上曰吾欲云云⑥。黯对曰："陛下内多欲而外施仁义⑦，奈何欲效唐虞之治乎⑧！"上默然，怒，变色而罢朝。公卿皆为黯惧⑨。上退，谓左右曰⑩："甚矣，汲黯之戆也⑪！"群臣或数黯⑫，黯曰："天子置公卿辅弼之臣，宁令从谀承意⑬，陷主于不义乎⑭？且已在其位，纵爱身，奈辱朝廷何⑮！"

【注释】

①太后：帝王的母亲。这里指武帝之母，姓王名㑉，右扶风槐里（今陕西省兴平市东南）人。初为景帝刘启的夫人。后所生子刘彻立为太子，她被立为皇后；刘彻登上帝位，被尊为皇太后。武安：县名。即今河北省武安县。蚡（fén）：田蚡（？—前131年）；长陵县（今陕西省咸阳市东北）人。②中二千石（shí）：二千石级官阶中的最高级。这里指九卿。秦汉官阶的高低，常按年俸禄的多少计算，从二千石递减至百石为止。汉代官吏俸禄等级，内自九卿郎将，外至郡守尉都是二千石，分四等：每月中二千石得百八十石，真二千石得百五十石，二千石得百二十石，比二千石得百石。十斗为石（又称为斛）。按年计算，中二千石每年得二千一百六十石。由于超过二千石，故冠中字。中，满；超过。拜谒；以拜礼谒见。拜，一种表示敬意的礼节，古时为下跪叩头及打躬作揖的总称。这里指下跪叩头。③未尝：从来没有。④揖：拱手行礼。⑤招：招选。文学：贤良文学的简称。儒者：信奉孔子儒家学说的人。由于文学为孔门四科之一，故文学与儒者往往同义。⑥云云：如此如此。⑦陛下：对皇帝的敬称。⑧奈何：怎么。唐虞；上古的陶唐氏（尧）和有虞氏（舜）。儒家称他们都以

揖让有天下，是太平盛世。治：太平。⑨公卿：三公九卿。⑩左右：在旁侍候的人；近臣。⑪戆（zhuàng）：刚直而愚。⑫数（shǔ）：责备；埋怨。⑫宁（nìng）：岂；难道。从（sǒng）谀：奉承怂恿谄谀。承意：迎合意旨。⑭陷：堕落。使动用法。⑮辱：污辱。使动兼被动用法。

黯多病，病且满三月①，上常赐告者数②，终不愈。最后病，庄助为请告③。上曰："汲黯何如人哉？"助曰："使黯任职居官，无以逾人④。然至其辅少主，守城深坚⑤，招之不来，麾之不去⑥，虽自谓贲、育，亦不能夺之矣⑦。"上曰："然。古有社稷之臣⑧，至如黯⑨，近之矣"。

【注释】

①汉制，职官病满三月当免官。且：而且。②赐告：准予休假。③庄助（？—前122年）：吴人。④逾：超越。⑤守城：维护既定国策；保持前人已有的成就和业绩。城通"成"一说在非常情况下守卫城池。深坚：沉着坚定。⑥麾（huī）：通"挥"，驱使。⑦贲（bēn）育：古代勇士孟贲、夏育。孟贲，齐人。⑧社稷之臣：与国家共患难的忠臣。社稷本为古代天子和诸侯所祭的土神与谷神。实为当时国家的象征。⑨至如：至于。他转连词。

大将军青侍中①，上踞厕而视之②。丞相弘燕见③，上或时不冠。至如黯见，上不冠不见也。上尝坐武帐中，黯前奏事，上不冠，望见黯，避帐中，使人可其奏④。其见敬礼如此。

【注释】

①大将军：武官名。青：卫青（？—前105年），字仲卿，河东郡平阳县（今山西省临汾市西南）人。卫皇后弟。本平阳公主家奴。后为汉武帝重用，官至大将军，封长平侯。②踞：蹲；坐。厕：厕所。一说：厕通"侧"。据钱钟书《管锥篇》，应以前说为是。视：召见。③弘：公孙弘（前200—前121年）。薛县（今山东省滕州市东南）人。字季。④可：许可；批准。

张汤方以更定律令为廷尉①，黯数质责汤于上前②，曰："公为正卿③，上不能褒先帝之功业④，下不能抑天下之邪心，安国富民，使囹圄空虚⑤，二者无一焉。非苦就行⑥，放析就功⑦，何乃取高皇帝约束纷更之为⑧？公以此无种矣⑨。"黯时与汤论议，汤辩常在文深小苛⑩，黯伉厉守高不能屈⑪，忿发骂曰："天下谓刀笔吏不可以为公卿⑫，果然。必汤也⑬，令天下重足而立⑭，侧目而视矣⑮！"

【注释】

①张汤（？—前 115 年）：杜陵（今陕西省西安市东南）人。律令：刑律法令的总称。廷尉：官名。正九卿之一，掌刑狱，是当时的最高法院长官。②质：质问。责：指责。③正卿：别于列卿而言。④褒：赞扬。⑤囹圄（líng yǔ）：监狱。⑥非苦就行：以陷人于罪使人受苦来成就其行事。非，罪；陷人于罪。⑦放析就功：以任意破析解释法律条文罗织人罪来成就事功。《汉书·宣帝纪》元康二年有诏批评"析律贰端"，分破律条，妄生端绪，以出入人罪。放，放肆；任意。析，破析，解释。⑧乃：竟。高皇帝（公元前 256—前 195 年）：汉高帝，刘邦。泗水沛县（今江苏省沛县）人。西汉王朝的创建者。公元前 202—前 195 年在位。⑨无种：无遗种。灭族的意思。⑩辩：（言词）动听。文深：推究法律条文的深刻性。小苛：细枝末节。⑪伉：伉直。厉：峻厉严肃。守高：掌握最高原则。意即高谈阔论。屈：屈服。使动用法。⑫刀笔吏：主办文案的小吏。⑬必汤也：假如张汤得势。必，如果，假如。⑭重（chóng）足而立：两脚叠立，一脚立地，另一脚跟压在立地的脚背上。⑮侧目而视：斜着眼睛偷觑。形容不敢正眼看。

是时，汉方征匈奴①，招怀四夷②。黯务少事，乘上间③，常言与胡和亲④，无起兵⑤。上方向儒术⑥，尊公孙弘，及事益多，吏民巧弄⑦。上分别文法⑧，汤等数奏决谳以幸⑨。而黯常毁儒，面触弘等徒怀诈饰智以阿人主取容⑩，而刀笔吏专深文巧诋⑪，陷人于罪，使不得反其真⑫，以胜为功⑬。上愈益贵弘、汤，弘、汤深心疾黯⑭，唯天子亦不说也⑮，欲诛之以事⑯。弘为丞相，乃言上曰："右内史界部中多贵人宗室⑰，难治，非素重臣不能任⑱，请徙黯为右内史⑲。"为右内史数岁，官事不废。

【注释】

①汉：朝代名。前 206—220 年，刘邦所建。匈奴：北方的一个游牧民

族，当时是汉朝的主要外患。②招：招纳。怀：安抚。③乘……间（jiàn）：伺……隙；趁……机会。④胡：古代泛指西、北方的少数民族。这里专指匈奴。和亲：联姻。⑤无：莫；不要。禁戒副词。⑥向：向往。儒术：指以孔丘为代表的儒家学术思想。⑦巧：取巧规避。弄：舞文弄法。⑧分别文法：即扩充法律条文。破析律条：把法律条文或分出，或另外加入，以加重对吏和民的刑罚。对吏，据《汉书·刑法志》是"缓（减轻）深故（加重处罚，故意陷人于罪）之罪，急（加重）纵出（放松、不严办犯人）之诛。"⑨谳（yàn）：判决的罪案。⑩面触：当面触犯、指责。怀诈饰智：内挟欺诈，外露智巧。阿：迎合。取容：曲从讨好，取悦。⑪深文：歪曲法律条文。巧诋：巧妙地诋毁诬陷。⑫反其真：恢复他的真相。反，通"返"。⑬胜：稳操胜算；无法翻案。⑭深心：深深地从内心。疾：痛恨。⑮唯：通"虽"。说（yuè）：通"悦"。喜悦。他动词。⑯以事：借故。⑰右内史：官名，亦为政区名。景帝二年（前155年）由掌治京师的内史分置。治所在长安（今西安市西北）。界部中：所辅治的地面。宗室：皇族。⑱素重臣：平素著名的在朝廷中居重要职位的大臣。⑲徙：调职。也用于调升。